CONCEITOS FUNDAMENTAIS
DA HISTÓRIA DA ARTE

Fig. 1. Veneza, Palazzo Labia (G. B. Tiepolo). Ver capítulos I e II.

CONCEITOS FUNDAMENTAIS DA HISTÓRIA DA ARTE

O PROBLEMA DA EVOLUÇÃO
DOS ESTILOS NA ARTE MAIS RECENTE

Heinrich Wölfflin

Tradução:
João Azenha Jr.

martins fontes
selo martins

Título original: KUNSTGESCHICHTLICHE GRUNDBEGRIFFE – DAS
PROBLEM DER STILENTWICKLUNG IN DER NEUEREN KUNST.
Copyright © by Schwabe & Co. Ag. Verlag, Basel/Stuttgart.
Traduzido a partir da 16ª ed. alemã, 1979.
Copyright © 1984, Livraria Martins Fontes Editora Ltda.,
São Paulo, para a presente edição.

Para a tradução desta obra contamos com a colaboração da Profa. Dra. Marion Fleischer, Professora de Língua e Literatura Alemã da FFLCH da Universidade de São Paulo, que orientou e supervisionou os trabalhos e reviu os capítulos II e seguintes.

Publisher *Evandro Mendonça Martins Fontes*
Coordenação editorial *Vanessa Faleck*
Tradução *João Azenha Jr.*
Revisão *Renata Sangeon*
Capa *Suzana Laub*
Produção gráfica *Carlos Alexandre Miranda*
Paginação *Studio 3 Desenvolvimento Editorial*

Dados Internacionais de Catalogação na Publicação (CIP)
(Câmara Brasileira do Livro, SP, Brasil)

Wölfflin, Heinrich, 1864-1945.
Conceitos fundamentais da história da arte: o problema da evolução dos estilos na arte mais recente/Heinrich Wölfflin; tradução João Azenha Júnior. – 4. ed. – São Paulo: Martins Fontes – selo Martins, 2015. – (Coleção a)

Título original: Kunstgeschichtliche Grundbegriffe.
Bibliografia.
ISBN 978-85-8063-209-5

1. Arte – História I. Título. II. Série.

15-00764 CDD-709

Índices para catálogo sistemático:
1. Arte: História 709
2. História da arte 709

Todos os direitos desta edição reservados à
Livraria Martins Fontes Editora Ltda.
*Av. Dr. Arnaldo, 2076
01255-000 São Paulo SP
Tel.: (11) 3116 0000
info@martinseditora.com.br
www.martinsmartinsfontes.com.br*

Sumário

Prefácio da sexta edição VII
Prefácio da décima terceira edição XI
Introdução 1

CAPÍTULO UM
O linear e o pictórico
    Considerações gerais 25
    Desenho 44
    Pintura 56
    Escultura 72
    Arquitetura 83

CAPÍTULO DOIS
Plano e profundidade
    Pintura 99
    Escultura 142
    Arquitetura 155

CAPÍTULO TRÊS
Forma fechada e forma aberta
    Pintura 167
    Escultura 200
    Arquitetura 202

CAPÍTULO QUATRO
Pluralidade e unidade
    Pintura 211
    Arquitetura 252

CAPÍTULO CINCO
Clareza e obscuridade
    Pintura 269
    Arquitetura 303

Conclusão 313
Posfácio: Uma revisão (1933) 331
Índice das ilustrações 341

O asterisco (*) que se segue ao nome de artistas e de obras
no texto indica ilustrações contidas no presente livro.

Prefácio da sexta edição

O presente livro, cuja primeira edição data de 1915, aparece agora em sua sexta edição inalterada. Desta feita, porém, os longos prefácios das edições anteriores deram lugar a algumas sentenças. O material que deveria servir para elucidar e ampliar o texto original assumiu gradativamente proporções tais, que somente poderia ser compilado em um segundo volume independente.

As considerações que se seguem servirão para uma orientação geral. Os *Conceitos fundamentais* surgiram da necessidade de se conferir à característica histórica da arte uma base mais sólida; não ao juízo de valor, não é este o caso, mas à característica estilística. Esta tem o seu interesse maior primeiramente em reconhecer a forma de concepção com a qual se confronta em cada caso particular. (É preferível falar-se em formas de *concepção* a se falar em formas de *visão*.) Naturalmente a forma da concepção visual não é algo exterior, mas tem uma importância decisiva também para o conteúdo da concepção, tanto quanto a história desses conceitos sobre o modo de ver as coisas também é a história do pensamento humano.

O tipo de visão ou, digamos, da concepção visual não é o mesmo desde os primórdios; à semelhança do que ocorre com todas as coisas vivas, ele também possui a sua evolução. Existem estágios da concepção que precisam ser levados em conta pelo historiador da arte. Assim como conhecemos tipos de visão antigos e "imaturos", também falamos, de outra parte, de períodos "áureos" e "epígonos" da arte. A arte da Grécia antiga ou o estilo das antigas esculturas dos portais de Chartres não podem ser interpretados como se fossem obras feitas em nossos dias. Em vez de perguntarmos: "Qual o efeito que esta obra de arte exerce sobre mim (o homem moderno)?", determinando a partir da resposta a esta indagação o conteúdo expressivo da obra, o historiador deve ter em mente as possibilidades formais de que dispunha aquela determinada época. Isto fará com que ele chegue a uma interpretação fundamentalmente diferente.

A linha de evolução da concepção visual é determinada, usando uma expressão de Leibniz, de maneira "virtual"; na realidade da História, porém, ela sofre toda sorte de interrupções, inibições e transformações. Este livro não tem por objetivo oferecer um fragmento da história, mas procura, tão somente, estabelecer algumas diretrizes, a partir das quais se possam determinar com maior precisão as transformações históricas (e os tipos nacionais).

Entretanto, a formulação de nossos conceitos corresponde apenas à evolução na época mais recente. Para outros períodos, eles precisarão sofrer novas transformações. Não obstante, o esquema mostrou-se aplicável até mesmo no âmbito da arte japonesa e da antiga arte setentrional.

Seria ingênuo objetar-se que, em se aceitando a evolução como subordinada a um sistema de leis, se estaria também suprimindo a importância da individualidade artística. Assim como o corpo se estrutura a partir de leis absolutamente genéricas, sem que isso prejudique a forma individual, também o sistema de leis que governa a estrutura espiritual do homem não está em choque com a noção de liberdade. E parece ser óbvia a afirmação de que sempre vemos as coisas do modo como as queremos ver. Trata-se apenas de saber até que ponto esse querer do homem está subordinado a uma certa necessidade. Esta questão, porém, extrapolando o elemento artístico em direção ao complexo global da realidade histórica, chega mesmo a adentrar os domínios da metafísica.

Um outro problema – neste estudo apenas esboçado e não concluído – é a questão da periodicidade e da continuidade. É certo que nunca se retorna ao mesmo ponto na História, mas igualmente certo é que dentro do processo geral da evolução é possível distinguir evoluções isoladas, fechadas em si mesmas, e que, nesses períodos, a linha de evolução apresenta um certo paralelismo. Na questão por nós abordada, em que se analisa apenas o processo estilístico na época mais recente, o problema da periodicidade não se coloca. Mas o problema é importante, não podendo ser abordado meramente do ponto de vista da História da Arte.

E a questão de se saber em que medida cada um daqueles antigos produtos do modo de ver foi levado para um novo período estilístico somente poderá ser esclarecida através de pesquisas minuciosas. A arquitetura do Gótico pode ser considerada uma unidade, mas o conjunto da evolução estilística da arte medieval nórdica pode representar uma unidade, cuja linha de evolução pode ser traçada, e os resultados podem exigir igual validade. Por fim, a evolução nem sempre é sincrônica nas diferentes artes: novas concepções primitivas na pintura ou escultura podem, por exemplo, coexistir durante todo um período de tempo com manifestações epígonas da arquitetura do Gótico tardio – pensemos no *Quattrocento* veneziano –, até que finalmente tudo seja reduzido a um denominador comum óptico.

E como de grandes cortes transversais realizados no tempo não resultam imagens homogêneas, justamente porque a atmosfera óptica que lhes serviu de base é, por natureza, diferente nos diferentes povos, temos de nos conformar também com o fato de que em um mesmo povo – ligado ou não etnograficamente – diferentes tipos de concepção aparecem com frequência um ao lado do outro. Na Itália já se verifica essa discrepância, mas é na Alemanha que ela se evidencia de forma mais flagrante. Grünewald possui um tipo de concepção diferente daquele de Dürer, embora ambos sejam contemporâneos. Contudo, não podemos afirmar que isto anula a importância da evolução (temporal): observando-se a uma distância maior, estes dois tipos voltam a se unir em um estilo comum, ou seja, reconhecemos de imediato aquilo que os une enquanto representantes de sua geração. E é exatamente esse conjunto de elementos comuns entre indivíduos tão diferentes que este livro pretende conceituar.

Mesmo ao talento mais original não é permitido ultrapassar certos limites impostos pela data de seu nascimento. Nem tudo é possível em todas as épocas, e determinados pensamentos só podem emergir em determinados estágios da evolução.

Heinrich Wölfflin
Munique, outono de 1922.

NOTA PRELIMINAR À OITAVA EDIÇÃO

Na presente edição, o que se acrescentou ao texto original foi o posfácio, que contém uma "Revisão". Escrita em 1933, ela foi publicada primeiramente na revista *Logos*. Seu verdadeiro lugar, porém, para que seja de alguma valia, é junto ao próprio livro, que ela torna mais aceitável e inteligível em alguns pontos básicos. Continua a existir o desejo, já manifestado pelo autor há algum tempo, de elaborar um segundo volume independente e complementar ao primeiro. Um breve posfácio não pode suprir o que falta. Infelizmente ainda não foi possível dar forma definitiva a este tema cada vez mais ramificado da história geral do modo de ver e da representação (história da configuração).

Uma questão específica, o problema das diversidades nacionais do sentimento formal, foi abordada por mim em meu livro *Italien und das deutsche Formgefühl* (A Itália e o sentimento formal alemão), de 1931. As discussões básicas mais recentes acerca da evolução estilística encontram-se em meu livro *Gedanken zur Kunstgeschichte* (Reflexões sobre a história da arte), de 1940.

Heinrich Wölfflin
Zurique, janeiro de 1943.

Prefácio da décima terceira edição

A décima terceira edição deste livro aparece com algumas modificações poucos meses antes do centenário de nascimento de Heinrich Wölfflin (21 de junho de 1964) e quase dois anos antes de o próprio livro comemorar o seu jubileu de ouro. Tomamos a liberdade, pois, de esboçar uma breve retrospectiva de seu aparecimento e de sua história.

Quando, em outubro de 1915, em meio à Primeira Guerra Mundial, foi publicado *Conceitos fundamentais*, estava concluído para o seu autor um trabalho de vários anos, recomeçado inúmeras vezes, e que não parecia ter fim. Os pensamentos e reflexões que foram esboçados em suas linhas básicas pela primeira vez cerca de trinta anos antes na tese de doutoramento daquele jovem de vinte e dois anos[1], e que se haviam concentrado em alguns problemas determinados nos livros dos anos seguintes[2], tinham encontrado sua forma definitiva nesta obra amadurecida, verdadeiramente clássica.

---

1. *Prolegomena zu einer Psychologie der Architektur*. Munique, 1886. Reeditado em *Heinrich Wölfflin, Kleine Schriften*. Editado por Joseph Gantner. Basel, 1946.
2. *Renaissance und Barock. Eine Untersuchung über Wesen und Entstehung des Barockstils in Italien*. Munique, 1888. Quarta edição, Basel/Stuttgart, 1961. – *Die klassische Kunst. Eine Einführung in die italienische Renaissance*. Munique, 1899. Oitava edição, Basel, 1948. – *Die Kunst Albrecht Dürers*. Munique, 1905. Sexta edição, revista por Kurt Gerstenberg, Munique, 1943.

Teve início, então, prolongando-se através das décadas, o efeito direto de suas ideias na ciência e na opinião pública em geral. Este efeito foi enorme. Os *Conceitos fundamentais* de Wölfflin influenciaram e determinaram decisivamente as ciências do espírito e toda a atividade artística. Quanto mais forte se tornava este eco, mais prolongadas eram as discussões em torno do livro e tanto mais Wölfflin era levado a refletir sobre o edifício que ele erguera no zênite de sua criação. Seus livros e artigos surgidos depois de *Conceitos fundamentais* encontram-se todos à luz dessa polêmica, da qual não tardaram a aparecer alguns vestígios nos prefácios das edições posteriores.

Já em 1922, no prefácio à sexta edição, escreve Wölfflin: "O material que deveria servir para elucidar e ampliar o texto original assumiu gradativamente proporções tais, que somente poderia ser compilado em um segundo volume independente". A partir de 1934 multiplicam-se nos apontamentos do diário de Wölfflin as passagens em que o autor se refere a esse segundo volume planejado. Dessas passagens, algumas reflexões deram origem a outros trabalhos[3], dos quais o livro *Italien und das deutsche Formgefühl* (A Itália e o sentimento formal alemão), de 1931, pode ser considerado o desenvolvimento da ideia original. Wölfflin expôs o sentido mais profundo desse desenvolvimento dois anos mais tarde em um artigo que escreveu para a revista *Logos*[4]. Essa revisão pareceu-lhe tão importante, que em 1934 decidiu incorporá-la, à guisa de posfácio, à oitava edição de *Conceitos fundamentais*. Desde então, e também na presente edição, esse texto da *Logos* passou a constituir a conclusão do livro.

Entretanto, todos os demais planos, reflexões e considerações que podemos acompanhar nos livros e apontamentos de Wölfflin no decorrer de três décadas não tiveram a intenção de alterar o texto original de *Conceitos fundamentais*, de 1915. Ele permaneceu inalterado em sua forma lapidar. Por esta razão, a oitava edição, datada de 1943, com o mencionado apêndice

---

3. *Italien und das deutsche Formgefühl. (Die Kunst der Renaissance).* Munique, 1931. – *Gedanken zur Kunstgeschichte. Gedrucktes und Ungedrucktes.* Basel, 1940. Quarta edição, Basel, 1947.
4. *Kunstgeschichtliche Grundbegriffe. Eine Revision.* In: Logos, Internationale Zeitschrift für Philosophie der Kultur. Volume XII. Tübingen, 1933, p. 210-18.

"Revisão", é a última edição revista pelo autor, a partir da qual todas as demais deverão se orientar.

Em 19 de julho de 1945, pouco depois de completar 82 anos, Heinrich Wölfflin faleceu em Zurique. A partir de então, seus livros foram confiados a seu irmão mais jovem, Ernst Wölfflin (1873-1960), professor de Oftalmologia por cerca de nove anos na Universidade de Basel. Primeiramente, a editora responsável pelas obras de Wölfflin até então, a F. Bruckmann AG, de Munique, publicou em 1948 uma nona edição, que na verdade era uma reedição da oitava. A pedido de Ernst Wölfflin, a Editora Benno Schwabe & Co., de Basel, a quem Heinrich Wölfflin confiara já em 1940 *Gedanken zur Kunstgeschichte* (Reflexões sobre a história da arte), passou a ser responsável pelas novas edições dos livros *Renaissance und Barock* (Renascimento e Barroco), *Die klassische Kunst* (A arte clássica) e *Conceitos fundamentais da história da arte*. A 10ª, 11ª e 12ª edições deste último foram publicadas entre 1948 e 1959 pela Editora Schwabe, que para isso pôde contar com a valiosa colaboração do irmão Ernst.

Ernst Wölfflin, último membro da família, faleceu em Basel, a 14 de janeiro de 1960. Desde então, os escritos de Heinrich Wölfflin foram confiados àquele que assina este prefácio.

E é levando em conta tudo o que se expôs acima que a presente décima terceira edição é publicada. Seu objetivo é reproduzir a última edição modificada pelo autor com a maior fidelidade e exatidão possíveis, corrigir algumas imprecisões insignificantes para o contexto, surgidas na renovação necessária do padrão de ilustrações, e levar em consideração novas ilustrações obtidas pelas pesquisas realizadas no âmbito da História da Arte. A Editora e o editor agradecem ao dr. Reinhold Hohl pelo trabalho consciencioso de revisão, verificando palavra por palavra, ilustração por ilustração. Sem o trabalho desse colaborador, esta décima terceira edição não teria sido possível.

"Meu tema central está em *Conceitos fundamentais*", escreveu Heinrich Wölfflin, em 31 de março de 1942, no rascunho de uma carta de agradecimento endereçada à Academia de Viena. A posteridade ratificou suas palavras. Por mais que seus outros livros, em suas numerosas edições, continuem sendo estudados e apreciados, nenhum deles teve a repercussão de *Conceitos fun-*

damentais. Nos últimos anos, este livro, que já havia sido traduzido para as principais línguas europeias, chegou aos países eslavos e ao mundo asiático graças a inúmeras traduções. Que a presente edição revista permita-lhe prosseguir em sua trajetória de sucessos.

Joseph Gantner
Basel, junho de 1963.

Fig 2. Van Goyen. *Paisagem fluvial.*

Introdução

1. A dupla origem do estilo

Em suas *Memórias*, Ludwig Richter lembra uma passagem de sua juventude, quando certa vez, em Tivoli, ele e mais três companheiros resolveram pintar um fragmento de paisagem, todos firmemente decididos a não se afastarem da natureza no menor detalhe que fosse. E embora o modelo tivesse sido o mesmo e cada um tivesse sido fiel ao que seus olhos viam, o resultado foram quatro telas completamente diferentes – tão diferentes quanto as personalidades dos quatro pintores. O narrador concluiu, então, que não havia uma maneira objetiva de se verem as coisas, e que formas e cores seriam sempre captadas de maneira diferente, dependendo do temperamento do artista.

Fig. 3. Botticelli. *Vênus* (detalhe)

Para o historiador da arte nada há de surpreendente nesta observação. Há muito sabe-se que todo pintor "usa seu próprio sangue" para pintar. A distinção que se faz entre os mestres, entre as "mãos" reside, em última análise, no reconhecimento desses tipos de criação individual. Com o gosto orientado na mesma direção (para *nós*, aquelas quatro paisagens de Tivoli pareceriam bastante semelhantes, ou seja, algo próximo do estilo dos Nazarenos), num dos quadros o traçado é mais anguloso, no outro, mais arredondado; seu movimento será ora mais lento e interrompido, ora mais fluido e impetuoso. E assim como as proporções tendem ora para a esbelteza, ora para a largura, também a modelação do corpo se mostrará plena e abundante para alguns, enquanto que essas mesmas saliências e reentrâncias serão vistas por outros com maior reserva, com maior economia. O mesmo se verifica com relação à luz e à cor.

Mesmo a mais séria intenção de se observar perfeitamente o objeto não pode impedir que a cor se mostre ora mais quente, ora mais fria; que uma sombra se apresente ora mais, ora menos pronunciada; ou ainda, que um raio de luz apareça ora lânguido, ora mais vivo e jocoso.

INTRODUÇÃO 3

Quando nossa atenção se concentra num mesmo modelo da natureza, esses *estilos individuais* se evidenciam de maneira mais flagrante. Botticelli e Lorenzo di Credi são pintores contemporâneos e de mesma procedência: ambos são florentinos, da fase final do *Quattrocento*. Quando Botticelli* desenha um corpo feminino, a estatura e a forma da figura são concebidas de uma maneira absolutamente peculiar a este artista; seu desenho distingue-se de um nu feminino de Lorenzo* tão inequivocamente quanto um carvalho de uma tília. A impetuosidade com que Botticelli conduz as linhas faz com que cada forma ganhe uma agitação e uma animação peculiares. Na modelação mais cautelosa de Lorenzo a visão se esgota essencialmente no objeto em repouso. Nada mais elucidativo do que comparar a curvatura do braço em um e em outro caso. O cotovelo pontiagudo, o traço acentuado do antebraço, a forma irradiante com que os dedos se abrem sobre o peito, cada linha carregada de energia: isto é Botticelli. O efeito suscitado pela obra de Credi é muito mais estático. Modelada de forma bastante convincente, ou seja, concebida em volumes, a forma de Credi ainda não possui a impetuosidade dos contornos de Botticelli. Trata-se de uma diferença de temperamento, que se traduz tanto no todo como nas partes da obra dos dois pintores. No desenho de uma simples narina pode-se reconhecer o caráter essencial de um estilo.

Fig. 4. Credi. *Vênus*.

Os modelos de Credi são sempre pessoas determinadas. Não é o caso em Botticelli, apesar de não ser difícil perceber que a concepção formal, em ambos os casos, está ligada a uma determinada noção de beleza de forma e movimento. E se Botticelli se deixa levar totalmente por seu ideal de forma, destacando a esbelteza da figura ereta, não é difícil perceber que, em Credi, a realidade concreta absolutamente não impediu que ele expressasse *seu* temperamento na postura e nas proporções das formas.

O psicólogo da forma encontra um material particularmente rico nos pregueados estilizados dessa época. Com relativamente poucos elementos produziu-se, então, uma enorme variedade de formas amplamente diferenciadas de expressão individual. Centenas de pintores retrataram a Virgem Maria sentada, com o manto formando dobras por sobre os joelhos. E não há um só caso em que a forma do pregueado não revele uma personalidade inteira. Não apenas nas diretrizes básicas da arte do Renascimento italiano, mas também no estilo pictórico holandês dos quadros de gabinete do séc. XVII, o pregueado possui esse mesmo significado psicológico.

Sabe-se que Terborch* tinha uma certa predileção pelo cetim, e ele o reproduziu particularmente bem. Tem-se a impressão de que esse tecido requintado não poderia ser representado de forma diferente daquela que observamos em suas obras. Contudo, trata-se apenas da visão pessoal do pintor que se expressa através de suas formas. Metsu*, por outro lado, observou o fenômeno da formação de pregas de maneira totalmente diferente: o tecido é concebido como algo pesado, em seu caimento e suas dobras; seus contornos são menos delicados; às curvas do pregueado falta a elegância e da sequência de pregas desapareceu a leveza agradável, o brio. Continua sendo cetim, e pintado por um mestre, mas, ao lado do tecido de Terborch, o de Metsu parece quase sem brilho.

E nesse quadro não se trata simplesmente do resultado do mau humor do artista: o espetáculo se repete, e é tão típico, que podemos prosseguir com os mesmos conceitos quando passamos para a análise das personagens e sua disposição. Consideremos, por exemplo, o braço descoberto da musicista no quadro de Terborch – como são leves sua articulação e movimento e como é

Fig. 5. Terborch. *Concerto em casa*.

mais pesado o efeito da forma no quadro de Metsu – não por ter sido desenhado com menor habilidade, mas porque foi sentido de forma diferente. Em Terborch, o grupo de figuras é estruturado de forma leve e entre elas existe bastante espaço; Metsu nos apresenta algo mais maciço e compacto. Um acúmulo de elementos,

Fig. 6. Metsu. *Aula de música*.

Fig. 7. Hobbema. *Paisagem com moinho*.

como o pesado tapete de mesa com os apetrechos para escrever, dificilmente seria encontrado em Terborch.

E assim por diante. Se em nossa reprodução pouco restou da leveza oscilante das graduações tonais de Terborch, o ritmo do todo ainda fala um idioma inteligível, e não será necessária nenhuma persuasão especial para se reconhecer, no modo como as partes se mantêm mutuamente em tensão, uma arte intimamente ligada àquela do desenho dos pregueados.

O problema permanece o mesmo quando enfocamos as árvores dos paisagistas: um ramo, ou o fragmento de um ramo, são suficientes para que possamos dizer se o autor é Hobbema ou Ruysdael. E isto não porque se tenham levado em conta apenas os caracteres externos isolados da "maneira" do artista, mas porque a essência do sentimento formal já está presente nos mínimos

Fig. 8. Ruysdael. *Caçada.*

detalhes. As árvores de Hobbema*, mesmo naqueles casos em que ele reproduz as mesmas espécies de Ruysdael*, parecerão sempre mais leves: seus contornos são menos precisos e elas se projetam no espaço mais iluminadas. O estilo mais grave de Ruysdael impõe ao traçado da linha um peso particularmente impressionante; ele adora o lento ondular das silhuetas e mantém as massas de folhagens compactamente unidas. Característico é, sobretudo, o modo como ele impede que as formas isoladas se separem umas das outras, oferecendo uma forte interpenetração dessas formas. Raramente um tronco se ergue livremente em direção ao céu; a linha do horizonte torna-se menos nítida e os contornos de montanhas e árvores tocam-se de maneira sombria. Hobbema, em contrapartida, prefere as linhas graciosas, ondulantes, as massas difusas, o terreno dividido, as vistas e os detalhes agradáveis: cada parte torna-se um pequeno quadro dentro da obra.

Com sutileza cada vez mais apurada devemos tentar, deste modo, revelar a relação da parte com o todo, para que possamos chegar à definição dos tipos individuais de estilo, não apenas na forma do desenho, como também no tratamento da luz e das cores. Compreenderemos, então, como uma determinada concepção formal está necessariamente ligada a uma certa coloração e aos poucos entenderemos o complexo global das características pessoais de um estilo como a expressão de um certo temperamento. Para a história descritiva da arte ainda há muito a ser feito nesse sentido.

Mas o curso da evolução da arte não pode ser decomposto em uma série de pontos isolados: os indivíduos se organizam em grupos maiores. Botticelli e Lorenzo di Credi, apesar de suas diferenças, possuem, pelo fato de serem florentinos, muitos elementos comuns, se comparados com qualquer um dos venezianos; e Hobbema e Ruysdael, por mais que possam divergir um do outro, tornam-se imediatamente bastante semelhantes ao serem comparados com um holandês, ou um flamengo como Rubens. Isso significa que, ao lado do estilo pessoal, deve-se considerar o *estilo da escola*, o *estilo do país*, o *estilo da raça*.

Passemos à definição da arte holandesa, confrontando-a com a arte flamenga. A paisagem plana dos campos nos arredores de Antuérpia mostra, em si, nada menos do que as pastagens holandesas, às quais os pintores locais atribuíram a expressão do mais tranquilo espraiamento. Mas quando Rubens* trata esse mesmo motivo o tema parece ser completamente diferente: a superfície da terra projeta-se em ondas vigorosas, os troncos das árvores se retorcem apaixonadamente e suas copas são tratadas em massas tão fechadas, que Ruysdael* e Hobbema*, em comparação, aparecem como silhuetistas igualmente sutis. É a sutileza holandesa contrastando com a compacidade flamenga. Comparados com a energia do movimento no desenho de Rubens, os desenhos holandeses são, em geral, serenos, quer se trate da curvatura de uma colina, quer de uma flor que desabrocha. Nenhum tronco de árvore holandês possui a força dramática do movimento flamengo, e mesmo os gigantescos carvalhos de Ruysdael parecem delicados ao lado das árvores de Rubens. Rubens eleva a linha do horizonte até o alto e confere um certo peso ao quadro, na medida em que o sobrecarrega de elementos; para os holandeses, a relação entre céu e terra é radicalmente diferente: o horizonte repousa embaixo, e pode ocorrer que quatro quintos da tela sejam preenchidos por ar.

É claro que essas considerações só têm valor quando podem ser generalizadas. A sutileza da paisagem holandesa deve ser relacionada com fenômenos análogos e levada para os domínios da tectônica. As camadas de um muro de tijolos ou o entrançamento de um cesto são sentidos na Holanda da mesma forma peculiar com que o são as folhagens das árvores. É interessante observar que não apenas um miniaturista como Dou mas também um narrador como Jan Steen tenham tempo, mesmo em meio à cena mais movimentada, de se deter no desenho minucioso do entrançamento de um cesto. O feixe de linhas brancas das junções de uma parede de tijolos, a configuração de paralelepípedos bem assentados, todos esses pequenos detalhes foram muito apreciados pelos pintores da arquitetura. Contudo, da arquitetura holandesa propriamente dita, teremos de dizer que a pedra parece ter ganho aqui uma leveza bastante peculiar. Uma construção típica como a prefeitura de Amsterdam evita tudo o que, no sentido da imaginação flamenga, possa conferir às grandes massas de pedra uma aparência pesada.

Deparamo-nos aqui, em todos os pontos, com as bases do sentimento nacional, onde o gosto formal entra em contato direto com elementos espirituais e morais, e a história da arte terá diante de si gratas tarefas, tão logo passe a abordar sistematicamente a questão da psicologia nacional da forma. Tudo se relaciona. As posturas tranquilas dos quadros de figuras holandeses também formam as bases para os objetos do mundo arquitetônico. Mas se considerarmos Rembrandt e o seu senso da vida da luz que, furtando-se de toda forma concreta, move-se misteriosamente em espaços infinitos, facilmente nos sentiremos tentados a estender nossa observação para a análise da arte germânica em oposição à arte românica.

Mas aqui o problema se bifurca. Embora no séc. XVII a essência da alma holandesa difira claramente da flamenga, não poderemos nos valer de um único período da arte para proferirmos um julgamento geral acerca do tipo nacional. Épocas diferen-

Fig. 9. Rubens. *Paisagem com rebanho*.

tes produzem artes diferentes; o espírito da época mescla-se ao espírito da raça. É preciso estabelecer, em primeiro lugar, os traços gerais de um estilo antes de o considerarmos um estilo propriamente nacional. Por mais que a paisagem de Rubens se ache intensamente impregnada pela personalidade deste mestre, e por mais que tantos talentos se tenham norteado por ele, não podemos admitir que ele tenha sido a expressão de um caráter nacional "permanente" na mesma extensão em que o foi a arte holandesa contemporânea. O espírito da época manifesta-se nele de forma mais pronunciada. Seu estilo é fortemente condicionado por uma corrente cultural específica – o sentimento do barroco romano –, razão pela qual é ele, mais do que os artistas "atemporais" holandeses, que nos leva a ter uma ideia do que devemos chamar de *estilo de uma época*.

É na Itália que esta ideia pode ser mais bem apreendida, pois a evolução naquele país processou-se livre de influências externas, e os traços gerais do caráter italiano permanecem perfeitamente reconhecíveis em todas as transformações. A transição do Renascimento para o Barroco é um exemplo bastante elucidativo de como o espírito de uma nova época exige uma nova forma.

Adentramos agora um terreno já bastante explorado. Para a história da arte nada há de mais natural do que traçar paralelos entre movimentos culturais e períodos estilísticos. As colunas e os arcos do apogeu do Renascimento revelam o espírito da época tanto quanto as figuras de Rafael, e uma construção barroca expressa a noção da transformação de ideais de modo não menos claro do que a comparação entre os gestos impetuosos de Guido Reni e a nobre altivez e dignidade da *Madona Sistina*.

Vamos agora permanecer exclusivamente no terreno da arquitetura. O conceito básico do Renascimento italiano é o conceito da proporção perfeita. Na figura humana, tanto quanto nas edificações, esse período procurou obter a imagem da perfeição que repousa em si mesma. Cada uma das formas ganha uma existência autônoma e se articula livremente; são partes vivas, absolutamente independentes. A coluna, o setor de parede, o volume de um simples setor de espaço, bem como do espaço total – nada além de formas nas quais o ser humano pode encontrar uma existência satisfeita em si mesma, que transcende a medida humana, mas que é sempre acessível à imaginação. Com uma sensação de bem-estar infinito, o espírito apreende esta arte como a imagem de uma existência livre, superior, da qual ele pode participar.

O Barroco emprega o mesmo sistema de formas, mas em lugar do perfeito, do completo, oferece o agitado, o mutável; em lugar do limitado e concebível, o ilimitado e colossal. Desaparece o ideal da proporção bela e o interesse não se concentra mais no que é, mas no que acontece. As massas, pesadas e pouco articuladas, entram em movimento. A arquitetura deixa de ser o que fora no Renascimento, uma arte da articulação, e a composição do edifício, que antes dava a impressão da mais sublime liberdade, cede lugar a um conglomerado de partes sem qualquer autonomia.

Esta análise certamente não esgota o assunto, mas serve para mostrar de que forma os estilos são a expressão do seu tempo. Não há dúvida de que é um novo ideal de vida que nos fala através da arte do Barroco italiano, e apesar de termos colocado a arquitetura em primeiro lugar, por incorporar de forma mais evidente esse ideal, os pintores e escultores contemporâneos nos dizem a mesma coisa em sua linguagem própria, e quem quer que pretenda reduzir os fundamentos psíquicos da mudança de estilos a princípios abstratos, provavelmente encontrará a palavra--chave entre estes últimos mais do que entre os arquitetos. A relação do indivíduo com o mundo modificou-se; abriu-se um novo universo de sentimentos e a alma aspira à redenção na magnitude do incomensurável, do infinito. "Emoção e movimento a qualquer preço": assim resumia o *Cicerone* a característica desta arte.

Esquematizando os três exemplos de estilo individual, estilo nacional e estilo de época, pudemos ilustrar os objetivos de uma história da arte que concebe o estilo sobretudo como expressão, expressão do espírito de uma época, de uma nação, bem como expressão de um temperamento individual. É óbvio que com tudo isso não nos referimos à qualidade da obra de arte: o temperamento certamente não produz qualquer obra de arte, mas ele é o que podemos chamar de componente material do estilo, no sentido de que o ideal de beleza específico (tanto o do indivíduo como o da coletividade) está nele contido. Os trabalhos de história da arte nesse sentido estão longe de atingir o grau de perfeição que deveriam ter, mas a tarefa é convidativa e gratificante.

Os artistas certamente não estão muito interessados nas questões históricas do estilo. Eles veem a obra exclusivamente do ponto de vista da qualidade: é boa, é autossuficiente, terá a natureza encontrado uma expressão clara e vigorosa? Todo o resto é mais ou menos indiferente. Não podemos deixar de citar Hans van Marées, quando escreve que está aprendendo a dar cada vez menos valor a escolas e personalidades, para ter em vista apenas a solução do problema artístico que, em última análise, é o mesmo tanto para Michelangelo como para Bartolomeu van der Helst. Os historiadores, que, ao contrário, têm como ponto de partida as diferenças entre obras acabadas, sempre foram alvo do escárnio dos artistas: eles teriam o poder de transformar coisas secundárias em principais e, no desejo de entender a arte apenas como expressão, ter-se-iam detido apenas no aspecto não artístico do homem. Podemos analisar exaustivamente o temperamento de um artista e ainda assim não conseguir explicar como surgiu aquela obra de arte; descrever todas as diferenças entre Rafael e Rembrandt não significa outra coisa senão desviar-se do problema principal, pois o importante não é mostrar a diferença entre os dois, e sim explicar como ambos, tendo percorrido caminhos diferentes, conseguiram legar à humanidade uma arte grandiosa.

Não será necessário neste momento colocar-se a favor do historiador da arte e defender seu trabalho diante de um público dúbio. Para o artista é absolutamente natural colocar em primeiro plano o cânon geral da arte, mas não podemos criticar o interesse do observador histórico pela variedade de formas sob as quais a arte se manifesta, e um problema a ser considerado continua sendo o de descobrir as condições que, atuando como estímulos materiais – sejam elas o temperamento, o espírito da época ou o caráter racial –, determinam o estilo dos indivíduos, das épocas e dos povos.

Uma análise do ponto de vista da qualidade e da expressão certamente não esgota o assunto. Existe um terceiro elemento – e aqui atingimos o ponto central de nosso estudo: o modo de representação como tal. Todo artista tem diante de si determinadas possibilidades visuais, às quais se acha ligado. Nem tudo é possível em todas as épocas. A visão em si possui sua história, e a revelação destas camadas visuais deve ser encarada como a primeira tarefa da história da arte.

Vamos tentar, através de exemplos, esclarecer o que foi exposto. Dificilmente encontraremos dois artistas que, embora contemporâneos, sejam tão diferentes quanto ao temperamento como o mestre do Barroco italiano Bernini e o pintor holandês Terborch. Tão incomparáveis como estas duas personalidades também o são suas obras. Diante das figuras turbulentas de Bernini, quem pensará nas telas tranquilas, delicadas, de Terborch? E, no entanto, se colocarmos lado a lado desenhos dos dois mestres e compararmos o aspecto geral da técnica, teremos de admitir que entre eles existe uma semelhança evidente. Em ambos há uma maneira de ver em manchas e não em linhas, algo que podemos chamar de pictórico, e que distingue claramente a arte do séc. XVII da arte do séc. XVI. Encontramos aqui um tipo de visão da qual artistas os mais heterogêneos podem participar, pois ela obviamente não lhes impõe uma determinada forma de expressão. Certamente um artista como Bernini precisou do estilo pictórico para expressar o que tinha para expressar, e seria absurdo imaginar como ele teria se expressado no estilo linear do séc. XVI. Mas sem dúvida estamos lidando aqui com conceitos totalmente diferentes do que quando falamos, por exemplo, do vigor do tratamento que o Barroco dá às massas, em oposição à calma e sobriedade do apogeu do Renascimento. Uma maior ou menor movimentação são momentos de expressão que podem ser medidos por um único critério. O linear e o pictórico, por outro lado, são como dois idiomas, através dos quais tudo pode ser dito, embora cada um tenha a sua força voltada para uma certa direção e tenha-se concretizado a partir de uma perspectiva diferente.

Vejamos um outro exemplo. Podemos analisar a linha de Rafael do ponto de vista da expressão, contrapor seu longo e nobre traçado à menor laboriosidade do contorno do *Quattrocento*: no movimento da linha da *Vênus* de Giorgione perceberemos a semelhança com a *Madona Sistina* e, passando para a escultura, descobriremos no jovem *Baco* com a taça erguida, de Sansovino, a nova linha, longa e contínua, e ninguém poderá negar que nesta grande obra está o despertar da nova maneira de sentir do séc. XVI. Relacionar desta maneira forma e espírito não significa apenas escrever superficialmente sobre história. Mas o fenômeno tem um outro lado. Explicando a grande linha, não explicamos a linha em si. Não foi por acaso que Rafael, Giorgione e Sansovino procuraram na linha força expressiva e beleza formal. Trata-se novamente de questões que extrapolam os limites de um determinado país. Para os países do norte, este mesmo período também significou um período do predomínio da linha, e dois artistas que pouco têm em comum enquanto personalidades, Michelangelo e Hans Holbein, o Moço, possuem características comuns na medida em que ambos representam o tipo de desenho rigorosamente linear. Em outras palavras, pode-se descobrir na história dos estilos um substrato mais profundo de conceitos que dizem respeito à representação como tal, e é possível vislumbrar-se uma história da evolução do modo de ver do Ocidente, para a qual a diversidade do caráter individual e nacional não é de importância decisiva. Sem dúvida, não é fácil desvendar essa evolução interna do modo de ver, pois as possibilidades de representação de uma época nunca se revelam em estado de pureza abstrata, aparecendo sempre, o que é natural, unidas a um certo conteúdo expressivo, e o observador é geralmente levado a procurar na expressão a explicação para a obra de arte como um todo. Quando Rafael constrói os arcabouços de seus quadros e, com rigorosa observância de leis, consegue elevar a impressão de sobriedade e dignidade a um grau sem precedentes, podemos ver nessa sua tarefa específica o impulso e o objetivo; não obstante, o elemento tectônico da obra de Rafael não pode ser totalmente atribuído a uma intenção nascida de um estado de espírito: trata-se antes da forma de representação de sua época, que ele apenas aperfeiçoou num certo sentido e colocou a serviço de seus próprios objetivos. Mais tarde não faltaram tentativas ambiciosas de reproduzir atmosferas solenes semelhantes, mas foi impossível retomar as fórmulas desse mestre. O classicismo francês do séc. XVII repousa sobre fundamentos de ordem visual totalmente diferentes, razão pela qual chega necessariamente a resultados diferentes. Atribuindo tudo exclusivamente à expressão, partimos do pressuposto errôneo de que todos os estados de espírito sempre tiveram à sua disposição os mesmos meios de expressão.

E quando nos referimos a progressos na arte da imitação, às novas impressões da natureza que uma época produziu, referimo-nos também a um elemento material ligado a formas de representação já existentes anteriormente. As considerações referentes ao séc. XVII não podem ser simplesmente aplicadas ao problema da arte do *Cinquecento*: transformaram-se todos os fundamentos. Um erro da história da arte é trabalhar com o conceito inepto da imitação da natureza, como se ele fosse apenas um processo homogêneo de crescente aperfeiçoamento. Todo o progresso na "entrega à natureza" não explica como uma paisagem de Ruysdael difere de uma de Patenier, e com a "conquista progressiva da realidade" ainda não explicamos o contraste entre uma cabeça retratada por Frans Hals e outra por Dürer. O conteúdo imitativo, o elemento material, podem ser os mais díspares; o ponto crucial continua a ser o fato de a concepção, em cada caso, basear-se em um esquema visual diferente – um esquema que, no entanto, tem raízes mais profundas do que o simples problema do progresso da imitação. Ele condiciona a obra arquitetônica tanto quanto as artes plásticas, e uma fachada românica do Barroco tem o mesmo denominador visual de uma paisagem de Van Goyen.

2. As formas mais gerais de representação

O presente estudo ocupa-se da discussão das formas universais de representação. Seu objetivo não é analisar a beleza da obra de um Leonardo ou de um Dürer, e sim o elemento através do qual esta beleza ganhou forma. Ele também não tenta analisar a representação da natureza de acordo com o seu conteúdo imitativo, nem em que medida o naturalismo do séc. XVI difere daquele do séc. XVII, mas sim o tipo de percepção que serve de base às artes plásticas no decorrer dos séculos.

Procuraremos destacar estas formas fundamentais no âmbito da arte mais recente. Para designarmos a sequência de períodos estilísticos usamos denominações tais como Pré-Renascimento, apogeu do Renascimento e Barroco, nomes que pouco significam e que podem levar a compreensões errôneas se empregados indiscriminadamente no norte e no sul, mas que dificilmente poderão ser deixados de lado agora. Infelizmente, a analogia simbólica "eclosão-apogeu-decadência" é de importância secundária, desprezível. Se de fato existe uma diferença qualitativa entre o séc. XV e o séc. XVI, no sentido de que o séc. XV precisou chegar gradativamente à noção dos efeitos que estavam à livre disposição do séc. XVI, a arte (clássica) do *Cinquecento* e a arte (barroca) do *Seicento* se equiparam em termos de valor. O adjetivo clássico não encerra aqui qualquer juízo de valor, pois o Barroco também possui o seu classicismo. O Barroco não significa nem a decadência nem o aperfeiçoamento do elemento clássico, mas uma arte totalmente diferente. A evolução ocidental da época mais recente não pode ser simplesmente reduzida a uma curva com um aclive, um ápice e um declive: ela possui dois pontos culminantes. Podemos simpatizar tanto com um quanto com o outro, mas é preciso termos em mente que se trata de um julgamento arbitrário, exatamente como é arbitrário dizer que uma roseira atinge seu apogeu ao florescer e uma macieira ao dar frutos.

Para simplificar, tomemos a liberdade de considerar o séc. XVI e o séc. XVII como unidades de estilo, embora estes períodos não apresentem uma produção homogênea e os traços distintivos do *Seicento* já tenham começado a ganhar forma muito antes do ano de 1600, exatamente como, de outra parte, continuaram a influenciar por muito tempo o aspecto das obras do séc. XVIII. Nosso objetivo é comparar tipo com tipo, algo já acabado com algo já acabado. É evidente que não existe nada de "acabado", no sentido estrito da palavra: todo material histórico está sujeito a constantes transformações; mas precisamos decidir por estabelecer as distinções num momento frutífero, permitindo que elas nos falem enquanto elementos contrastantes, se não quisermos que toda a evolução nos escape por entre os dedos. Os estágios que antecederam o apogeu do Renascimento não podem ser ignorados, mas eles representam uma forma arcaica de arte, a arte dos Primitivos, para a qual ainda não existe uma forma plástica definida. Entretanto, a exposição das diferenças individuais que levaram à mudança do estilo do séc. XVI para o estilo do séc. XVII deve ser reservada a um estudo histórico detalhado que, naturalmente, somente fará justiça à sua tarefa se dispuser dos conceitos determinantes para tal.

Salvo engano, a evolução pode ser resumida, numa formulação provisória, nos cinco pares de conceitos seguintes:

1. A evolução do linear ao pictórico, i.e., a evolução da linha enquanto caminho da visão e guia dos olhos, e a desvalorização gradativa da linha: em termos mais gerais, a percepção do objeto pelo seu aspecto tangível em contornos e superfícies, de um lado, e um tipo de percepção capaz de entregar-se à simples aparência visual e abandonar o desenho "tangível", de outro. No primeiro caso, a ênfase recai sobre os limites dos objetos; no segundo, a obra parece não ter limites. A visão por volumes e contornos isola os objetos: a perspectiva pictórica, ao contrário, reúne-os. No primeiro caso, o interesse está na percepção de cada um dos objetos materiais como corpos sólidos, tangíveis; no segundo, na apreensão do mundo como uma imagem oscilante.

2. A evolução do plano à profundidade. A arte clássica dispõe as partes de um todo formal em camadas planas, enquanto a arte barroca enfatiza a profundidade. O plano é o elemento da

linha, a justaposição em um único plano sendo a forma de maior clareza: a desvalorização dos contornos traz consigo a desvalorização do plano, e os olhos relacionam os objetos conforme sejam eles anteriores ou posteriores. Não se trata de uma diferença qualitativa: a inovação não está diretamente ligada a uma maior capacidade para se representar em profundidades espaciais: ela significa antes um tipo de representação radicalmente diferente, da mesma forma como o "estilo plano", da forma como o entendemos, não é o estilo da arte primitiva, surgindo apenas no momento em que se verifica um domínio completo da redução pelo efeito de perspectiva e da sensação de espaço.

3. A evolução da forma fechada à forma aberta. Toda obra de arte deve ser um todo fechado, e será um defeito não nos fazer sentir que está contida em si mesma; mas a interpretação dessa exigência no séc. XVI e no séc. XVII é tão diferente que, em comparação com a forma imprecisa do Barroco, o desenho clássico só poderá ser considerado como a arte da forma fechada. A flexibilidade na observância de leis, o afrouxamento da rigidez tectônica, ou qualquer que seja a denominação que possamos dar a esse processo não significam simplesmente um aumento de interesse, mas um novo tipo de representação conscientemente empregado, o que justifica sua colocação entre os tipos fundamentais de representação.

4. A evolução da pluralidade para a unidade. No sistema da composição clássica, cada uma das partes, embora firmemente arraigada no conjunto, mantém uma certa autonomia. Não se trata da autonomia anárquica da arte dos primitivos: a parte é condicionada pelo todo e, no entanto, não deixa de possuir vida própria. Para o observador, isto pressupõe uma articulação, um deslocar-se de parte para parte, operação bastante diferente da percepção como um todo, tão empregada e exigida pelo séc. XVII. Em ambos os estilos a unidade é o objetivo (em oposição ao período pré-clássico, que não entendia esse conceito em seu verdadeiro sentido), mas no primeiro caso ela é obtida pela harmonia de partes livres, enquanto no segundo é obtida pela união das partes em um único motivo, ou pela subordinação de todos os demais elementos ao comando incondicional de um único elemento.

5. A clareza absoluta e relativa do objeto. Esta é uma oposição que à primeira vista lembra a oposição entre linear e pictórico. Trata-se da representação dos objetos tais como são, tomados isoladamente e acessíveis ao sentido plástico do tato, e da representação dos objetos tais como se apresentam vistos como um todo, e mais no sentido de suas qualidades não plásticas. Característico da época clássica é o fato de ela ter desenvolvido um ideal de clareza absoluta que o séc. XV apenas pressentira vagamente, e que o séc. XVII aboliu deliberadamente. Isso não quer dizer que a forma artística se tornou confusa, o que sempre suscita uma impressão desagradável, mas a clareza do objeto já não é o propósito único da representação; já não é necessário apresentar aos olhos a forma em sua totalidade: basta que se ofereçam os pontos básicos de apoio. Composição, luz e cor já não se encontram apenas a serviço da forma, mas possuem vida própria. Há casos em que a clareza absoluta foi parcialmente abandonada somente para se aumentar o efeito, mas a clareza "relativa" entra para a história da arte no momento em que se observa a realidade de um ângulo completamente diferente. Mesmo aqui não se trata de uma diferença qualitativa o fato de o Barroco se afastar dos ideais da época de Dürer e Rafael, mas, como dissemos, trata-se de uma nova postura diante do mundo.

3. Imitação e decoração

As formas de representação aqui descritas são de significado tão amplo, que mesmo indivíduos de naturezas tão diferentes quanto Terborch e Bernini – repetindo um exemplo já citado – encaixam-se dentro de um mesmo tipo. A semelhança entre os estilos desses dois pintores está naquilo que para o homem do séc. XVII é evidente: certas condições básicas, às quais está ligada a impressão da realidade viva, sem que delas dependa um valor expressivo mais específico.

Elas podem ser tratadas como formas de representação ou como formas de visão de mundo: nestas formas a natureza é vista, e nestas formas a arte manifesta seus conteúdos. Mas é arriscado falar apenas de "estados da visão" que condicionam a concepção artística: toda concepção artística é, por sua própria natureza, organizada de acordo com certas noções de gosto. Por esta razão, nossos cinco pares de conceitos possuem um significado imitativo e um significado decorativo. Qualquer tipo de reprodução da natureza move-se dentro de um esquema decorativo definido. A visão linear está permanentemente unida a uma certa noção de beleza; o mesmo ocorre com a visão pictórica. Se um tipo mais evoluído de arte dissolve a linha e a substitui por massas em movimento, não o faz visando apenas a uma nova verossimilhança, mas também a um novo ideal de beleza. E da mesma forma devemos dizer que a representação do tipo "plano" corresponde a um certo estágio da visão de mundo; entretanto, mesmo aqui o esquema possui obviamente um lado decorativo. O esquema em si certamente nada oferece, mas contém a possibilidade de se desenvolverem tipos de beleza na disposição dos planos, que o estilo de representação em profundidade já não possui, e não quer possuir. E podemos estender esta mesma linha de pensamento para todos os conceitos.

Mas, se estes conceitos mais gerais levam em conta também um tipo especial de beleza, não estaríamos retornando ao início, onde o estilo havia sido concebido como a expressão direta do temperamento, fosse ele de uma época, de um povo, ou de um indivíduo? E, neste caso, o único dado novo não seria apenas o fato de o corte ter sido feito mais abaixo e os fenômenos terem sido reduzidos, de certa forma, a um denominador comum maior?

Quem assim pensa desconhece que a nossa segunda série de conceitos pertence, por sua própria natureza, a um gênero diferente, visto que esses conceitos, em suas transformações, obedecem a uma necessidade interior. Eles representam um processo psicológico racional. A transição da concepção tangível, plástica, para a pictórica possui uma lógica natural, e não pode ser revertida. E o mesmo vale para a transição do tectônico para o atectônico, da observância rígida de um sistema de leis para uma maior liberdade.

Usando uma parábola que certamente não pode ser entendida apenas do ponto de vista da mecânica: a pedra que rola montanha abaixo pode assumir diferentes tipos de movimento, dependendo da superfície de inclinação da montanha, da rigidez

Fig. 10. Roma, S. Agnese.

ou maciez do solo etc.; todas essas possibilidades, porém, estão sujeitas à mesma lei de gravidade. Assim, na psicologia humana existem certos processos de evolução que podem ser vistos como sujeitos a uma lei natural, da mesma forma como o é o crescimento físico. Eles podem sofrer toda sorte de variações, podem ser inibidos parcial ou totalmente, mas, uma vez desencadeado o processo, em toda a sua extensão se observará a operação de certas leis.

Ninguém poderá afirmar que "os olhos" passam por processos evolutivos por sua própria conta. Condicionados e condicionando, eles sempre adentram outras esferas espirituais. Certamente não existe um esquema visual que, partindo de suas próprias premissas, possa ser imposto ao mundo como um modelo inalterável. Contudo, embora os homens em todas as épocas tenham visto aquilo que desejaram ver, isto não exclui a possibilidade de que uma lei permaneça operando em todas as transformações. Reconhecer esta lei seria o problema central de uma história científica da arte.

Retomaremos este ponto ao final de nosso estudo.

Fig. 11. Dürer. *Cristo diante de Caifás*.

CAPÍTULO UM
O linear e o pictórico

CONSIDERAÇÕES GERAIS

1. Linear (delineado, plástico) e pictórico. Quadro táctil e visual

Quando pretendemos exprimir de forma mais generalizada a diferença entre a arte de Dürer e a arte de Rembrandt, dizemos que Dürer é linear e Rembrandt, pictórico. Através disso, fica caracterizada uma diferença de épocas que extrapola as peculiaridades pessoais. A pintura ocidental, que foi linear no séc. XVI, desenvolveu-se, no séc. XVII, particularmente no sentido de uma arte pictórica. Ainda que tenha existido apenas um Rembrandt, o que se verificou em toda parte foi a ocorrência de uma modificação radical no modo de se verem as coisas, e quem tiver interesse em esclarecer sua relação para com o mundo visível deverá compreender primeiramente esses dois tipos de visão, fundamentalmente diferentes. A arte pictórica é posterior, e sem a primeira não seria nem mesmo concebível; isto não significa, porém, que ela seja superior. O estilo linear desenvolveu valores que o estilo pictórico não mais possui e não mais quer possuir. São duas visões de mundo orientadas de forma diversa quanto ao gosto e interesse pelo mundo; não obstante, cada uma delas é capaz de oferecer uma imagem perfeita do visível.

Embora no fenômeno do estilo linear a linha signifique apenas uma parte do objeto, e embora não se possa separar o contorno do objeto que envolve, podemos utilizar, em princípio, a seguinte definição popular: o estilo linear vê em linhas, o pictórico, em massas. Ver de forma linear significa, então, procurar o sentido e a beleza do objeto primeiramente no contorno – também as formas internas possuem seu contorno; significa, ainda, que os olhos são conduzidos ao longo dos limites das formas e induzidos a tatear as margens. A visão em massa ocorre quando a atenção deixa de se concentrar nas margens, quando os contornos tornam-se mais ou menos indiferentes aos olhos enquanto caminhos a serem percorridos e os objetos, vistos como manchas, constituem o primeiro elemento da impressão. Nesse caso, é irrelevante o fato de tais manchas significarem cores, ou apenas claridades e obscuridades.

A mera existência de luz e sombra, mesmo que a estes elementos se tenha atribuído um papel preponderante, não determina o caráter pictórico de um quadro. A arte linear também lida com corpos e espaço, e precisa de luzes e sombras para obter a impressão de plasticidade. Mas a linha permanece como um limite firme, ao qual tudo se subordina ou adapta. Leonardo é considerado, com razão, o pai do claro-escuro, e *A última ceia*, em particular, é o quadro no qual pela primeira vez, na arte mais recente, luzes e sombras são empregadas em larga escala como fator de composição. Contudo, o que seria dessas luzes e sombras sem o comando magistralmente seguro das linhas? Tudo depende de até que ponto uma importância preponderante é atribuída ou não às margens; se elas *precisam* ser vistas como linhas ou não. No primeiro caso, o contorno significa um traço que envolve regularmente a forma, ao qual o observador pode confiar-se totalmente; no segundo, o quadro é dominado por luzes e sombras, não de maneira propriamente ilimitada, mas sem que as margens sejam enfatizadas. Apenas esporadicamente aparece um segmento de contorno tangível. Ele deixou de ser um guia uniformemente seguro através do conjunto das formas. Por esta razão, o que caracteriza a diferença entre Dürer e Rembrandt não é um emprego maior de massas de luzes e sombras, mas o fato de, no primeiro, essas massas terem suas margens acentuadas e, no segundo, não.

As possibilidades da arte pictórica começam no momento em que a linha é desvalorizada enquanto elemento delimitador. É como se, de repente, todos os pontos fossem animados por um movimento misterioso. Enquanto o contorno fortemente expressivo mantém inabalável a forma, determinando igualmente a aparência, está na essência da representação pictórica conferir a ela um caráter indeterminado; a forma começa a brincar: luzes e sombras transformam-se em elementos independentes que se buscam e se unem de altura a altura, de profundidade a profundidade; o todo ganha a aparência de um movimento que emana incansável e infinitamente. Não importa se o movimento é trêmulo e impetuoso, ou apenas uma vibração e um tremeluzir silencioso: para o espectador, ele é inexaurível.

Portanto, podemos estabelecer assim a diferença entre os dois estilos: a visão linear distingue nitidamente uma forma de outra, enquanto a visão pictórica, ao contrário, busca aquele movimento que ultrapassa o conjunto dos objetos. No primeiro caso, linhas regulares, claras, delimitadoras; no segundo, contornos não acentuados que favorecem a ligação. Outros elementos contribuem para se criar a impressão de um movimento contínuo – sobre eles falaremos adiante –, mas a base de uma impressão pictórica reside na emancipação das massas de claro e escuro que, num jogo autônomo, buscam-se umas às outras. E isto significa que as formas isoladas têm, aqui, pouca importância; decisivo é o conjunto do quadro, pois somente nele a misteriosa interpretação de forma, luz e cor ganha efeito. É evidente que o imaterial e o incorpóreo precisam significar aqui tanto quanto os objetos concretos.

Quando Dürer* ou Cranach colocam um nu como um elemento luminoso sobre um fundo preto, os elementos permanecem radicalmente separados: fundo é fundo, figura é figura, e a *Vênus* ou a *Eva* que vemos diante de nós têm o efeito de uma silhueta branca sobre uma folha preta. Em contrapartida, quando Rembrandt* pinta um nu sobre um fundo escuro, a luminosidade do corpo parece emanar naturalmente do escuro do espaço; é como se tudo tivesse a mesma origem. Para isso, a nitidez do objeto não precisa ser reduzida. Mesmo em presença de absoluta nitidez formal, aquela peculiar união entre luzes e sombras modeladoras pode adquirir vida própria; figura e espaço, corpóreo e incorpóreo, podem unir-se na expressão de um movimento tonal independente, sem que a objetividade tenha sido prejudicada.

Mas certamente – para fazermos uma observação preliminar – os "pintores" têm grande interesse em libertar as luzes e as sombras da função de elementos meramente definidores da forma. A maneira mais simples de se obter um efeito pictórico verifica-se quando a iluminação não está mais a serviço da nitidez dos objetos, mas vai além deles: ou seja, quando as sombras não mais aderem às formas e, no conflito entre a nitidez dos objetos e a iluminação, os olhos sentem-se mais inclinados a se deixarem levar pelo jogo de tons e formas no quadro. Uma iluminação pictórica – no interior de uma igreja, por exemplo – não será aquela que evidencia tanto quanto possível pilares e paredes, mas aquela que, ao contrário, passa por sobre as formas e as oculta parcialmente. E, do mesmo modo, as silhuetas – se é que o conceito pode ser empregado aqui – tenderão a ser cada vez mais inexpressivas: uma silhueta pictórica nunca coincide com a forma do objeto. Logo que ela se manifeste de maneira pronunciadamente concreta, isola-se e passa a ser um obstáculo para a coalescência das massas do quadro.

Com tudo isso, entretanto, o mais importante ainda não foi mencionado. É preciso que retornemos àquela diferença básica entre representação linear e pictórica, já conhecida pela Antiguidade: a primeira representa as coisas como elas são; a segunda, como elas parecem ser. A definição soa um pouco grosseira e quase insuportável aos ouvidos filosóficos. Afinal, tudo não é aparência? E que sentido há em se falar de uma representação das coisas como elas são? Na arte, porém, esses conceitos têm sua permanente razão de ser. Existe um estilo que, de aspecto fundamentalmente objetivo, apreende e expressa os objetos em suas contingências fixas e palpáveis; e, em contrapartida, existe um estilo mais subjetivo, que toma por base da representação o *quadro*, onde o visível parece real aos olhos, e que, frequentemente, guarda pouca similitude com a concepção da forma real dos objetos.

O estilo linear é um estilo da discriminação visualizada plasticamente. O contorno nítido e firme dos corpos suscita no espectador uma sensação de segurança tão forte, que ele acredita poder tocá-los com os dedos, e todas as sombras modeladoras adaptam-se de tal modo à forma, que o sentido do tato é imediatamente estimulado. Representação e objeto são, por assim dizer, idênticos. Ao contrário, o estilo pictórico libertou-se, de certa maneira, do objeto tal como ele é. Para este estilo, já não existe o contorno ininterrupto, e as superfícies tangíveis são dissolvidas. Manchas se justapõem sem qualquer relação. Em sentido geométrico, desenho e modelação já não coincidem com a forma plástica, mas reproduzem apenas a aparência óptica do objeto.

Onde a natureza mostra uma curva, talvez encontremos agora um ângulo, e, em vez de redução e aumento de luz uniformemente progressivos, surgem agora o claro e o escuro em massas abruptas e sem graduação. Apenas a *aparência* da realidade é apreendida, algo bem diferente do que criara a arte linear, com sua visão condicionada plasticamente. Por esta razão, os traços de que o estilo pictórico se utiliza já não têm qualquer relação direta com a forma objetiva. O primeiro é uma arte do ser; o outro, uma arte do parecer. A figura do quadro permanece indeterminada e não se cristaliza em linhas e superfícies, que correspondem à tangibilidade do objeto real.

O contorno de uma figura com linhas uniformemente determinadas ainda possui em si algo da sensação de se apalpar um objeto. A operação que os olhos realizam assemelha-se à da mão que percorre um corpo; e a modelação, que reproduz a realidade na graduação de luz, também apela para as sensações de tato. Uma representação pictórica, ao contrário, exclui com simples manchas essa analogia. Ela tem sua origem apenas nos olhos e somente a eles se volta. Assim como a criança perde o hábito de tocar as coisas para "apreendê-las", também a humanidade deixou de testar um quadro por seus valores tangíveis. Uma arte mais desenvolvida aprendeu a abandonar-se à mera aparência.

Com isto modifica-se toda a concepção da pintura: o quadro táctil transformou-se em quadro visual – a mais decisiva mudança de orientação que a história da arte conhece.

Naturalmente, não precisamos pensar de imediato nas últimas formulações da moderna pintura impressionista, se queremos ter uma ideia da transformação do tipo linear para o pictórico. O quadro de uma rua movimentada, tal como pintado por Monet, por exemplo, onde nada, absolutamente nada mais coincide no desenho com a forma que acreditamos conhecer da natureza, um quadro com essa espantosa "alienação" do desenho em relação ao objeto certamente ainda não pode ser encontrado na época de Rembrandt. Mas os princípios básicos do impressionismo já estão ali. É conhecido de todos o exemplo da roda que gira. A impressão que temos é a de que os raios desapareceram e que anéis concêntricos indeterminados ocuparam seu lugar. O formato arredondado já não possui a forma geométrica pura. Não apenas Velásquez, mas também um artista discreto como Nicolaes Maes, transferiram para a tela essa impressão. Somente a ausência de nitidez é capaz de fazer com que a roda gire. Os traços da representação apartaram-se totalmente da forma real. Um triunfo da aparência sobre a realidade.

Sem dúvida, trata-se apenas de um caso extremo. A nova representação compreende tanto o que está parado quanto o que se encontra em movimento. Já estaremos em terreno impressionista quando o contorno de uma esfera parada não mais for representado pela forma geométrica circular pura, mas com linhas interrompidas, e quando a modelação da superfície da esfera for decomposta em massas isoladas de luz e sombra, em vez de progredir uniformemente em graduações imperceptíveis.

Se é verdade que o estilo pictórico não modela as coisas em si, mas representa o mundo da forma como ele é visto, ou seja, como ele realmente se mostra aos olhos, está implícita aí a noção de que os diferentes componentes de um quadro são vistos como uma unidade a partir da mesma distância. Isso parece óbvio, embora não o seja. A distância necessária para uma visão nítida é relativa: objetos diferentes exigem enfoques diferentes dos olhos. Um mesmo complexo formal pode impor aos olhos tarefas completamente diferentes. Por exemplo: podemos ver nitidamente as formas de uma cabeça, mas a renda do colarinho, um pouco mais abaixo, exige uma aproximação maior, ou pelo menos um enfoque especial dos olhos, para que possa ser bem distinguida. O estilo linear, enquanto representação do ser, não hesitou em fazer essa concessão à nitidez do objeto. Era absolutamente natural que as coisas, cada uma em sua forma peculiar, fossem reproduzidas de sorte a serem perfeitamente distinguidas. A exigência por uma concepção visual unificada basicamente não existe para esta arte em suas manifestações mais puras. Os retratos de Holbein mostram pormenores de bordados e de trabalhos de ourivesaria.

Frans Hals, ao contrário, retratou um colarinho rendado apenas com um leve brilho branco. Ele não queria reproduzir mais do que o olhar apreende quando vê o conjunto. É bem verdade que o brilho deve convencer o observador de que todos os detalhes estão presentes e que somente a distância provocou, naquele momento, uma aparência imprecisa.

A extensão daquilo que se pode ver como uma unidade tem sido entendida de formas bem diferentes. Embora estejamos habituados a chamar de impressionismo apenas os graus mais elevados, precisamos ter em mente o fato de que estes não significam algo essencialmente novo. Seria difícil indicar o ponto onde termina o estilo "puramente pictórico" e onde começa o impressionista. Tudo é transição. Da mesma forma, dificilmente poderemos estabelecer uma derradeira manifestação do impressionismo, que possa ser vista como sua expressão máxima. Isto é muito mais concebível do lado oposto. Na verdade, o que Holbein nos oferece é uma realização insuperável da arte do ser, da qual foram eliminados todos os elementos da mera aparência. Curiosamente não existe nenhuma denominação específica para esta forma de representação.

Além disso, a visão unificada está associada, naturalmente, a uma certa distância. Mas a distância exige que o aspecto arredondado do objeto se torne cada vez mais achatado na aparência. O terreno para a representação pictórica está preparado no momento em que desaparecem as sensações tácteis, quando se percebe apenas a justaposição de tons claros e escuros. Não é que esteja faltando a impressão de volume e espaço; ao contrário, a ilusão de materialidade pode ser muito mais forte, mas ela é obtida precisamente pelo fato de não ter sido transposta para o quadro mais plasticidade do que a aparência do conjunto realmente contém. Isso é o que distingue uma gravura de Rembrandt de uma litografia de Dürer. Em Dürer existe sempre o esforço para se obterem valores tácteis; é um desenho que, na medida do possível, acompanha a forma com suas linhas modeladoras. Em Rembrandt, ao contrário, a tendência é para subtrair as figuras à zona táctil e eliminar, no desenho, tudo o que se baseia na experiência direta dos órgãos do tato. Assim, há casos em que um objeto redondo é desenhado de forma absolutamente plana por um feixe de traços retos, sem que na impressão do conjunto ele pareça algo plano. Este estilo não está presente desde o início. Dentre as obras de Rembrandt existe uma nítida evolução. Assim, a *Diana no banho*, obra da fase inicial, ainda é modelada com um estilo (relativamente) plástico, com linhas curvas acompanhando as formas isoladas. Em contrapartida, os nus femininos retratados posteriormente utilizam quase que exclusivamente um lineamento plano. Naqueles, impõe-se a figura; nas composições ulteriores, ao contrário, ela aninhou-se no conjunto dos tons criadores de espaço. Mas aquilo que se reconhece claramente no traçado do desenho naturalmente também é a base do quadro pintado, embora o leigo, neste caso, talvez seja menos capaz de explicar o que observa.

Ao constatarmos tais fatos, peculiares à arte da representação na pintura, não devemos nos esquecer, porém, de que nossa conceituação do estilo pictórico transcende a esfera particular da pintura e possui igual significado tanto para a arquitetura, como para as artes que se propõem a imitar a natureza.

2. O pictórico objetivo e seu oposto

Nos parágrafos precedentes, o conceito de pictórico foi tratado essencialmente como um problema de concepção, no sentido de que não importa o objeto, e sim os olhos, que, de acordo com sua vontade, podem conceber tudo de uma forma ou de outra, de forma pictórica ou não pictórica.

Mas não podemos negar que na própria natureza existem certos objetos e situações que costumamos chamar de pictóricos. O caráter pictórico parece ser inerente a eles, independentemente da concepção específica do modo de ver pictórico. Naturalmente não existe um pictórico em si, e mesmo o assim chamado pictórico objetivo somente é pictórico para os olhos que assim o veem; mas por tudo isso podemos destacar como uma categoria especial estes motivos, cujo caráter pictórico consiste em relações reais que podem ser demonstradas. São motivos nos quais cada forma está tão ligada a um contexto maior, que surge a impressão de um movimento contínuo. Caso esteja presente um movimento real, tanto melhor, mas ele não é necessário. Os elementos responsáveis pela produção de um efeito pictórico podem ser intrincamentos de formas ou determinados aspectos e iluminações; o aspecto material sólido, estático, será sempre escamoteado pelo estímulo de um movimento que não reside no objeto, o que também significa que o todo apenas existe enquanto um *quadro* para os olhos, não podendo ser tocado pelas mãos, nem mesmo em sentido imaginário.

Chamamos de pictórica a figura de um mendigo com as vestes rotas, o chapéu amassado e os sapatos furados, enquanto as botas e os chapéus que acabaram de sair de uma loja são vistos como objetos não pictóricos. Falta-lhes a vida rica e fluida da forma, que pode ser comparada ao movimento das ondas, quando uma brisa agita a superfície da água. E se esta imagem não combina muito bem com as vestes rotas de um mendigo, pensemos então em trajes mais luxuosos, nos quais, com o mesmo efeito, as superfícies são interrompidas por recortes ou postas em movimento pela simples desordenação do pregueado.

Pelos mesmos princípios é que se pode falar de uma beleza pictórica das ruínas. O rigor da forma tectônica é quebrado, e quando os muros começam a desmoronar, quando aparecem buracos e rachaduras e o mato começa a envolver tudo, surge uma forma de vida que se agita e cintila por sobre a superfície. No momento em que os contornos se tornam inquietos e as linhas e ordenações geométricas desaparecem, o edifício se une em um conjunto pictórico com as formas em movimento livre na natureza, com árvores e colinas, o que não é possível para a arquitetura que não está em ruínas.

Um interior será considerado pictórico quando a ênfase não residir na estrutura da parede e do teto, mas quando a escuridão ocultar-se na profundidade e os cantos forem preenchidos por um amontoado de objetos, de sorte que sobre o conjunto, ora mais, ora menos pronunciada, paire a impressão de um movimento que a tudo abarca. *S. Jerônimo em sua cela**, gravura de Dürer, já tem algo de pictórico, mas se a compararmos com as cabanas e cavernas onde se aninham as famílias de camponeses retratadas por Ostade*, veremos que o conteúdo pictórico-decorativo é tão mais forte, neste último, que seria melhor pouparmos o adjetivo para estes casos.

A abundância de linhas e massas sempre levará a uma certa ilusão de movimento, mas são os ricos agrupamentos que melhor oferecem as imagens pictóricas. O que torna interessante um recanto pictórico numa antiga cidadela? À parte a variação dinâmica das direções axiais, o fato de as formas estarem parcialmente encobertas e entrecortadas também tem muito a dizer. Isso não significa apenas que permanece um mistério a ser desvendado, mas também que na sobreposição das formas surge uma figura global que é algo diferente da soma de todas as partes. O valor pictórico dessa nova figura será tanto maior quanto mais ela contiver elementos de surpresa em relação à forma familiar dos objetos.

É sabido que dentre as vistas possíveis de um edifício, a vista frontal é a menos pictórica: aqui, objeto e aparência coincidem perfeitamente. Mas tão logo se verifique uma redução pelo efeito de perspectiva, a aparência separa-se do objeto, o formato da imagem passa a ser diferente do formato do objeto, e podemos falar de um efeito pictórico de movimento. Certamente a redução pela perspectiva é de suma importância para a obtenção de tal efeito: o edifício *afasta-se* de nós. Entretanto, o fato visual é que neste caso a nitidez objetiva dá lugar à aparência, na qual contornos e superfícies se apartaram da forma pura do objeto. Ele não se tornou irreconhecível, mas um ângulo reto não é mais um ângulo reto, e as linhas paralelas perderam seu paralelismo. Na medida em que tudo se desloca, silhueta e formas internas, desenvolve-se um jogo de formas totalmente independente, que será tanto mais apreciado quanto mais se puder perceber a forma básica, o ponto de partida, em meio às transformações da aparência. Uma silhueta pictórica nunca pode coincidir com a forma do objeto.

Naturalmente as formas dinâmicas da arquitetura sempre levarão uma certa vantagem sobre as formas estáticas, no que diz respeito à produção de um efeito pictórico. Se um movimento real está presente, esse efeito é obtido muito mais facilmente. Nada existe de mais pictórico do que a multidão que se movimenta num mercado, onde a atenção não apenas é desviada da forma isolada do objeto pelo acúmulo e confusão de pessoas e objetos, mas onde o observador, precisamente por ter diante de si um todo em movimento, é levado a abandonar-se à mera pressão visual, sem examinar a forma plástica do objeto isolado. Mas nem todos obedecem a esse impulso, e os que o fazem, fazem-no em diferentes graus – quer dizer, a beleza pictórica da cena pode ser entendida de diversas maneiras. Mas, mesmo em se tratando de uma representação puramente linear – e este é o ponto decisivo –, um certo efeito pictórico-decorativo permaneceria.

Finalmente, não poderíamos omitir, neste contexto, o problema da iluminação pictórica. Também aqui trata-se de fatos objetivos, aos quais, à parte o tipo particular de concepção, se atribui um caráter pictórico-decorativo. Para o sentimento comum, estes são particularmente os casos em que a luz ou a sombra passam por sobre a forma, ou seja, se contrapõem à clareza do objeto. Já mencionamos o exemplo do interior de uma igreja iluminado pictoricamente. Se um raio de luz rompe a escuridão e, aparentemente de forma arbitrária, ilumina suas figuras nos pilares e no chão, temos aí um espetáculo, diante do qual o gosto popular exclama com satisfação: "que visão pitoresca!"; mas há casos em que a incidência e a vibração de luz no espaço também produzem um efeito igualmente impressionante, sem que o conflito entre forma e iluminação seja tão flagrante. A atmosfera pictórica gerada pelo crepúsculo é um desses casos. Aqui, o objeto é transposto de outra maneira: as formas dissolvem-se na atmosfera de penumbra e, em vez de uma quantidade de objetos isolados, observam-se massas mais claras e mais escuras, imprecisas, que confluem para um movimento comum de tons.

Inúmeros são os exemplos que ilustram as situações de efeito pictórico-objetivo. Limitemos nossa observação a esses casos particulares. Certamente eles não são todos do mesmo calibre: existem efeitos de movimentos pictóricos mais rudes e mais delicados, dependendo de o objeto plástico ter uma maior ou menor participação na impressão. Todos eles têm a qualidade de se oferecerem facilmente a um tratamento pictórico, embora não o exijam incondicionalmente. Mesmo quando os encontramos no estilo linear, não podemos definir aquela impressão criada, senão valendo-nos do conceito de pictórico, conforme podemos constatar na *S. Jerônimo em sua cela**, de Dürer.

A questão mais interessante é a seguinte: como se comporta historicamente o estilo de representação pictórica em relação ao aspecto pictórico do motivo? Primeiramente é bastante claro o fato de a linguagem comum designar como pictórico todo conjunto formal que, mesmo em repouso, produza uma impressão de movimento. Mas a noção de movimento também pertence à essência da visão pictórica: os olhos pictóricos apreendem tudo como algo vibrante, e não permitem que nada se cristalize em linhas e superfícies determinadas. Até aqui existe uma semelhança básica. Mas uma consulta aos ensinamentos da história da arte prova que o apogeu da representação pictórica não coincide com o desenvolvimento de motivos geralmente considerados pictóricos. Um pintor de arquitetura com a sensibilidade depurada não precisa de edifícios pictóricos para pintar uma tela pictórica. Os vestidos engomados das princesas que Velásquez precisou retratar, com seus motivos lineares, não correspondem, em absoluto, àquilo que comumente chamamos de pictórico, mas Velásquez os viu de modo tão pictórico, que eles chegam a superar os mendigos retratados pelo jovem Rembrandt, apesar de Rembrandt, ao que parece à primeira vista, ter tido o maior interesse por esse tema.

O exemplo de Rembrandt mostra precisamente que o progresso na concepção pictórica pode caminhar paralelamente a uma crescente simplicidade. Simplicidade significa aqui, porém, um abandono do ideal popular de motivo pictórico. Quando Rembrandt era jovem, certamente acreditava que a beleza estava nas vestes rotas do mendigo. E em se tratando de cabeças, preferia os rostos enrugados dos anciãos. Rembrandt retratou muros em ruínas, escadas sinuosas, vistas oblíquas, violentos efeitos de iluminação, aglomerações de pessoas etc. Mais tarde desaparece o aspecto pitoresco [it. *pittoresco*] – emprego a palavra estrangeira propositadamente, para que se perceba a diferença –, e na mesma proporção desenvolve-se o aspecto pictórico propriamente dito.

Nesse contexto, podemos estabelecer a distinção entre pictórico-imitativo e pictórico-decorativo? Sim e não. Existe obviamente um aspecto pictórico mais inerente ao objeto, e nada há a se objetar se o chamarmos de pictórico-decorativo. Mas ele não termina onde acaba o aspecto pictórico do objeto. Mesmo o

Rembrandt de anos mais tarde, para quem os objetos e as composições pitorescas se tornaram indiferentes, permanece pictórico-decorativo. Mas o movimento pictórico já não se origina dos objetos isolados no quadro: ele paira como um sopro sobre o quadro agora em repouso.

Aquilo que comumente chamamos de motivo pictórico nada mais é do que um estágio preliminar das formas mais evoluídas do gosto pictórico; historicamente ele é de grande importância, pois é precisamente nesses efeitos pictóricos mais concretos, mais evidentes, que uma concepção de mundo completamente pictórica parece ter-se desenvolvido.

Mas, assim como existe a beleza do pictórico, também existe a beleza do não pictórico. Falta-nos apenas uma denominação específica para ela. Beleza linear, beleza plástica não são denominações convincentes. No decorrer de nosso estudo, porém, voltaremos sempre à afirmação de que todas as transformações do estilo de representação são acompanhadas por transformações do sentimento decorativo.

O estilo linear e o pictórico não são apenas problemas da imitação, mas também da decoração.

3. Síntese

A grande oposição entre o estilo linear e o pictórico corresponde a interesses fundamentalmente diferentes em relação ao mundo. O primeiro traz a figura sólida, o segundo, a aparência alternante; lá, a forma permanente, mensurável, finita, aqui, o movimento, a forma desempenhando uma função; no primeiro, o objeto por si mesmo, no último, o objeto em seu contexto. E se podemos dizer que no estilo linear as mãos sentiram o mundo dos corpos essencialmente de acordo com seu conteúdo plástico, no estilo pictórico os olhos tornaram-se sensíveis às mais variadas texturas, e não há contrassenso algum no fato de a sensação visual ainda parecer alimentada pela sensação de tato – aquela outra sensação táctil, que aprecia o tipo de superfície, os diferentes revestimentos dos objetos. Agora a sensação vai além do objeto material e penetra nos domínios do imaterial. Somente o estilo pictórico conhece a beleza do imaterial. De interesses pelo mundo orientados de forma diferente nasce a cada vez uma nova beleza. É bem verdade que o estilo pictórico primeiramente reproduz o mundo como algo realmente visto, razão pela qual foi chamado de Ilusionismo. Mas não podemos imaginar que este estágio posterior da arte tenha sido o primeiro a ousar comparar-se com a natureza, e que o estilo linear tenha significado apenas uma referência temporária à realidade. A arte linear também foi absoluta, e parecia não precisar de nenhum engrandecimento no sentido da ilusão. A pintura, da forma como Dürer a entendia, era uma perfeita "ilusão de ótica", e Rafael não teria deposto suas armas diante do retrato do Papa, pintado por Velásquez: seus quadros são construídos sobre bases completamente diferentes. Mas a diversidade destas bases – voltamos a insistir nisso – não é só do tipo imitativo, mas fundamentalmente do tipo decorativo. A evolução não se processou como se tivesse em vista sempre o mesmo objetivo, e como se, no esforço de obter uma expressão "verdadeira" da realidade, o modo de o fazer se tivesse transformado gradualmente. O pictórico não é um estágio mais avançado na solução do problema específico da imitação da natureza; significa, sim, uma solução totalmente diferente. Somente no momento em que o sentimento decorativo se transforma é que podemos esperar uma transformação no modo de representação. O artista não busca a beleza pictórica do mundo movido pela decisão fria de conceber as coisas por um outro prisma, no interesse da verossimilhança ou plenitude, mas envolvido pelo *encanto* do pictórico. O fato de os artistas terem aprendido a separar a frágil imagem pictórica da realidade tangível não significa um progresso que deva ser atribuído a uma atitude naturalista mais consistente. Tal fato se deve ao despertar de um novo senso de beleza, ao sentimento pela beleza do movimento misterioso que tudo abarca e que para a nova geração significava, ao mesmo tempo, a vida. Todos os processos de estilo pictórico são apenas meios para se atingir um objetivo. Também a visão unificada não é uma conquista de valor independente, mas um processo que nasceu com aquele ideal e com ele voltou a desaparecer.

    Deste ponto de vista podemos entender que não atinge o cerne do problema quem objeta que os traços estranhos à forma empregados pelo estilo pictórico não significam nada de especial, uma vez que na observação a distância as manchas desconexas voltam a unir-se em uma forma fechada, e as linhas cortadas por ângulos acabam por se acalmar em curvas, de sorte que a impressão produzida seria, afinal, a mesma da arte anterior, apenas obtida por processos diferentes e, por isso mesmo, mais intensa em seus efeitos. O cerne do problema não é este. O que resulta de um retrato do séc. XVII não é apenas uma cabeça com uma força ilusória mais intensa: o que distingue basicamente Dürer de Rembrandt é a vibração do quadro como um todo, que persiste mesmo quando os olhos não têm mais a intenção de perceber em detalhes a forma do objeto. É verdade que o efeito ilusório será intensificado, se um trabalho independente de reconstrução do quadro for reservado ao observador, se as pinceladas apenas se unirem, até certo ponto, no momento mesmo da contemplação. Mas a imagem que resulta é fundamentalmente diferente daquela do estilo linear: a aparência *permanece* indeterminada, e não se cristaliza em linhas e superfícies que tenham algum significado para o senso táctil.

Podemos ir mais além: o desenho estranho à forma não precisa necessariamente desaparecer. A pintura pictórica não é um estilo para ser observado a distância, no sentido de que a técnica de composição pretenda parecer invisível. Podemos dizer que perdemos o melhor, se não percebemos as pinceladas de um Velásquez ou de um Frans Hals. E esta relação já se mostra perfeitamente clara no simples desenho. Ninguém pensa em afastar uma gravura de Rembrandt até o ponto de não reconhecer mais cada uma das linhas. É bem verdade que não se trata mais daquelas belas linhas das gravuras em cobre clássicas, mas isso não significa que de uma hora para outra as linhas tenham perdido seu significado: ao contrário, essas novas linhas, impetuosas, multiplicadas, interrompidas e dispersas devem ser vistas como são. Não obstante, o efeito formal pretendido será obtido da mesma forma.

Uma última observação. Já que mesmo a mais perfeita imitação da natureza também é infinitamente diferente da realidade, o fato de o estilo linear criar mais o quadro táctil do que o visual não implica uma inferioridade essencial. A concepção puramente óptica do mundo é apenas *uma* possibilidade, não mais. Ao lado disso, sempre existirá a necessidade de um tipo de arte que não capte apenas a aparência dinâmica do mundo, mas que procure fazer justiça ao ser, através das experiências tácteis. Todo ensinamento dará bons frutos se exercitar a técnica de representação em ambas as direções.

Certamente existem coisas na natureza que são mais congeniais à perspectiva pictórica do que à linear: mas seria preconceituoso acreditar que a arte mais antiga sentia-se coibida neste sentido. Ela foi capaz de representar tudo o que *quis* representar e só temos uma ideia exata de sua força quando nos lembramos de que ela encontrou uma forma linear de representação para os temas menos plásticos: folhagens e cabelo, água e nuvens, fumaça e fogo. Mas até que ponto é lícito afirmar que estes temas são mais difíceis de ser apreendidos por linhas do que os objetos plásticos? Assim como do repicar dos sinos podemos ouvir todos os tipos de palavras, também podemos ordenar o mundo visível das mais variadas formas, e ninguém poderá dizer que uma é mais verdadeira do que a outra.

4. O histórico e o nacional

Se houve um fato da história da arte que se tornou popular foi o de que a essência da arte dos Primitivos era fundamentalmente linear, e que vieram então as luzes e sombras e assumiram definitivamente a liderança, ou seja, entregaram a arte ao estilo pictórico. Portanto, o fato de antepormos o estilo linear ao pictórico não será novidade para ninguém. Mas enquanto nos preparamos para examinar os exemplos típicos da arte linear, precisamos dizer que eles não se encontram entre os Primitivos do séc. XV, mas somente entre os clássicos do séc. XVI. No nosso entender, Leonardo é mais linear do que Botticelli, e Holbein, o Moço, mais linear do que seu pai. O tipo linear não deu início à moderna evolução, mas se originou gradativamente de um gênero estilístico ainda impuro. O fato de a luz e a sombra aparecerem como importantes fatores no séc. XVI não afeta a supremacia da linha. Sem dúvida, os Primitivos também eram representantes do estilo linear, mas eu diria que eles souberam fazer bom uso da linha, sem, contudo, explorá-la. Uma coisa é estar ligado à concepção linear, outra coisa é trabalhar conscientemente a linha. Em contrapartida, a total liberdade da linha surge exatamente no momento em que os elementos opostos, luz e sombra, atingiram seu grau de amadurecimento. A simples presença de linhas não define o caráter do estilo linear, e sim, como dissemos, a força expressiva destas linhas, a força com que compelem os olhos a segui-las. O contorno do desenho clássico exercita um poder absoluto: é ele que nos narra os fatos e é nele que repousa a aparência decorativa. O contorno está carregado de expressão e nele reside toda a beleza. Sempre que nos deparamos com um quadro do séc. XVI, temos diante de nós um tema linear decisivo, em que beleza e força expressiva da linha são a mesma coisa. Na melodia entoada pela linha revela-se a verdade da forma. Uma grande conquista dos artistas do *Cinquecento* foi o fato de eles terem subordinado à linha, de modo bastante consequente, o mundo visível. Comparado com o desenho dos clássicos, seria o estilo linear dos Primitivos apenas uma arte imperfeita?[1]

Nesse sentido, não hesitamos em considerar Dürer, bem no início de nosso estudo, como ponto de partida. Para o conceito de pictórico ninguém há de fazer objeções se o associamos a Rembrandt, embora a história da arte tenha precisado dele muito tempo antes. Na verdade, ele já se faz sentir na época dos artistas clássicos da arte linear. Grünewald é considerado pictórico em comparação com Dürer; entre os florentinos, Andrea del Sarto é considerado *pintor*; e os venezianos como um todo, se comparados com os florentinos, são a escola pictórica, e ninguém desejará caracterizar Corregio de outra forma, senão com os conceitos do estilo pictórico.

Aqui se faz sentir a pobreza do idioma. Precisaríamos de milhares de palavras para designarmos todos os períodos de transição. Trata-se sempre de julgamentos relativos: comparado com

---

1. Neste contexto, precisamos esclarecer que o *Quattrocento* não constitui uma unidade de estilo. O processo de evolução do estilo linear, que desemboca no séc. XVI, somente tem início em meados do séc. XV. A primeira metade desse século é menos sensível à linha ou, se preferirmos, mais pictórica do que a segunda. Somente após 1450 é que se tornou mais vivo o senso da silhueta – no sul, naturalmente, mais cedo e de modo mais vigoroso do que no norte.

um estilo, podemos designar este de pictórico. Grünewald é certamente mais pictórico do que Dürer; mas, ao lado de Rembrandt, ele será imediatamente caracterizado como um artista do *Cinquecento*, ou seja, um mestre da silhueta. E se a Andrea del Sarto atribuirmos um talento especificamente pictórico, teremos de admitir também que o traçado de seus contornos é mais suave do que os dos outros, e que os tecidos que retrata parecem estremecer de modo bastante peculiar aqui e acolá; não obstante, o artista se mantém dentro de um sentimento essencialmente plástico, e seria aconselhável mantermos por ora o conceito de pictórico. Também os venezianos não podem ser excluídos do linearismo, se realmente quisermos empregar nosso conceito. A *Vênus reclinada*, de Giorgione, é uma obra de arte tão linear quanto a *Madona Sistina*, de Rafael.

De todos os seus compatriotas, Corregio foi o que mais se afastou da opinião dominante. Nele percebemos claramente a tentativa de vencer a linha enquanto elemento dominante. Mas as linhas que o artista ainda utiliza são longas, fluidas, embora na maioria das vezes tenham o seu curso de tal modo complicado, que os olhos têm dificuldade em acompanhá-las e as sombras e as luzes apresentam-se ora oscilantes, ora trêmulas, como se, por sua própria vontade, se buscassem umas às outras e quisessem libertar-se da forma.

O Barroco italiano pôde se orientar por Corregio. Entretanto, mais importante para a pintura europeia foi a evolução por que passaram Ticiano e Tintoretto anos mais tarde. Aqui foram dados os passos decisivos que levaram à representação da aparência, e um artista desta escola, El Greco, não tardou a tirar conclusões dela que, em seu tipo, nunca mais foram superadas.

Não é nossa intenção apresentar aqui a história do estilo pictórico; buscamos tão somente um conceito genérico. Sabe-se que o movimento em direção ao objetivo não é uniforme, e que cada progresso individual geralmente vem acompanhado de um retrocesso. É preciso muito tempo para que os progressos individuais se transformem em propriedade comum, e aqui e lá a evolução parece simplesmente retroceder. De um modo geral, porém, trata-se de um processo homogêneo, que se estende até o final do séc. XVIII, e que mostra seus últimos traços nas telas de um Guardi ou de um Goya. Segue-se, então, a grande ruptura. Chega ao final um capítulo da história da arte ocidental, e um novo capítulo se inicia através do reconhecimento da linha como soberana. O curso da história da arte, visto a distância, é mais ou menos igual no sul e no norte. Ambos possuem o seu linearismo clássico no início do séc. XVI e ambos passam por uma fase pictórica no séc. XVII. É possível mostrar o parentesco entre Dürer e Rafael, Massys e Giorgione, Holbein e Michelangelo, no que diz respeito aos elementos fundamentais de sua arte e, de um outro lado, reunir em torno de um mesmo centro artistas como Rembrandt, Velásquez e Bernini, apesar de todas as suas diferenças. Se observarmos mais atentamente o problema, veremos que, desde o início, contrastes definidos do sentimento nacional contribuem para isso. A Itália, que já no séc. XV possuía uma sensibilidade claramente desenvolvida em relação à linha, transforma-se, no séc. XVI, na grande escola da linha "pura", e o Barroco italiano, anos mais tarde, jamais avançaria tanto quanto os países do norte, no que se refere à destruição (pictórica) dessas linhas. Para o sentimento plástico dos italianos, a linha sempre foi mais ou menos o elemento no qual toda forma artística se manifesta.

Talvez seja óbvio o fato de não podermos afirmar o mesmo da pátria de Dürer, uma vez que estamos habituados a reconhecer a força peculiar da antiga arte alemã precisamente no traçado firme do desenho. Mas o desenho clássico alemão, que só lentamente e com grande dificuldade se liberta do emaranhado de formas pictóricas da fase final do Gótico, certamente pode buscar o seu modelo, em alguns momentos, na arte linear italiana; na verdade, porém, ele se identifica muito pouco com a linha pura e isolada. A imaginação alemã permite, desde logo, que as linhas se entrelacem; no lugar de um traçado simples, nítido, surge um feixe de linhas, uma trama; luz e sombra unem-se imediatamente em uma vida pictórica autônoma e as formas isoladas são arrebatadas pelas ondas de um movimento total.

Em outras palavras: para Rembrandt, que os italianos absolutamente não podiam entender, o caminho já estava preparado há muito tempo nos países do norte. O que temos citado aqui para ilustrar a história da pintura, naturalmente é válido também para a história da escultura e da arquitetura.

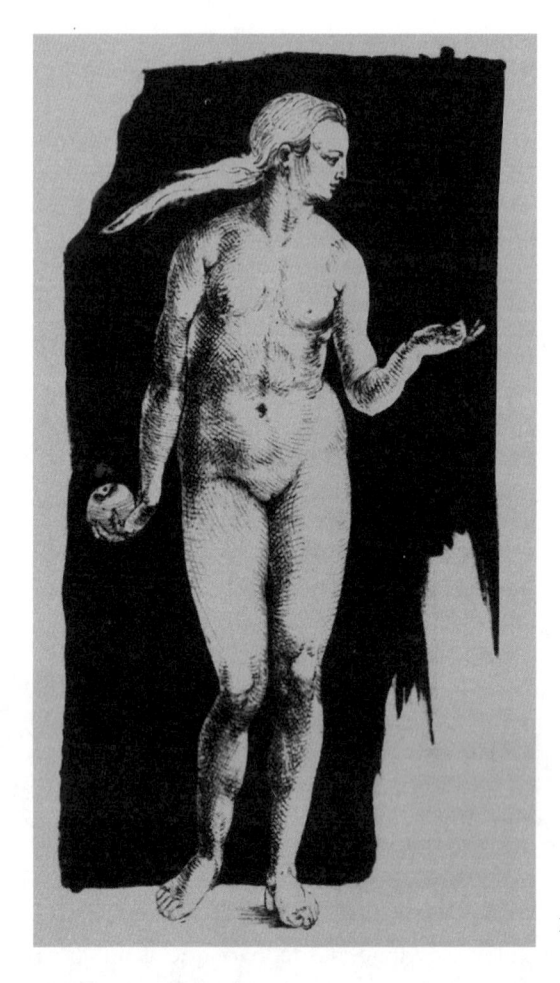

Fig. 12. Dürer. *Eva.*

DESENHO

Para evidenciar a oposição entre o estilo linear e o pictórico, convém procurar os primeiros exemplos no âmbito do puro desenho.

Comparemos primeiramente uma gravura de Dürer* com uma de Rembrandt*. O tema, em ambos os casos, é o mesmo: um nu feminino. Deixemos de lado, por ora, o fato de no primeiro caso tratar-se de um estudo da natureza e, no segundo, de uma figura derivada, e o fato de o desenho de Rembrandt ser, na verdade, autossuficiente enquanto quadro fechado, embora realizado com traços rápidos, enquanto que o trabalho de Dürer é cuidadosamente acabado, como um desenho preliminar para uma gravura em cobre. Mesmo a diferença do material empregado – pena no primeiro caso, e carvão no segundo – é apenas algo secundário. O que faz com que estes dois desenhos pareçam tão diferentes é sobretudo o fato de, em Dürer, a impressão basear-se em valores tácteis e, em Rembrandt, em valores visuais. Uma figura clara sobre um fundo escuro é a primeira impressão que temos diante do dese-

Fig. 13. Rembrandt. *Nu feminino*.

nho de Dürer. Nos desenhos mais antigos, a figura também é desenhada sobre uma folha preta, mas não para que a luz possa emanar da escuridão, e sim, para evidenciar ainda mais a silhueta: a ênfase principal recai sobre a linha que envolve a forma. Em Rembrandt, essa linha perdeu o seu significado; já não é ela o principal portador da expressão formal, e nela não reside qualquer beleza particular. Se nos dispusermos a acompanhá-la, perceberemos logo que isso é quase impossível. A linha interrompida do estilo pictórico tomou o lugar dos contornos uniformes e contínuos do séc. XVI.

E não cabe argumentar agora que se trata simplesmente de maneiras próprias de se desenhar, e que esse mesmo processo de busca do elemento táctil pode ser encontrado em qualquer época. Certamente o desenhista que esboça a figura rapidamente sobre o papel também irá trabalhar com linhas desconexas. A linha de Rembrandt, porém, permanece interrompida mesmo em trabalhos totalmente acabados. Ela não pode se cristalizar em um contorno tangível, mas deve sempre preservar seu caráter indeterminado. Na análise dos traços da modelação, a folha mais antiga mostra-se como um produto da genuína arte da linha, na medida em que os sombreados se mantêm absolutamente transparentes. As linhas são traçadas de forma clara e uniforme, e cada uma delas parece ter consciência de que é bela e de que mantém uma relação harmoniosa com as outras. Mas sua forma acompanha o movimento da forma plástica e somente as linhas das sombras modeladoras passam por sobre a forma. Para o estilo do séc. XVII, essas considerações já não têm valor. Bastante diversificados quanto ao tipo, ora mais, ora menos reconhecíveis por sua direção e estratificação, os traços têm agora somente um ponto em comum: o fato de produzirem o efeito de massas e o fato de submergirem, até certo ponto, na impressão do conjunto. Seria difícil dizer a partir de que regras eles são formados, mas é claro que eles não mais acompanham a forma, ou seja, não apelam para o senso plástico do tato, reproduzindo mais a aparência puramente ótica, sem prejuízo do efeito material. Vistos isoladamente, eles nos parecem bastante sem sentido, mas para a visão do conjunto, como dissemos, unem-se em um efeito particularmente rico.

Curiosamente, esse tipo de desenho pode nos dizer até mesmo algo sobre a qualidade do material. Quanto mais a atenção se afastar da forma plástica como tal, mais vivo torna-se o

Fig. 14. Aldegrever. *Retrato de um desconhecido* (detalhe).

interesse pela superfície dos objetos: que tipo de sensação os corpos transmitem. Em Rembrandt, a carne é claramente representada como algo macio, que cede à pressão, enquanto a figura de Dürer permanece neutra nesse sentido.

E agora podemos admitir tranquilamente que Rembrandt não pode ser tomado, sem maiores considerações, como equiva-

Fig. 15. Lievens. *Retrato do poeta Jan Vos* (detalhe).

lente ao séc. XVII, e que menos admissível ainda seria julgar o desenho alemão do período clássico através de um único exemplo. Mas exatamente graças à sua unilateralidade, ele é bastante elucidativo para uma comparação que visa evidenciar, primeiramente de forma bastante flagrante, a oposição entre os dois conceitos.

Fig. 16. Holbein. *Desenho de indumentária.*

O significado específico da mudança de estilo para a concepção formal torna-se mais evidente quando passamos do tema de uma figura global para o de uma simples cabeça.

O elemento característico do desenho de uma cabeça feita por Dürer de modo algum depende exclusivamente da qualidade artística de sua linha individual, mas do fato de sobretudo linhas serem trabalhadas: grandes linhas, uniformemente importantes, nas quais tudo está contido e as quais podem ser apreendidas sem dificuldade. Esta característica, que Dürer tem em comum

Fig. 17. Metsu. *Desenho de indumentária*.

com seus contemporâneos, oferece-nos o cerne da questão. Os Primitivos também trataram o problema no desenho, e uma cabeça, em seu aspecto geral, pode ser muito semelhante, mas as linhas não se sobressaem, não se evidenciam aos olhos como no desenho clássico: a forma não foi reduzida à linha.

Tomemos como exemplo um retrato de Aldegrever*, que, muito parecido com os de Dürer e mais ainda com os de Holbein, determina a forma em contornos definidos e firmes. Da fronte até o queixo, o contorno do rosto flui numa sequência rítmica, ininterrupta, como uma linha longa e uniformemente forte: o nariz, a boca e as bordas das pálpebras também são desenhados com linhas completas, uniformes; o barrete, enquanto forma pura de silhueta, combina com o sistema, e até mesmo para a barba encontrou-se uma expressão homogênea[2]. A modelação truncada, porém, adere com perfeição à forma totalmente tangível.

O contraste mais perfeito para isso mostra-se no desenho de uma cabeça feito por Lievens*, contemporâneo de Rembrandt. A expressão desapareceu por completo dos contornos e repousa nas partes internas da forma. Dois olhos escuros, de expressão viva, um leve estremecimento dos lábios; aqui e acolá aparece uma linha, que volta a desaparecer logo em seguida. Os longos traços do estilo linear estão completamente ausentes. Segmentos isolados de linhas definem a forma da boca, alguns traços interrompidos dão forma aos olhos e às sobrancelhas. Por vezes o desenho é completamente interrompido. As sombras modeladoras já não possuem uma validade objetiva. Entretanto, no tratamento do contorno da fronte e do queixo tudo é feito para impedir que a forma evolua para uma silhueta, ou seja, para excluir a hipótese de ela ser apreendida em linhas.

Embora menos evidente do que no exemplo do nu feminino de Rembrandt, o anseio pela combinação de luz, pela interação de massas claras e escuras, ainda é decisivo para o hábito do desenho. E enquanto o estilo linear fixa a aparência em favor da clareza formal, a impressão de movimento combina-se espontaneamente com o estilo pictórico e obedece à sua essência mais profunda, na medida em que ele estabelece como preocupação fundamental a representação do vir a ser e do transitório.

Um outro aspecto a ser considerado são os tecidos. Para Holbein*, o pregueado de um tecido era um espetáculo que ele considerava não só possível de ser representado em linhas, como também lhe parecia ser a concepção linear a única forma de o fazer realmente. Também aqui nossos olhos se voltam primeiramente para o lado oposto. O que vemos além de uma alternância de luzes e sombras nas quais é precisamente a modelação que se

---

2. Certas manchas na reprodução são devidas ao fato de a gravura ter sido colorida em alguns pontos.

Fig. 18. Huber. *Gólgota*.

faz sentir? E se alguém desejasse tratar o problema com linhas, parece-nos que apenas o traçado do contorno poderia ser assim realizado. Mas mesmo esse contorno já não tem qualquer importância: ora mais, ora menos, percebemos a ruptura das superfícies em certos pontos como algo especial, mas nunca sentiremos o motivo como sendo condutor. Evidentemente trata-se de uma concepção radicalmente diferente, quando o desenho acompanha o contorno e procura torná-lo visível por meio de um delineamento uniforme e ininterrupto – e não apenas o contorno de onde o tecido termina, mas também as formas internas, as reentrâncias e sobressalências do pregueado. Por toda a parte há linhas claras e firmes. Luz e sombra são largamente empregadas, mas – e aí está a diferença em relação ao estilo pictórico – totalmente subordinadas à soberania da linha.

Por outro lado, uma vestimenta pictórica – citamos como exemplo um desenho de Metsu* – não eliminará por completo o elemento da linha, mas não permitirá que ele assuma a liderança: a princípio, os olhos se interessarão basicamente pela vida das superfícies. Por conseguinte, não mais podemos deduzir o conteúdo a partir dos contornos. E as elevações e depressões dessas superfícies ganham, de imediato, uma mobilidade muito maior, tão logo os desenhos das formas internas se transformam em massas livres de luzes e sombras. Percebemos que a configuração geométrica dessas manchas de sombras não é necessariamente obrigatória: a impressão que temos é de que a forma permanece variável dentro de certos limites e que, por isso mesmo, faz justiça à incessante mudança da aparência. A isso soma-se o fato de que a textura do tecido é mais importante do que na época precedente. É verdade que Dürer já aplicara algumas noções sobre como reproduzir a sensação de algo concreto; mas o estilo do desenho clássico tende antes para a neutralidade na representação da matéria. No séc. XVII, porém, paralelamente ao interesse pelo pictórico, surge naturalmente o interesse pela qualidade das superfícies. Nada é desenhado sem que se insinue a sensação de brandura ou rigidez, aspereza ou maciez.

A mais interessante aplicação do princípio do estilo linear verifica-se exatamente nos casos em que o objeto não guarda a menor afinidade com sua representação, chegando mesmo a se opor a ela. É o caso das folhagens. Uma simples folha pode ser representada no estilo linear, mas a massa da folhagem, a densidade da folhagem, na qual as formas isoladas se tornam indiferenciadas, não oferece qualquer base à concepção linear. Nem por isso essa tarefa foi considerada insolúvel pelo séc. XVI. Em

Fig. 19. Van de Velde. *Sítio atrás de uma fileira de salgueiros.*

Altdorfer, Wolf Huber*, e outros, existem soluções magníficas: os motivos aparentemente inassimiláveis são expressos em formas lineares de forte efeito, que reproduzem perfeitamente as características da planta. Quem conhece esses desenhos sempre se recordará deles pelo seu senso de realidade, e eles conservarão o seu valor ao lado das mais surpreendentes realizações de uma técnica mais pictórica. Estes desenhos não significam um tipo de representação mais imperfeita: trata-se apenas da natureza vista por um outro prisma.

A. van de Velde* pode ser considerado um representante do estilo pictórico no desenho. Aqui a intenção já não está em reduzir a aparência a um esquema com traços, que podem ser acompanhados facilmente: aqui triunfam o ilimitado e a massa de linhas, que impossibilita a compreensão do desenho a partir de seus elementos isolados. Com um traçado que quase já não guarda relação perceptível com a forma do objeto, e que só pode ser obtido intuitivamente, produz-se um efeito tal, que acreditamos ver diante de nós o movimento das folhagens de árvores de um determinado porte. E é perfeitamente possível afirmar que se trata de salgueiros. A inexpressividade de uma infinidade de formas, que parece impossibilitar qualquer tentativa de fixação, foi dominada aqui pelos recursos pictóricos.

Finalmente, se observarmos o conjunto do desenho de uma paisagem, o aspecto geral de uma gravura puramente linear que separa nitidamente os objetos próximos e os distantes com contornos absolutamente nítidos é mais inteligível do que aquela forma de paisagem que aplica coerentemente o princípio da fusão pictórica dos elementos isolados. Tais obras são encontradas, por exemplo, em Van Goyen*. Elas são os equivalentes de seus quadros tonais e quase monocromáticos. E como a atmosfera nebulosa que envolve os objetos e suas cores locais é vista como um motivo eminentemente pictórico, um tal desenho pode ser citado aqui como particularmente típico para o estilo pictórico (fig. 2, datada de 1646).

Os barcos na água, as margens com árvores e casas, figuras animadas e inanimadas – tudo se mescla em uma trama de linhas, nada fácil de se desembaraçar. Não é que as formas dos objetos isolados tenham sido suprimidas – vê-se perfeitamente o que precisa ser visto –, mas elas se encontram tão intimamente ligadas no desenho, que é como se tivessem se originado do mesmo elemento e oscilassem em um mesmo movimento. Não importa se não podemos ver este ou aquele barco, ou o modo como a casa foi construída à margem do rio: os olhos pictóricos estão treinados para a percepção global da aparência, na qual o objeto isolado não mais possui qualquer significado essencial. Ele submerge no conjunto e a vibração de todas as linhas faz com que o processo de entrelaçamento se transforme em uma massa homogênea.

PINTURA

1. Pintura e desenho

Em seu tratado de pintura, Leonardo da Vinci adverte os pintores, reiteradas vezes, para não encerrarem a forma com contornos[3]. Isto soa como uma contradição a tudo o que foi afirmado aqui sobre Leonardo da Vinci e o séc. XVI. Mas a contradição é apenas aparente. Leonardo referia-se a um problema de execução técnica, e é bem possível que a observação se destinasse a Botticelli, um particular adepto da maneira de contornar em preto. Num sentido mais elevado, porém, Leonardo é muito mais linear do que Botticelli, embora a modelação por ele realizada seja mais sutil e ele tenha superado o hábito de destacar abruptamente as figuras do fundo do quadro. O fator mais importante é justamente a nova força com que o contorno se destaca no quadro, obrigando o observador a segui-lo.

Assim, ao passarmos para a análise de quadros, seria aconselhável não perdermos de vista a relação entre desenho e pintura. Estamos tão habituados a ver tudo da perspectiva pictórica, que mesmo diante de obras de arte do estilo linear sentimo-nos impelidos a apreender a forma de maneira mais elástica do que ela fora concebida, e quando temos à nossa disposição apenas fotografias, a obscuridade pictórica é ainda mais favorecida, para não falar dos pequenos clichês de zinco de nossos livros (reproduções de reproduções). A compreensão de uma obra linear, na medida exata em que ela foi concebida, requer uma certa prática. Não basta ter boa intenção. Mesmo quando acreditamos ter dominado a linha, descobrimos, após um período de trabalho sistemático, que ainda existem diferenças entre uma visão linear e outra, e que a intensidade do efeito resultante desse elemento de definição da forma pode ser consideravelmente aumentada.

Podemos apreciar melhor um retrato de Holbein se previamente já tivermos apreciado e estudado bem os desenhos de Holbein. A evolução verdadeiramente única por que passa aqui o

---

3. Leonardo da Vinci, *Trattato della pittura*.

estilo linear, evolução em que, omitindo todo o resto, reduz à linha apenas aquelas partes da aparência "onde a forma se curva", produz seus efeitos mais imediatos no desenho; não obstante, o quadro todo repousa sobre esse fundamento, e o esquema do desenho deve sempre se fazer sentir no quadro como o elemento mais importante.

Mas se é verdade que a expressão estilo linear, empregada para o simples desenho, abrange apenas parte do fenômeno, pois tanto para o exemplo de Holbein como para o de Aldegrever, anteriormente citados, a modelação pode ser expressa por recursos não lineares, para o caso da pintura perceberemos que a denominação tradicional dos estilos se baseia unilateralmente em um único atributo.

A pintura, com seus pigmentos que tudo cobrem, tem por objetivo básico a criação de superfícies, razão pela qual se distingue do desenho mesmo quando este permanece monocromático. Linhas estão presentes e podem ser percebidas por toda a parte, mas apenas como limites de superfícies plasticamente sentidas e modeladas pelo senso táctil. A ênfase está nesta noção. O caráter tangível da modelação é que decide se um desenho pode ser classificado como linear, mesmo quando sombras totalmente não lineares pairam sobre a obra como um simples sopro. Para a pintura, a arte dos sombreados é naturalmente evidente. Ao contrário do desenho, porém, onde os contornos são desproporcionalmente enfatizados em relação à modelação das superfícies, obtém-se aqui o equilíbrio. No primeiro caso, os contornos funcionam como uma moldura na qual estão encerradas as sombras modeladoras; no segundo, os dois elementos aparecem como uma unidade, e a precisão plástica absolutamente uniforme dos limites da forma é o correlativo da precisão plástica absolutamente uniforme da modelação.

2. Exemplos

Após esta introdução, podemos confrontar alguns exemplos da pintura linear e da pictórica. A cabeça pintada por Dürer em 1521 é construída sobre um plano bastante semelhante ao do desenho de Aldegrever, cuja reprodução foi apresentada anteriormente. A silhueta, da testa para baixo, é bastante acentuada; o espaço entre os lábios é uma linha precisa, calma; as narinas, os olhos, tudo se encontra uniformemente definido até nos menores detalhes. Entretanto, na mesma proporção com que os limites da forma são estabelecidos para o senso táctil, também as superfícies são modeladas para a apreensão pelos órgãos de tato, e as sombras entendidas como espaços escuros unem-se imediatamente à forma. Objeto e aparência coincidem perfeitamente. A visão próxima não oferece um quadro diferente daquele da visão a distância.

Em Frans Hals*, ao contrário, a forma é radicalmente subtraída à tangibilidade. Ela é tão pouco tangível quanto o movimento de um arbusto ao vento, ou as ondas de um rio. O quadro que a visão próxima oferece diverge daquele da visão a distância. Sem que o objetivo seja perder o traço isolado, sentimo-nos impelidos, diante do quadro, a observá-lo de longe. A visão muito próxima não tem qualquer sentido. A modelação por graduação cede lugar à modelação por manchas. As superfícies rudes e escabrosas já não apresentam qualquer possibilidade de comparação com a natureza. Elas apelam somente aos olhos, e não querem ser apreendidas como superfícies tangíveis. As antigas linhas da forma são destruídas. Nenhum traço pode ser tomado isoladamente. As narinas movimentam-se, os olhos piscam, os lábios estremecem. Trata-se do mesmo sistema de signos estranhos à forma, que já analisamos anteriormente, em Lievens. Nossas pequenas reproduções, naturalmente, não oferecem nada além de uma noção imperfeita de tais fatos. O tratamento do tecido branco talvez produza o efeito mais convincente.

Se contrastamos diretamente as grandes oposições estilísticas, as diferenças individuais tornam-se menos importantes. Percebemos, então, que a essência da arte de Frans Hals também está presente em Van Dyck e Rembrandt. O que os separa é apenas uma diferença de grau; comparados com Dürer, eles se unem para formar um grupo fechado. No lugar de Dürer, poderíamos colocar Holbein ou Massys, ou ainda Rafael. Por outro lado, considerando-se o pintor isoladamente, não poderemos deixar de recorrer aos mesmos conceitos de estilo para caracterizar o início e o final de sua evolução. Os retratos do jovem Rembrandt são

Fig. 20. Hals. *Retrato de um desconhecido.*

vistos de maneira (relativamente) plástica e linear em comparação com as obras da maturidade do mestre.

Mas se a fase posterior da evolução significa a possibilidade de se abandonar à mera aparência ótica, tal fato não significa, absolutamente, que o tipo puramente linear se coloque no início. O estilo linear de Dürer não significa apenas o aperfeiçoamento de uma tradição homônima já existente, mas implica, ao mesmo

Fig. 21. Dürer. *Retrato de um jovem.*

tempo, a eliminação de todos os elementos refratários da tradição estilística do séc. XV.

A maneira pela qual se processa em detalhes a passagem do estilo puramente linear para a visão pictórica do séc. XVII pode ser perfeitamente demonstrada no retrato. Todavia, não poderemos aqui nos deter nesta demonstração. De um modo geral, podemos dizer que é uma combinação cada vez mais

Fig. 22. Bronzino. *Eleonore de Toledo com seu filho Giovanni.*

forte de luzes e sombras que prepara o terreno para a concepção definitivamente pictórica. O significado de tal afirmação ficará claro àquele que comparar, digamos, um Antônio Moro com Hans Holbein, dois artistas que, apesar das diferenças, têm muitos elementos comuns. Sem que o caráter plástico tenha sido abolido, as luzes e sombras, nos trabalhos de Moro, começam a se unir em uma vida mais autônoma. No momento em que se

Fig. 23. Velásquez. *A infanta Margarida Tereza em vestido branco.*

enfraquece a aspereza uniforme dos contornos da forma, tudo o que não é linha ganha um maior significado dentro do quadro. Podemos dizer até que a forma foi vista mais no sentido da largura: isto significa simplesmente que as massas se tornaram mais livres. É como se luzes e sombras estabelecessem entre si um contato mais vivo, e nesses efeitos os olhos aprenderam, pela primeira vez, a se confiarem à aparência e, finalmente, a

Fig. 24. Dürer. *São Jerônimo em sua cela*.

aceitarem para a forma em si um desenho absolutamente estranho a ela.

Prosseguimos com mais dois exemplos que ilustram o contraste típico dos estilos para o tema da figura vestida. São exemplos da arte românica: Bronzino* e Velásquez*. Aqui é irrelevante o fato de os dois pintores não serem de mesma procedência, uma vez que nosso objetivo é somente explicar conceitos.

Em um certo sentido, Bronzino é o Holbein italiano. Muito característico é o desenho das cabeças com uma precisão metálica de linhas e superfícies; seu quadro é particularmente interessante por se tratar da representação de um traje suntuoso percebi-

Fig. 25. Ostade. *Ateliê do pintor*.

do pelo gosto exclusivamente linear. O olho humano não é capaz de ver as coisas dessa maneira, ou seja, com essa precisão uniforme de linhas. Nem por um instante o pintor se afasta da nitidez absoluta do objeto. É como se, na representação de uma estante de livros, o artista quisesse pintar livro por livro, cada um deles clara e definidamente delineado, enquanto os olhos voltados para a aparência abarcam apenas a vibração que brinca por sobre o conjunto, no qual, em diferentes graus, a forma isolada encontra-se submersa. Era assim que os olhos de Velásquez viam a aparência. O vestido de sua pequena princesa era ornamentado com motivos em zigue-zague; o que ele nos oferece, porém, não é o ornamento em si, mas a vibração da imagem do conjunto. Vistos uniformemente e a distância, os motivos perdem a sua clareza, sem contudo parecerem confusos. Podemos perceber claramente o que se pretendeu expressar, mas as formas não podem ser abarcadas: elas vêm e vão, escamoteadas pela forte luz do tecido, e o ritmo das ondas de luz é decisivo para o conjunto; esse ritmo (indistinguível na reprodução) preenche também o fundo.

Sabemos que os artistas clássicos do séc. XVI nem sempre retrataram tecidos da mesma forma que Bronzino, e que Velásquez representa apenas *uma* possibilidade de interpretação pictórica; mas ao lado do grande contraste entre os estilos, as variações individuais não são muito importantes. Dentro de sua época, Grünewald representa um prodígio do estilo pictórico; a *Disputa de S. Erasmo com Maurício* (em Munique) é um de seus últimos quadros, mas basta compararmos a casula bordada a ouro deste Erasmo com aquelas feitas por Rubens para que o efeito de contraste se mostre tão forte, que não possamos conceber a ideia de separar Grünewald do solo do séc. XVI.

Em Velásquez, os cabelos são representados de modo absolutamente substancial; contudo, nem os cacho nem os fios de cabelo estão representados, mas um fenômeno de luz que guarda apenas uma relação bastante livre com sua base objetiva. A matéria nunca foi representada mais perfeitamente do que quando Rembrandt, em sua velhice, pintou a barba de um ancião com traços largos de pigmento. Não obstante, aquela semelhança tangível da forma, que Dürer e Holbein esforçaram-se por obter, está totalmente ausente. Mesmo no trabalho gráfico, onde se procura expressar – pelo menos aqui e acolá – cada fio de cabelo com um único traço, as gravuras posteriores de Rembrandt excluem qualquer possibilidade de comparação com a realidade tangível, permanecendo tão somente na aparência do conjunto.

O mesmo ocorre – passando para um outro tema – com a representação da infinidade de folhas das árvores e arbustos. Também aqui a arte clássica procurou reproduzir a árvore típica com todas as folhas, ou seja, na medida do possível procurou reproduzir a folhagem mostrando cada uma das folhas nitidamente. Mas é óbvio que existem limites bem definidos para uma tal exigência. Mesmo vista a pequena distância, a soma das formas isoladas une-se em uma massa, e nem mesmo o pincel mais fino é capaz de acompanhá-la em detalhes. Não obstante, também aqui a arte plástica do estilo linear saiu-se vitoriosa. Se não é possível reproduzir cada uma das folhas com uma forma bem definida, reproduz-se, então, o tufo de folhas, o grupo de folhas com forma determinada. E desses tufos de folhas, a princípio totalmente nítidos, começou a se desenvolver, incentivada por uma interpenetração cada vez mais viva de massas claras e escuras, a árvore não linear do séc. XVII, na qual as massas de cores são colocadas lado a lado sem que a mancha isolada pretenda ser congruente com a forma da folha que lhe serviu de base.

Mas o estilo linear clássico já conhecia um tipo de representação através do qual o pincel reproduz o desenho de uma forma em linhas e pontos perfeitamente livres. Albrecht Altdorfer – para citar um exemplo bastante elucidativo – utilizou esse tratamento para a densidade da folhagem de sua paisagem de *São Jorge* (Pinacoteca de Munique, 1510). Certamente esses motivos lineares delicados não coincidem com os fatos concretos, mas ainda assim são linhas, motivos claros e ornamentais, que pretendem ser vistos em si, e não se impõem apenas na impressão do conjunto, mas resistem até mesmo à observação mais próxima. É aí que reside a diferença básica da folhagem pictórica do séc. XVII.

Se quisermos falar de prenúncios do estilo pictórico, nós os encontraremos mais no séc. XV do que no séc. XVI. Na verdade, ali já existem, apesar da tendência dominante no sentido da representação linear, modos de expressão esporádicos que não estão em conformidade com o linearismo e que foram eliminados posteriormente por serem considerados impuros. Também nas artes gráficas esses modos de expressão se fizeram sentir. Assim, na antiga xilogravura de Nürnberg (Wohlgemut), por exemplo, existem desenhos de folhagens que, com suas linhas confusas, estranhas à forma, produzem um efeito que só pode ser descrito como impressionista. Como dissemos, Dürer foi o primeiro a subordinar coerentemente todo o conteúdo do mundo visível à linha que define a forma.

Para concluir, podemos comparar ainda o *São Jerônimo* de Dürer – um quadro linear de interior – com a versão pictórica do mesmo motivo realizada por Ostade*. Se pretendemos demonstrar num todo cênico a linearidade em sua total nitidez, percebemos que o material comum de reproduções é insuficiente. Tudo parece muito confuso nas pequenas reproduções de quadros. Precisamos nos valer de uma gravura para explicarmos de que maneira o espírito da corporeidade bem definida, transcendendo a figura isolada, se impõe no cenário do fundo. Da mesma forma, apresentamos uma gravura de Ostade, pois também aqui a fotografia de um quadro deixa muito a desejar. De uma tal comparação evidencia-se com perfeição a essência do contraste. Um mesmo motivo – um espaço fechado e iluminado lateralmente – é desenvolvido de sorte a produzir um efeito completamente diferente. No primeiro caso, tudo está delimitado, as superfícies são tangíveis, os objetos são isolados; no segundo, tudo é transitório e movimento. A ênfase está na luz, não na forma plástica: é um todo em penumbra, no qual alguns objetos podem ser distinguidos, enquanto, em Dürer, os objetos são sentidos como a coisa principal e a luz como algo secundário. A preocupação maior de Dürer – tornar palpáveis os objetos isolados em seus limites plásticos – é radicalmente abolida do trabalho de Ostade: todos os contornos são imprecisos, as superfícies se furtam à tangibilidade e a luz flui livremente, como a correnteza que rompeu o dique. Os objetos concretos não se tornam irreconhecíveis, mas são, de certa forma, dissolvidos em um efeito supramaterial. Tanto o homem sentado junto ao cavalete como o canto escuro que se projeta às suas costas podem ser suficientemente percebidos, mas a massa escura da primeira forma une-se com a massa escura da segunda e, juntamente com as manchas de luz que as entremeiam, desencadeiam um movimento que, ramificando-se em diversas direções, domina totalmente o espaço do quadro como uma força autônoma.

Não há dúvida: no primeiro caso, trata-se de uma arte que inclui também Bronzino; no segundo, a arte paralela, apesar de todas as diferenças, é a de Velásquez.

Com isto, não devemos deduzir que o estilo da representação caminhe lado a lado com uma disposição formal que busque o mesmo efeito. Assim como a luz tem o efeito de um movimento homogêneo, a forma do objeto é levada a uma corrente de movimento similar. A rigidez transformou-se em algo que se move com vivacidade. O cenário à esquerda – em Dürer, um pilar sem vida – tornou-se singularmente instável; o teto e a escada em espiral, embora não se encontrem dilapidados, apresentam-se, de antemão, multiformes; os ângulos já não são claros e limpos, mas misteriosamente abarrotados com toda a sorte de objetos: um exemplo característico da "ordenação pictórica". A luz crepuscular no recinto é, em si, um motivo pictórico objetivo por excelência.

Mas a visão pictórica – como dissemos – não se encontra necessariamente ligada a uma ordenação pictórico-decorativa. O tema pode ser muito mais simples; pode até mesmo prescindir de todo caráter pitoresco e, ainda assim, receber um tratamento voltado para a impressão de um movimento interminável, que transcende todo o aspecto pictórico contido no objeto. Os verdadeiros talentos da arte pictórica foram os que sempre colocaram de lado o "pitoresco". Quão pouco desse "pitoresco" podemos encontrar em Velásquez!

3. A cor

Pictórico e colorido são duas coisas completamente diferentes; não obstante, existe uma cor pictórica e uma outra não pictórica, e é sobre isso que falaremos, embora não detalhadamente. A impossibilidade de reproduzir ilustrações justifica a brevidade do tratamento.

Os conceitos quadro táctil e quadro visual já não podem ser aplicados aqui diretamente, mas a oposição entre cor pictórica e não pictórica baseia-se em uma diferença de concepção bastante semelhante, na medida em que a cor, no primeiro caso, é considerada um elemento dado, e no segundo a variação na aparência é o essencial: o objeto monocromático "brinca" nas mais variadas cores. Naturalmente, sempre se aceitaram certas variações na cor local, de acordo com a sua posição em relação à luz. O que se verifica agora, porém, é um pouco mais do que isso: abala-se a noção de cores básicas que se impõem uniformemente; a aparência oscila nos mais variados tons e, sobre a totalidade do mundo, a cor paira como um brilho, algo oscilante e em perpétuo movimento.

Assim como no desenho o séc. XIX foi o primeiro a conseguir levar a representação da aparência às últimas consequências, o impressionismo mais recente também superou o Barroco no que respeita ao tratamento da cor. De qualquer forma, na evolução do séc. XVI ao séc. XVII, a diferença fundamental é absolutamente clara.

Para Leonardo ou Holbein, a cor é uma substância bela, que mesmo no quadro possui uma realidade concreta e um valor em si mesma. O manto pintado de azul ganha o seu efeito por meio da mesma cor material que o manto tem ou deveria ter na realidade. A despeito de certas diferenças nos espaços claros e escuros, a cor permanece basicamente a mesma. Por conseguinte, Leonardo exige que as sombras sejam pintadas apenas com uma mistura de preto e cor local. Esta é a "verdadeira" sombra[4].

A observação é ainda mais curiosa por se saber que Leonardo tinha pleno conhecimento da aparência de cores complementares nas sombras. Mas nunca lhe ocorreu fazer uso prático desse conhecimento teórico. Da mesma forma, L. B. Alberti já observara que uma pessoa ganha um tom esverdeado no rosto quando caminha por um prado verde[5]. Mas também para ele essa constatação não parecia ter importância fundamental para a pintura. Percebemos aqui que a mera observação da natureza pouco determina o estilo e que a decisão final é sempre reservada aos princípios decorativos e às convicções do gosto. O fato de o jovem Dürer, em seus estudos coloridos sobre a natureza, comportar-se de forma bem diferente do que em seus quadros, está relacionado com o mesmo princípio.

Em contrapartida, o fato de a arte posterior renunciar a essa noção da essência da cor local não significa simplesmente um triunfo do naturalismo; trata-se, antes, de algo determinado por um novo ideal de beleza da cor. Seria exagero afirmar que a cor local desapareceu, mas a transformação se baseia precisamente no fato de que a existência real de qualquer matéria a torna algo secundário, passando a ser de fundamental importância aquilo

---

4. Leonardo da Vinci, *op. cit.*: *qual' è in se vera ombra de' colori de' corpi* (qual é em si a verdadeira sombra das cores dos corpos).

5. Alberti, L. B., *Della pittura libri tre*.

que acontece com ela. Tanto Rubens como Rembrandt chegam a cores completamente diferentes nos sombreados, e o fato de essa cor não mais parecer independente, mas somente um componente de mistura, é apenas uma diferença de grau. Quando Rembrandt pinta um manto vermelho – penso na capa de seu *Hendrickje Stoffels* (Berlim) – o elemento essencial não é o vermelho da cor natural em si, mas a maneira uniforme como a cor se altera perante os olhos do observador: na sombra impõem-se tons intensos de verde e azul, e só por alguns instantes eleva-se o vermelho puro na luz. Vemos que a ênfase não mais reside no ser, mas no vir a ser e no modificar-se. Com isso, a cor ganha uma vida totalmente nova. Ela se furta à definição, e em cada ponto, a cada momento, apresenta-se de forma diferente.

A isso se acrescenta a desintegração das superfícies, conforme já observamos anteriormente. Enquanto o estilo da cor francamente local modela por gradação, os pigmentos podem, aqui, colocar-se diretamente uns ao lado dos outros. Desta forma, a cor perde ainda mais seu aspecto material. A realidade não é mais a superfície da cor, entendida como algo que existe positivamente; a realidade é aquela aparência que nasce de cada uma das manchas, traços e pontos de cor. Para isso é necessário, naturalmente, que se tome uma certa distância do quadro, o que não significa que somente a observação a distância, responsável pela fusão das cores, seja a correta. Há mais do que um simples prazer de especialista em perceber a justaposição dos traços de cor: em última análise, o que se busca é aquele efeito de impalpabilidade, que, tanto no desenho como no colorido, é fundamentalmente condicionado pela configuração estranha à forma.

Se quisermos usar metáforas para explicar a evolução, podemos associá-la a um fenômeno elementar: a água que entra em ebulição num recipiente a uma determinada temperatura. Trata-se ainda do mesmo elemento, mas o repouso cede lugar à agitação, e o palpável ao impalpável. E somente nesta forma o Barroco reconhecia a vida.

Já poderíamos ter usado esta comparação anteriormente. A simples interpenetração de luzes e sombras no estilo pictórico nos conduz a tais noções. Mas no que diz respeito à cor, a novidade agora é a multiplicidade de seus elementos componentes. Luz e sombra são, finalmente, algo homogêneo: no colorido, porém, trata-se da combinação de diferentes cores. Nossa explanação ainda não pressupõe essa multiplicidade: falamos da cor, e não de cores. Se observarmos agora o complexo total, deixaremos de lado a questão da harmonia de cores – objeto de um outro capítulo – e insistiremos apenas no fato de que, no colorido clássico, cada um dos elementos se coloca ao lado do outro como algo isolado, enquanto no colorido pictórico a cor isolada aparece tão firmemente arraigada no fundo geral quanto a actínia no fundo do lago. O esmalte das cores de Holbein está tão separado quanto cada uma das células de um trabalho de *cloisonné*; em Rembrandt, a cor irrompe aqui e ali de uma profundeza misteriosa, assim como – para usar uma outra metáfora – o vulcão lança suas lavas, e sabemos que a qualquer momento uma nova fenda poderá se abrir em um outro lugar. As diversas cores são carregadas por um movimento homogêneo, e essa impressão deve ser atribuída às mesmas causas do movimento homogêneo em luzes e sombras, por nós conhecido. Dizemos, então, que o colorido é mantido em relações de tons.

Na medida em que prosseguimos com a definição de pictórico no âmbito da cor, certamente se poderá objetar que não se trata mais de um problema do modo de ver, e sim de uma questão de determinada ordenação decorativa. O que existiria aqui seria apenas uma certa escolha de cores, e não uma concepção especial das coisas visíveis. Estamos preparados para uma tal objeção. Certamente também existe um pictórico objetivo no âmbito da cor, mas o efeito que se busca através da escolha e da ordenação não é incompatível com aquele que os olhos podem depreender da simples realidade. O sistema cromático do mundo tampouco é rígido, podendo ser interpretado desta ou daquela maneira. Podemos observar a cor isolada, ou podemos observar a combinação e o movimento. Certamente existem situações envolvendo cores que contêm, de antemão, um grau mais elevado de movimento homogêneo que outras; mas, enfim, tudo pode ser interpretado de modo pictórico, e não é preciso se refugiar em uma atmosfera nebulosa, que absorve a cor, como gostavam de fazer alguns mestres holandeses do período de transição. É natural que também aqui o processo imitativo seja acompanhado por uma determinada exigência do sentimento decorativo.

O elemento comum entre o efeito de movimento do desenho pictórico e do colorido pictórico reside no fato de que, assim como a luz no desenho, a cor na pintura ganha uma vida própria, que se libertou do objeto. Por essa razão, também são chamados de proeminentemente pictóricos aqueles motivos da natureza nos quais o objeto que serviu de base à cor se tornou mais difícil de ser reconhecido. Uma bandeira que pende, imóvel, com três listras coloridas, não é pictórica, e mesmo um conjunto dessas bandeiras dificilmente oferecerá uma visão pictórica, embora na repetição de cores com as gradações de perspectivas resida um tema favorável. Mas logo que as bandeiras se agitam ao vento, quando desaparecem as listras claramente definidas e apenas aqui e ali surgem pontos isolados de cor, o gosto popular está pronto a reconhecer um espetáculo pictórico. Melhor ainda é o exemplo da vista de um mercado colorido e movimentado: não é o brilho da cor o responsável por essa impressão, mas o cintilar de cores que dificilmente podem ser localizadas em objetos isolados, e no qual, ao contrário do que ocorre com um simples caleidoscópio, sentimo-nos plenamente convencidos do significado concreto de cada uma das cores. Essas observações combinam-se com aquelas feitas anteriormente acerca da silhueta pictórica. Em contrapartida, não existe no estilo clássico nenhuma impressão de cor que não se encontre ligada a uma impressão de forma.

ESCULTURA

1. **Considerações gerais**

Ao proferir seu julgamento acerca da escultura barroca, Winckelmann afirma ironicamente: "que contorno!" Ele considera a linha do contorno, expressiva, fechada em si mesma, como um elemento essencial de toda escultura, e perde o interesse se o contorno não lhe diz nada. Não obstante, ao lado de uma escultura com contornos acentuados e significativos, podemos pensar também em uma escultura na qual os contornos foram desvalorizados e a expressão já não ganha forma na linha. O Barroco possui uma arte dessa natureza.

Em um sentido literal, a escultura, enquanto arte de massas corpóreas, desconhece a linha, mas a oposição entre escultura linear e pictórica existe e o efeito desses dois estilos pouco difere daquele observado na pintura. A escultura clássica tem por objetivo os limites: não existe forma que não se expresse dentro de um motivo linear definido, nem figura da qual não possamos dizer de que ângulo ela foi concebida. O Barroco nega o contorno, não no sentido de que são completamente abolidos os efeitos das silhuetas, mas a figura evita consolidar-se dentro de uma silhueta definida. Não é possível fixá-la em um determinado ponto de vista; ela como que escapa ao observador que tenta apanhá-la. Naturalmente também é possível observar a escultura clássica de diferentes ângulos, mas as outras vistas serão evidentemente *secundárias*, se comparadas à vista principal. Ao retornarmos ao motivo principal, sentimos como que um choque, e é claro que a silhueta significa aqui mais do que uma interrupção casual da visibilidade da forma: ao lado da figura, ela exprime um tipo de autonomia, exatamente porque representa algo fechado em si mesmo. Inversamente, a essência da silhueta barroca está no fato de ela não possuir esta autonomia; nenhum motivo linear deve se consolidar como algo independente. Nenhum ângulo de visão revela a forma em sua totalidade. Podemos ir mais além: somente o contorno estranho à forma é o contorno pictórico.

E as superfícies recebem o mesmo tratamento. Não existe apenas a diferença objetiva de que a arte clássica prefere as superfícies calmas e a arte barroca as superfícies móveis; o tratamento formal é outro. No primeiro caso, somente valores tangíveis, determinados; no segundo, tudo é transição e mudança; no primeiro, a configuração do ser, da forma perene; no segundo, a imagem de algo que se transforma continuamente: a representação conta com efeitos que não mais apelam para as mãos, e sim para os olhos. Enquanto na arte clássica luzes e sombras estão subordinadas à forma plástica, aqui as luzes parecem ter acordado para uma vida autônoma. Em um movimento aparentemente livre, elas parecem brincar por sobre as superfícies, e pode perfeitamente ocorrer que a forma desapareça por completo na escuridão das sombras. Ora, mesmo sem gozar das possibilidades que se encontram à disposição da pintura bidimensional, por definição a arte da aparência, a escultura, por sua vez, recorre a indicações da forma, que nada mais têm a ver com a forma do objeto e que não podem ser designadas de outra maneira senão como impressionistas.

Na medida em que assim procedendo a escultura se alia à aparência meramente visual e deixa de apresentar o real e o tangível como elementos essenciais, abrem-se para ela novos horizontes. Passa a competir com a pintura na representação do transitório e a pedra é colocada a serviço da ilusão de qualquer tipo de matéria. O olhar vívido pode ser representado tão bem quanto o brilho da seda ou a maciez da carne. Desde então, todas as vezes em que uma tendência classicista reviveu e defendeu os direitos da linha e dos volumes tangíveis, ela considerou necessário protestar contra essa ilusão de materialidade em nome da pureza do estilo.

As figuras pictóricas nunca são figuras isoladas. O movimento precisa continuar ecoando e não pode se cristalizar em uma atmosfera estática. Mesmo a sombra dos nichos tem para a estátua um significado diferente daquele de épocas anteriores: ele não é mais apenas o fundo, mas participa do jogo do movimento; a escuridão da profundidade une-se com a sombra da figura. De uma forma geral, a arquitetura precisa colaborar com a escultura, preparando ou prolongando o movimento. Caso some-se a isto um grande movimento objetivo, surgem aqueles maravilhosos efeitos de conjunto, como os encontrados principalmente nos altares barrocos nórdicos, nos quais as figuras estão de tal sorte combinadas com a estrutura, que parecem ser a espuma da vaga arrebatadora da arquitetura. Retiradas de seu contexto, elas perdem todo o significado, conforme provam algumas exposições infelizes em museus modernos.

No que diz respeito à terminologia, a história da escultura oferece as mesmas dificuldades da história da pintura. Onde termina o linear e começa o pictórico? Mesmo dentro do classicismo teremos de distinguir momentos ora mais, ora menos pictóricos, e no momento em que luzes e sombras começam a ganhar importância e a forma determinada cede lugar paulatinamente à forma indeterminada, podemos considerar o processo, de um modo geral, como uma evolução para o pictórico. Entretanto, é absolutamente impossível apontar o momento exato em que o movimento da luz e da forma atingiu uma liberdade tal, que o conceito pictórico, em sentido estrito, precise ser aplicado.

Contudo, não seria de todo inútil deixar bem claro que o caráter da linearidade bem definida e da limitação plástica somente foi obtido depois de um longo processo de evolução. Somente no decorrer do séc. XV a escultura italiana desenvolve uma sensibilidade mais clara pela linha, e, sem que certos efeitos do movimento pictórico sejam eliminados, os limites da forma começaram a ganhar autonomia. É bem verdade que a avaliação correta do grau do efeito de silhueta é uma das tarefas mais delicadas da história dos estilos. Igualmente difícil é, por outro lado, o julgamento quanto à aparência oscilante de um relevo de Antonio Sosselino, por exemplo, de acordo com seu conteúdo pictórico original. Aqui abrem-se as portas ao diletantismo. Cada um imagina que a forma como *ele* vê as coisas é a melhor, e será tanto melhor quanto maiores forem os efeitos pictóricos, na acepção moderna do termo, que ele conseguir retirar delas. À parte qualquer crítica pessoal, basta chamarmos a atenção para a péssima qualidade das reproduções dos livros de nossa época, nos quais, de acordo com a concepção e o ponto de vista, o caráter essencial é frequentemente perdido.

Estas observações referem-se à história da arte italiana. Na Alemanha, o problema se afigura um pouco diferente. Foi preciso muito tempo para que o sentimento plástico pela linha pudesse se libertar da tradição pictórica do final do Gótico. Característica é a preferência alemã pelos relicários de altares com estátuas perfeitamente justapostas e unidas por ornamentos, onde o interesse maior está no emaranhado pictórico. Mas aqui é duplamente necessária a advertência de que não devemos ver as coisas de modo mais pictórico do que elas devem ser vistas. A medida será encontrada sempre na pintura da época. Naturalmente, o público, em face da escultura do final do Gótico, ainda não tinha vivenciado outros efeitos pictóricos, senão aqueles obtidos pelos pintores da natureza, embora nos sintamos bastante tentados a ver essa escultura em imagens absolutamente desagregadas.

Mas algo da essência pictórica persiste na escultura alemã, mesmo mais tarde. A linearidade dos povos latinos parecia demasiado fria ao sentimento alemão. Significativo é o fato de ter sido um italiano, Canova, quem no final do séc. XVIII devolveu a escultura ocidental ao domínio da linha.

2. Exemplos

Para a ilustração dos conceitos limitemo-nos sobretudo a exemplos da arte italiana. O tipo clássico foi aperfeiçoado na Itália a um ponto de pureza insuperável e, dentro do estilo pictórico, Bernini significa a maior potência artística do Ocidente.

Por analogia com as séries de análises precedentes, tomemos primeiramente dois bustos. É bem verdade que Benedetto da Majano* não é um artista do *Cinquecento*, mas a modelação acentuadamente plástica da forma nada deixa a desejar. Talvez os detalhes apareçam demasiadamente acentuados na fotografia. O essencial é o modo como a figura inteira se encaixa em uma silhueta firme e o modo como as formas isoladas – boca, olhos e cada uma das rugas – ganharam uma aparência firme, imóvel, baseada na impressão do permanente. A geração seguinte teria concentrado as formas em unidades maiores, mas o caráter clássico do volume tangível em toda a sua extensão já se encontra perfeitamente expresso aqui. O que no traje poderia ser visto como algo oscilante é apenas um efeito da ilustração. Originariamente, a cada um dos motivos do tecido era dada uma distinção uniforme através da cor. Da mesma forma o globo ocular, cujo movimento para o lado pode facilmente não ser percebido, era enfatizado pela pintura.

Em Bernini* o trabalho é concebido de forma tal, que a análise linear não leva a conclusão alguma, e isso significa também que o elemento cúbico subtraiu-se à tangibilidade imediata. As superfícies e as pregas do manto não são móveis apenas por sua natureza – o que é algo externo –, mas são utilizadas tendo-se em vista, basicamente, um efeito plasticamente indeterminado. Uma oscilação paira por sobre as superfícies e a forma elude a mão que a explora. As luzes cintilantes dos pregueados deslizam rápidas como pequenas serpentes, exatamente como as luzes brilhante, intensificadas pelo branco, que Rubens introduz em seus desenhos. A forma global já não é vista como uma silhueta. Comparemos o aspecto dos ombros: em Benedetto, uma linha que flui calmamente; em Bernini, um contorno que, móvel em si, em todos os pontos conduz os olhos para além das bordas. O mesmo jogo prossegue na cabeça. Tudo é disposto com vistas à impressão de mudanças. Não é a boca aberta que decide sobre o caráter barroco, mas o tratamento de algo plasticamente indeterminado que se reserva às sombras da cavidade bucal. Embora tenhamos aqui uma forma modelada como algo absolutamente redondo, o mesmo tipo de desenho já pode ser encontrado, em suas linhas básicas, em Frans Hals e Lievens. Os cabelos e os olhos são sempre particularmente característicos para a passagem da forma tangível para a intangível, que tem apenas uma realidade óptica. O "olhar" é obtido aqui por três orifícios em cada olho.

Os bustos barrocos parecem exigir sempre vestimentas suntuosas. A impressão de movimento no rosto sempre precisou desse apoio. O mesmo ocorre na pintura, e El Greco estaria perdido se não pudesse dar continuidade ao movimento de suas figuras no cortejo das nuvens do céu.

Se desejamos citar exemplos dos períodos de transição, não poderemos omitir um nome como o de Vittoria. Os bustos esculpidos pelo artista, sem serem pictóricos no sentido mais profundo da palavra, baseiam-se totalmente nos efeitos ressonantes de luzes e sombras. O desenvolvimento da escultura coincide aqui, também, com o da pintura, na medida em que o estilo puramente pictórico é introduzido por um tratamento, no qual um jogo mais rico de luzes e sombras disfarça a forma plástica básica. A plasticidade continua a existir, mas a luz ganha um forte significado próprio. Em tais efeitos pictórico-decorativos, os olhos parecem ter sido educados para uma visão pictórica, no sentido imitativo.

Para as figuras de corpo inteiro, tracemos um paralelo entre Jacopo Sansovino* e Puget*. A reprodução é pequena demais para que se tenha uma ideia clara do tratamento dos detalhes; não obstante, o contraste dos estilos se faz sentir de maneira flagrante. Primeiramente, o *S. Jacó*, de Sansovino, é um exemplo do efeito clássico da silhueta. Infelizmente, a fotografia não foi feita exatamente na vista frontal tão característica, razão pela qual o ritmo parece um pouco confuso. Esta falha pode ser percebida no pedestal: o fotógrafo afastou-se demais para a esquerda. As consequências deste erro são sentidas em toda parte, sobretudo, talvez, na mão que segura o livro: o livro foi de tal forma reduzido, que só podemos perceber a borda, e não o corpo, e a relação entre a mão e o antebraço tornou-se tão ininteligível, que um olho treinado certamente protestará. Se considerarmos agora o ponto de observação correto, tudo se aclara de uma só vez, e a visão mais clara é também a visão da completa autossuficiência rítmica.

A figura de Puget, ao contrário, mostra a negação característica do contorno. É claro que a forma, mesmo aqui, também se destaca como uma silhueta sobre o fundo, mas não devemos acompanhar a silhueta. Ela nada significa para o conteúdo que encerra: ela parece algo fortuito, que muda a cada novo ponto de observação, sem se tornar melhor ou pior com essa mudança. O elemento especificamente pictórico não está no fato de a linha movimentar-se muito, e sim no fato de ela não abarcar ou consolidar a forma. Isto vale tanto para o todo como para as partes.

Quanto ao processo de iluminação, este se apresenta, desde o início, muito mais inquieto do que em Sansovino, e podemos ver também como a luz se afasta da forma em alguns pontos, enquanto em Sansovino luzes e sombras encontram-se totalmente a serviço da inteligibilidade. O estilo pictórico, porém, somente se revela claramente quando a luz adquiriu uma vida própria, que rouba a forma plástica do domínio da tangibilidade imediata. Seria aconselhável citarmos novamente aqui a discussão sobre os bustos esculpidos por Bernini. Num sentido diferente daquele da arte clássica, a figura é concebida como uma aparência para os olhos. A forma corpórea não perde a sua substancialidade, mas o estímulo que ela empresta aos órgãos de tato já não é mais o fator primordial. Isso não impede que a pedra, no tratamento das superfícies, tenha adquirido uma impressão de materialidade maior do que anteriormente. E essa materialidade – a diferença entre rígido e macio etc. – é uma ilusão que só podemos agradecer aos olhos, pois desapareceria imediatamente se explorada pelas mãos.

Outros motivos que intensificam a impressão de movimento, a ruptura da armação arquitetônica, a transposição da com-

Fig. 26. Majano. *Busto de Pietro Mellini.*

posição no plano para a composição em profundidade, e outros, não deverão ser levados em conta por ora. Em contrapartida, é importante observar aqui que a sombra do nicho na escultura pictórica transformou-se em um fator integrante do efeito. Ela entra no movimento de luz da figura. Da mesma forma, não encontramos entre os desenhistas do Barroco aquele que não esboce um retrato sobre o papel tão rapidamente, que não chegue a colocar no fundo uma sombra que acompanha o desenho.

Fig. 27. Bernini. *Cardeal Borghese.*

    É consequência lógica de uma escultura que tem por objetivo produzir efeitos pictóricos o fato de ela se sentir mais atraída pelas figuras de parede, ou enfileiradas, do que pelas estátuas livres, que podem ser vistas de todos os lados. A despeito disso, é precisamente o Barroco – retornamos a este ponto – que escapa da fascinação pelos planos e, assim, seu interesse fundamental está em limitar os possíveis pontos de observação. Para isso, as obras-primas de Bernini são características: especialmente aquelas que, seguindo o estilo da *Santa Tereza*, estão encerradas em

Fig. 28. Sansovino. *São Jacó.*

um nicho semiaberto. Recortada pelos pilares da moldura e iluminada de cima por uma única fonte de luz, este grupo escultórico produz um efeito perfeitamente pictórico, ou seja, o efeito de algo que, num certo sentido, foi subtraído da realidade tangível. E agora, através de um tratamento pictórico da forma, o esforço se concentra em subtrair a pedra à sensação da tangibilidade imediata. A linha, entendida como limite, é eliminada e um tal movimento é introduzido nas superfícies, que o caráter da tangibilidade desaparece, de certa forma, na impressão do conjunto.

Consideremos, como contraste, as figuras jacentes de Michelangelo na capela dos Medici. Essas figuras são silhuetas perfeitas. Mesmo a forma escorçada é reduzida ao plano, ou seja, reduzida a um expressivo efeito de silhueta. Com Bernini, por outro lado, tudo é feito para evitar que a forma se destaque pelo contorno. O contorno global de seus santos em êxtase resulta em uma figura completamente sem sentido, e o traje é modelado de forma tal, que não pode ser explicado por nenhuma análise do ponto de vista linear. A linha surge rapidamente aqui e acolá, mas só momentaneamente. Nada é substancial e tangível. Tudo é movimento e eterna mutação. A impressão reduz-se, essencialmente, ao jogo de luz e sombra.

Luz e sombra, Michelangelo também as deixa falar, e até mesmo em ricos contrastes; mas, para ele, elas serão sempre valores plásticos. Como massas definidas, elas permanecem subordinadas à forma. Em Bernini, ao contrário, elas são indeterminadas, como se já não pertencessem às formas definidas; elas se arrojam, um elemento liberado, em um jogo selvagem, por sobre superfícies e depressões.

As concessões feitas agora à aparência meramente visual mostram-se no efeito eminentemente material da carne e dos tecidos (vide as vestes do anjo!). E o mesmo espírito concebe as nuvens que, tratadas de modo ilusionista, servem de base à figura da santa, embora pareçam pairar livremente.

As consequências dessas premissas para o relevo são fáceis de se perceber e prescindem de qualquer ilustração. Seria absurdo acreditar que o caráter puramente plástico precise sempre ser negado ao relevo, porque ele não trabalha com corpos em seu pleno volume. Essas diferenças simplesmente materiais não têm qualquer importância. Mesmo as figuras livres podem ser achatadas em um relevo, sem perderem o caráter da plenitude corpórea: decisivo é o efeito, não os fatos objetivos.

ARQUITETURA

1. Considerações gerais

O estudo do pictórico e não pictórico nas artes tectônicas é particularmente interessante na medida em que o conceito, livre aqui, pela primeira vez, da confusão com as exigências da imitação, pode ser apreciado como um conceito puro da decoração. Evidentemente, as condições não são exatamente as mesmas para a arquitetura e para a pintura. Por sua própria natureza, a arquitetura não pode se tornar uma arte de aparência no mesmo grau que a pintura; mas a diferença é apenas de grau, e os elementos essenciais da definição de pictórico podem ser aplicados aqui sem qualquer alteração.

O fenômeno elementar é este: são produzidos dois efeitos arquitetônicos completamente diferentes, de acordo com os quais somos obrigados a entender a forma arquitetônica como algo definido, sólido, perene, ou como algo que, a despeito de toda a sua estabilidade, é escamoteado pela aparência de um movimento constante, isto é, de uma mudança constante. Mas não nos enganamos. Naturalmente toda arquitetura e decoração contam com certas sugestões de movimento: a coluna se eleva; na parede, forças vivas estão em ação; a cúpula se avoluma, e o menor filete na ornamentação possui sua parcela de movimento, ora mais lânguido, ora mais

Fig. 29. Puget. *Beato Alessandro Sauli.*

Fig. 30. Bernini. *Êxtase de Santa Tereza*.

vivo. Mas, a despeito de todo este movimento, o quadro na arte clássica permanece constante, enquanto a arte pós-clássica faz despertar a aparência, como se o quadro precisasse se transformar diante de nossos olhos. Essa é a diferença entre a decoração do Rococó e o ornamento renascentista. O desenho de um painel renascentista, por mais vivo que seja, terá sempre a aparência de algo que é, enquanto a ornamentação da maneira como o Barroco a dispõe sobre as superfícies produz a impressão de algo que está em constante transformação. E o efeito na grande arquitetura é o mesmo. Os edifícios não se locomovem e a parede permanece uma parede, mas subsiste uma diferença bastante palpável entre o aspecto exterior definitivo da arte clássica e o quadro nunca completamente assimilável da arte posterior; é como se o Barroco sempre tivesse tido medo de proferir uma última palavra.

Essa impressão de vir a ser, de inquietude, tem diversas causas: todos os capítulos seguintes deverão contribuir para sua explicação. Por ora, a discussão deve se centralizar apenas na definição de pictórico, em sentido estrito, enquanto o uso popular chama de pictórico tudo o que, de alguma forma, está ligado à impressão de movimento.

Já se afirmou, e com razão, que o efeito de um aposento de belas proporções deveria ser percebido até mesmo por aqueles que, de olhos vendados, caminhassem por ele. Sendo físico, o espaço só pode ser percebido pelos órgãos do sentido. Este efeito espacial é uma propriedade de toda arquitetura. Entretanto, se a ele se acrescenta um estímulo pictórico, ele passa a ser um elemento puramente visual, pictórico e, por conseguinte, não mais acessível aos tipos mais gerais de sensação táctil. A visão geral de um aposento será pictórica não pela qualidade arquitetônica dos aposentos isolados, mas pela imagem, a imagem visual que o observador pode perceber. Cada sobreposição tem seu efeito na imagem que resulta das formas interceptadas e interceptantes: a forma isolada, em si, pode ser sentida, mas a imagem que surge da sequência de formas que se sobrepõem somente pode ser vista. Portanto, sempre que nos referirmos a "vistas", estaremos em terreno pictórico.

É claro que a arquitetura clássica também precisa ser *vista*, e que sua tangibilidade tem um significado apenas imaginário. E, do mesmo modo, também podemos observar o edifício sob diversos ângulos: com ou sem escorço, com ou sem intersecção de formas etc., mas, qualquer que seja o ponto de vista, a forma tectônica básica irá se impor como o elemento decisivo e, onde esta forma básica estiver distorcida, perceberemos tratar-se apenas da casualidade de um aspecto secundário, que não poderá ser tolerado por muito tempo. Em contrapartida, o interesse maior da arquitetura pictórica está em fazer com que a forma básica se apresente em imagens as mais numerosas e variadas possíveis. Enquanto no estilo clássico a ênfase recai sobre a forma permanente e, ao lado dela, a variação da aparência não possui qualquer valor independente, a composição na arquitetura pictórica é disposta, de antemão, em "imagens". Quanto mais diversificadas forem elas, quanto mais divergirem da forma objetiva, tanto mais pictórica a arquitetura poderá ser considerada.

Nas escadarias de um luxuoso castelo do Rococó, não procuramos pela forma rígida, sólida e concreta da disposição, mas nos entregamos ao ritmo das vistas alternantes, convencidos de que elas não são efeitos secundários e casuais, mas de que nesse espetáculo de movimento inextinguível está expressa a verdadeira vida do edifício.

A catedral de São Pedro, de Bramante, uma construção circular com cúpulas, teria possibilitado também diversos ângulos de observação, mas aqueles que seriam pictóricos, no sentido que lhes atribuímos, não teriam tido qualquer sentido para o arquiteto e seus contemporâneos. O essencial era o ser, e não as imagens distorcidas desta ou daquela forma. Em sentido estrito, a arquitetura arquitetônica podia levar em conta ou nenhum ângulo de observação do espectador – certas distorções da forma estão sempre presentes – ou todos: a arquitetura pictórica, ao contrário, considera sempre o sujeito que a observa. Por essa razão, não deseja criar, sob circunstância alguma, edifícios que possam ser observados por todos os lados, tal como Bramante concebera sua catedral de São Pedro; ela restringe o espaço à disposição do observador, a fim de conseguir obter, de modo mais seguro, os efeitos que lhe aprazem.

Embora a vista puramente frontal sempre exija para si uma certa exclusividade, encontramos agora, por toda a parte, edifícios claramente concebidos no sentido de reduzir a importância desse ângulo de observação. Isso é muito claro, por exemplo, na igreja de São Carlos Barromeo, em Viena, com as duas colunas antepostas à fachada, cujo real valor apenas se evidencia às vistas não frontais, onde perdem a sua igualdade e a cúpula central é interceptada.

Pelo mesmo motivo, não era considerado um infortúnio o fato de uma fachada do Barroco se encontrar localizada de modo que a vista frontal fosse quase impossível. A igreja dos Teatinos, em Munique, exemplo célebre de fachada com duas torres, somente se tornou totalmente visível no Classicismo, através de obras realizadas a pedido do rei Luís I: originariamente, metade da igreja ficava oculta na pequena rua. Era óbvio, portanto, que ela parecesse sempre assimétrica.

Sabemos que o Barroco enriqueceu as formas. As figuras tornam-se mais intrincadas, os motivos mesclam-se uns aos outros, a ordem das partes é mais difícil de ser percebida. Mais tarde discutiremos em que medida isso se relaciona com o princípio da negação básica da clareza absoluta: por ora, o fenômeno será considerado apenas na medida em que ilustra a transformação especificamente pictórica de valores puramente tangíveis para valores puramente visuais. O gosto clássico trabalha sempre com limites claramente delineados, tangíveis; cada superfície tem seu contorno definido; cada sólido se expressa como uma forma perfeitamente tangível; nada existe ali que não possa ser apreendido como um corpo. O Barroco desvaloriza a linha enquanto contorno, multiplica as bordas, e enquanto a forma em si se complica e a ordenação se torna mais confusa, fica mais difícil para as partes isoladas imporem seu valor plástico: por sobre a soma das partes desencadeia-se um movimento (puramente óptico), independentemente de um ângulo de observação particular. As paredes vibram, o espaço tremula em todos os cantos.

Uma ressalva deve ser feita no sentido de não se considerar o efeito pictórico de movimento como equivalente ao grande movimento de massas de certas construções italianas. O efeito dramático de paredes sinuosas e de grandes grupos de colunas é apenas um caso específico. Pictórico pode ser pura e simplesmente a vibração suave de uma fachada, na qual as saliências são quase imperceptíveis. Mas, então, qual é o verdadeiro impulso nessa transformação de estilo? A simples referência ao interesse por uma riqueza maior de formas não é suficiente; também não se trata da intensificação do efeito fundado nesses mesmos princípios: mesmo o Barroco mais requintado não apresenta apenas um número maior de formas, mas também formas de um efeito totalmente diferente. Certamente estamos diante da mesma relação verificada na evolução sofrida pelo desenho de Holbein para van Dyck e Rembrandt. Mesmo na arte tectônica nada se cristaliza em linhas e superfícies tangíveis; mesmo na arte tectônica a impressão de permanência deve ser suplantada pela impressão de mudança; a forma precisa respirar. À parte todas as diferenças de expressão, essa é a noção básica do Barroco.

Mas a impressão de movimento somente é obtida quando a aparência visual suplanta a realidade concreta. Como já pudemos observar, isso não se verifica na arquitetura nas mesmas proporções que na pintura. Poderíamos falar, talvez, de uma ornamentação impressionista, mas não de uma arquitetura impressionista. Mas, a despeito de tudo, a arquitetura dispõe de meios suficientes para estabelecer o contraste pictórico com o tipo clássico: dependerá sempre do grau em que a forma isolada se mostrar de acordo com o movimento (pictórico) global. A linha desvalorizada mescla-se muito mais facilmente ao grande jogo das formas do que a linha de significado plástico, que define a forma. Luz e sombra, unidas a cada forma, transformam-se em um elemento pictórico, no momento em que parecem ter uma importância autônoma, separada da forma. No estilo clássico elas estão ligadas à forma; no sentido pictórico, parecem estar desligadas e despertas para uma vida própria. Não são mais as sombras dos pilares isolados ou dos frisos e frontões das janelas que percebemos; pelo menos, não apenas estas. As sombras unem-se e a forma plástica pode às vezes desaparecer por completo no movimento global que se desenrola sobre as superfícies. Em interiores, esse movimento livre da luz pode ser obtido por contrastes de luzes ofuscantes e sombras densas, ou vibrar em tonalidades claras: o princípio é o mesmo. No primeiro caso, devemos pensar no movimento plástico vigoroso dos interiores das igrejas italianas; no segundo, na claridade ofuscante de um quarto do Rococó modelado suavemente. As paredes espelhadas do Rococó não são apenas uma prova do culto à claridade; através de espelhos, o que se buscava era a desvalorização da parede enquanto superfície concreta, através da não superfície, aparentemente impalpável, da natureza refratária do vidro.

O inimigo mortal do estilo pictórico é o isolamento de cada uma das formas. Para que se produza a ilusão de movimento, as formas precisam se unir, se entrelaçar, se fundir. Uma peça de mobiliário de desenho pictórico exigirá sempre uma certa atmosfera: não se pode colocar uma cômoda do Rococó junto a uma parede qualquer; o movimento precisa continuar ecoando. O encanto particular de algumas igrejas do Rococó reside no fato de que cada altar, cada confessionário, está mesclado ao conjunto. A extensão surpreendente em que são quebradas as barreiras tectônicas na evolução lógica dessa demanda pode ser depreendida de exemplos notáveis do movimento pictórico, como, por exemplo, a capela de São João Nepomuceno, dos irmãos Asam, em Munique.

No momento em que ressurge o Classicismo, as formas separam-se temporariamente umas das outras. Nas fachadas do palácio vemos novamente janela ao lado de janela, cada uma podendo ser apreendida separadamente. A aparência se evaporou. A forma concreta, sólida, perene, deve ser expressiva, e isto significa que os elementos do mundo tangível – linha, superfície, corpo geométrico – devem retomar a liderança. Toda a arquitetura clássica busca a beleza naquilo que é; a beleza barroca é a beleza do movimento. Na primeira, as formas "puras" encontram a sua pátria, e os arquitetos procuram dar forma visível à perfeição das proporções eternamente válidas. Na segunda, o valor do ser perfeito perde em significado ao lado da noção da vida que respira. A constituição do corpo não é indiferente, mas a exigência básica é a de que ele se movimente; sobretudo no movimento está o estímulo da vida.

Estas são visões de mundo radicalmente diferentes. O que vimos expondo aqui acerca do pictórico e do não pictórico forma uma parte da expressão, na qual a visão de mundo se manifesta na arte. O espírito de um estilo, porém, está igualmente presente tanto no conjunto quanto nos detalhes. Um simples vaso é suficiente para ilustrar a oposição histórica universal. Quando

Holbein* desenha um cântaro, a figura plasticamente determinada apresenta-se em perfeição absoluta; um vaso do Rococó reproduz a aparência pictórica indeterminada: ele não se consolida em contornos tangíveis, e as superfícies são escamoteadas por um movimento de luz, que torna ilusória a sua tangibilidade; a forma não se esgota em *um* aspecto, mas encerra para o observador algo de inexaurível (figs. 122 e 123).

Mesmo empregando com prudência os conceitos, os adjetivos pictórico e não pictórico são absolutamente inadequados para designar todas as transições da evolução histórica.

Primeiramente, divergem os caracteres nacional e regional; de antemão, o povo germânico tem nas veias a essência pictórica, e nunca se sentiu à vontade, por muito tempo, próximo da arquitetura "absoluta". Precisamos ir à Itália para conhecermos esse tipo. Aquele estilo de edifício que prevaleceu nas épocas posteriores e tinha suas origens no séc. XV libertou-se na época clássica de todos os subprodutos pictóricos e evoluiu para estilo "linear" puro. Em oposição ao *Quattrocento*, Bramante sempre procurou embasar o efeito arquitetônico, com crescente coerência, em efeitos puramente concretos. Mas já na Itália do Renascimento existem novamente diferenças. O norte da Itália, particularmente Veneza, sempre foi mais pictórico do que Toscana e Roma, e, queiramos ou não, precisamos empregar o conceito de pictórico mesmo na época do estilo linear.

A passagem barroca ao estilo pictórico processou-se também na Itália, em uma evolução brilhante, mas não nos devemos esquecer de que este estilo somente foi levado às últimas consequências no norte. Lá, a sensibilidade para o pictórico parece estar arraigada no solo. Mesmo no assim chamado Renascimento alemão, que, com seriedade e ênfase, sentia as formas de acordo com seu conteúdo plástico, o efeito pictórico é, na maioria das vezes, o melhor. A forma definitiva pouco significa para a imaginação germânica: ela deve estar sempre envolta pelo encanto do movimento. Esta é a razão pela qual dentro do estilo do movimento foram produzidas na Alemanha edificações de um tipo pictórico incomparável. Comparado com tais modelos, o Barroco italiano ainda apresenta traços do sentimento plástico básico e, para o Rococó, com suas simples cintilações de luz, a pátria de Bramante somente se tornou acessível num sentido bastante restrito.

Quanto à cronologia, os fatos não podem, naturalmente, ser abrangidos pelos dois conceitos. A evolução processa-se em transições imperceptíveis, e o que chamo de pictórico em comparação com um exemplo mais antigo, pode me parecer não pictórico se comparado com um exemplo mais recente. Particularmente interessantes são os casos em que, dentro de uma concepção pictórica global, aparecem tipos lineares. A prefeitura de Amsterdam, por exemplo, com suas paredes lisas e os ângulos retos despojados de suas fileiras de janelas, poderia ser considerada um exemplo insuperável da arte linear. Na verdade, ela nasceu de uma reação classicista, mas a ligação com o polo pictórico está presente: o ponto principal é o modo como os contemporâneos viram o edifício, e isto podemos depreender das diversas telas que a retrataram no século XVII, onde a Prefeitura aparece completamente diferente da forma que adquiriu mais tarde, quando um linearista inveterado retoma o tema. Longas fileiras de vidraças uniformes não são, em si, não pictóricas; depende apenas de como são vistas. Um observador vê somente linhas e ângulos retos; para o outro, a caixa principal são as superfícies vibrando com o mais estimulante efeito de luz e sombra.

Cada época apreende as coisas com *seus* olhos, e ninguém pode contestar-lhe o direito de o fazer, mas o historiador deve indagar em cada caso como a coisa em si exige ser vista. Na pintura, isso é mais fácil do que na arquitetura, onde não existem limites para a percepção arbitrária. O material ilustrativo à disposição da história da arte está repleto de pontos de vista errôneos e falsas interpretações de efeitos. A única coisa que pode ajudar aqui é a verificação através dos quadros da época.

Um edifício multiforme do final do Gótico, como a prefeitura de Louvain, não pode ser desenhado do modo como o veem os olhos modernos, educados no impressionismo (de qualquer maneira, isto não oferece nenhuma reprodução que possa ser aproveitada cientificamente) e uma arca em baixo-relevo do final do Gótico não pode ser vista da mesma forma que uma cômoda do Rococó: ambos os objetos são pictóricos, mas o acervo de quadros da época oferece ao historiador indicações suficientemente claras para que ele possa determinar em que medida um tipo de pictórico deve ser distinguido.

2. Exemplos

A distinção entre arquitetura pictórica e não pictórica (ou rigorosa) aparece de modo mais flagrante quando o gosto pictórico teve que se combinar com um edifício do estilo antigo, ou seja, quando ocorre uma alteração para o estilo pictórico.

A igreja dos Santos Apóstolos*, em Roma, possui uma parte anterior construída no estilo pré-renascentista, constituída por duas galerias de arcos, com pilares embaixo e colunas esguias na parte superior. No séc. XVIII, a galeria superior foi fechada. Embora o sistema não tenha sido destruído, construiu-se uma parede que, totalmente voltada para a impressão de movimento, se eleva em um contraste característico com o caráter rígido do rés do chão. Não levemos em conta, por ora, em que medida essa impressão de movimento é obtida por meios atectônicos (elevação dos frontões das janelas da linha inicial do arco), ou é produzida pelo motivo da articulação rítmica (ênfase desigual dos setores de parede pelas estátuas da balaustrada – os setores central e laterais são enfatizados); também não nos preocupamos aqui com a configuração peculiar da janela central, que se projeta da superfície (no centro de nossa reprodução). Especificamente pictórico é o fato de as formas, sem exceção, terem perdido seu isolamento e sua corporeidade tangível, de sorte que, ao lado delas, os pilares e os arcos da galeria inferior aparecem como algo completamente diferente, como os únicos valores realmente plásticos. Isto não está no detalhe estilístico: o espírito gerador é diferente. O fator decisivo não é o movimento inquieto das linhas em si (na chanfradura dos ângulos dos frontões) nem a multiplicidade das linhas em si (nos arcos e suportes), mas o fato de ser criado um movimento que vibra sobre todo o conjunto. Esse efeito pressupõe que o observador esteja disposto a desconsiderar o caráter meramente tangível da forma arquitetônica, e seja capaz de se entregar ao espetáculo visual, onde aparência se combina com aparência. O tratamento da forma auxilia essa leitura de todas as formas possíveis. É muito difícil, quase impossível, apreender a antiga coluna como uma forma plástica, e a arquivolta, originariamente simples, é igualmente furtada à tangibilidade imediata. Através do encaixamento dos motivos – arcos e frontões –, o edi-

Fig. 31. Roma. Igreja dos Santos Apóstolos.

fício torna-se tão complicado na aparência, que o observador é sempre impelido a apreender mais o movimento total do que a forma isolada.

Na arquitetura rigorosa, cada linha parece uma aresta e cada volume, um corpo sólido: na arquitetura pictórica, não desaparece a impressão de massa, mas com a noção de tangibilidade combina-se a ilusão de um movimento homogêneo, derivado justamente dos elementos não tangíveis da impressão.

Uma balaustrada do estilo rigoroso é a soma de um número determinado de balaústres que se impõem como corpos isolados tangíveis na impressão; numa balaustrada pictórica, ao contrário, o fator primordial do efeito é a vibração do conjunto das formas.

Um teto do Renascimento é um sistema de planos claramente definidos: no Barroco, mesmo quando o desenho não é confuso e os limites tectônicos não são suprimidos, o movimento do todo é a meta da intenção artística.

O significado desse movimento, em linhas gerais, pode ser claramente entendido através de um exemplo como a magnífica fachada da igreja de S. Andrea*, em Roma. É desnecessário reproduzir o contraste clássico. Aqui as formas, uma a uma, como ondas separadas, são de tal modo carregadas para a ondulação total, que acabam por ser completamente envoltas – um princípio que contradiz totalmente aquele da arquitetura rigorosa. Mesmo se desconsiderarmos os recursos dinâmicos específicos empregados aqui para acrescentar um movimento vigoroso – a projeção da parte central, o acúmulo de linhas de força, a quebra de cornijas e frontões –, a interpenetração das formas continua sendo a característica diferencial em relação a todo o Renascimento, de sorte que, independentemente de cada um dos segmentos de parede, independentemente da forma separada que preenche, emoldura e separa, o resultado será um movimento aparente, de natureza puramente visual. Procuremos imaginar quanto da impressão básica dessa fachada pode ser captado em um desenho com simples pinceladas e, inversamente, como toda a arquitetura clássica exige a reprodução mais exata de proporções e linhas.

O escorço também dá a sua colaboração. O efeito de movimento pictórico se fará sentir tanto mais facilmente se as proporções das superfícies forem distorcidas e o corpo, entendido como uma forma de aparência, separar-se da sua forma verdadeira. Diante de uma fachada barroca, sentimo-nos sempre impelidos a observá-la de lado. Entretanto, devemos mencionar mais uma vez que cada época cria a sua medida, e que nem todas as vistas são possíveis em todos os tempos. Sempre nos sentimos propensos a interpretar as coisas de forma mais pictórica do que elas devem ser vistas e chegamos mesmo a forçar a obra decididamente linear para o âmbito da perspectiva pictórica. É possível observar a oscilação da superfície de uma fachada como a de Otto Heinrich Sbau, no castelo de Heidelberg, mas não resta dúvida de que, para o seu criador, essa possibilidade não tinha muita importância.

Com a noção de escorço, abordamos o problema da visão em perspectiva que, como dissemos, é de capital importância na arquitetura pictórica. Para o que foi exposto até aqui, tomemos o exemplo da S. Agnese, em Roma (fig. 10): uma igreja com uma cúpula central e duas torres frontais. A rica disposição das formas favorece o efeito pictórico, mas em si ela não é pictórica. S. Biagio, em Montepulciano, compõe-se dos mesmos elementos, sem apresentar qualquer semelhança no que se refere ao estilo. O que estabelece aqui o caráter pictórico da composição é a inclusão, no cálculo artístico, da variação do aspecto que, naturalmente, nunca está totalmente ausente, mas que se justifica muito mais em um tratamento da forma previamente dirigido a efeitos visuais do que em uma arquitetura do puro ser. Todas as ilustrações são inadequadas, pois mesmo o mais surpreendente quadro em perspectiva representa apenas *uma* possibilidade, e o interesse está justamente na inesgotabilidade das imagens possíveis. Enquanto a arquitetura clássica busca seu significado na realidade concreta e permite apenas à beleza do aspecto nascer do organismo arquitetônico como um resultado natural, a aparência visual, no Barroco, desde o princípio desempenha um papel importante na concepção: são aspectos, e não um aspecto. O edifício assume diversas formas, e essa variação no tipo de aparência é sentida como interesse pelo movimento. As vistas se complementam, e a imagem com escorço e sobreposição de partes isoladas é considerada tão legítima como, por exemplo, a aparência assimétrica, em perspectiva, de duas torres simétricas. Esse tipo de arte procura situar o edifício de sorte a oferecer ao espectador as vistas mais pictóricas. Isso significa sempre uma redução dos pontos de observação. Não é do interesse da arquitetura pictórica situar o edifício de sorte a possibilitar sua observação por todos os lados, ou seja, como um objeto tangível, como era o ideal da arquitetura clássica.

 O estilo pictórico atinge o seu apogeu nos interiores. As possibilidades de se combinar o tangível com o encanto do intangível são mais favoráveis aqui. Somente aqui os elementos do ilimitado e do que não pode ser abarcado de uma só vez adquirem seu valor efetivo. Aqui é o campo ideal para os cenários e as perspectivas, para os raios de luz e a escuridão da profundidade. Quanto mais a luz for introduzida na composição como um fator independente, tanto mais a arquitetura será do tipo pictórico visual.

Fig. 32. Roma. *S. Andrea della Valle*.

Não é que a arquitetura clássica tenha abandonado a beleza da luz e o efeito das ricas combinações espaciais. Mas no primeiro caso a luz está a serviço da forma, e mesmo na vista em perspectiva mais rica o organismo espacial, a forma real, é o objetivo maior, não a imagem pictórica. A catedral de São Pedro, de Bramante, oferece esplêndidas visões em perspectiva, mas podemos sentir claramente que todos os efeitos pictóricos são apenas secundários em relação à linguagem vigorosa das massas, concebidas como corpos. A essência desta arquitetura é, de certa forma, o que obtemos da experiência corporal. Para o Barroco, porém, surgem novas possibilidades na medida em que, ao lado da realidade do corpo, existe também uma realidade que apela para os olhos. Não precisamos pensar em edifícios propriamente ilusivos, edifícios que pretendem parecer algo diferente do que lá está; basta pensarmos na exploração básica de efeitos que já não são de natureza plástico-tectônica. Em última análise, a intenção está em privar de seu caráter tangível a parede que delimita e o teto que encobre. Desta forma, surge um produto notadamente ilusório, que a imaginação nórdica soube cultivar de modo incomparavelmente "mais pictórico" do que a imaginação do sul. As luzes ofuscantes e as profundezas misteriosas não são imprescindíveis para se fazer com que um interior pareça pictórico. Mesmo com um plano inteligível e uma iluminação perfeitamente clara, o Rococó soube criar sua *beleza do impalpável*.

Se por volta de 1800, no classicismo, a arte torna-se novamente simples, o confuso volta a se ordenar, a linha e o ângulo retos voltam a ser valorizados, isto certamente se relaciona com uma nova devoção à "simplicidade"; ao mesmo tempo, porém, altera-se a base da arte como um todo. Mais importante do que a reorientação do gosto pelo simples foi a mudança do sentimento do pictórico para o plástico. A linha volta a ser um valor tangível, e cada forma encontra sua reação nos órgãos de toque. Os blocos de casas em estilo classicista da Ludwigstrasse, em Munique, com superfícies amplas e simples, são o protesto de uma nova arte tátil contra a arte visual sublimada do Barroco. A arquitetura mais uma vez busca seus efeitos no volume puro, na proporção definida e palpável, na forma plasticamente definida e toda a arte do pictórico cai em descrédito como pseudoarte.

Fig. 33. Rubens. *Pietà*.

CAPÍTULO DOIS
Plano e profundidade

PINTURA

1. Considerações gerais

Nada há de especial em afirmar-se que houve uma evolução da representação plana para a representação em profundidade, pois é evidente que os meios utilizados para a expressão do volume dos corpos e da profundidade espacial se desenvolveram gradualmente. Não é nesse sentido apenas que vamos abordar os dois conceitos. O fenômeno que temos em mente é outro: de um lado, a constatação de que o séc. XVI – aquele período da arte que dominou perfeitamente os recursos da representação plástica do espaço – reconheceu como norma fundamental a combinação das formas no plano; de outro, o fato de este princípio da composição no plano ter sido abandonado pelo séc. XVII em favor de uma composição notadamente voltada para os efeitos de profundidade. No primeiro caso verifica-se um empenho pela representação no plano, que articula a imagem em camadas dispostas paralelamente à boca de cena; no segundo, a tendência a subtrair os planos aos olhos, a desvalorizá-los e torná-los insignificantes, na medida em que são enfatizadas as relações entre os elementos que se dispõem à frente e os que se encontram atrás, e o observador se vê obrigado a penetrar até o fundo do quadro.

Pode parecer paradoxal, mas trata-se de um fato: o séc. XVI está mais voltado para a representação no plano do que o séc.

XV. Enquanto a imaginação ainda pouco desenvolvida dos Primitivos recorre, de maneira geral, à representação no plano, embora faça tentativas constantes para libertar-se de seu domínio, podemos observar que a arte, tão logo se assenhorou das regras da perspectiva científica e da profundidade espacial, passou consciente e coerentemente a reconhecer nos planos a forma de representação efetivamente válida; ela poderá ser interrompida aqui e lá por motivos característicos da representação em profundidade, mas no conjunto acabará prevalecendo como forma básica obrigatória. Os efeitos de profundidade, representados pela arte mais antiga, afiguram-se, na maioria das vezes, incoerentes e a estruturação horizontal parece constituir mero sinal de pobreza.

Posteriormente, em contrapartida, plano e profundidade tornaram-se um *único* elemento, e exatamente pelo fato de tudo estar permeado de formas reduzidas segundo as regras da perspectiva, é que percebemos ser voluntária a aceitação da composição em plano; a impressão que se tem é a de uma riqueza simplificada em favor de uma serenidade e clareza maiores.

Ninguém que se tenha dedicado à análise dos artistas do *Quattrocento* irá esquecer a impressão que, nesse sentido, desperta *A última ceia*, de Leonardo da Vinci. Embora a mesa e o grupo de apóstolos sempre tenham sido dispostos paralelamente à borda do quadro e à boca de cena, o alinhamento das figuras e sua relação com o espaço recebem aqui, pela primeira vez, a configuração sólida de uma muralha, impondo ao observador uma visão no sentido do plano. Considerando-se, então, *A pesca milagrosa**, de Rafael, percebemos estar presente também ali um efeito totalmente novo, a saber: as figuras estão dispostas em um plano coerente, lembrando um "mural". Idêntico processo verifica-se quando se trata de figuras isoladas, como se observa no exemplo da Vênus reclinada, de Giorgione ou de Ticiano*: em todas essas obras, a figura é colocada no plano principal, claramente definido, do quadro. É inegável a presença dessa forma de representação também naqueles casos em que a coerência dos planos não é contínua, mas, de certa forma, intermitente, pontilhada de intervalos; ou ainda, naqueles casos em que a fileira reta se aprofunda levemente, formando uma curva dentro do plano, como na *Disputa*, de Rafael. Nem mesmo uma composição como *Heliodoro*, de Rafael, foge a esse esquema, apesar do movimento que se desloca dos lados e se dirige com vigor para a profundidade, em sentido diagonal: os olhos, ao alcançarem o fundo, são reconduzidos à superfície e procuram instintivamente reunir num arco, como pontos fundamentais, as figuras dianteiras à esquerda e à direita.

Mas o estilo clássico da representação e de planos teve um período de duração limitado, da mesma forma como o estilo linear clássico, com o qual possui uma afinidade natural, posto que toda linha depende de uma superfície. Há um momento em que enfraquece a relação entre os planos, e passa a ser enfatizada a sequência em profundidade dos elementos do quadro; nesse momento, o conteúdo já não pode ser apreendido através de camadas estruturadas na superfície, e a força motriz passa a residir na articulação dos componentes próximos e afastados. Trata-se do estilo dos planos desvalorizados. Em sentido ideal, sempre existirá um primeiro plano; o que não se admite é a possibilidade de a forma sintetizar-se em planos. O artista suprime tudo o que possa sugerir uma impressão dessa natureza, seja na figura isolada, seja em um grupo de figuras. Mesmo nos casos em que esse efeito parece inevitável – por exemplo, quando um certo número de figuras se alinha ao longo da boca de cena – ele cuida para que essas figuras não se cristalizem numa fileira perfeita, obrigando o observador a fazer incursões constantes até o fundo do quadro.

Se deixarmos de lado as soluções impuras do séc. XV, obteremos também aqui dois tipos distintos de formas de representação, tão diferentes um do outro como o são o estilo linear e o pictórico. Com muita razão poder-se-ia questionar se realmente se trata de dois estilos, cada qual com seu valor individual, a impedir que um possa ser substituído pelo outro. Nesta linha de pensamento caberia também perguntar se a representação em profundidade, antes de constituir uma forma essencialmente nova de representação, não conteria apenas um número maior de recursos para criar a noção de espaço. Bem entendidos, esses conceitos referem-se a oposições gerais que têm suas raízes na sensibilidade para determinados efeitos decorativos, e que absolutamente não podem ser compreendidas apenas a partir do simples princípio da imitação. O que importa não é o grau de profundidade no espaço representado, mas o modo como essa profundidade se expressa. Mesmo nos casos em que o séc. XVII parece enveredar pelo caminho das composições planimétricas puras, uma análise comparativa mais detalhada deverá demonstrar os pontos de partida fundamentalmente diferentes. Será inútil, certamente, procurar nos quadros holandeses aquele movimento em espiral que se dirige para dentro do quadro, tão explorado por Rubens; contudo, esse sistema, encontrado nas obras de Rubens, representa apenas *um* tipo de composição em profundidade. Nem é necessário que haja contrastes plásticos entre o primeiro e o segundo planos: *Mulher lendo*, de Jan Vermeer (Museu de Amsterdam), postada de perfil diante de uma parede reta, constitui um exemplo de composição em profundidade, no sentido que lhe atribui o séc. XVII, principalmente porque os olhos do observador procuram unir a figura com a parte mais intensamente iluminada da parede. O fato de Ruysdael, em *Vista de Haarlem** (Haia), ter estruturado os prados em faixas horizontais, iluminadas de forma irregular, não significa necessariamente que o quadro se tenha tornado um exemplo do antigo sistema de estratificações planas; e a razão é a seguinte: a sucessão de faixas é mais enfática do que cada uma delas, e o observador é incapaz de considerá-las isoladamente.

Não é possível abordarmos o problema valendo-nos de rótulos ou de observações superficiais. É fácil observar como o jovem Rembrandt presta o seu tributo à época dispondo as figuras em ricas graduações de profundidade. Entretanto, o mestre afasta-se dessa noção em seus anos de maturidade: se um dia ele narrou a história de *O bom samaritano* (água-forte de 1632) dispondo artificialmente as figuras em espiral, umas atrás das outras, mais tarde simplesmente as justapôs, uma ao lado da outra, conforme demonstra o quadro de 1648, que se encontra hoje no Museu do Louvre. Isto, porém, não significou uma retomada das antigas formas estilísticas; exatamente na simples disposição em setores distintos, o princípio do quadro em profundidade torna-se ainda mais nítido: todas as precauções são tomadas para que a sequência de figuras não se cristalize num alinhamento plano.

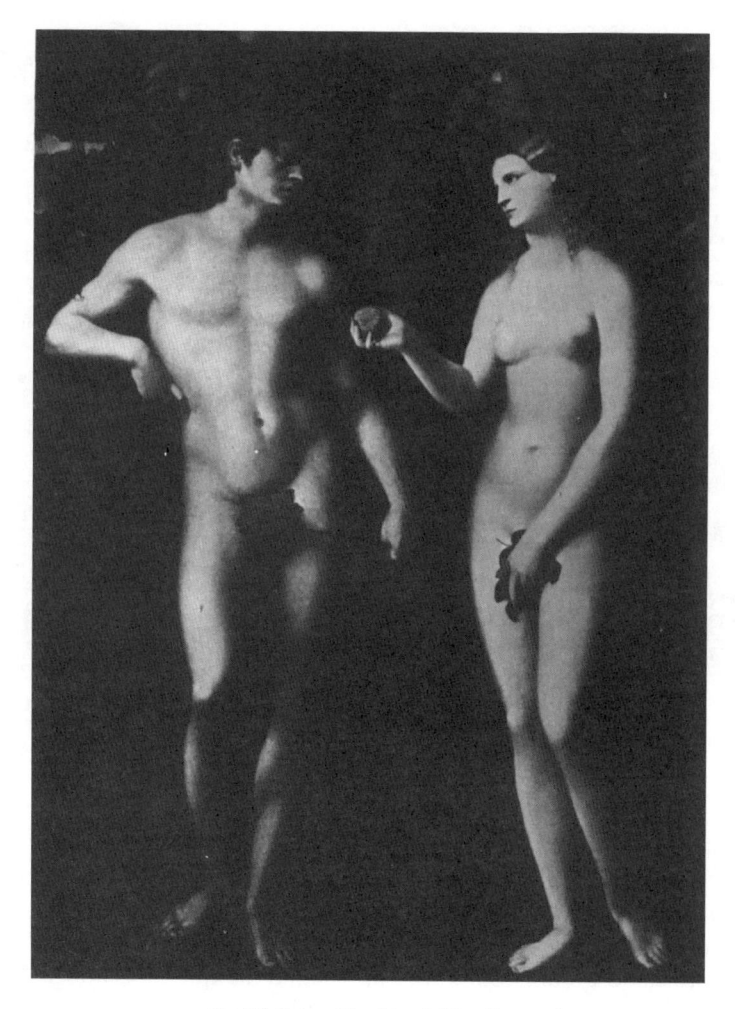

Fig. 34. Palma Vecchio. *Adão e Eva*.

2. Os motivos característicos

Se pretendermos arrolar as transformações características, o caso mais simples a ser analisado será a substituição das cenas com duas figuras dispostas uma ao lado da outra, por cenas que apresentam duas figuras, obliquamente colocadas uma atrás da

Fig. 35. Tintoretto. *Adão e Eva*.

outra. É o que ocorre com o tema de Adão e Eva, com a saudação dos Anjos da Anunciação, com a história de S. Lucas retratando Maria, e com outras situações análogas, qualquer que seja a sua denominação. Não queremos dizer que, no Barroco, todos os quadros desse gênero tiveram suas figuras dispostas em diagonal; mas era de praxe – e onde isso não se verificava, o problema era contornado de uma outra forma, evitando-se que a justaposição das figuras produzisse a impressão de algo plano. Em contrapartida, existem exemplos da arte clássica que apresentam uma ruptura no plano; nesses casos o mais importante, contudo, é que o observador tome consciência dessa ruptura. Não há necessidade de que tudo se estruture em apenas um plano; essencial é que esse desvio seja percebido como tal.

O primeiro exemplo a ser examinado é o quadro *Adão e Eva*, de Palma Vecchio*. A estruturação dos planos apresentada

Fig. 36. Seguidor de Bouts. *São Lucas pintando a Virgem Maria*.

aqui não significa a continuação de um modelo primitivo, mas representa um ideal de beleza clássica fundamentalmente novo, que consiste em dispor-se energicamente a figura no plano, de tal sorte que a camada espacial apareça vivificada por igual em todas as suas partes. Em Tintoretto*, desaparece a impressão de relevo que esse tipo de composição transmite. As figuras afastam-se em direção ao fundo; da figura de Adão para a de Eva parte uma

Fig. 37. Vermeer. *O pintor com a modelo.*

linha diagonal, fixada pela paisagem e pela claridade distante no horizonte. A beleza das superfícies planas é substituída pela beleza da profundidade, que está sempre vinculada a uma impressão de movimento.

    O tema do pintor e seu modelo – conhecido na arte mais antiga como *S. Lucas e Maria* – desenvolveu-se de maneira totalmente análoga. Se estendermos nossa comparação aos quadros

Fig. 38. Rubens. *Abraão e Melquisedeque* (gravado por J. Witdoeck).

nórdicos e, com isso, considerarmos um intervalo de tempo um pouco maior, poderemos contrapor ao esquema barroco de Vermeer* o esquema de representação no plano de um pintor da escola de Dirk Bouts*; em suas obras, o princípio da estratificação da imagem em planos – tanto para as figuras como para toda a cena – é empregado de forma absolutamente pura, se bem que não totalmente livre. Na tela de Vermeer, apresentando o mesmo tema, evidencia-se que a transposição para a profundidade constitui um procedimento natural. O modelo foi colocado bem no fundo do quadro, mas somente possui vida em relação à figura do homem para quem está posando. Assim, a cena adquire de imediato um movimento vigoroso em direção ao segundo plano, basicamente sustentado pela direção da luz e pela representação em perspectiva. A luminosidade mais intensa está no fundo do quadro; no choque entre as dimensões intensamente contrastantes da jovem e da cortina com a mesa e a cadeira, que se observam no primeiro plano, encontra-se um genuíno elemento da composição em profundidade. É certo que existe uma parede ao fundo, paralela à borda inferior da tela, que delimita a cena; contudo, ela não é de importância fundamental para a orientação óptica.

Um quadro como *Abraão e Melquisedeque*, de Rubens*, comprova a possibilidade de se colocarem face a face duas figuras de perfil, sem que isto signifique necessariamente uma representação num único plano. Essa defrontação de figuras que o séc. XV formulara apenas de modo vago e inseguro, e que mais tarde, nas obras dos artistas do séc. XVI, alcançou sua expressão numa forma planimétrica altamente determinada, é tratada por Rubens de forma que as duas personagens principais são postadas, juntamente com outras figuras, em fileiras que formam uma estreita passagem; esta, por sua vez, abre-se em direção ao fundo, e é através dela que o paralelismo dos planos é sobrepujado pelo motivo em profundidade. Melquisedeque, de mãos estendidas, encontra-se no mesmo plano que Abraão, fortemente armado, a quem se dirige. Nada seria mais simples do que se obter aqui um efeito como aquele dos relevos. Mas a época recusa precisamente esse tipo de representação; na medida em que as duas figuras principais se inserem nas fileiras, caracterizadas por um vigoroso movimento em direção ao fundo, torna-se impossível uni-las num mesmo plano. A arquitetura da parede do fundo não poderia mais alterar esses fatos de ordem visual, mesmo que fosse menos acidentada e não se abrisse para a amplidão luminosa.

Um caso análogo verifica-se em *A última comunhão de S. Francisco*, de Rubens (Museu de Antuérpia). O sacerdote dirige-se com a hóstia a um homem ajoelhado à sua frente: como seria fácil imaginar esta cena no estilo de Rafael! Parece impossível que a figura do comungante e a do padre que se inclina não se unam numa imagem plana. Mas quando Agostino Carraci e, depois dele, Domenichino, retrataram esse mesmo episódio, fizeram-no decididos a evitar a estratificação em planos: os dois artistas eliminaram a possibilidade de se unirem visualmente as duas figuras principais, na medida em que abriram entre elas uma passagem que se dirige para o fundo. Rubens vai mais além: enfatiza a ligação entre as figuras secundárias que se alinham em direção ao fundo do quadro, de tal sorte que a conexão natural entre o sacerdote, à esquerda, e o santo moribundo, à direita, é interrompida por uma sequência de formas que se organizam em direção contrária. A orientação mudou por completo em comparação à da época clássica.

Rafael valeu-se extraordinariamente do estilo de representação em planos no cartão de tapeçaria que representa *A pesca milagrosa**: as duas barcas, com seis pessoas, são reunidas numa serena figura plana, por meio de um magnífico deslocamento da linha que se eleva, da esquerda, em direção à figura erguida de St° André, precipitando-se com grande efeito diante da figura de Cristo. Certamente Rubens tinha essa imagem diante de si. Em uma gravura que se encontra em Malines, ele retoma os mesmos elementos essenciais, sendo a única diferença a intensificação do movimento das figuras. Essa intensificação, entretanto, ainda não é o fator mais importante a definir o estilo. Muito mais relevante é o modo como ele trabalha contra os planos: o antigo quadro de representação em planos é decomposto em sequências de profundidade altamente significativas, por meio de um deslocamento das barcas e, sobretudo, por meio de um movimento que tem a sua origem no primeiro plano. Nossa ilustração é uma cópia livre de Rubens, feita por Van Dyck, onde os elementos se organizam mais no sentido da largura.

Outro exemplo desse gênero é a obra *As lanças*, de Velásquez; mesmo não tendo sido abandonado por completo o antigo sistema de planos na disposição das figuras principais, o quadro ganhou um aspecto totalmente diferente, graças a uma insistente preocupação em relacionar os elementos que estão à frente com os que se encontram atrás. O quadro mostra a entrega das chaves da fortaleza, episódio no qual as duas personalidades principais são apresentadas de perfil. Basicamente, nada há de diferente do que já se encontrava em *A entrega das chaves da igreja*, ou em *Cristo e S. Pedro (Pastoreie meu rebanho)*. Entretanto, basta examinarmos a composição de Rafael da série de seus tapetes, ou mesmo o afresco de Perugino, na Capela Sistina,

Fig.39. Rafael. *A pesca milagrosa* (gravado por N. Dorigny).

para percebermos imediatamente o pouco significado que tem para Velásquez aquele encontro de perfil, em relação ao conjunto do quadro. Os grupos de figuras não se distribuem de acordo com linhas planas; por toda a parte destacam-se as ligações que produzem efeitos de profundidade; mesmo nos pontos em que a consolidação em um plano único se faria necessária, por exemplo no motivo dos dois generais, o perigo é imediatamente afastado, pois nesse momento o olhar volta-se para as tropas iluminadas ao fundo.

O mesmo ocorre em outra importante obra de Velásquez, *As fiandeiras*. Ao observador que se detém apenas na estrutura, pode parecer que o pintor do séc. XVII repetiu aqui o tipo de composição de *A escola de Atenas*: um primeiro plano que apre-

Fig. 40. Van Dyck (também atribuído a Rubens). *A pesca milagrosa*.

senta grupos de figuras mais ou menos equilibrados de ambos os lados, e atrás, bem no meio, um espaço elevado e mais estreito. O quadro de Rafael é um exemplo notável do estilo de representação no plano, com suas numerosas camadas horizontais, dispostas umas atrás das outras. Em Velásquez, na medida em que se consideram isoladamente as figuras, uma impressão análoga é naturalmente eliminada pelo tipo diferente de desenho; além disso, a estrutura global possui um outro significado, pois a parte central, iluminada pelo sol, mantém uma correspondência com a luz do primeiro plano, à direita, criando-se assim uma diagonal luminosa que domina o quadro.

Todo quadro possui sua profundidade. Entretanto, ela produzirá efeitos diferentes, dependendo de o espaço estar dividido em camadas, ou se apresentar como movimento homogêneo em direção ao fundo. Na pintura nórdica do séc. XVI, com uma serenidade e clareza até então desconhecidas, Patenier* espraia suas paisagens numa sucessão de faixas isoladas. Talvez seja possível

Fig. 41. Van Goyen. *Cisterna junto a choupanas de camponeses.*

começarmos a perceber nesse exemplo, mais do que em qualquer outro, que se trata de um princípio decorativo. Essa disposição do espaço em faixas não representa um recurso utilizado para sugerir a ideia de profundidade; é por prazer que o artista dispõe as faixas sucessivamente. Foi através desta forma que a época sentiu a beleza do espaço. O mesmo ocorreu na arquitetura.

Também a cor apresenta-se disposta em estratos. As zonas de cor sucedem-se umas às outras, em graduações claras, serenas. É tão importante a colaboração que prestam as camadas de cor à impressão global de uma paisagem de Patenier, que não vale a pena apresentarmos aqui uma ilustração em branco e preto.

Mais tarde, quando essas graduações de cor nos fundos das telas começarem a espaçar-se progressivamente, dando origem a um sistema de perspectivas cromáticas vigorosas, estaremos diante de manifestações da fase de transição para o estilo de representa-

Fig. 42. Vermeer. *Aula de música*.

ção em profundidade, comparáveis às estratificações da paisagem obtidas por meio de fortes contrastes de luz. Referimo-nos ao exemplo de Jan Brueghel. A verdadeira oposição dos estilos, contudo, é obtida apenas no instante em que o observador já não imagina encontrar-se diante de uma sucessão de setores, e a profundidade, em contrapartida, se impõe como experiência imediata.

A obtenção de tal efeito não depende forçosamente de recursos plásticos. Para sugerir o movimento em direção à profundidade, o Barroco opta por determinada maneira de conduzir a luz, de distribuir a cor e desenhar perspectivas; são meios que possibilitam a representação em profundidade, mesmo que esta não tenha sido objetivamente preparada por meio de motivos de caráter plástico-espacial. Se Van Goyen dispõe suas *Dunas* na diagonal, não há dúvida de que a impressão de profundidade foi obtida da forma mais direta. Do mesmo modo, quando Hobbema, em *A alameda de Middelharnis*, transforma em motivo principal o caminho que conduz ao interior do quadro, não hesitamos em afirmar que também aqui se trata de um exemplo típico do Barroco. Mas é bastante reduzido o número de quadros centrados em motivos concretos, adequados ao efeito da profundidade. Na admirável *Vista da cidade de Delft*, de Vermeer (Haia), as casas, a água e a margem dianteira espalham-se por sobre planos, quase que totalmente distintos. Onde se encontra aqui o elemento moderno? As fotografias não permitem uma apreciação adequada do quadro. Somente as cores tornam perfeitamente compreensíveis as razões pelas quais o conjunto se caracteriza por um efeito de profundidade tão intenso, e por que motivo a ninguém ocorreria ver no quadro uma composição que se esgota na disposição paralela de planos. Por sobre o espaço do primeiro plano, o olhar concentra-se imediatamente nas partes que constituem o fundo; a rua que conduz ao interior da cidade, intensamente iluminada, seria suficiente para desfazer toda e qualquer semelhança com os quadros do séc. XVI. Ruysdael também se distancia dos modelos antigos quando, em sua *Vista de Haarlem**, distribui pontos isolados de luz pela paisagem sombreada. Ao contrário do que ocorre nas obras do período de transição, não são fachos de luz que coincidem com formas definidas e decompõem o quadro em partes distintas; trata-se de luminosidades que deslizam fugidias e livremente, e que podem ser apreendidas somente como parte integrante da totalidade espacial.

Neste contexto merece consideração o motivo do primeiro plano de proporções "exageradas"[1]. A redução dos objetos através da perspectiva sempre foi do conhecimento dos artistas.

---

1. Jantzen, *Die Raumdarstellung bei kleiner Augendistanz* (Zeitschrift für Ästhetik und allgemeine Kunstwissenschaft IV, S. 119 ss.)

Todavia, o fato de se colocar o pequeno ao lado do grande não significa, necessariamente, obrigar o observador a relacionar no espaço esses elementos de grandezas diferentes. Em determinada passagem, Leonardo da Vinci aconselha aos pintores que coloquem diante dos olhos o polegar, a fim de se convencerem do tamanho incrivelmente reduzido com que se apresentam as figuras mais distantes, se comparadas às formas mais próximas. O próprio Leonardo tomou todas as precauções para não se ater a esse tipo de fenômeno. Os artistas do Barroco, em contrapartida, recorreram frequentemente a esse motivo; escolhendo o ponto de vista mais próximo possível, eles intensificaram a súbita atrofia da perspectiva.

É o que se verifica em *Aula de música*, de Vermeer*. A princípio, a composição parece afastar-se pouco do esquema do séc. XVI. Quando pensamos no *S. Jerônimo*, de Dürer (fig. 24), percebemos que os aposentos em muito se assemelham: uma parede escorçada à esquerda, o espaço aberto à direita; ao fundo, outra parede, que naturalmente corre paralela ao espectador; o teto, com o vigamento paralelo à linha da parede, parece aproximar-se muito mais do estilo antigo do que o de Dürer, cujo vigamento se estende perpendicularmente ao fundo. Nada há de moderno nem mesmo na consonância entre os planos da mesa e do cravo, pouco alterada pela cadeira disposta, entre eles, na diagonal. As figuras simplesmente se justapõem. Se a ilustração fosse mais rica em luzes e cores, o novo posicionamento estilístico do quadro seria imediatamente descoberto; ainda assim, certos motivos apontam forçosamente para o estilo barroco. Dentre eles destacam-se, sobretudo, a específica sequência perspéctica das grandezas e, consequentemente, as dimensões salientes do primeiro plano em relação ao fundo do quadro. Essa súbita diminuição de tamanhos, resultante da observação a pequena distância, implicará sempre um movimento que se dirige ao fundo. Idêntico efeito é produzido tanto pela disposição dos móveis, como pelos ornamentos do assoalho. O espaço aberto, apresentado como um caminho que se alarga acentuadamente em direção ao fundo, é um motivo concreto que funciona no mesmo sentido. Naturalmente a perspectiva cromática também é responsável por uma intensificação do efeito de profundidade.

Fig. 43. Ruysdael. *Castelo Bentheim.*

Até mesmo um artista dotado de personalidade tão moderada como Jakob Ruysdael utiliza com frequência esses primeiros planos de dimensões "exageradas", com a finalidade de intensificar as relações de profundidade. Em nenhum quadro do estilo clássico seria concebível um primeiro plano como o que se apresenta em o *Castelo Bentheim*. Os blocos de rocha, em si pouco significantes, ganharam dimensões tais que acabam por desencadear um movimento de perspectiva espacial. Ao fundo, a colina onde se ergue o castelo, embora este seja representado com traços enfáticos, parece excessivamente pequena em relação a esses blocos. Não se pode deixar de relacionar ambas as massas, ou seja, de interpretar o quadro no sentido da profundidade.

Ao enfoque exageradamente próximo contrapõe-se a visão anormal a distância. Nesse caso, passa a existir tanto espaço entre a cena e o observador, que a diminuição dos objetos de igual tamanho, mas situados em planos diferentes, parece processar-se com inesperada lentidão. Vermeer (em *Vista da cidade de Delft*) e Ruysdael* (em *Vista de Haarlem*, fig. 79) oferecem bons exemplos nesse sentido.

Sempre se soube que o contraste entre o claro e o escuro aumenta a ilusão plástica. Leonardo da Vinci recomenda, em particular, que se destaquem sempre as partes claras da forma sobre um fundo escuro, assim como as partes escuras sobre um fundo claro. Mas a impressão é outra, quando um corpo escuro se coloca diante de outro, claro, encobrindo-o parcialmente; os olhos procuram o claro, mas não podem apreendê-lo senão em sua relação com a forma que se antepõe a ele, e em referência à qual esse claro aparecerá sempre como algo que se encontra em segundo plano. Transposta para o conjunto do quadro, essa técnica produz o motivo do primeiro plano escurecido.

Sobreposições e enquadramentos constituem antigos recursos da arte. Mas o cenário e a moldura barrocos possuem um poder retroator especial, nunca buscado anteriormente. Nesse sentido, um exemplo tipicamente barroco é o quadro de Jan Steen, no qual uma jovem, ocupada em calçar as meias no fundo de um quarto, é vista através do batente escuro da porta de entrada (Palácio de Buckingham). Também as *stanze*, de Rafael, possuem o emolduramento em forma de pórtico; mas o motivo, nesse caso, não está voltado para a produção de um efeito de profundidade. Em contrapartida, a figura apresenta-se recuada para o fundo, em relação a um primeiro plano anteposto: trata-se do mesmo princípio empregado pela arquitetura barroca em suas construções. As colunatas de Bernini puderam ser construídas tão somente a partir dessa concepção de profundidade.

3. Considerações sobre os temas

O exame dos motivos formais pode ser completado por uma análise de cunho puramente iconográfico de determinados temas. As considerações tecidas nas páginas precedentes não poderiam, evidentemente, transmitir uma visão completa do assunto aqui abordado; a contraprova, entretanto, a ser obtida através do exame iconográfico, pelo menos dissipará a eventual suspeita de que tenhamos selecionado apenas alguns casos extraordinários, a partir de um ponto de vista unilateral.

O retrato parece prestar-se muito pouco à corroboração de nossos conceitos, uma vez que, via de regra, representa apenas uma figura, e não várias, entre as quais se pudessem estabelecer relações de justaposição ou de profundidade. Mas não é isso o que realmente importa. Mesmo na figura isolada, as formas podem ser dispostas de tal modo, que a impressão resultante seja a de uma camada de planos; os deslocamentos dos objetos no espaço são apenas o início, não o fim.

Um braço colocado sobre um parapeito será sempre representado por Holbein no sentido de veicular a noção exata de um primeiro plano espacial. Se Rembrandt repete o mesmo motivo, tudo pode parecer a mesma coisa, do ponto de vista material; a impressão planimétrica, contudo, não se impõe, nem pretende impor-se. A ênfase óptica faz com que todas as outras ligações que não aquelas estabelecidas do plano pareçam mais naturais ao observador. Os casos de representação frontal pura encontram-se na obra de ambos os pintores; mas enquanto a *Ana de Cleve*, de Holbein (Museu do Louvre), lembra a superfície de uma parede, Rembrandt, ao contrário, sempre contorna esse tipo de impressão, mesmo quando não o evita desde o início, através da representação, por exemplo, de um braço que se estende para fora. É nos quadros da juventude que ele emprega estes recursos violentos, no intuito de parecer moderno: penso na *Saskia* cheia de flores, na Galeria de Dresden. Mais tarde, suas obras são serenas e, não obstante, possuem a profundidade barroca. Se nos perguntarmos de que forma Holbein teria tratado o motivo da *Saskia*, bastará evocar o encantador retrato da *Moça com a maçã*, na Galeria de Berlim (nº 570). Não se trata de um Holbein, mas de um quadro cujo estilo se aproxima ao do jovem Moro; no entanto, o tratamento planimétrico dado ao tema teria sido totalmente aprovado por Holbein.

Por serem mais ricos, os temas da história sagrada ou profana, da pintura de gênero e de paisagem são obviamente os que melhor se prestam aos nossos propósitos de uma demonstração simples. A análise de determinados detalhes foi realizada nos capítulos precedentes; executamos agora mais alguns cortes transversais no sentido iconográfico.

A última ceia, de Leonardo da Vinci, é o primeiro grande exemplo do estilo clássico de representação no plano. Nele, tema e estilo parecem condicionar-se de tal maneira, que será de grande interesse buscarmos, precisamente no âmbito deste tema, um exemplo contrastante no qual o plano apareça desvalorizado. Essa desvalorização pode ser conseguida à força, dispondo-se a mesa na diagonal, como fez Tintoretto, por exemplo. Mas não há necessidade de se recorrer a esse método. Mantendo a colocação da mesa paralelamente à borda do quadro e imprimindo à arquitetura essa mesma orientação, Tiepolo* compôs uma *Ceia*, que não pode ser comparada, enquanto obra de arte, à de Leonardo, mas que é um exemplo da oposição estilística. O mais importante é o fato de as figuras não se unirem no plano. A figura de Cristo não pode ser separada da relação em que se encontra com o grupo de apóstolos diagonalmente dispostos à sua frente, sobre os quais recai a ênfase principal, graças à massa que formam e graças ao encontro de um sombreado profundo com uma intensa luminosidade. Queiramos ou não, todos os recursos acabam por conduzir os olhos para este ponto; em face da tensão de profundidade estabelecida entre o grupo dianteiro e a figura central afastada, os elementos do plano passam a ter uma importância secun-

Fig. 44. Baroccio. *A ceia*.

dária. Trata-se de algo completamente diferente do que ocorre com aquelas figuras de Judas, isoladas, que aparecem na arte primitiva como simples acessórios, incapazes de conduzir o olhar do espectador para diante. É óbvio que o motivo da profundidade, em Tiepolo, não ressalta apenas num único ponto, mas propaga-se em múltiplas ressonâncias.

Entre os exemplos que testemunham a fase de transição na evolução histórica, escolhemos apenas um quadro de Baroccio*, pois nesta obra podemos perceber claramente os primeiros passos que levaram à substituição do estilo de representação no

Fig. 45. Tiepolo. *A ceia*.

plano pelo de representação em profundidade. O quadro busca incansavelmente os caminhos da profundidade. Do primeiro plano esquerdo, mas sobretudo do primeiro plano direito, somos conduzidos até a figura de Cristo, passando por diversas etapas. Se por esta razão Baroccio apresenta um senso de profundidade maior do que Leonardo, ele ainda possui com este último alguma semelhança, na medida em que preserva claramente a estratificação do espaço em diversos setores paralelos.

É exatamente aí que reside a diferença entre um artista italiano e um pintor nórdico como Pieter Brueghel*, outro represen-

Fig. 46. Pieter Brueghel, o Velho. *Bodas na aldeia*.

tante do período de transição. Seu quadro *Bodas na aldeia*, a julgar pelo tema, pouco difere de *A última ceia*: uma mesa comprida, onde a noiva é a figura central. Mas a composição em si não possui quase nada em comum com o quadro de Leonardo. É certo que a noiva se destaca das demais figuras, graças a um tapete que se encontra atrás dela, mas em termos de tamanho ela é muito pequena. Do ponto de vista da história dos estilos, o importante é que a noiva *precisa* ser vista concomitantemente com as figuras grandes, do primeiro plano, com as quais está em relação direta. Os olhos buscam-na como centro imaginário da cena, e por isso mesmo apreendem conjuntamente tanto os elementos pequenos quanto os grandes. Para que a atenção não se desvie, o movimento da figura sentada, que pega os pratos de um tabuleiro – uma porta desengonçada – passando-os para os demais convidados, também colabora no sentido de unir a parte dianteira com o fundo (observe-se o motivo bastante semelhante em Baroccio).

Fig. 47. Massys. *Pietà*.

Anteriormente a essa época, já se colocavam figuras pequenas no fundo, sem contudo uni-las às figuras maiores do primeiro plano. Em Brueghel verificou-se algo que Leonardo já conhecia teoricamente, mas evitava aplicar na prática: a justaposição de figuras com tamanhos realmente iguais, que parecem ter dimensões completamente diferentes. O elemento novo reside no fato de o observador ser forçado a realizar uma leitura em conjunto. Brueghel ainda não é Vermeer, mas prepara o terreno para ele. O motivo da colocação da mesa e da parede na diagonal contribui para impedir que o quadro se cristalize no plano. Em contraparti-

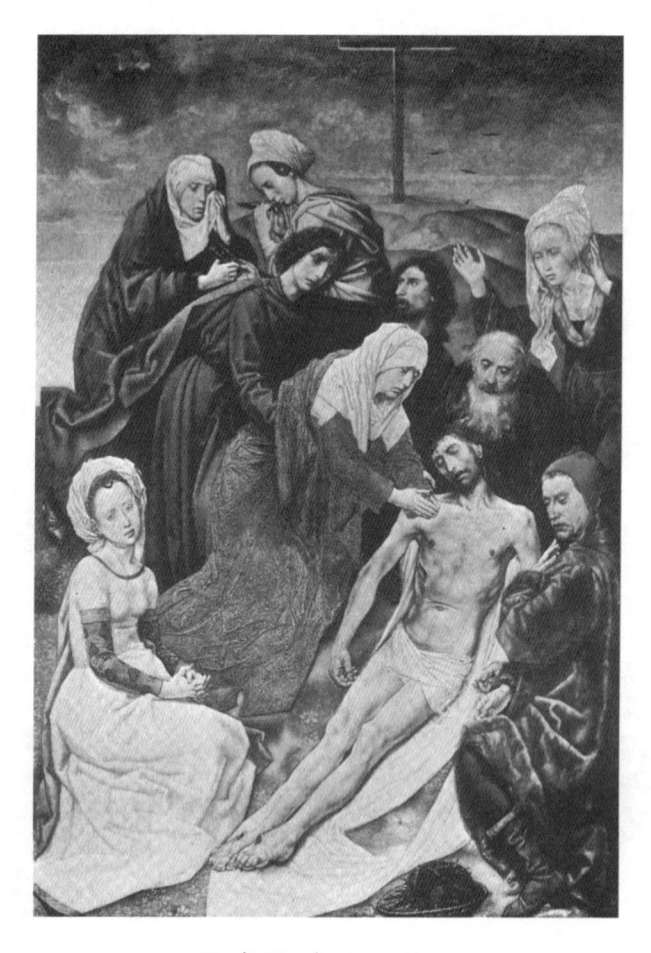

Fig. 48. Van der Goes. *Pietà*.

da, o preenchimento de ambos os cantos remete novamente à estratificação em setores.

A grande *Pietà*, de Quentin Massys*, datada de 1511 (Museu de Antuérpia), é "clássica" porque todas as personagens principais encontram-se claramente dispostas num único plano. A figura de Cristo segue perfeitamente a linha horizontal básica do quadro; as figuras de Madalena e Nicodemo prolongam essa linha até a largura máxima da tela. As extremidades dos corpos estendem-se, como as figuras de um relevo, sempre no sentido do plano;

das fileiras dispostas atrás tampouco irrompe um gesto que prejudique a atmosfera de quietude do plano, acolhida, finalmente, também pela própria paisagem. Depois do que foi exposto, será desnecessário esclarecer que esta planimetria não significa nenhuma forma primitiva. A geração anterior a Massys tinha em Hugo van der Goes o seu grande mestre. Se considerarmos sua obra principal, a *Adoração dos pastores* (Florença), perceberemos de imediato como esses artistas do *Quattrocento* setentrional apreciaram pouco os planos, e como procuraram resolver o problema da profundidade, afastando as figuras para o interior do quadro e colocando-as umas atrás das outras; com tais recursos, obtiveram um efeito de dispersão e de fragilidade. É no pequeno quadro de Viena* que encontraremos um paralelismo temático perfeito, com a *Pietà*, de Massys: ali também está presente uma graduação acentuada no sentido da profundidade, e o cadáver de Cristo adentra o quadro em diagonal.

Essa disposição em diagonal é típica, embora não seja a única fórmula; no séc. XVII ela desaparece quase por completo. Quando, apesar disso, o corpo de Cristo é representado segundo as leis de perspectiva, outros meios são utilizados para que ele não perturbe a "aparência planimétrica" do quadro. Dürer, que em suas primeiras *Pietà* optou decididamente pela representação de Cristo num único plano, reproduziu-o mais tarde, em algumas obras, aplicando as regras da perspectiva; o exemplo mais notável é o grande desenho de Bremen (Winkler 578). A *Pietà com os doadores*, de Joos van Cleve (Mestre da Morte de Maria), no Louvre, é um outro exemplo importante e de rara beleza. Nesses casos, a forma escorçada produz o efeito de uma abertura num muro; o mais importante é a existência de um muro. Os artistas de fases anteriores não souberam produzir esse efeito, nem mesmo conservando o paralelismo com a borda do quadro.

A *Pietà* de Fra Bartolommeo (1517, Florença, Pitti) constitui um exemplo clássico que evidencia a oposição entre o norte e o sul. Nele manifesta-se uma vinculação ainda maior ao plano, e o estilo aproxima-se ainda mais das feições típicas de um relevo. Mesmo articulando-se com total liberdade, as figuras agrupam-se tão próximas umas das outras, que temos a impressão de poder tocar os corpos daquelas que se encontram no primeiro plano. O quadro ganha com isso uma serenidade e uma quietude que dificilmente deixarão de sensibilizar o observador moderno; contudo, seria errôneo afirmar que a cena foi concebida de forma tão fechada apenas em função da quietude que envolve a história da Paixão. Não se pode esquecer que esse modo de representação era usual na época. E por mais inegável que seja a intenção de veicular uma atmosfera particularmente solene, é necessário ter em mente que o efeito sobre o público da época certamente foi diverso daquele que a obra exerce hoje sobre nós, uma vez que partimos de pressupostos totalmente diferentes. O ponto crucial do problema, contudo, é o fato de o séc. XVI não ter podido mais recorrer a esse estilo de representação, nem mesmo quando buscava exprimir o estado de quietude. E isto vale até mesmo para o pintor "arcaizante" Poussin.

A verdadeira transformação barroca do tema da Pietà opera-se em um quadro de Rubens datado de 1614 (fig. 33). Nessa obra, o escorço do cadáver de Cristo produz um efeito quase assustador. O escorço em si ainda não é suficiente para fazer do quadro uma obra barroca, mas os elementos empregados para produzir a sensação de profundidade foram de tal sorte enfatizados, que a impressão de planimetria renascentista desaparece por completo. O corpo, de dimensões reduzidas pela perspectiva, impõe-se sozinho no espaço, com uma força até então desconhecida.

A profundidade manifesta-se mais intensamente quando se torna perceptível através de um movimento; por isso mesmo o período barroco realizou uma façanha ao transpor o tema de uma massa em movimento do plano para a terceira dimensão. Esse tema encontra-se em *O martírio da cruz*. Ocorre, em versão clássica, no assim chamado Spasimo di Sicilia (Madri); trata-se de um quadro dominado ainda pela força ordenadora de Rafael. O cortejo vem do fundo, mas a composição baseia-se totalmente no princípio da configuração plana. O maravilhoso desenho de Dürer na pequena *Paixão* talhada em madeira, utilizado por Rafael como motivo principal, bem como a pequena gravura *O martírio da cruz*, representam, apesar de suas modestas dimensões, um exemplo perfeito da representação plana clássica. E Dürer não pôde apoiar-se, tanto quanto Rafael, numa tradição já existente. Dentre seus predecessores, Schongauer certamente já possuía uma considerável sensibilidade pela disposição em planos; em comparação com ela, entretanto, a arte de Dürer sempre se destaca como a primeira realmente determinada pelo estilo plano. O grande *O martírio da cruz*, de Schongauer, ainda se apresenta pouco unificado por essa forma de representação. *O martírio da cruz*, de Rubens (gravura de P. Pontius, com uma variante anterior ao quadro que se encontra em Bruxelas), é uma obra barroca que se contrapõe aos exemplos de Rafael e Dürer. O cortejo dirige-se magnificamente em direção ao fundo, tornando-se ainda mais interessante graças a um movimento ascensional. É bem verdade que o fator estilisticamente novo que procuramos não está no simples motivo concreto do cortejo em movimento, e sim – uma vez que se trata de um princípio de representação – no modo como se desenvolve o tema, ou seja, nos recursos pelos quais se destacam, para o observador, todos aqueles momentos que conduzem ao interior do quadro e, inversamente, nos meios utilizados para coibir todos os elementos passíveis de enfatizar o plano.

Por esta razão é que Rembrandt e seus contemporâneos holandeses, mesmo não explorando o espaço através de recursos plásticos tão arrojados quanto os de Rubens, podem participar do princípio barroco de representação em profundidade: desvalorizando o plano, ou tornando-o quase imperceptível, esses artistas aproximam-se do estilo de Rubens; mas o efeito do movimento de profundidade eles obtêm por meio de recursos pictóricos.

A princípio, o próprio Rembrandt dispunha vigorosamente as figuras umas atrás das outras – citamos anteriormente sua gravura *O bom samaritano*. O fato de o artista, mais tarde, narrar a mesma história organizando as figuras em um sistema de faixas quase que totalmente retilíneas não significa uma retomada do estilo vigente no século anterior: graças à incidência da luz, o plano marcado pelos objetos torna-se inaparente, ou pelo menos passa a ter uma significação secundária. A ninguém ocorrerá interpretar o quadro como um relevo. A camada de figuras obviamente não coincide com o conteúdo vital próprio do quadro.

Seu grande *Ecce homo* (água-forte de 1650) é um caso semelhante. Sabe-se que o esquema da composição remonta a um pintor do *Cinquecento*, Lucas van Leyden: o motivo é a parede

Fig. 49. Rubens. *O martírio da cruz* (gravado por P. Pontius).

Fig. 50. Rembrandt. *O bom samaritano*.

de uma casa e um terraço, ambos vistos de frente. Tanto no terraço, como diante dele, as figuras alinham-se umas ao lado das outras. Como será possível obter-se com esses elementos uma imagem barroca? Com Rembrandt aprende-se que o importante não é o objeto, mas o tratamento que lhe é dado. Enquanto a obra de Lucas van Leyden se limita a uma série de justaposições no plano, o desenho de Rembrandt está tão impregnado de motivos de profundidade, que o observador certamente percebe a presença material do plano, mas é levado a considerá-la apenas como um substrato mais ou menos casual de um quadro, concebido de maneira totalmente diferente.

Para a pintura holandesa de gênero, do séc. XVI, as obras de Lucas van Leyden, Pieter Aertsen e Avercamp oferecem-nos um

Fig. 51. (Do grupo de) Aertsen. *Interior de cozinha.*

extenso material comparativo. Mesmo nessas cenas de costumes, que certamente não exigiam nenhum tipo de encenação solene, os pintores do séc. XVI atêm-se ao esquema do relevo rigoroso. As figuras situadas próximas à borda do quadro formam uma primeira camada, ora prolongada por toda a extensão da tela, ora apenas sugerida; nos planos posteriores que se seguem, os elementos articulam-se do mesmo modo. É este o tratamento que Pieter Aertsen dá aos seus interiores. Também é assim que Avercamp, um pouco mais jovem, estrutura os seus quadros de patinadores. Mas a conexão entre os planos vai desaparecendo gradualmente; os motivos que conduzem decisivamente do primeiro plano para o fundo multiplicam-se, até que finalmente o quadro todo sofre uma remodelação, na medida em que as ligações horizontais ou se tornam impossíveis, ou não podem mais ser apreendidas como algo que corresponda ao significado do quadro. Compare-se, por exemplo, uma paisagem hibernal de Adriano van de Velde com uma de Avercamp, ou um interior campestre de Ostade com uma cena de cozinha, pintada por

Fig. 52. Dürer. *Paisagem com canhão.*

Fig. 53. Obra anteriormente atribuída a Ticiano (provavelmente de autoria de D. Campagnola). *Povoado na montanha.*

Fig. 54. Rembrandt. *Paisagem com caçador.*

Pieter Aertsen*. Mais interessante, contudo, são aqueles exemplos em que não se trabalha com a riqueza de espaços "pictóricos", mas onde a cena é limitada ao fundo pura e simplesmente por uma parede, vista de frente. Este é o tema favorito de Pieter de Hooch. O procedimento típico desse estilo consiste em despojar a estrutura espacial de seu caráter plano e setorial e em conduzir os olhos a outros caminhos, por meio da disposição das cores e luzes. Em *A mãe com a criança no berço* (fig. 111), obra de Pieter de Hooch exposta em Berlim, o movimento evolui diagonalmente em direção ao fundo, indo de encontro à claridade que vem da porta de saída. Embora o espaço seja visto de frente, o quadro não poderia ser apreendido por meio de cortes longitudinais.

Fig. 55. Pieter Brueghel, o Velho. *Paisagem hibernal*.

Já nos referimos anteriormente ao problema da pintura de paisagem, com o intuito de mostrar como o tipo clássico representado por Patenier transformou-se, de diversas maneiras, num tipo barroco. Talvez seja interessante retomar o tema e lembrar a significação histórica desses dois tipos, que constituem duas forças fechadas em si mesmas. Parece-nos importante que se tenha reconhecido claramente que a forma espacial apresentada por Patenier é idêntica àquela reproduzida por Dürer em *Paisagem com canhão* (gravura), e que a obra do maior paisagista italiano do Renascimento – Ticiano* – corresponde perfeitamente à de Patenier, quanto ao esquema de representação por faixas isoladas.

Para o observador que desconhece a história da arte, o fato de Dürer ordenar paralelamente o plano anterior, o intermediário e o posterior, pode dar a impressão de uma certa limitação; tal procedimento, entretanto, já indica o progresso na transposição bastante nítida do ideal da época para o problema específico da paisagem. Assim como o solo deve estruturar-se em setores determinados, também a pequena aldeia deve ser representada, dentro de sua zona, num mesmo plano. Certamente Ticiano visualizou a natureza de forma mais livre e abrangente; apesar disso a concepção, sobretudo em seus desempenhos, é sempre sustentada pelo mesmo gosto voltado para a representação no plano.

Em contrapartida, por mais que Rubens e Rembrandt possam parecer-nos diferentes, a representação do espaço sofreu um processo análogo de transformação em ambos os artistas: existe um predomínio do movimento que conduz ao interior e nada se imobiliza em setores planos. Anteriormente já se podiam observar caminhos que levavam ao fundo do quadro, assim como alamedas vistas com redução de perspectiva; contudo, esses elementos nunca dominaram o quadro. Agora, a ênfase principal recai exatamente sobre esses motivos. A preocupação do artista está em dispor as formas umas atrás das outras, e não no modo como se unem os objetos da direita com os da esquerda. Pode ocorrer, entretanto, que os objetos concretos estejam até mesmo totalmente ausentes: esse momento marca o triunfo pleno da nova arte, pois o observador deve absorver de uma só vez, como um todo único, a profundidade geral do espaço.

Quanto mais nitidamente se percebe a oposição entre os dois tipos, tanto mais interessante torna-se a história desse período de transição. A geração subsequente à de Dürer, representada por pintores como Hirschvogel e Lautensack, já rompe com o ideal da representação. Nos Países Baixos, foi Pieter Brueghel, o Velho, quem também aqui revelou-se como um genial inovador: afastando-se de Patenier, seu estilo aponta diretamente para Rubens. Não poderíamos deixar de reproduzir seu quadro *Paisagem hibernal* com os caçadores, para encerrar com chave de ouro este capítulo, pois a obra pode elucidar os dois tipos de configuração. Do lado direito, nos planos intermediário e posterior, o quadro ainda possui elementos que lembram o estilo antigo; entretanto, o vigoroso motivo das árvores, que a partir da esquerda evolui ao longo do espinhaço da colina e conduz o olhar para as casas ao fundo – já apresentadas com redução segundo a perspectiva –, significa um passo decisivo em direção à arte moderna.

Estendendo-se de baixo para cima, e preenchendo o quadro até o meio, essas árvores desencadeiam um movimento de profundidade, que afeta até mesmo as partes que se opõem a ele. O grupo de caçadores com os cachorros caminha no mesmo sentido desse movimento, intensificando ainda mais a força da fileira de árvores. As casas e as linhas das colinas, na borda do quadro, acompanham esse movimento.

4. O histórico e o nacional

É curioso observar como a preferência pela representação no plano manifestou-se, em toda a parte, por volta do ano de 1500. Na medida em que a arte conseguiu vencer as limitações da visão primitiva, que, mesmo possuindo a mais clara intenção de libertar-se da simples representação no plano ainda continuava presa a ela, na medida em que a arte aprendeu a dominar com segurança os recursos da redução de perspectiva e a assenhorar-se da profundidade espacial, mais decisivamente se impôs o desejo de produzir telas cujo conteúdo se concentrasse num plano claramente definido. Esses planos clássicos têm um efeito completamente diferente daqueles dos artistas primitivos, não apenas porque a relação entre as partes é muito mais sentida, mas também porque ela está impregnada de motivos contrastantes: somente naqueles momentos em que se verifica uma redução pela perspectiva que leva ao interior do quadro é que se revela plenamente o caráter das formas dispostas e unidas em um plano. A exigência de uma representação no plano não significa que tudo deva ser disposto numa única superfície; mas as formas principais devem encontrar-se em uma superfície comum. O plano deve sempre sobressair-se como uma forma básica. Não há um só quadro do séc. XV que possua, como um todo, a precisão planimétrica da *Madona Sistina*, de Rafael, e uma das peculiaridades do estilo clássico reside no modo como, dentro do conjunto, a criança representada por Rafael é situada no plano com a máxima determinação, apesar de possuir dimensões reduzidas.

Os Primitivos preocuparam-se mais em vencer as limitações do plano do que em cultivá-las.

Ao representar os três arcanjos, um artista do *Quattrocento* – como Botticini* – os disporá em uma diagonal, como demonstra um quadro característico de sua autoria, enquanto um pintor do apogeu do Renascimento – como Caroto* – os colocará em linha reta. É possível que a disposição em diagonal tenha sido considerada mais adequada à representação de um grupo em movimento; em todo caso, o séc. XVI sentiu a necessidade de abordar o tema de outra forma.

Evidentemente sempre existiram obras que apresentaram figuras dispostas em linha reta; mas uma composição como a *Primavera*, de Botticelli, teria sido considerada demasiado frágil e instável pelos artistas que vieram mais tarde: falta-lhe o arremate rigoroso que os clássicos obtêm até mesmo quando as figuras se sucedem em grandes intervalos ou quando todo um lado do quadro permanece em aberto.

Buscando a representação em profundidade, movidos pelo desejo de evitar a todo custo a configuração no plano, os artistas mais antigos gostavam de inserir no quadro alguns detalhes salientes, dispostos na diagonal, sobretudo elementos tectônicos, nos quais a aparência do escorço é obtida facilmente. Lembremo-nos do efeito um tanto forçado do sarcófago nos quadros que representam ressurreições. O mestre do altar de Hof (Munique) acaba por deturpar, com uma linha aguda, a simplicidade de sua principal figura frontal. O italiano Ghirlandajo, utilizando-se da mesma disposição em diagonal, provoca uma inquietação supérflua em sua *Adoração dos pastores* (Florença, Academia), embora em outras obras tenha preparado o terreno para o estilo clássico, dispondo suas figuras em setores bem determinados.

No séc. XV, sobretudo na arte setentrional, não são raras as tentativas que têm por objetivo desencadear movimentos em profundidade, fazendo, por exemplo, com que um cortejo de figuras avance do fundo para o primeiro plano. Essas tentativas, entretanto, parecem prematuras, uma vez que a relação entre o que está na frente e o que se encontra atrás não se torna perceptível. Um exemplo típico: o cortejo de pessoas representado por Schongauer na gravura *A adoração dos magos*. Um motivo semelhante encontra-se em *A visita de Maria ao templo*, de autoria do Mestre da Vida de Maria (Munique), onde a jovem que

Fig. 56. Botticini. *Os três arcanjos com Tobias*.

caminha até o fundo não tem qualquer relação com as figuras do primeiro plano.

Para o simples caso de uma cena animada para representações em profundidade de algumas personagens, que não apresenta um movimento expresso em direção ao fundo, ou proveniente dele, a tela *O nascimento de Maria* (Munique), do antes referido Mestre da Vida de Maria, é extremamente elucidativo: a relação entre os planos, nesse caso, desaparece quase que por completo. Se, em contrapartida, um pintor do séc. XVI, como Joos van Cleve*, o Mestre da Morte de Maria, tratar um tema semelhante e projetar o leito de morte e as pessoas presentes no quarto num

Fig. 57. Caroto. *Os três arcanjos com Tobias.*

plano perfeitamente calmo, tal prodígio não deve ser atribuído apenas a uma melhor compreensão da perspectiva geométrica, mas a uma nova sensibilidade – de ordem decorativa – aos planos, sem a qual a arte da perspectiva teria sido pouco aproveitada[2].

---

2. Infelizmente a ilustração não reproduz a força organizadora das cores.

Fig. 58. Mestre da Vida de Maria. *O nascimento de Maria*.

Além disso, a atmosfera inquieta do quarto da parturiente, retratada pelo artista primitivo nórdico, contrasta de modo interessante com a arte contemporânea dos italianos. Nesse exemplo, é possível entender-se muito bem o que significa a atração instintiva pelos planos, própria dos italianos. Comparados aos artistas dos Países Baixos e, até mesmo, aos artistas do norte da Alemanha, os italianos do séc. XV parecem curiosamente reservados. Graças a um perfeito senso de espaço, eles são muito menos ousados: é como se não quisessem despetalar uma flor, antes que ela desabrochasse por si mesma. Mas essa imagem não está de todo correta. Não é por timidez que os artistas se retraem; pelo contrário, é com enorme satisfação que exploram os planos. Nas pinturas de Ghirlandajo e de Carpaccio, as fileiras de figuras, rigorosamente dispostas em setores, não significam imitações de uma

Fig. 59. Joos van Cleve (Mestre da Morte de Maria). *A morte de Maria*.

sensibilidade ainda contida, mas o pressentimento de um novo ideal de beleza.

O mesmo ocorre com o desenho das figuras isoladas. Se uma página como a gravura *Lutadores*, de Pollaiuolo, que apresenta uma disposição quase que puramente planimétrica dos corpos, já era incomum em Florença, ela seria totalmente inconcebível no Norte. É verdade que ainda falta a esse desenho a liberdade total que permita ao plano aparecer como uma realidade perfeitamente natural. Todos esses casos, entretanto, não devem ser julgados como manifestações de um retrocesso arcaico, e sim como a promessa do estilo clássico vindouro.

Propusemo-nos, neste trabalho, a discutir conceitos, e não a fazer uma explanação histórica. O conhecimento das etapas anteriores, contudo, é indispensável, se quisermos ter uma noção correta do tipo clássico de representação no plano. No Sul, onde os planos parecem ter encontrado o solo mais favorável ao seu desenvolvimento, precisamos nos tornar sensíveis às várias graduações dos efeitos planimétricos, enquanto que no Norte será necessário observar as forças que se opõem à implantação desse tipo de representação. Somente com o advento do séc. XVI, a pintura começa a ser totalmente dominada pela organização em planos. Esta concepção está em toda a parte: nas paisagens de Ticiano e de Patenier, nas histórias sagradas de Dürer e de Rafael. Até mesmo a figura isolada, enquadrada, começa a inserir-se resolutamente no plano. Um São Sebastião pintado por Liberale, de Verona, situa-se no plano de uma maneira que o distingue nitidamente de um São Sebastião de Botticelli, cuja aparência, em comparação, tenderá a parecer insegura. Um nu de mulher reclinada somente parece ter adquirido as feições de um quadro realmente plano nos desenhos de Giorgione, Ticiano e Gariani, se bem que os Primitivos (Botticelli, Piero di Cosimo, entre outros) já tivessem se ocupado do tema de modo bastante semelhante. No séc. XV, um crucifixo visto de frente ainda apresenta uma textura pouco convincente, mas o séc. XVI soube transformá-lo em uma imagem plana fechada e rigorosa. Um belo exemplo é a grande representação do *Gólgota*, realizada por Grünewald (altar de Isenheim), onde as figuras do Cristo crucificado e de seus acompanhantes unem-se de modo até então inédito, resultando na impressão de um único plano, cheio de vida.

O processo de decomposição desses planos clássicos desenvolve-se paralelamente ao processo de desvalorização da linha. Quem se propuser a descrevê-lo irá deparar-se com nomes significativos da evolução do estilo pictórico. Também aqui o Correggio figura como o precursor do Barroco dentre os artistas do *Cinquecento*. Em Veneza, Tintoretto é quem se dedica com afinco ao trabalho de destruição do ideal planimétrico, e na obra de El Greco seus vestígios desaparecem quase totalmente. Artistas reacionários do ponto de vista linear, como Poussin, também são reacionários na representação em planos. Não obstante, quem poderia deixar de reconhecer em Poussin o homem do séc. XVII, apesar de suas intenções "clássicas"?

Assim como na evolução histórica do estilo pictórico, os motivos de profundidade *plástica* precedem os meramente ópticos, e, nesse sentido, o Norte sempre levou uma certa vantagem em relação ao Sul.

É indiscutível que as nações se distinguiram umas das outras desde o início. Existem peculiaridades inerentes à imaginação dos povos, as quais se mantêm constantes apesar de todas as transformações. A Itália sempre possuiu uma sensibilidade maior em relação aos planos do que o Norte germânico, que tem no sangue a tendência a explorar a profundidade. É inegável que a arte clássica italiana de representação em planos encontra uma manifestação paralela ao norte dos Alpes, mas ao mesmo tempo evidencia-se a diferença: o fato de a perspectiva puramente plana ter sido considerada pelos alemães como uma limitação que, como tal, não foi suportada por muito tempo. Entretanto, as conclusões que o Barroco setentrional tirou do princípio da representação em profundidade só puderam ser acompanhadas de longe pelo Sul.

ESCULTURA

1. Considerações gerais

Podemos considerar a história da escultura como a história da evolução das estátuas. Superada uma certa reserva inicial, os membros começam a mover-se e estendem-se, o corpo todo entra em movimento. Contudo, essa história de temas objetivos não coincide totalmente com aquilo que entendemos por evolução estilística. Em nossa opinião, existe uma limitação ao plano que não significa uma supressão da riqueza dinâmica, e sim um outro tipo de organização formal; por outro lado, também existe um desprendimento consciente dos planos determinados, que visa a um pronunciado movimento em profundidade. Essa ordenação formal, se bem que possa ser favorecida por um rico complexo dinâmico, também pode vincular-se a motivos absolutamente simples.

Existe uma correlação evidente entre o estilo linear e o estilo de representação no plano. O séc. XV, que de um modo geral tra-

Fig. 60. Bernini. Túmulo de Alexandre VII.

balhou no sentido da linha, também foi, grosso modo, um século em que se verificou o predomínio dos planos, embora esse tipo de representação não tenha se concretizado plenamente. O artista atém-se ao plano, mas de forma inconsciente, sendo comuns os casos em que se aparta dele, sem que o fato seja expressamente registrado. Um exemplo característico é o grupo *S. Tomé, o incrédulo*, de Verrochio: os personagens encontram-se reunidos em um nicho, mas a perna de um discípulo fica de fora.

No séc. XVI, a tendência à configuração no plano é cultivada com maior seriedade; consciente e coerentemente o artista reúne as formas em camadas. A riqueza plástica é intensificada, os contrastes de direção são mais marcados; somente agora os corpos parecem ter conquistado uma liberdade completa em suas articulações, mas o conjunto repousa sobre a imagem de uma superfície pura. Este é o estilo clássico, com suas silhuetas perfeitamente definidas.

Mas essa planimetria clássica não resistiu por muito tempo. Percebeu-se logo que subordinar as formas ao plano significava como que aprisioná-las. Então, as silhuetas se desfazem e os olhos do observador são convidados a percorrer os contornos do objeto; cresce o número de formas escorçadas e obtêm-se relações bastante significativas entre o primeiro e o último planos, através de superposições e de motivos que se engrenam. Numa palavra: evita-se deliberadamente que predomine a impressão dos planos, mesmo que, de fato, eles ainda existam. É desse modo que Bernini trabalha. Dois importantes exemplos são o túmulo do papa Urbano VIII, na catedral de S. Pedro, e o túmulo do papa Alexandre VII (ainda mais significativo), na mesma catedral. Comparados com eles, os túmulos dos Medici, de Michelangelo, afiguram-se totalmente divididos em planos distintos. Se acompanharmos a evolução que se processa dos primeiros aos últimos trabalhos de Bernini, teremos uma ideia exata dos propósitos desse estilo: o plano principal acha-se ainda mais alcantilado; as figuras dianteiras são vistas basicamente de lado; no fundo, veem-se meias-figuras. Até mesmo o antigo motivo da oração com as mãos juntas e erguidas (na figura do Papa), que parece exigir uma representação de perfil, está subordinado aqui à visão em escorço.

O enorme abalo sofrido pelo antigo estilo de representação no plano evidencia-se com particular nitidez nesses exemplos, uma vez que em todos eles ainda revive, basicamente, o sepulcro mural. É bem verdade que o nicho, anteriormente plano, torna-se profundo, e que a figura principal (colocada sobre um pedestal abaulado) avança em nossa direção. Entretanto, até mesmo aqueles elementos que se encontram reunidos num mesmo plano recebem um tratamento tal, que passam a apresentar pouca relação entre si: embora existam ligações entre os elementos justapostos, entremeia-se na textura o efeito de uma forma orientada em direção ao interior. O mestre do Barroco certamente deve ter tido um especial interesse em abrir uma porta no centro do grupo, a qual – longe de constituir uma ligação horizontal semelhante à produzida pelos sarcófagos anteriores – rompe verticalmente o espaço intermediário, possibilitando uma nova abertura rumo à profundidade: da escuridão das sombras surge a morte, erguendo um pesado pano.

Poder-se-ia supor que o Barroco tivesse evitado as composições murais, uma vez que elas forçosamente opunham uma certa resistência ao desejo de libertação do plano. Mas ocorreu exatamente o contrário: o Barroco alinha suas figuras e coloca-as em nichos. Sua preocupação maior está em propor uma orientação espacial. Somente no plano, e em oposição a ele, é que a profundidade se torna perceptível. Um grupo de estátuas livres, passíveis de ser observadas por todos os lados, absolutamente não constitui um exemplo típico desse período. Não obstante, os artistas do Barroco procuram evitar a impressão de uma vista frontal rígida, como se a figura fosse orientada numa só direção e só pudesse ser observada sob esse ângulo. O efeito barroco de profundidade está sempre aliado a uma multiplicidade de ângulos de visão. A imobilização de uma estátua em um plano determinado seria considerada pelos artistas dessa época como uma ofensa à vida. A estátua não olha apenas para um único lado; seu raio de visão é bem mais amplo.

Nesse momento cumpre citar Adolf Hildebrand, que, em nome da arte e não de um estilo particular, exigiu que se observasse na escultura o princípio da redução ao plano, e cuja obra *O processo da forma* se tornou um verdadeiro livro sagrado para uma nova e importante escola alemã. Somente quando a forma com volume tiver sido traduzida em uma imagem plana é que essa forma, segundo Hildebrand, terá adquirido valor de arte. Nos casos em que uma figura não foi estilizada de modo a condensar seu conteúdo em uma imagem planimétrica, ou seja, quando o observador, para obter uma ideia do conjunto, vê-se forçado a caminhar ao seu redor, parece evidente que a arte não avançou nenhum passo à frente da natureza. Nesses casos, está ausente aquele bem-estar que o artista, através de seu trabalho, deveria proporcionar aos olhos, reunindo em uma imagem uniforme o que se encontra disperso na natureza.

Nessa teoria não parece haver lugar para Bernini e para a escultura barroca. Mas seria injusto considerar Hildebrand apenas como um defensor de sua própria arte (o que realmente aconteceu). Ele nada mais fez do que opor-se ao diletantismo, que desconhece completamente os princípios da arte planimétrica. O próprio Bernini, porém – citamos este nome para representar todo um grupo –, também passou pela fase da representação no plano, e o que o artista apresenta em termos de negação dessa técnica significa algo completamente diferente daquilo que se verifica em uma prática artística, que ainda não sabe distinguir um estilo de outro.

Não há dúvida de que o Barroco, algumas vezes, foi longe demais, chegando a produzir impressão desagradável, exatamente pelo fato de não permitir a concentração de qualquer imagem. Para esses casos tem razão de ser a crítica de Hildebrand; contudo, deve-se ter o cuidado de não aplicá-la à totalidade da produção artística pós-clássica. Também existe um Barroco impecável, não nos casos em que se reveste de uma forma arcaica, mas quando é nada mais do que ele mesmo. Graças ao processo geral da evolução no modo de ver as coisas, a escultura encontrou um estilo, cujo objetivo é diferente daquele do Renascimento, e para o qual já não basta a terminologia da estética clássica. Existe uma arte que conhece a representação no plano, mas que não permite que ela se expresse em sua plenitude.

Para se caracterizar o estilo barroco, portanto, não se devem confrontar exemplos escolhidos ao acaso, como o *David* com a funda, de Bernini, e uma figura frontal, como o clássico *David*, de Michelangelo (o assim chamado Apolo, no Bargello). É bem verdade que esses dois trabalhos oferecem um violento contraste, prejudicial à figura barroca. O *David* de Bernini é um trabalho da juventude do artista, no qual o dinamismo foi obtido em detrimento de um conjunto satisfatório de todas as perspectivas. Aqui, o observador é realmente obrigado a andar em volta da obra, pois sempre dará pela falta de alguma coisa que desejará descobrir. O próprio Bernini percebeu isto, e as obras de sua maturidade são muito mais concentradas, mais acessíveis – embora não totalmente – a um único golpe de vista. O conjunto apresenta-se mais tranquilo, mas preserva uma certa indeterminação.

Se os Primitivos são artistas que se atêm inconscientemente à arte da representação no plano e, por outro lado, a geração clássica deve ser compreendida como aquela que desenvolveu conscientemente esse tipo de representação, devemos concluir que o Barroco representa a arte conscientemente antiplanimétrica. Ele se recusa a observar o princípio da frontalidade, pois somente através dessa liberdade de opção parece-lhe possível transmitir a impressão de um movimento vivo. A escultura tem sempre um caráter plástico, e ninguém acreditará que as figuras clássicas foram vistas apenas de um lado; entretanto, dentre todos os ângulos de observação, a vista frontal impõe-se como norma, sendo possível perceber o seu significado mesmo quando o observador não a tem diante dos olhos. O fato de se caracterizar o Barroco como uma arte antiplanimétrica não significa necessariamente que o caos se tenha desencadeado e que tenham desaparecido todos os enfoques claramente definidos. Significa simplesmente que a compacta relação entre os planos é tão indesejável quanto a fixação da figura em uma silhueta predominante. Não obstante, pode subsistir, se bem que com certas alterações, a exigência de que os diversos aspectos de uma estátua continuem fornecendo imagens perfeitas da realidade. A medida daquilo que se considera indispensável para explicar a forma nem sempre é a mesma.

2. Exemplos

Os conceitos que servem de título a nosso capítulo têm, naturalmente, muito em comum. São diferentes raízes de uma mesma árvore, ou, melhor dizendo, trata-se sempre da mesma coisa, apenas vista sob diferentes ângulos. Assim, analisando o estilo de representação em profundidade, deparamo-nos com aspectos que já foram apontados como componentes do estilo pictórico. A substituição de uma silhueta predominante, correspondente à forma objetiva, por aspectos pictóricos, nos quais se separam objeto e aparência, já foi explicada quando discutimos o significado fundamental da escultura e da arquitetura pictóricas. O mais importante é que tais aspectos não apenas *podem* ocorrer esporadicamente, como também contamos com eles desde o início, uma vez que se oferecem ao observador em grande número e como que espontaneamente. Essa transformação está intimamente ligada à evolução do estilo de representação no plano para o estilo de representação em profundidade.

Na história da estátua equestre podemos encontrar bons exemplos para esclarecer o que foi exposto anteriormente.

O *Gattamelata*, de Donatelo, e o *Colleoni*, de Verrochio, encontram-se de tal sorte dispostos, que a visão no sentido da largura é particularmente enfatizada. No primeiro caso, o cavalo forma um ângulo reto com a igreja, no alinhamento da parede frontal; no segundo, ele se coloca paralelamente ao eixo longitudinal, desviando-se um pouco para o lado. Em ambos os casos, a colocação das estátuas prepara o terreno para uma concepção planimétrica, e a obra confirma a exatidão dessa concepção, na medida em que o resultado é uma imagem fechada em si mesma, de uma nitidez absoluta. Podemos dizer que não vimos o *Colleoni* se não o observarmos de lado – mais precisamente, de seu lado direito, visto a partir da igreja, pois é em função deste plano que a peça foi concebida. Somente deste ângulo todos os elementos tornam-se claros: o bastão de comando, a mão que segura as rédeas e a cabeça, embora esteja voltada para a esquerda[3]. Devido à altura do pedestal, é natural que algumas deformações na perspectiva se façam sentir de imediato; a vista principal, entretanto, impõe-se vitoriosamente. E isto é o que importa. Seria tolice julgar que os antigos escultores tivessem realmente pretendido criar obras que devessem ser observadas de um lado apenas, pois, nesse caso, não haveria qualquer sentido em realizá-las de corpo inteiro. É inquestionável que o observador deva apreciar a plenitude corpórea em todas as suas dimensões, caminhando ao redor da obra; para o olhar, entretanto, existe um ponto de repouso que, nesse caso, é a vista do perfil.

---

3. Infelizmente todas as fotografias disponíveis estão malfeitas. Elas encobrem partes de uma maneira inadmissível e deformam horrivelmente o ritmo das pernas dos cavalos.

Nenhuma alteração fundamental nesse sentido pode ser observada nas estátuas dos *Grandes duques*, de Giambologna, embora cada uma delas esteja colocada no eixo central da praça com um senso tectônico mais rigoroso, ocupando o espaço de forma mais regular. A estátua apresenta-se em perfis tranquilos e o perigo da deformação provocada pela perspectiva é reduzido, graças a um pedestal mais baixo. A novidade, contudo, está no fato de a orientação dos monumentos legitimar não só uma visão lateral, como também uma visão em escorço. O artista leva em consideração, agora, um observador que caminha ao encontro dos cavaleiros.

Michelangelo já procedera assim, ao colocar seu *Marco Aurélio* no Capitólio: a estátua encontra-se no meio da praça, sobre um pedestal baixo, podendo ser perfeitamente observada de lado. Todavia, ao observador que sobe as largas e suntuosas escadarias da colina do Capitólio, o cavalo se apresentará de frente, e esta vista não parece casual: a estátua, obra do final da Antiguidade, foi concebida com essa intenção. Seria lícito afirmar que isso já é barroco? Evidentemente está aqui o seu início. O forte efeito de profundidade da praça levaria forçosamente a uma desvalorização da visão lateral do cavaleiro, em favor de uma visão em escorço, ou semiescorço.

O tipo puramente barroco pode ser observado em *O grande príncipe eleitor*, de Schlüter, na Ponte Grande de Berlim. É verdade que a estátua forma um ângulo reto com o caminho dos passantes, mas o enfoque lateral do cavalo já não é possível. Sob qualquer ângulo, a estátua mostra-se em escorço, e sua beleza reside exatamente no fato de ela oferecer ao observador que atravessa a ponte um sem número de aspectos igualmente significativos. Esse tipo de escorço complica-se devido à distância reduzida. Mas a intenção era exatamente esta, ou seja, a imagem escorçada, em oposição àquela que não o é, possui mais atrativos. Não há necessidade de se discutir minuciosamente de que modo a estrutura formal do monumento torna possível esse tipo de apresentação: basta dizer que o deslocamento óptico das formas, que aos Primitivos parecia um mal necessário e que os artistas clássicos, na medida do possível, procuravam evitar, foi conscientemente empregado aqui como um recurso artístico.

Um exemplo análogo é o grupo dos antigos domadores de cavalos, no Quirinal, que, combinados com um obelisco e (mais tarde) complementados por uma taça para formar uma fonte, representam um dos conjuntos mais característicos do Barroco romano. As duas figuras colossais dos jovens em marcha, cuja relação para com seus cavalos prescinde de qualquer esclarecimento, avançam no sentido da diagonal, partindo do obelisco central. Essas duas estátuas formam entre si um ângulo obtuso, que se abre para a entrada principal da praça. O elemento mais importante, do ponto de vista histórico estilístico, é o fato de as formas-mestras aparecerem em escorço na perspectiva principal, o que é tanto mais surpreendente, na medida em que, por natureza, possuem superfícies frontais bem determinadas. Todos os esforços são envidados para que essa vista frontal se imponha e a imagem se imobilize.

Mas de que modo? A composição central, com figuras na diagonal voltadas para o meio, já não é familiar à arte clássica? A grande diferença é que os *Domadores de cavalos*, no Quirinal, não pertencem ao tipo de composição central, onde cada figura exige um enfoque especial do observador; pelo contrário, o conjunto deve ser contemplado como uma única imagem.

Da mesma forma como na arquitetura a construção central, visível por todos os lados, não constitui um motivo barroco, também não o são, na escultura, os agrupamentos puramente centralizados. O Barroco interessa-se pela ênfase em uma orientação inequívoca, exatamente porque torna a anulá-la parcialmente, empregando recursos que lhe são opostos. Para se obterem os efeitos de um plano que se conseguiu vencer, é preciso que esse plano tenha existido anteriormente. A fonte de Bernini, com os quatro rios do mundo, não se volta por igual para todas as direções: ela tem duas frentes, uma anterior e outra posterior. As figuras unem-se duas a duas, mas de tal modo, que elas voltam a encontrar-se nos ângulos do monumento. O aspecto planimétrico e o não planimétrico convivem em perfeita harmonia.

Schlüter deu o mesmo tratamento aos prisioneiros colocados junto ao pedestal de *O grande príncipe eleitor*: a impressão que se tem é de que eles se afastam simetricamente do bloco de pedra, acompanhando a linha da diagonal. Na verdade, os que estão à frente acham-se ligados aos que se encontram atrás, até mesmo

Fig. 61. Bernini. *Beata Lodovica Albertoni.*

num sentido literal, ou seja, através de correntes. O esquema do Renascimento é bem outro. É de acordo com essa concepção que se dispõem as figuras na *Fonte das virtudes*, em Nuremberg, ou na *Fonte de Hércules*, em Augsburgo. Um exemplo italiano encontra-se na famosa *Fonte das tartarugas*, de Landini, em Roma: os quatro meninos, dispostos em quatro eixos, tentam agarrar os animais, acrescentados posteriormente na taça superior.

A orientação pode ser indicada através de recursos bastante sutis. Ela já estará presente, se na disposição central de uma fonte com um obelisco este se encontrar apenas um pouco afastado para o lado. Da mesma forma, o tratamento dispensado a um grupo de figuras, ou mesmo a uma figura isolada, pode produzir efeitos diferentes.

Fig.62. Roma, Fontana Trevi.

O contrário ocorre com as composições planas ou com as composições murais. Na medida em que o Barroco impregna a composição central do Renascimento com elementos planimétricos, a fim de obter efeitos de profundidade, é evidente que, se quiser obter a impressão de profundidade, deverá cuidar para que esses motivos impeçam que a impressão planimétrica sobressaia. É o que já ocorre com as estátuas isoladas. A estátua jacente *Beata Albertoni*, de Bernini, encontra-se num plano perfeitamente paralelo à parede. Sua forma, contudo, apresenta-se tão dilacerada, que o plano acaba por tornar-se irrelevante. O modo como se anula o caráter planimétrico de um túmulo mural já foi abordado anteriormente, com trabalhos também de Bernini. Um exemplo fascinante, de grande estilo, é a *Fontana Trevi*, uma fonte mural barroca. O que se observa é uma parede da altura de uma casa, diante da qual se encontra, bem embaixo, uma fonte. O fato de a fonte possuir uma forma convexa já constitui um primeiro motivo que se distingue da disposição por planos, do Renascimento. Mas o essencial reside naquele mundo de formas que, com a água, partem do centro da parede e avançam em todas as direções. A figura de Netuno, no nicho central, já se libertou completamente do plano e faz parte da torrente de formas divergentes e radiais da fonte. As figuras principais – os cavalos marinhos – apresentam-se em escorço e sob diferentes ângulos. Não se deve supor que exista em alguma parte um ponto de vista principal; cada um deles representa um todo, incitando o observador, apesar disso, a mudar constantemente o seu ponto de observação. A beleza da composição reside na inesgotabilidade de seus aspectos.

Se procurarmos encontrar o início dessa desintegração dos planos, será interessante observarmos as obras da última fase de Michelangelo. No túmulo do Papa Júlio II, ele colocou a figura de Moisés em tal posição de destaque no plano, que já não é possível considerá-la como figura de um "relevo"; pelo contrário, é imperativo entendê-la como uma figura livre, não absorvida pelo plano, que pode ser observada de todos os lados.

Com isto chegamos à relação genérica entre figura e nicho.

Os Primitivos tratam o problema de diversos modos: ora a figura é abrigada no nicho, ora sobressai-se dele. Para os clássicos, a regra é recuar todas as esculturas para o fundo da parede. A figura, portanto, nada mais é do que um setor da parede que adquiriu vida. Como dissemos, isto já se altera na época de Michelangelo, tornando-se logo fato corriqueiro, na obra de Bernini, que a escultura transcenda os limites do nicho em que se encerra. Esse princípio foi mantido, por exemplo, nas figuras da *Madalena* e de *S. Jerônimo*, na catedral de Siena. O túmulo de Alexandre VII*, longe de restringir-se ao espaço a ele consagrado na parede, irrompe até a linha de fuga das meias-colunas, colocadas como uma moldura à sua frente, chegando mesmo a projetar-se parcialmente para além delas. É claro que se faz sentir ali uma tendência atectônica; todavia, o desejo de uma libertação do plano não pode passar desapercebido. Por este motivo, e com certa razão, o túmulo de Alexandre VII foi considerado um mausoléu livre, introduzido num nicho.

Mas ainda existe uma outra maneira de se vencer a superfície plana, que consiste no desenvolvimento do nicho e a sua consequente transformação num espaço realmente profundo, tal como se verifica na *Santa Tereza*, de Bernini. O fundo desse nicho é oval e abre-se para a frente, à semelhança de um figo entreaberto, não em toda a extensão da largura, mas de modo a se produzirem cortes laterais. O nicho forma um compartimento, dentro do qual as figuras parecem poder mover-se livremente; apesar de serem restritas as possibilidades ópticas, o observador vê-se estimulado a procurar novos pontos de observação. Os nichos dos apóstolos, no Palácio de Latrão, receberam um tratamento semelhante. Esse princípio foi de extrema importância para a composição dos altares-mores.

A partir daí, muito pouco faltava para que as figuras plásticas pudessem surgir atrás de uma moldura arquitetônica independente, como que recuadas, distantes, com uma luz própria, tal como já ocorre na *Santa Tereza*, de Bernini. O espaço vazio passa a ser considerado como fator integrante da composição. Bernini tinha em mente um efeito dessa natureza para o seu *Constantino* (abaixo da Scala Regia, no Vaticano): a estátua deveria ser vista desde o átrio da catedral de São Pedro, através do arco terminal. Esse arco, porém, foi obstruído por um muro; portanto, é só pelo outro lado, se nos detivermos em uma insignificante estátua equestre que representa Carlos Magno, que poderemos ter uma ideia da intenção do escultor[4]. A arquitetura dos altares também serviu-se desse princípio, e o Barroco setentrional concretizou-o em belos exemplos. Observe-se, nesse sentido, o altar-mor de Weltenburg.

Com o advento do Classicismo, entretanto, chega rapidamente ao fim todo esse esplendor. Esse estilo traz consigo a linha e, com ela, os planos. Todas as imagens voltam a ser totalmente

---

4. Um projeto semelhante, com uma estátua pedestre de Felipe IV, idealizado para o átrio de Santa Maria Maggiore, também não chegou a ser realizado. V. Fraschetti, *Bernini*, p. 412.

limitadas. As sobreposições de elementos e os efeitos de profundidade passam a ser considerados mera ilusão dos sentidos, incompatíveis com a seriedade de uma arte "verdadeira".

ARQUITETURA

O emprego dos conceitos de plano e profundidade no âmbito da arquitetura parece oferecer algumas dificuldades. A arquitetura nos remete sempre à noção de profundidade; portanto, falar de uma arquitetura plana pode parecer um contrassenso. Por outro lado, mesmo quando se admite que um edifício, enquanto massa corpórea, está sujeito às mesmas condições de uma figura esculpida, é preciso reconhecer que a composição tectônica, habituada a servir de fundo e moldura à própria escultura, jamais poderia afastar-se do princípio da frontalidade, nem mesmo relativamente, tanto quanto o faz a escultura barroca. Não obstante, há vários exemplos que justificam nossos conceitos. O fato de o artista dispor os pilares do portal de uma vila voltados um para o outro, e não mais para a frente, não significa destacá-los do plano? Como deveríamos descrever o processo que sofre um altar no qual a construção frontal se apresenta cada vez mais impregnada de elementos de profundidade, de tal sorte que, nas ricas igrejas barrocas, esses altares acabam por transformar-se em habitáculos cujo principal encanto reside na sobreposição de formas? Quando se analisam as escadarias ou os terraços em estilo Barroco, como por exemplo a Escadaria Espanhola, em Roma, constata-se que a profundidade espacial, somente pelo fato de os degraus terem sido orientados em diversas direções – para não citarmos outros elementos – ganhou um efeito tal, que a disposição regular, rigorosamente clássica, parece plana ao seu lado. O sistema de escadarias e rampas projetado por Bramante para o pátio do Vaticano constitui um exemplo oposto ao estilo do *Cinquecento*. Em seu lugar, poderíamos comparar a disposição classicista de paredes retas dos Terraços Pincio, em Roma, com a Escadaria Espanhola. Em ambos os casos, trata-se de uma configuração espacial, mas o primeiro enfatiza os planos, enquanto o segundo ressalta a profundidade.

Fig. 63. Roma, Cassino de Villa Borghese.

Em outras palavras: a existência concreta de massas e espaços ainda não é suficiente para se caracterizar um estilo. A arte clássica dos italianos possui uma sensibilidade pelos volumes plenamente desenvolvida, embora lhes atribua formas imbuídas de um espírito totalmente diferente daquele do Barroco. Ela busca a estratificação por planos distintos, sendo que toda a impressão de profundidade é uma decorrência disso. O Barroco, por sua vez, evita de antemão toda e qualquer impressão planimétrica; ele busca a verdadeira essência do efeito, o cerne da imagem, na intensidade da perspectiva em profundidade.

Não nos devemos surpreender se nos depararmos com construções circulares em "estilo plano". Ainda que lhes pareça intrínseca a exigência de que se caminhe ao seu redor, não se perceberá nenhum efeito de profundidade, uma vez que esse tipo de construção apresenta sempre a mesma imagem, de todos os lados.

Mesmo que o lado onde se acha a entrada esteja caracterizado com toda nitidez, não se verificará qualquer relação entre as partes anteriores e as posteriores. É exatamente nesse ponto que o estilo barroco se impõe. Sempre que adota a forma circular para as suas construções, o Barroco substitui a igualdade de todas as faces por uma desigualdade que, determinando uma certa direção, estabelece uma relação entre as partes anteriores e as posteriores. O pavilhão do Jardim Real, em Munique, já não representa uma composição central pura; até mesmo os cilindros achatados já não constituem raridades. Entretanto, para as grandes construções de igrejas, continua a ter validade a regra de antepor à cúpula uma fachada com torres nos cantos. Essa disposição faz com que a cúpula apareça como algo que se situa atrás da fachada, além de permitir que o espectador perceba a relação espacial, qualquer que seja o seu ponto de observação. Bernini raciocinou com extrema coerência ao acrescentar à cúpula do Panteón, na parte frontal, aquelas pequenas torres, depreciativamente denominadas "orelhas de burro", e que foram demolidas no séc. XIX.

No mais, o conceito de "plano" não significa que a construção, como um todo, não possua saliências. A Cancelleria*, ou a Villa Farnesina, são exemplos perfeitos do estilo clássico de representação no plano: o primeiro apresenta os ângulos ligeiramente salientes; no segundo, sobressai-se o edifício – em ambas as fachadas – com dois eixos. Em qualquer um dos casos, todavia, evidencia-se a impressão de camadas planas. Esta impressão não se alteraria se a planta fosse semicircular, e não quadrangular. Em que medida o Barroco alterou essa relação? Na medida em que distinguia, por princípio, as partes posteriores das anteriores. Na Villa Farnesina, a sequência de planos com pilares e janelas é a mesma, tanto para o corpo central como para as alas. No Palazzo Barberini, ou no cassino da Villa Borghese*, contudo, os planos são de outra espécie: o observador vê-se forçado a correlacionar a parte anterior com a posterior e a procurar a ideia principal dessa criação arquitetônica na evolução até a profundidade. Esse motivo adquiriu um grande significado, sobretudo na arte setentrional. Os castelos em forma de ferradura, ou seja, com um pátio de honra aberto, são todos concebidos no sentido de possibilitar a compreensão da relação entre as alas salientes e a fachada princi-

Fig. 64. Roma, Scala Regia, no Vaticano.

pal. Essa relação reside numa diferença de ordem espacial que, por si só, seria incapaz de produzir um efeito de profundidade, no sentido Barroco da expressão, podendo ser considerada viável em qualquer época. Um tratamento especial da forma, entretanto, pode conferir a essa relação a força de uma tensão que converge para a profundidade.

O Barroco não foi o primeiro a descobrir os efeitos da perspectiva em profundidade para os interiores das igrejas. Assim como não há dúvida de que a construção circular pode ser considerada a forma ideal de construção do apogeu do Renascimento, também é certo que, ao lado dela, sempre se verifica a existência de naves alongadas. Nessas construções, o movimento em direção ao fundo, ao altar-mor, é tão pronunciado que não seria possível deixar de percebê-lo. Mas se um pintor do Barroco decide retratar uma dessas igrejas em sua perspectiva longitudinal, esse movimento em direção à profundidade, por si só, não satisfaz totalmente ao artista. Com efeitos especiais de iluminação, ele cria relações mais intensas de proximidade e afastamento, o espaço ganha cesuras, em suma, a realidade espacial é acentuada artificialmente, para que disto resulte um efeito de profundidade mais intenso. E é exatamente isto o que ocorre na nova arquitetura. Não é por acaso que não surgiu antes o tipo de igreja barroca italiana, caracterizada pelo efeito de iluminação totalmente novo, decorrente da luz que incide do alto da grande cúpula, situada na parte posterior do edifício. Também não é por acaso que a arquitetura não empregou antes o motivo da decoração de primeiro plano, ou seja, da sobreposição, e que somente agora esteja procedendo às interrupções no eixo da profundidade, que não decompõem a nave em setores espaciais determinados, mas unificam e tornam imperativo o movimento em direção ao fundo. Nada é menos barroco do que uma sequência de compartimentos espaciais fechados em si mesmos, do tipo encontrado na Santa Justina, em Pádua. Por outro lado, o estilo barroco também não teria considerado agradável a sequência regular de estacas própria das igrejas góticas. A solução que o Barroco encontrou para cada caso pode ser analisada, por exemplo, a partir da história da catedral de Munique, na qual os efeitos da profundidade, no sentido Barroco, foram obtidos mediante a inserção de uma peça transversal na nave central, no arco de S. Benno.

O mesmo pensamento está presente quando se interrompe com patamares o curso uniforme de uma escadaria. Alega-se que elas servem ao enriquecimento da obra; sem dúvida, mas a aparência em profundidade da escadaria também é beneficiada por essa interrupção, ou seja, com as cesuras, a profundidade torna-se particularmente interessante. Compare-se a Scala Regia*, de Bernini, no Vaticano, onde a iluminação incide de modo bastante peculiar. O fato de a escolha do motivo ter sido condicionada por fatores de ordem material não prejudica o seu significado estilístico. Na grande arquitetura repete-se o efeito que Bernini já produzira no nicho de Santa Tereza: os pilares enquadrantes avançam para além do espaço ocupado pelo nicho, de sorte que este tem sempre a aparência de um compartimento entrecortado. Chega-se, então, às formas de capelas e coros, onde a estreita passagem não permite outra visão senão aquela realizada através de enquadramentos que interceptam as formas. Acompanhando coerentemente esse princípio, o espaço interior principal é visto, primeiramente, através de uma antecâmara que lhe serve de enquadramento.

Esse mesmo sentimento determinou, no Barroco, a relação entre edifício e espaço circundante.

Sempre que possível, a arquitetura barroca procurou deixar um espaço vazio – uma esplanada – diante do edifício. O exemplo mais perfeito é a esplanada de Bernini na frente da catedral de São Pedro, em Roma. Se bem que esse empreendimento gigantesco seja único no mundo, a mesma tendência que levou à sua construção pode ser encontrada numa infinidade de realizações de menor envergadura. O mais importante é que o edifício e a esplanada mantenham entre si uma relação necessária, ou seja, que nenhum dos dois possa ser concebido senão vinculado ao outro. Uma vez que a praça é tratada como uma esplanada, essa relação é, naturalmente, uma relação de profundidade.

Vista através da praça de colunatas de Bernini, a catedral de São Pedro tem a aparência de algo que foi recuado no espaço: as colunatas emolduram a catedral e determinam um primeiro plano. Mesmo quando o observador já deixou atrás de si a esplanada e encontra-se diante da fachada, essa concepção do espaço continua a ser percebida.

Uma praça em estilo renascentista, como a bela Piazza della Santa Annunziata, em Florença, já não sugere a mesma impressão. Embora indubitavelmente ela tenha sido concebida como uma unidade, mantendo com a igreja uma relação mais no sentido da profundidade do que no sentido da largura, o conjunto permanece numa relação espacial indeterminada.

A arte da profundidade nunca se revela por completo numa visão puramente frontal. Ela convida sempre a uma visão lateral, tanto nos interiores como na parte externa dos edifícios.

Naturalmente nunca foi possível impedir que os olhos também contemplassem uma obra da arquitetura clássica mais ou menos de

Fig. 65. Canaletto. *Residência imperial de verão*.

través. Esse ponto de observação, entretanto, não é exigido pela obra em si. Se dessa perspectiva resultar eventualmente um encanto maior, este não terá sido preparado intencionalmente, e a visão puramente frontal será sempre percebida como a mais adequada à natureza da obra. Em contrapartida, a construção barroca sempre se baseia em um impulso de natureza dinâmica, mesmo quando não resta a menor dúvida quanto à localização de sua fachada principal: de antemão, a obra conta com uma série de imagens alternantes, o que se deve ao fato de seu ideal de beleza não residir mais em valores planimétricos puros, e ao fato de os motivos de profundidade só se revelarem na alternância dos pontos de observação.

Uma composição como a igreja de S. Carlos Borromeu, em Viena, com suas duas colunas independentes colocadas diante da fachada, apresenta o aspecto menos favorável do ponto de vista geométrico. Não há dúvida de que foi prevista, para essa composição, a intercepção da cúpula pelas duas colunas; esse efeito, contudo, apenas pode ser percebido na vista semilateral, e a configuração modifica-se a cada passo.

Também é este o sentido das torres angulares, pouco elevadas, que geralmente flanqueiam a cúpula das igrejas de construção central. Seria o caso de nos recordarmos da igreja de Santa Agnese*, em Roma, que – numa praça de dimensões limitadas – oferece uma infinidade de imagens encantadoras ao observador que transita pela Piazza Navona. Em contrapartida, as duas torres de S. Biagio, em Montepulciano, que datam do séc. XVI, evidentemente ainda não foram concebidas com a intenção de sugerirem uma imagem pictórica.

A colocação do obelisco na praça diante da catedral de São Pedro (Roma) também corresponde à concepção própria do período barroco. Se, por um lado, o obelisco determina o centro da praça, por outro, a sua disposição teve em conta também o eixo da igreja. Mas se a ponta do obelisco não pode ser vista, já que coincide com o meio da fachada da igreja, fica provado que esse ponto de observação já não era considerado norma obrigatória. Mais convincente ainda é o raciocínio que se segue: de acordo com o plano de Bernini, a entrada da praça de colunatas, hoje aberta, deveria também ser fechada, pelo menos parcialmente, por uma peça central, que permitisse o acesso à praça por ambos os lados. Naturalmente, essas passagens seriam orientadas num sentido transversal em relação à fachada da igreja, ou seja, seria *necessário* que a observação se iniciasse por uma visão lateral. Comparemos as entradas de castelos como as de Nymphenburg: elas estão dispostas lateralmente e no eixo principal encontra-se um córrego. Também aqui a pintura de tais edifícios nos fornece exemplos paralelos.

O Barroco não pretende que o corpo do edifício se imobilize num ponto de observação determinado. Truncando os ângulos, ele consegue obter planos oblíquos, que orientam o olhar. Esteja o observador defronte à fachada frontal ou defronte à face lateral, perceberá sempre a presença de partes em escorço na imagem. Esse princípio foi largamente empregado nas peças do mobiliário: o armário retangular, com parte frontal fechada, apresenta os ângulos de tal modo chanfrados, que a parte lateral une-se com a frontal. A arca, com sua decoração limitada aos planos da frente e dos lados, transforma-se, no formato moderno de uma cômoda, num corpo cujos ângulos se aplainam e diluem em planos oblíquos. E se parece óbvio que o console ou a mesa que sustenta um espelho devem voltar-se para a frente, e *somente* para a frente, o que se observa agora, por toda a parte, é uma mescla da orientação frontal com a diagonal: as pernas desses móveis voltam-se um pouco para o lado. Se atribuíssemos características da figura humana às formas, poderíamos afirmar literalmente: a mesa não dirige mais o seu olhar para a frente, mas no sentido da diagonal. Nesse caso, porém, o mais importante não é a existência do sentido da diagonal em si, mas sua combinação com a visão frontal, ou seja, relevante é o fato de não se poder aprender *totalmente* o corpo de lado nenhum, ou – repetindo uma observação anterior –, o fato de o corpo não se imobilizar em aspectos determinados.

A chanfradura dos ângulos e sua decoração com figuras ainda não são suficientes para se acusar a presença do estilo barroco. Entretanto, no momento em que os planos oblíquos são unidos aos planos frontais para formar um só motivo, podemos afirmar que nos encontramos no âmbito do Barroco.

Tudo o que foi dito acerca do mobiliário é válido também para a grande arquitetura, se bem que numa amplitude diferente. Não se deve esquecer que um móvel sempre possui atrás de si a parede de um cômodo, que determina a sua direção; o edifício, por si mesmo, precisa estabelecer direções.

Dizemos estar diante de uma aparência espacial indeterminada quando observamos que – na Escadaria Espanhola, por exemplo – os degraus voltam-se desde o começo para o lado, com ligeiras interrupções, e depois mudam de direção reiteradas vezes. Entretanto, isto somente é possível porque a escada recebe uma orientação precisa através de todos os elementos que a circundam.

Quanto às torres das igrejas, é comum verificarem-se chanfraduras nos ângulos; mas a torre é apenas uma parte do conjunto. A chanfradura do corpo total do edifício, tal como se verifica em palácios, por exemplo, também não é frequente, mesmo quando a linha de fuga está perfeitamente determinada.

Quando os suportes de um frontão de janela, ou as colunas que flanqueiam o portal de uma casa, se deslocam de sua posição frontal natural para se defrontarem ou se desviarem uns dos outros, ou ainda, quando uma parede inteira desaparece para dar lugar a colunas e vigamentos, trata-se de casos realmente típicos que decorrem de um princípio básico; simultaneamente, porém, mesmo dentro do estilo barroco, constituem algo excepcional e fora do comum.

No Barroco, a decoração no plano também é transformada numa decoração em profundidade.

A arte clássica, sensível à beleza das superfícies, aprecia o tipo de decoração que permanece plana em todas as suas partes, seja atuando como uma ornamentação que preenche os planos, seja como simples divisória de campos.

O teto da Capela Sistina, de Michelangelo, apesar de toda a sua pujança plástica, é um exemplo de decoração puramente planimétrica. Em contrapartida, o teto da Galeria Farnese, da família Carracci, já não se baseia em valores planimétricos; os planos, em si, têm pouco significado; o entrelaçamento das formas é que os torna interessantes. No momento em que surgem os motivos dos encobrimentos e dos recortes surgem também os efeitos da profundidade.

Já ocorreu em períodos anteriores que os pintores de abóbadas produzissem o efeito de um buraco aberto no teto, mas nesses casos tratava-se de um buraco inserido em um teto cujas formas, de resto, eram perfeitamente coerentes. A pintura barroca de abóbadas caracteriza-se como tal na medida em que explora os efeitos das formas dispostas umas atrás das outras, a fim de criar a ilusão de um espaço que se abre no sentido da profundidade. Correggio foi o primeiro a pressentir esse tipo de beleza em plena época do apogeu do Renascimento, mas somente o Barroco explorou, realmente, as consequências resultantes dessa nova concepção.

Para a sensibilidade clássica, uma parede organiza-se em planos que, diferentes quanto à altura e à largura, representam um todo harmônico, que tem por base uma justaposição absolutamente planimétrica. Ocorrendo uma diferença de natureza espacial, o interesse desloca-se imediatamente, e aqueles mesmos planos já não significam a mesma coisa. Não é que as proporções planimétricas se tornem indiferentes; mas ao lado do movimento de avanço e recuo elas já não podem afirmar-se como os elementos mais importantes do efeito.

O Barroco não vê qualquer interesse na decoração mural, que não faz uso dos efeitos de profundidade. Os preceitos discutidos no capítulo referente ao conceito de pictórico também podem ser vistos sob o aspecto que ora enfocamos. Nenhum efeito pictórico obtido através de manchas pode prescindir totalmente do elemento criador de profundidade. Quem reconstruiu, no séc. XIX, o antigo pátio da Gruta de Munique, quer tenha sido Cuvilliés ou qualquer outro, julgou absolutamente necessário destacar no centro uma parte em relevo, para quebrar a monotonia da superfície plana.

A arquitetura clássica também conheceu a importância das partes em relevo e as utilizou ocasionalmente, embora num sentido totalmente diferente, visando um outro efeito. Os ressaltos angulares da Cancelleria são detalhes que poderíamos conceber como partes separadas do plano principal. Na fachada do pátio de Munique, não saberíamos como realizar essa cesura: o ressalto tem suas raízes no próprio plano, do qual não pode ser separado sem que isso implique uma mutilação mortal do conjunto. É nesse sentido que se deve entender a parte central saliente do Palazzo Barberini. Um exemplo mais típico ainda, justamente por ser menos saliente, é a famosa fachada de pilares do Palazzo Odescalchi*, em Roma, a qual avança ligeiramente à frente das alas inarticuladas. Nesse caso, a medida de profundidade efetiva não tem importância nenhuma. O tratamento dispensado à peça central e às alas teve por finalidade subordinar totalmente a impressão dos planos contínuos ao motivo dominante da profundidade. Da mesma forma, a modesta arquitetura privada da época soube abolir da parede o aspecto meramente plano, através de saliências mínimas. Por volta de 1800 surge uma nova geração que, sem reservas, declara-se novamente partidária dos planos, rejeitando todos os efeitos que, de alguma maneira, imprimam às relações tectônicas simples uma aparência de movimento. A isso já nos referimos no capítulo reservado ao estilo pictórico.

Chegamos assim à ornamentação característica do estilo *Empire*, que, com sua planimetria absoluta, substitui a decoração do Rococó, repleta de efeitos de profundidade. Pouco importa saber em que medida o novo estilo fez uso de formas da Antiguidade. O mais importante é que essas formas significaram uma nova proclamação da beleza dos planos, daquela mesma beleza planimétrica que, já presente no Renascimento, em seguida tivera que ceder lugar à crescente exigência dos efeitos da profundidade.

Com o vigor de seus relevos e com a riqueza de seus sombreados, pode o revestimento de um pilar do *Cinquecento* suplantar o desenho mais delicado e transparente do *Quattrocento*. Isto, porém, ainda não significará um contraste estilístico genérico; este somente surge no momento em que desaparece a impressão dos planos. Mas tampouco se poderá falar, neste caso, de uma deturpação da arte. Se admitirmos que, qualitativamente, a sensibilidade decorativa tenha sido, em média, mais elevada no período anterior, não há dúvida de que, em princípio, o outro ponto de vista também é possível. Quem não tiver prazer algum em apreciar o efeito patético do Barroco, ver-se-á suficientemente recompensado pela graça que a arte do Rococó setentrional pode oferecer.

Um campo de observação particularmente proveitoso encontra-se nos trabalhos em ferro fundido que ornamentam grades de jardins e de igrejas, cruzes de túmulos e placas de tabernas. Neste domínio, embora os motivos planos pareçam insuperáveis, o que se observa é a concretização de um tipo de beleza cujos princípios se situam além da planimetria pura. Quanto mais brilhantes foram os resultados obtidos, tanto mais evidenciou-se o contraste com o novo Classicismo, que, também nessa área, decididamente devolveu a soberania ao plano e, por conseguinte, à linha, como se qualquer outra possibilidade não fosse nem mesmo concebível.

CAPÍTULO TRÊS
Forma fechada e forma aberta
(Tectônica e atectônica)

PINTURA

1. Considerações gerais

　　Toda obra de arte possui uma forma, é um organismo. Seu traço essencial reside no caráter da inevitabilidade, segundo o qual nada pode ser alterado ou removido, devendo tudo ser exatamente como é.
　　Mas, se nesse sentido *qualitativo* é possível afirmar que tanto uma paisagem de Ruysdael como uma composição de Rafael constituem algo absolutamente fechado em si mesmo, é preciso fazer a ressalva de que essa qualidade da inevitabilidade foi alcançada, numa e noutra obra, a partir de princípios distintos: no *Cinquecento* italiano, um estilo tectônico foi conduzido ao seu grau máximo de perfeição; na Holanda do séc. XVII, o estilo atectônico livre foi a única forma de representação possível para um artista como Ruysdael.
　　Seria desejável que houvesse uma designação especial, que possibilitasse a distinção inequívoca entre a composição fechada, no sentido qualitativo, e o simples princípio de um estilo do tipo tectônico, que recorre no séc. XVI e se opõe ao estilo atectônico do séc. XVII. Embora encerrem um indesejável duplo sentido, foram adotados para o título os conceitos forma fechada e forma aberta, pois, sendo bem generalizados, caracterizam melhor o fenômeno em questão do que os termos tectônico e atectônico;

além disso, são mais exatos do que sinônimos aproximativos, tais como rigoroso e livre, regular e irregular, e outros.

Por forma fechada entendemos aquele tipo de representação que, valendo-se de recursos mais ou menos tectônicos, apresenta a imagem como uma realidade limitada em si mesma, que, em todos os pontos, se volta para si mesma. O estilo de forma aberta, ao contrário, extrapola a si mesmo em todos os sentidos e pretende parecer ilimitado, ainda que subsista uma limitação velada, assegurando justamente o seu caráter fechado, no sentido estético.

Talvez se objete que o estilo tectônico é um estilo solene, cerimonioso, e que a ele se recorrerá sempre que se tratar de produzir efeitos dessa natureza. A isto responderíamos que a impressão de solenidade efetivamente se vincula muitas vezes à observância de um sistema de leis rigorosamente expressas. O problema ora enfocado, porém, diz respeito à *impossibilidade* de o séc. XVII retomar as formas vigentes no séc. XVI, mesmo quando a intenção do artista era a de sugerir uma atmosfera semelhante.

O conceito de forma fechada absolutamente não deve ser associado apenas àquelas realizações sublimes, nas quais triunfa a forma rígida, como *A escola de Atenas*, ou a *Madona Sistina*. Não se deve esquecer que, mesmo no contexto de sua época, essas composições representam um tipo tectônico particularmente rígido e que, ao lado delas, sempre existiu uma forma mais livre, sem um esqueleto geométrico, que pode igualmente ser considerada uma "forma fechada", no sentido que lhe atribuímos. Exemplos são *A pesca milagrosa*, de Rafael, ou *O nascimento de Maria*, de Andrea del Sarto, em Florença. O conceito deve ser ampliado de sorte que nele também possam ser incluídas aquelas obras da pintura setentrional, que já no séc. XVI pretendem libertar-se, mas, apesar disso, diferem claramente do estilo do século subsequente. E quando um artista como Dürer, por exemplo em sua *Melancolia*, procura deliberadamente afastar-se do efeito da forma fechada, a fim de captar determinada atmosfera, a semelhança com seus contemporâneos continua sendo maior do que a afinidade com obras de forma aberta.

O que caracteriza todos os quadros do séc. XVI é o fato de a vertical e a horizontal não se restringirem apenas a definir direções, mas assumirem, além disso, um papel decisivo no conjunto da obra. O séc. XVII procura evitar que esses contrastes elementares se manifestem de modo evidente: eles perdem a sua força tectônica, mesmo aqueles casos em que ainda estão efetivamente presentes.

No séc. XVI, os componentes de um quadro ordenam-se em torno de um eixo central ou, quando isto não ocorre, de sorte a manterem um equilíbrio perfeito entre as duas metades do quadro. Esse equilíbrio, nem sempre de fácil definição, pode ser claramente percebido quando contrastado com a organização mais livre do séc. XVII. Trata-se de um contraste semelhante àquele que a teoria mecânica costuma estabelecer entre equilíbrio estável e equilíbrio instável. Mas a arte representada do Barroco recusa veementemente a fixação de um eixo central; a simetria pura ou desaparece por completo, ou torna-se imperceptível, graças a rupturas do equilíbrio as mais variadas.

Para o séc. XVI é natural o preenchimento da tela de acordo com as superfícies planas já estabelecidas. O conteúdo ordena-se dentro do quadro de tal maneira, que um parece existir em função do outro, sem que com isso se busque um efeito determinado. As linhas das bordas e os ângulos são elementos considerados importantes, na medida em que fazem parte da composição como um todo.

No séc. XVII o conteúdo emancipa-se dos limites do quadro. O artista procura evitar a todo custo que a composição pareça concebida para um plano determinado. Embora, evidentemente, continue a existir uma congruência subjacente, pretende-se que o conjunto sugira a impressão de representar algo mais do que um fragmento casualmente extraído do mundo visível.

A diagonal, que para o Barroco constitui a direção principal, já representa um abalo para o aspecto tectônico do quadro na medida em que nega, ou pelo menos dissimula, tudo que diz respeito aos ângulos retos da cena. Mas a intenção do artista que busca o ilimitado, o fortuito, tem outra consequência: ela acaba por abandonar até mesmo os assim chamados aspectos "puros" da frontalidade e do perfil. A arte clássica apreciou muito a força elementar desses aspectos, cultivando-os como formas de contrastes. A arte barroca impede que os objetos se consolidem nesses aspectos primitivos. Nos casos em que eles ainda se verificam, seu efeito é antes casual do que intencional, pois sobre eles não incide qualquer ênfase.

Em última análise, porém, a tendência principal está em não permitir que o quadro resulte num fragmento do mundo que exista apenas por si e para si, mas num espetáculo passageiro, do qual o observador tem a sorte de participar somente por alguns instantes. O problema não está na representação na horizontal ou na vertical, de frente ou de perfil, no aspecto tectônico ou atectônico, mas em saber se a figura, o conjunto do quadro, se apresenta como uma realidade visível *intencional* ou não. Na concepção dos quadros do séc. XVII, a busca do instante passageiro também significa um aspecto da "forma aberta".

2. Os motivos principais

Passemos à explanação mais detalhada dessas noções diretrizes.

1. A arte clássica é a arte das verticais e das horizontais bem definidas. Os elementos manifestam-se com total nitidez e precisão. Quer se trate de um retrato ou de uma figura, de um quadro que narre uma história ou de uma paisagem, no quadro predominam sempre as oposições entre as linhas horizontais e as verticais. Todos os desvios são medidos em relação à forma primitiva pura.

Em contrapartida, o Barroco apresenta a tendência, não de reprimir esses elementos, mas de dissimular o seu contraste evidente. Uma estrutura tectônica demasiado nítida é vista pelo Barroco como algo rígido demais e contrário à ideia de uma realidade viva.

O século que precedeu a época clássica foi um período que explorou a tectônica de modo inconsciente. A rede do verticalismo e do horizontalismo pode ser percebida em quase todas as suas manifestações, se bem que a tendência da época estivesse antes em libertar-se dessas malhas. É curioso observar o quanto foram escassas as tentativas desses artistas primitivos no sentido de obterem um efeito decisivo das direções. Mesmo nos casos em que a linha perpendicular se apresenta em sua forma pura, ela se expressa sem qualquer vigor.

FORMA FECHADA E FORMA ABERTA   171

Quando afirmamos que o séc. XVI se caracteriza por uma forte tendência ao estilo tectônico, não queremos dizer que todas as suas figuras parecem, necessariamente – para usarmos uma expressão da linguagem popular –, ter engolido uma vareta, mas que a direção vertical predomina no conjunto do quadro e que a linha horizontal se apresenta igualmente nítida. As oposições são tangíveis e decididas, mesmo onde não se verifica o caso extremo de se cruzarem em ângulo reto. É típica a firmeza com que os artistas do século XVI representam agrupamentos de cabeças com ângulos variados de inclinação, e característico é também o modo como essa relação vai se transformando gradualmente num sentido atectônico e incomensurável.

Assim, a arte clássica não precisa recorrer exclusivamente às vistas frontal ou lateral, mas elas estão presentes e se impõem como norma. O importante não é a porcentagem de representação frontal no retrato do séc. XVI, mas o fato de um Holbein considerar natural esse tipo de representação, enquanto Ruysdael o vê como algo contrário à natureza.

Essa eliminação da geometria evidentemente altera a aparência da obra em todas as esferas. Para um clássico como Grünewald, a auréola que circunda o seu *Cristo ressuscitado* é, obviamente, um círculo. Rembrandt, mesmo visando reproduzir a mesma atmosfera solene, não poderia ter recorrido a essa forma geométrica sem parecer arcaico. A beleza viva não mais reside nas formas limitadas, mas nas ilimitadas.

O mesmo fenômeno verifica-se na história da harmonia das cores. Os contrastes cromáticos puros aparecem no momento em que surgem os contrastes de direção. O séc. XV ainda não os possui. Somente pouco a pouco, e paralelamente ao processo de afirmação do esquema tectônico de linhas, é que aparecem as cores que se intensificam mutuamente a partir dos contrastes, dando à tela uma sólida base colorida. Com a evolução do Barroco, decresce também a força dos contrastes diretos: as cores contrastantes continuam a ocorrer, mas o quadro não se estrutura de acordo com esse princípio de oposição.

2. A simetria também não foi a forma geral de composição do séc. XVI, mas ela se instaurou com facilidade e, mesmo quando não a encontramos elaborada de maneira tangível, percebe-

mos sempre a existência de um equilíbrio evidente entre as duas metades do quadro. O séc. XVII transformou esse equilíbrio estável em um equilíbrio instável: as duas metades do quadro já não são iguais, e a simetria pura somente é sentida pelo Barroco como algo natural dentro da esfera fechada das formas arquitetônicas; na pintura ela foi totalmente superada.

Sempre que se fala em simetria, pensa-se logo na atmosfera solene por ela suscitada. A simetria parecerá indispensável quando a intenção do artista for a de representar algo de forma mais monumental; ao contrário, dela se prescindirá quando se tratar de uma obra de concepção profana. Não há dúvida de que, nesse sentido, ela foi entendida como um motivo expressivo; no entanto existem variações dessa concepção que se prendem às diferenças de cada época. No séc. XVI também as cenas muito movimentadas foram subordinadas à simetria, sem que corressem o risco de parecerem mortas. O séc. XVII reserva essa forma aos momentos em que efetivamente se propõe a representar cenas solenes. Mais importante, porém, é a constatação de que, mesmo assim, a representação continua sendo atectônica. Desvinculada da base que possuía em comum com a arquitetura, a pintura não corporifica simetria em si, mas apenas a configura como uma propriedade passível de ser vista e cujos aspectos são variáveis. É perfeitamente possível a ocorrência de ordenações simétricas, mas o quadro, em si, não é estruturado simetricamente.

No altar de S. Ildefonso, de Rubens (Viena), as mulheres santificadas agrupam-se em pares ao lado da Virgem Maria. Toda a cena, entretanto, é vista em escorço, razão pela qual a regularidade que efetivamente caracteriza as formas transforma-se em uma aparente irregularidade.

Em *A ceia de Emaús* (Louvre), Rembrandt não quis omitir a simetria: Cristo está sentado bem no centro do grande nicho que se encontra na parede do fundo; o eixo do nicho, entretanto, não coincide com o do quadro, cuja metade da direita é mais larga do que a da esquerda.

A forte resistência à simetria pura pode ser muito bem depreendida daquelas adjunções unilaterais que o Barroco realizou com frequência em quadros desse estilo equilibrado, com o intuito de torná-los mais vivos. As galerias são ricas em exemplos

Fig. 66. Rembrandt. *A ceia de Emaús.*

dessa natureza[1]. Citamos, neste contexto, o caso ainda mais curioso de uma cópia barroca, realizada em relevo, da *Disputa*, de Rafael; nela, o copista simplesmente reduziu a largura de uma das

---

1. V. Pinacoteca de Munique, 169; Hamessen, Wechsler (1536), com a figura de Cristo acrescentada no séc. XVII.

Fig. 67. Rafael. *Disputa*.

metades, embora a composição clássica pareça extrair sua vida justamente da igualdade absoluta de suas partes.

Tampouco nesse sentido o séc. XVI pôde aceitar como um legado o esquema de seus antecessores. A ordenação rigorosa não é uma característica própria à arte dos Primitivos, e sim à dos Clássicos. No séc. XV essa ordenação é empregada sem rigor e, quando aparece em sua forma pura, tem um efeito vago. É que há simetrias e simetrias.

Em *A última ceia*, de Leonardo da Vinci, a forma simétrica adquire pela primeira vez uma configuração realmente viva, na medida em que o artista isola uma figura central e recorre a um tratamento contrastivo dos grupos laterais. Os pintores precedentes ou não permitiam que a figura de Cristo aparecesse como figura central, ou, pelo menos, não a acentuavam como tal. E o mesmo ocorre nos países do Norte. Em *A ceia*, de Dirk Bouts (Louvain), a figura de Cristo encontra-se bem no meio, e o centro da mesa é também o centro do quadro; no entanto, falta à ordenação a força tectônica.

Em outros casos, contudo, essa intenção de alcançar a simetria pura nem se verifica. *A primavera*, de Botticelli, é um quadro simétrico apenas aparentemente: a figura central não está no centro, o mesmo ocorrendo com *A adoração dos Reis Magos*, de Roger van der Weyden (Munique). São formas intermediárias que buscam a impressão de um movimento mais vivo, exatamente como o fizeram as obras caracterizadas por total assimetria, surgidas posteriormente.

Mesmo naquelas composições que não apresentam um centro determinado, a relação de equilíbrio no séc. XVI é muito mais sensível do que nas épocas precedentes. Nada parece ser mais simples nem mais natural para a sensibilidade dos Primitivos do que a justaposição de duas figuras equivalentes; no entanto, quadros como *Os pescadores de ouro*, de Massys (Louvre), não têm qualquer paralelo na arte arcaica. *A Virgem Maria com S. Bernardo*, do Mestre da Vida de Maria (Colônia), comprova a diferença: ao gosto clássico, esta obra sempre parecerá ligeiramente desequilibrada.

Mas o Barroco enfatiza conscientemente apenas um lado, e cria relações de equilíbrio oscilante, a fim de evitar a ausência total de equilíbrio. Comparem-se, para constatá-lo, os retratos duplos de Van Dyck com obras do mesmo gênero de Holbein e Rafael. A equivalência entre as duas figuras é sempre anulada, muitas vezes através de recursos quase imperceptíveis. E isto inclui aqueles casos em que não se trata de dois retratos em busto, mas, por exemplo, de dois santos, como os dois São João, de Van Dyck (Berlim), aos quais objetivamente deveria ser atribuído o mesmo valor.

No séc. XVI, a cada direção corresponde uma direção oposta: cada luz e cada cor encontra a sua compensação. O Barroco se compraz em deixar que uma direção prevaleça. Entretanto, cor e luz distribuem-se de tal modo que no lugar de plenitude resulta uma relação tensa.

Mesmo a arte clássica tolera o movimento em diagonal no quadro. Mas se Rafael, em seu *Heliodoro*, faz com que tenha origem, num dos lados, um movimento direcionado na diagonal para o interior do quadro, esse mesmo movimento retorna da profundidade, pelo outro lado, também na diagonal. A arte posterior transforma o movimento unilateral em um motivo. Assim, a ênfase luminosa se desloca em função do equilíbrio suspenso. É possível reconhecer de longe um quadro clássico no modo como os espaços claros são distribuídos regularmente sobre a tela, ou na maneira pela qual, num retrato, por exemplo, a luminosidade das mãos é contrabalançada pela luz que incide sobre a cabeça. O Barroco procede de outra forma. Sem dar uma impressão de desordem, ele pode fazer com que a luminosidade recaia apenas sobre um dos lados, no intuito único de sugerir uma tensão vibrante. Por outro lado, a arte barroca rejeita todo tipo de distribuição que conceda aos diversos elementos do quadro o mesmo grau de saturação. A tranquila paisagem fluvial com a *Vista de Dordrecht*, de Van Goyen (Amsterdam), onde a claridade mais intensa recai totalmente sobre uma borda do quadro, possui uma ordenação luminosa que não teria sido possível no séc. XVI, nem mesmo nos quadros em que tivesse procurado expressar uma emoção apaixonada.

A ruptura do sistema de equilíbrio no colorido pode ser exemplificada em obras como *Andrômeda*, de Rubens (Berlim), na qual uma luminosa massa carmim – o manto caído – ocupa o canto inferior direito, acentuando fortemente o caráter assimétrico da concepção. Outro exemplo encontra-se na *Suzana no banho*, de Rembrandt (Berlim): o vestido vermelho-cereja, colocado bem no canto direito, torna mais evidente a excentricidade da ordenação. Todavia, mesmo nos casos de disposições menos salientes, será possível perceber que o Barroco procura evitar a impressão da plenitude, própria da arte clássica.

3. No estilo tectônico, o conteúdo se adapta ao espaço existente, enquanto que, no estilo atectônico, a relação entre espaço e conteúdo torna-se aparentemente casual.

Fosse a tela redonda ou retangular, a época clássica ateve-se ao princípio de subordinar a vontade própria a dadas condições materiais, ou seja, de dar ao conjunto uma aparência tal, como se o conteúdo existisse em função daquela moldura e vice-versa. Linhas paralelas dão acabamento ao quadro e fixam as figuras na borda. Um busto pode vir acompanhado por arbustos ou por formas arquitetônicas; de qualquer maneira, o retrato apresenta-se agora mais firmemente ancorado no fundo do espaço do que anteriormente, quando essa relação era de certa forma indiferente para o artista. Pode-se notar que, nas telas que representam o Cristo crucificado, o pintor aproveita o vigamento da cruz para atribuir maior estabilidade à figura no interior do quadro. Toda a paisagem apresentará uma tendência a consolidar-se na borda do quadro por meio de árvores isoladas. Uma sensação totalmente nova apodera-se daquele que, tendo estudado a arte dos Primitivos, contempla as extensas paisagens de Patenier e observa como as linhas verticais e horizontais se assemelham ao caráter tectônico da moldura.

Em contrapartida, mesmo as paisagens rigorosamente construídas de um Ruysdael são notadamente marcadas pelo propósito de registrar uma imagem estranha à sua moldura: não se deve ter a impressão de que essa imagem seja determinada pela moldura. A imagem liberta-se da relação tectônica ou, pelo menos, não permite que ela continue a atuar, senão veladamente. As árvores ainda crescem em direção ao céu, mas o artista procura evitar que se estabeleça uma consonância com as linhas perpendiculares da moldura. A esse propósito, veja-se até que ponto a *Alameda de Middelharnis*, de Hobbema, perdeu o contato com as linhas de moldura!

O fato de a arte antiga trabalhar tão frequentemente com bases arquitetônicas significa que, nesse mundo de formas, ela encontrava um material semelhante ao plano tectônico. É bem verdade que o Barroco não renunciou à arquitetura, mas é com prazer que ele rompe a sua austeridade com drapejamentos e outros recursos análogos: a coluna, enquanto forma vertical, não deve manter qualquer relação com as linhas verticais da moldura.

O mesmo ocorre com a figura humana: seu conteúdo tectônico também é dissimulado na medida do possível. É à luz dessa observação que devem ser apreciadas as obras do período de transição, que rompem violentamente com a corrente estilística vigente. Dentre elas estão *As três graças*, de Tintoretto (Palácio dos Doges), que se movimentam indisciplinadamente no espaço retangular da tela.

O reconhecimento da moldura, ou a negação dela, traz consigo um outro problema: em que medida o motivo é expresso dentro da moldura ou interrompido por ela? Também ao Barroco não foi possível resistir à necessidade natural de uma visibilidade completa; contudo, os artistas desse período procuraram evitar que os limites do quadro coincidissem abertamente com os de seu conteúdo material. É necessário fazer uma distinção: a arte clássica evidentemente também não conseguiu evitar que a borda do quadro recortasse a imagem. Apesar disso, a imagem mostra-se em sua plenitude, exatamente porque é capaz de veicular ao observador todo o essencial, uma vez que os recortes atingem apenas os objetos de importância secundária. Os artistas que surgiram mais tarde procuraram obter o efeito de um recorte violento, se bem que, na realidade, também não sacrificassem nada de especial (o que seria deveras desagradável) para consegui-lo.

Na gravura de Dürer representando São Jerônimo, o espaço permanece aberto do lado direito e ocorrem alguns recortes ligeiros, mas o conjunto do quadro afigura-se totalmente fechado: à esquerda, um pilar lateral emoldura a cena; o vigamento do teto, acima, parece exercer a mesma função do pilar, e os degraus do primeiro plano dispõem-se paralelamente à borda inferior do quadro; os dois animais, representados de corpo inteiro, adaptam-se exatamente à largura da cena, e no canto superior direito acha-se pendurada uma abóbora, perfeitamente visível, encerrando e completando a cena. À guisa de comparação, passemos à análise de um interior de Pieter Janssens* (Pinacoteca de Munique): a disposição (em sentido contrário) em muito se assemelha àquela de Dürer: um dos lados permanece aberto. Entretanto, tudo foi transformado pelo senso atectônico. Falta o vigamento do teto que coincide com a borda do quadro e da cena: o teto é parcialmente recortado. Também não existe um pilar lateral: o canto do aposento não pode ser visto totalmente; do outro lado, uma cadeira sobre a qual há uma peça de roupa acha-se fortemente recortada. No lugar onde pendia a abóbora, o quadro encontra o canto com uma meia-janela e – diga-se de passagem – em vez do paralelismo tranquilo formado pelos dois animais observam-se aqui dois tamancos atirados a esmo no primeiro plano. Apesar de todos os recortes e de todas as incongruências, o quadro não dá a impressão de ser ilimitado. O espaço fechado aparentemente por acaso constitui uma unidade perfeitamente satisfatória.

4. Já nos referimos à ordenação tectônica de *A última ceia*, de Leonardo da Vinci, na qual Cristo, figura central e enfatizada, está sentado entre grupos simétricos laterais. Contudo, o fato de esse mesmo Cristo ser reproduzido, ao mesmo tempo, também em harmonia com as formas arquitetônicas que o acompanham, representa algo totalmente diferente e inovador: ele não está apenas sentado no centro do espaço, mas sua figura coincide tão perfeitamente com a luz que vem da porta central, que adquire extraordinário realce e ele aparece como que envolto por uma espécie de auréola. Naturalmente também o Barroco considerava desejável esse destaque das figuras, obtido através do ambiente ou dos objetos circundantes; indesejável era apenas que essa coincidência de formas se manifestasse de maneira demasiado evidente e intencional.

O motivo de Leonardo não é o único; ele é retomado por Rafael em uma obra significativa, *A escola de Atenas*. No entanto, nem mesmo para o Alto Renascimento italiano ele é imprescindível. Estruturações mais livres não apenas são permitidas, como representam a maioria dos casos. Para nosso estudo, o importante é o fato de essa disposição ter sido possível um dia, passando a ser inviável posteriormente. A prova cabal disto está nas telas de Rubens, representante típico do Barroco de cunho italiano na arte setentrional. Ele evita a disposição simétrica, e esse desencontro dos eixos não é sentido agora como um desvio da forma rígida – tal como ocorria no séc. XVI – mas simplesmente como algo natural. Uma outra disposição teria sido considerada insuportavelmente "artificial" (V. *Abraão e Melquisedeque*, fig. 38).

Um pouco mais tarde reencontramos em Rembrandt a tentativa de assegurar as vantagens do período clássico italiano, no sentido de preservar o aspecto monumental das obras. Entretanto, embora a figura de seu Cristo, em *A ceia de Emaús*, se encontre sentada no centro do nicho, inexiste a perfeita consonância entre este e a personagem: ela submerge na imensidão do espaço. E embora em outro exemplo – no grande *Ecce homo* em formato retangular (gravura) – ele construa uma arquitetura simétrica, cla-

Fig. 68. Janssens. *Mulher lendo*.

ramente inspirada em modelos italianos, e cujo fôlego possante anima as pequenas figuras, o mais interessante é o fato de ele, apesar de tudo, conferir à composição tectônica a aparência do fortuito.

5. O conceito definitivo do estilo tectônico deve ser procurado numa regularidade que apenas em parte se deve à observância dos ditames da geometria, mas que se manifesta muito claramente no traçado da linha, na disposição da luz, na graduação de perspectiva etc., dando a impressão de um todo vinculado a normas.

O estilo atectônico não chega a libertar-se totalmente de determinadas regras, mas a ordenação em que se baseia é tão mais livre, que parece perfeitamente cabível falarmos de uma oposição entre regra e liberdade.

Quanto ao traçado da linha, já nos referimos anteriormente à oposição existente entre um desenho de Dürer e um desenho de Rembrandt. Mas a regularidade do traço, no primeiro, e o ritmo quase indefinível das linhas, no segundo, não podem ser explicados diretamente a partir das categorias do linear e do pictórico: o fenômeno deve ser analisado também sob o ponto de vista dos estilos tectônico e atectônico. O fato de a folhagem pictórica delinear-se no quadro através de manchas, e não de formas bem delimitadas, insere-se certamente nesse contexto. Mas as manchas em si não são o único fator relevante: igualmente decisiva é a sua distribuição na medida em que nela predomina um ritmo completamente diferente, muito mais livre do que em todos os modelos lineares do desenho clássico de árvores, diante das quais temos sempre a impressão de uma regularidade vinculada a determinadas regras.

A chuva de ouro pintada por Mabuse em sua *Dânae*, de 1527 (Munique), é uma chuva estilizada segundo o senso tectônico, na qual não apenas cada uma das gotas é representada por um pequeno traço reto, como também é regular a ordenação do conjunto. Embora daí não resultem configurações geométricas, a imagem difere essencialmente de qualquer outra representação de água gotejante realizada por um artista do Barroco. Compare-se, por exemplo, a água que transborda da fonte na obra *Diana e as ninfas surpreendidas por Sátiro*, de Rubens (Berlim).

Da mesma maneira, as luzes, num busto de Velásquez, não apenas possuem as formas ilimitadas que caracterizam o estilo pictórico, como também movimentam-se numa dança muito mais livre do que em qualquer disposição luminosa da época clássica. É bem verdade que ainda subsiste um sistema de regras sem o qual não haveria ritmo, mas essas regras são de outra natureza.

Todos os elementos de um quadro podem ser analisados dessa maneira. Como sabemos, o espaço, na arte clássica, divide-se em setores, sendo que essa divisão está subordinada a determinadas regras. "Ainda que os objetos que se encontram diante de meus olhos", diz Leonardo[2], "se sucedam uns aos outros numa sequência contínua e ininterrupta, nem por isso deixarei de aplicar a minha regra (das distâncias) de 20 em 20 varas, da mesma forma que o músico estabelece ligeiras graduações (os intervalos) entre um tom e outro, se bem que estes, na realidade, estejam intimamente ligados". As medidas exatas oferecidas por Leonardo não precisam ser obrigatoriamente seguidas, mas também nos quadros nórdicos do séc. XVI a estratificação por planos distintos é visivelmente regida pela lei da sequência. Em contrapartida, um motivo como o do primeiro plano de dimensões exageradas tornou-se viável só no momento em que o artista não mais buscou a beleza na igualdade das proporções, e foi capaz de apreciar um ritmo abrupto. Nada disso, evidentemente, constitui uma anormalidade, ou seja, também esse estilo está subordinado a determinadas regras; elas não produzem, contudo, o efeito de uma proporcionalidade óbvia à primeira vista, motivo pelo qual sugerem uma ordem liberada.

O estilo da forma fechada é um estilo arquitetônico. Ele constrói, assim como a natureza constrói, procurando na natureza tudo aquilo com que possui um certo parentesco. A preferência pelas formas primitivas da vertical e da horizontal alia-se à necessidade de uma limitação, de uma ordem, de uma lei. Nunca a simetria da figura humana foi sentida com tanta intensidade como naquela época; nunca a proporcionalidade fechada e a oposição entre as direções vertical e horizontal foram expressas com mais energia. Por toda a parte, o estilo busca os elementos sólidos e perenes da forma. A natureza é um cosmos, e a beleza é a lei revelada[3].

No estilo atectônico decresce o interesse pelo que é construído e fechado em si mesmo. O quadro deixa de ser uma obra da arquitetura. Na figura, os momentos arquitetônicos são secundários. O elemento formal significativo não está na estrutura, mas no impulso que movimenta e faz fluir a rigidez das formas. No primeiro caso, têm validade os valores do ser; no segundo, passam a prevalecer os valores da transformação. Lá, a beleza está no limitado; aqui, no ilimitado.

---

2. Leonardo da Vinci, *Trattato della pittura*.
3. Cf. L. B. Alberti, *De re aedificatoria*, lib. IX, *passim*.

Novamente esbarramos em conceitos que, por detrás das categorias estéticas, revelam uma visão de mundo diferente.

3. Considerações sobre os temas

Ao estudioso das obras do séc. XV, os retratos dos mestres clássicos oferecem um espetáculo totalmente novo, pois a imagem apresenta agora uma estabilidade muito maior. Tudo contribui para que esse efeito seja obtido: a ênfase nos contrastes formais determinantes, a colocação da cabeça na vertical, o emprego de formas acessórias que funcionam como pontos de apoio tectônicos, a utilização de arbustos simétricos, são alguns dos recursos empregados. Considerando-se, por exemplo, o *Retrato de Jehan Carondolet*, de Barend van Orley*, o observador não tardará a se convencer do quanto a concepção está condicionada pelo ideal de uma estrutura tectônica rígida; além disso, ele perceberá também que o paralelismo entre a boca e os olhos, queixo e osso molar, é enfatizado e realçado pelos contrastes da direção das verticais, claramente pronunciadas. A horizontal é sublinhada pelo barrete e repetida no motivo do braço em repouso e do parapeito da parede; as formas que se elevam são sustentadas pelas grandes linhas verticais do quadro. Em toda parte evidencia-se a afinidade entre a figura e a base tectônica. O conjunto do quadro adapta-se de tal modo ao plano, que parece irremovível e imutável. Esta impressão impõe-se igualmente nos retratos em que a cabeça não é vista no sentido da largura: a regra, entretanto, continua a ser a posição vertical, e no contexto dessa concepção compreende-se que também a pura frontalidade era sentida como uma forma natural, e não como algo premeditado. O autorretrato de Dürer, em Munique – uma imagem frontal absoluta –, não significa uma profissão de fé apenas em nome do artista, mas também em nome da nova arte tectônica. Holbein, Aldegrever, Bruyn – todos seguiram o seu exemplo.

Ao tipo vigente no séc. XVI, solidamente fechado em si mesmo, opomos o tipo barroco, representado pelo retrato de *Hendrik van Thulden*, de Rubens*. O primeiro contraste que se destaca é a ausência de uma postura determinada. É preciso ter o

Fig. 69. Van Orley. *Retrato de Jehan Carondolet.*

cuidado, porém, de não julgar os dois quadros, quanto à sua expressão, a partir de um mesmo critério, como se nas duas obras os modelos tivessem sido caracterizados através dos mesmos recursos. A personagem de Rubens é construída sobre fundamentos totalmente diferentes. O sistema de horizontais e verticais não é propriamente abolido, mas o artista, deliberadamente, torna-o insignificante. O propósito não está em evidenciar as relações geométricas com todo o seu vigor, mas em atenuá-las. No desenho da cabeça, o elemento tectônico e simétrico é coibido. A superfície do quadro continua a ser retangular, mas não existe qualquer relação entre a figura e o sistema de eixos; do mesmo modo, no plano posterior quase nada é feito no sentido de ajustar a forma à moldura. Pelo contrário, o artista procura criar a impres-

Fig. 70. Rubens. *Retrato de Hendrik van Thulden*.

são de que a moldura nada tem a ver com o conteúdo. O movimento se propaga na diagonal.

    É natural que se evite o aspecto frontal; o verticalismo, porém, é inevitável. No Barroco, também existem pessoas "eretas". Curiosamente, porém, a vertical perdeu o significado tectônico. Por mais nítida que se delineie, ela já não está de acordo com o sistema do conjunto. Compare-se, por exemplo, a meia-figura de *Bela*, de Ticiano, no Palazzo Pitti, com a *Luigia Tassis*, de Van Dyck, no Palácio de Liechtenstein: no primeiro caso, a figura vive dentro de um conjunto tectônico, do qual recebe e ao qual empresta força; no segundo, a figura é estranha à base tectônica. Lá, a figura apresenta algo de imóvel; aqui, ela está em movimento.

Fig. 71. Van Scorel. *Madalena*.

Do mesmo modo, a história da figura masculina pedestre é, desde o séc. XVI, a história de um afrouxamento progressivo da relação entre moldura e conteúdo. Em Terborch, quando o artista dispõe suas figuras pedestres no espaço vazio, a relação entre o eixo da figura e o do quadro parece ter-se diluído por completo.

A representação de uma *Madalena* sedestre, de Scorel*, leva-nos a discussões que extrapolam o âmbito do retrato. Certamente nada obrigava o pintor a optar por determinada postura; entretanto, considerando-se o momento histórico, era evidente que o movimento retilíneo e a posição ereta haveriam de determinar o quadro. Ao verticalismo da figura responde o verticalismo da árvore e das rochas. A posição sentada é um motivo que encerra a direção oposta, ou seja, a horizontal, que se repete na paisagem e nos ramos das árvores. O encontro dessas direções opostas que formam entre si ângulos retos confere à imagem não apenas uma

Fig. 72. Guido Reni. *Madalena*.

estabilidade maior, como também o caráter de algo fechado em si mesmo. A repetição de relações análogas contribui para suscitar a impressão de que plano e conteúdo são interdependentes.

Se compararmos com esse trabalho de Scorel uma obra de Rubens, que repetidas vezes explorou o tema da mulher sentada, recorrendo à figura de Madalena, perceberemos que as diferenças apontadas aqui são análogas àquelas que constatamos ao tratarmos do retrato do dr. Thulden. Mas se dos Países Baixos passamos à Itália, veremos que um Guido Reni*, embora sendo um pintor moderado, apresentará também o mesmo afrouxamento da rigidez formal do quadro em favor da concepção atectônica. Os ângulos retos da tela, enquanto princípios ativos e determinantes da forma, já são basicamente negados. A corrente principal desenvolve-se na diagonal, e embora a distribuição das massas ainda não se tenha distanciado muito do equilíbrio renascentista, basta recordar a obra de Ticiano para se perceber o caráter barroco dessa *Madalena*. Aqui, a postura descontraída da penitente não é o mais importante. É bem verdade que a versão espiritual do motivo difere da concepção do séc. XVI, mas tanto o caráter vigoroso como a brandura seriam desenvolvidos agora sobre bases atectônicas.

Nenhuma nação representou o nu em estilo tectônico de maneira tão convincente quanto a Itália. Poder-se-ia dizer que este estilo nasceu da contemplação do corpo, e que a única forma de se fazer justiça à maravilhosa estrutura do corpo humano seria considerá-lo uma *sub specia architectural*. Essa crença, porém, irá desfazer-se no momento em que se verificar o que artistas como Rubens ou Rembrandt conseguiram realizar com a mesma realidade, partindo de uma forma de contemplação diferente, e quando se constatar que, mesmo nessa concepção, a natureza parece ter sido representada em toda a sua plenitude.

Ilustramos o que foi exposto com um exemplo modesto, mas claro, de Brescianino*. Comparada com as figuras do *Quattrocento*, como por exemplo a *Vênus* de Lorenzo di Credi (fig. 4), tem-se a impressão de que nessa obra a linha reta foi descoberta pela primeira vez. Em ambos os casos trata-se de figuras pedestres, mas no séc. XVI a vertical adquiriu uma nova importância. Assim como simetria e simetria não significam sempre a mesma coisa, também o conceito de linha reta pode ser interpretado de diversas maneiras. Existe uma acepção rigorosa do termo, e outra mais livre. À parte todas as diferenciações qualitativas no âmbito da imitação, a obra de Brescianino possui um manifesto caráter tectônico, que condiciona tanto a disposição geral na superfície do quadro, como a representação da estrutura formal no próprio corpo. A figura reduz-se a um esquema, de sorte que entre os componentes formais se estabelecem contrastes elementares, tal como ocorre no desenho de uma cabeça isolada; o conjunto do quadro é dominado por forças tectônicas. O eixo da figura e o do quadro reforçam-se mutuamente. O braço erguido e a mulher que se contempla no esmalte da concha dão origem a uma imaginária linha horizontal pura que, por sua vez, intensifica poderosamente o efeito da vertical. Em tal concepção de figura, o acompanhamento arquitetônico (nicho e degraus) parecerá sempre algo absolutamente natural. Obedecendo a impulso semelhante, porém sem concretizá-lo de forma tão rigorosa, Dürer, Cranach e Orley, no norte da Europa, pintaram suas Vênus e suas Lucrécias, cuja importância, do ponto de vista histórico-estilístico, se revela sobretudo à luz da concepção tectônica do quadro.

Fig. 73. Piccinelli, conhecido como "del Brescianino" (obra anteriormente atribuída a Franciabigio). *Vênus*.

Posteriormente, quando Rubens passa a desenvolver essa temática, é surpreendente a rapidez e a naturalidade com que os quadros perdem o caráter tectônico. Em sua *Andrômeda*, com os braços algemados acima da cabeça, o artista não evita a vertical e, no entanto, o resultado não produz qualquer efeito de natureza tectônica. As linhas do espaço retangular de tela não mais parecem relacionadas com a figura. As distâncias entre a figura e a moldura não mais atuam como valores constitutivos da imagem. O corpo, embora visto de frente, não extrai essa frontalidade da superfície do quadro. Os contrastes de direção são eliminados; no corpo, o elemento tectônico manifesta-se apenas de modo dissimulado, parecendo originar-se da profundidade. A ênfase do efeito deslocou-se para o outro lado.

Os quadros de caráter solene, sobretudo os que representam santos, parecem estar sempre destinados a depender de uma postura tectônica. Entretanto, embora a simetria continuasse a ser largamente empregada no séc. XVII, esse tipo de composição já não era obrigatório para a construção do quadro. A ordenação das figuras pode ter sido concebida simetricamente, mas o conjunto do quadro subtrai-se à simetria. Um grupo simétrico de figuras representado em escorço – tão ao gosto do Barroco – simplesmente não resulta em um quadro simétrico. Contudo, à parte do escorço, esse estilo dispõe de recursos suficientes para conscientizar o observador de que o espírito da representação não é tectônico, ainda que, até certo ponto, sejam permitidas algumas simetrias. Na obra de Rubens encontram-se vários exemplos elucidativos desse tipo de composição simétrica-assimétrica. Mas até mesmo desvios muito pequenos ou leves distorções no equilíbrio já são suficientes para impedir que se imponha o feito de uma ordenação tectônica.

Fig. 74. Rubens. *Andrômeda*.

Quando Rafael pintou o *Parnaso* e *A escola de Atenas*, pôde apoiar-se na convicção geral de que, para esses conjuntos que representavam uma atmosfera ideal, o mais apropriado seria o esquema rígido, de centro determinado. Poussin seguiu o exemplo de Rafael para pintar o seu *Parnaso* (Madri); no entanto, apesar da admiração que nutria por Rafael, e tendo vivido no séc. XVII, o artista deu à sua época exatamente aquilo que ela exigia: valendo-se de recursos imperceptíveis, Poussin transportou a simetria para os domínios da atectônica.

Evolução análoga processou-se na arte holandesa, com relação às cenas militares, ricas em figuras. *A ronda da noite*, de Rembrandt, tem os seus antecedentes do *Cinquecento* em quadros puramente tectônicos e simétricos. Naturalmente não se poderá dizer que o quadro de Rembrandt representa a dissolução de um antigo esquema simétrico: seu ponto de partida é outro. O fato é que, para a arte do retrato, a composição simétrica (com uma figura central e uma distribuição regular das cabeças em ambos os lados) foi considerada, em determinada época, a forma mais adequada de composição, enquanto o séc. XVII, mesmo nos casos em que pretendia representar cenas cerimoniosas e pomposas, simplesmente negou a esse tipo de representação o poder de reproduzir a vida.

O Barroco também renunciou a esse esquema nos quadros alusivos à história sagrada e profana. Nem mesmo na arte clássica, a disposição em torno de um único centro foi a forma padronizada dentro da qual os acontecimentos deviam ser representados – a composição segundo princípios tectônicos é perfeitamente provável, sem que se enfatize o eixo central; entretanto, essa disposição em torno de um centro surge com frequência e sempre parece determinar um caráter de monumentalidade. Se analisarmos a *Ascensão de Maria*, de Rubens (fig. 85), perceberemos que o artista busca a atmosfera solene tanto quanto Ticiano ao trabalhar o mesmo tema. Porém, o que era natural no séc. XVI, isto é, destacar a figura principal no eixo central do quadro, já não pode mais ser aceito por Rubens. Ele elimina a vertical clássica, dando ao seu movimento uma direção oblíqua. Foi imbuído desse mesmo espírito que o artista transpôs para o estilo atectônico o eixo tectônico de *O juízo final*, empregado por Michelangelo.

Repetindo: a composição em torno de um centro significa apenas uma intensificação isolada do elemento tectônico. É possível, portanto, optar por tal versão, quando se pretende representar uma Adoração dos Magos – Leonardo a fez, e existem no Norte e no Sul quadros famosos que seguem esse modelo (v. Cesare da Sesto, em Nápoles, e o Mestre da Morte de Maria, em Dresden). Por outro lado, é igualmente possível realizar uma composição acêntrica sem que se caia, necessariamente, no estilo tectônico. Na arte setentrional, esta é a forma de composição preferida (v. *A adoração dos Reis Magos*, de Hans von Kulmbach, no Museu de Berlim), mas ela é, também, familiar ao *Cinquecento* italiano. As tapeçarias de Rafael contam igualmente com as duas possibilidades. A liberdade relativa que aqui se manifesta afigura-se tolhida por regras quando comparada com a descontração própria do Barroco.

O modo como o espírito da tectônica se impõe também nas cenas idílico-campestres evidencia-se claramente num pequeno quadro como o *Descanso na fuga para o Egito*, de Isenbrant*. Tudo é elaborado em função do efeito tectônico da figura central. Não basta a ordenação em torno do eixo: a vertical é apoiada pelos lados e prolongada até o fundo; a formação do solo e do fundo contribui para que também seja enfatizada a direção oposta. Por tudo isto é que a pequena obra, apesar da modéstia do motivo representado, passa a integrar a grande família de *A escola de Atenas*. Mas o esquema continua a existir, embora inexista qualquer ênfase sobre o eixo central, à semelhança do que podemos observar no quadro de Coecke van Aelst*, um aluno de Barend van Orley. Nesse caso, as figuras foram desviadas para o lado, sem que isto abalasse o equilíbrio da obra. É claro que muito depende da árvore: ela não se ergue precisamente no centro, mas é possível perceber a localização exata do eixo central, apesar do desvio. O tronco não é uma linha vertical matemática, mas sua afinidade com as linhas da borda da tela é evidente. A planta toda encaixa-se perfeitamente no plano do quadro, o que já é suficiente para se determinar o estilo.

É nas paisagens que se observa claramente em que medida a importância atribuída aos valores geométricos no quadro é a principal responsável pela determinação de seu caráter tectônico. Todas as paisagens do séc. XVI são construídas no sentido da vertical e da horizontal; essa construção, embora pareça absoluta-

Fig. 75. Rubens. *Maria com santos* (gravado por H. Snyers).

mente "natural", deixa transparecer com nitidez a sua relação íntima com a obra arquitetônica. A estabilização do equilíbrio das massas e a imobilidade de todos os elementos que preenchem a tela complementam a impressão. Para uma melhor compreensão, permitam-me os leitores fazer uso de um exemplo que não é exa-

Fig. 76. Isenbrant. *Descanso na fuga para o Egito*.

tamente uma paisagem, mas que, por isso mesmo, demonstra tanto mais claramente o cunho da arte tectônica: o *Batismo de Cristo*, de Patenier (fig. 78).

Em primeiro lugar, o quadro é um exemplo magnífico do estilo de representação no plano. A figura de Cristo juntamente com a de S. João Batista com o braço erguido encontram-se num mesmo plano. A árvore na borda do quadro encaixa-se no mesmo

Fig. 77. Coecke van Aelst (obra anteriormente atribuída a Van Orley). *Descanso na fuga para o Egito*.

setor. Um manto (marrom) estendido no chão forma o traço de união. Formas diversas, vistas no sentido da largura, preenchem todo o fundo em camadas paralelas. A atmosfera é determinada pela figura de Cristo.

Mas a estruturação do quadro também poderá ser interpretada como manifestação do estilo tectônico. Neste caso, teremos

Fig. 78. Patenier. *Batismo de Cristo*.

que partir da verticalidade absoluta da figura de Cristo e observar como essa direção é realçada por direções opostas. A árvore está em perfeita consonância com a borda do quadro, de onde recebe todo o seu vigor, e, ao mesmo tempo, remata a cena. A horizontalidade das camadas da paisagem está igualmente em harmonia com as linhas que delimitam as partes superior e inferior da tela. Em paisagens representadas posteriormente esse tipo de efeito nunca mais se verifica. As formas opõem-se à moldura, o enfoque parece escolhido ao acaso e o sistema de eixos não é acentuado. Para tanto, não é necessário que se empre-

Fig. 79. Ruysdael. *Vista de Haarlem*.

guem recursos violentos. Em *Vista de Haarlem*, por diversas vezes citada, Ruysdael apresenta-nos uma paisagem plana com um horizonte calmo e profundo. Parece inevitável que esta linha, fortemente expressiva, se imponha como um elemento tectônico. Mas a impressão é bem outra: percebemos apenas a amplidão sem limites do espaço, independente de molduras, e o quadro constitui o modelo típico para aquela beleza do infinito que haveria de ser captada em sua plenitude somente a partir do Barroco.

Fig. 80. Bouts. *Retrato de um desconhecido*.

4. O histórico e o nacional

Para que se compreenda o significado histórico desses dois conceitos polivalentes, é necessário abandonar a ideia de que o estágio primitivo da arte tenha sido o único realmente vinculado à forma tectônica. É bem verdade que existem limitações tectônicas para os Primitivos; mas, se levarmos em consideração tudo o que já foi exposto antes, compreenderemos que a arte somente se tornou efetivamente rigorosa quando alcançou a liberdade plena. A pintura antiga nada possui que, em termos de conteúdo tectônico, possa ser comparado com *A última ceia*, de Leonardo da

Vinci, ou *A pesca milagrosa*, de Rafael. Uma cabeça de Dirk Bouts*, do ponto de vista arquitetural, apresenta uma estruturação flexível, se comparada com a formação sólida das cabeças de um Massys, ou de um Orley*. A obra-prima de Roger van der Weyden, o *Altar dos três Reis Magos*, em Munique, revela uma determinada incerteza e uma oscilação em suas linhas diretrizes, se comparada ao sistema de eixos simples e claros do séc. XVI; à cor falta aquele caráter denso, resultante dos contrastes elementares que se mantêm reciprocamente em equilíbrio. Mesmo na geração seguinte, um artista como Schongauer ainda está muito distante da plenitude tectônica dos clássicos. A sensação que se tem é de que nada está solidamente ancorado. As verticais e as horizontais não se ajustam. A parte frontal não recebe qualquer ênfase; a simetria é pouco expressiva e a relação entre plano e conteúdo tem algo de casual. Prova disto é o *Batismo de Cristo*, de Schongauer, que se poderia comparar com a composição clássica de Wolf Traut (Museu Germânico, Nürnberg): na figura principal, vista de frente e elaborada em torno de um centro, a obra constitui, numa concepção particularmente rígida, o tipo característico do séc. XVI, que não pôde ser mantido por muito tempo no norte da Europa.

Enquanto a forma rigorosamente fechada era sentida pelos italianos como a mais viva, a arte germânica, sem deter-se nas formulações mais recentes, lança-se de pronto ao fundo das formas livres. Altdorfer nos surpreende aqui e acolá com uma sensibilidade tão livre, que parece quase impossível inseri-lo numa sequência histórica. Entretanto, esse artista também não se distanciou do ideal de sua época. Ainda que o *Nascimento de Maria* (Pinacoteca de Munique) pareça contradizer toda a ordem tectônica, é inegável que a disposição do círculo de anjos no quadro, bem como a posição central do grande anjo que conduz o turíbulo, frustraria qualquer tentativa de situar a composição em um contexto posterior.

Na Itália, Correggio é o artista que, como se sabe, rompe muito cedo com os ideais da forma clássica. Ao contrário de Paolo Veronese, por exemplo, ele não trabalha com desvios isolados que ainda deixam transparecer as regras do sistema tectônico: o artista é íntima e espontaneamente guiado por um senso atectônico. De qualquer forma, estes são os primórdios, e não seria justo avaliar esse pintor da Lombardia segundo os padrões romano-florentinos. Todo o norte da Itália sempre se reservou o direito de formar um juízo próprio acerca do que seja uma forma rigorosa ou flexível.

Não se pode escrever uma história do estilo tectônico, sem levar em consideração as diferenças nacionais e regionais. O norte, como dissemos, sempre possuiu uma sensibilidade mais voltada para a atectônica do que a Itália. Direção e "regra" tendem a ser interpretadas pelo norte como elementos destruidores da vida. Sua beleza característica não é a beleza do limitado e fechado em si mesmo, mas do ilimitado e do infinito.

ESCULTURA

É óbvio que a figura esculpida, como tal, não está subordinada a condições diferentes daquelas que determinam a figura representada em uma tela. O problema da tectônica e atectônica torna-se específico para a escultura somente no que se refere à colocação da estátua, ou melhor, no que concerne à sua relação com a arquitetura.

Não há estátua livre que não tenha suas raízes na arquitetura. O pedestal, o apoio numa parede, a orientação espacial – tudo são momentos arquitetônicos. Aqui se verifica algo semelhante àquilo que observamos na relação entre conteúdo e moldura de um quadro: após um período de consideração mútua, os elementos começam a tornar-se estranhos uns aos outros. A figura liberta-se do nicho, ela se recusa a aceitar a vinculação com o muro atrás de si; quanto menos perceptíveis se tornam os eixos tectônicos em sua forma, tanto mais tênue fica sua afinidade com qualquer tipo de base arquitetônica.

Voltemos às figuras 28 e 29. À figura de Puget faltam as verticais e as horizontais; tudo são linhas diagonais que, assim, fogem do sistema arquitetônico do nicho. Tampouco o espaço do nicho é respeitado: suas bordas são seccionadas e o primeiro plano é invadido pelas formas da escultura. Mas essa irregularidade ainda não significa arbitrariedade. O elemento atectônico só adquire expressividade na medida em que se destaca de um elemento contrastante, razão pela qual esse anseio barroco pela liberdade é algo diferente da atitude flexível dos Primitivos, que não sabem o que fazem. O fato de Desiderio simplesmente colocar alguns meninos portando brasões ao pé dos pilares do túmulo de Marsuppini, sem incorporá-los efetivamente à construção, constitui o indício de uma tendência tectônica ainda não desenvolvida. Por outro lado, o modo como o Barroco entrecorta com suas estátuas as partes de uma construção representa uma negação consciente das limitações tectônicas. Na igreja romana de Santo André, no Quirinal, Bernini faz com que o santo titular se alce do tímpano para o espaço livre. Pode-se argumentar que esse efeito é consequência da representação do movimento; contudo, mesmo em se tratando de motivos absolutamente tranquilos, o séc. XVII não admite mais a divisão tectônica por setores, nem a consonância perfeita entre estátua e ordenação arquitetônica. Apesar disso, não há qualquer contradição no fato de essa mesma escultura atectônica não poder separar-se da arquitetura.

Assim como a completa integração da estátua clássica no plano pode ser interpretada como um motivo tectônico, também a rotação da estátua, realizada no Barroco de modo a libertá-la do plano, deverá corresponder ao gosto atectônico. Para os casos em que as figuras se dispõem em fileiras, seja em altares, seja ao longo de uma parede, a regra é que essas estátuas formem um ângulo com o plano principal. Inerente ao encanto de uma igreja do Rococó é o fato de as figuras se libertarem do plano, dele desabrochando como uma flor.

Somente com o classicismo renasce a arte tectônica. Para não falarmos de outras manifestações, citemos apenas a seguinte: quando Klenze edificou a sala do trono da Residência, em Munique, e Schwanthaler esculpiu os antepassados da família real, ambos não tiveram a menor dúvida de que as estátuas e as colunas deviam necessariamente estar emparelhadas. Na Sala Imperial do convento Ottobeuren, a arte do Rococó resolveu a mesma questão dispondo as estátuas de tal maneira que, em cada grupo de duas, uma se voltasse ligeiramente em direção à outra. Essa disposição permitiu que as estátuas parecessem independentes do alinhamento da parede, sem perderem com isso a condição de figuras murais.

ARQUITETURA

A pintura *pode*, a arquitetura *precisa* ser tectônica. A pintura somente desenvolve seus valores próprios no momento em que se separa da tectônica; para a arquitetura, a supressão da estrutura tectônica significaria a negação de si mesma. Na pintura, o emolduramento é o único elemento que, na realidade, pertence por natureza à tectônica. Todavia, a evolução processa-se exatamente no sentido de emancipar a imagem da moldura. A arquitetura é tectônica por excelência; apenas a decoração parece poder comportar-se mais livremente.

Não obstante, o abalo sofrido pela tectônica nas artes plásticas registrou-se de um modo análogo no âmbito da arquitetura. Se não nos parece apropriado falarmos de uma fase atectônica, por outro lado nada há a objetar contra o conceito "forma aberta", em oposição a "forma fechada".

As formas sob as quais se manifesta esse conceito são muito variadas. Para que se tenha uma noção clara dessas manifestações, convém separá-las em grupos.

Primeiramente, o estilo tectônico é o estilo da ordenação rígida, claramente vinculada a determinadas regras; em contrapartida, o estilo atectônico é o estilo no qual a observância das regras é mais ou menos dissimulada, e a ordenação se apresenta menos rígida. No primeiro caso, o centro vital de todo o efeito reside na inevitabilidade da estruturação, na absoluta imutabilidade; no segundo, a arte joga com a aparente ausência de regras. Ela joga, pois em sentido estético a forma, evidentemente, é imprescindível a toda e qualquer arte. Mas o Barroco gosta de dissimular a regra, de eliminar os emolduramentos e as articulações, de introduzir a dissonância, chegando mesmo a obter o efeito da casualidade na decoração.

Além disso, pertence ao estilo tectônico tudo que atua no sentido de uma limitação e de uma plenitude, enquanto o estilo atectônico rompe a forma fechada, ou seja, transforma a proporção rígida em outra, mais flexível; a forma acabada é substituída por uma outra, aparentemente inacabada; o limitado transforma-se no ilimitado. No lugar do efeito de serenidade, surge a impressão de tensão e movimento.

À evolução antes descrita vincula-se – e este é um terceiro ponto – a transformação da forma inerte em forma fluida. Isto não significa que a linha reta e o ângulo reto sejam eliminados; basta que um friso se revista, aqui e acolá, de uma forma convexa, ou que um ângulo se encurve, para que se obtenha a impressão de que a tendência para a libertação tectônica está sempre presente, aguardando apenas uma oportunidade para se manifestar. Para a sensibilidade clássica, o elemento rigorosamente geométrico significa o alfa e o ômega, sendo igualmente válido para as projeções tanto horizontais como verticais. O Barroco, como não tardamos a perceber, nele vê um ponto de partida, mas não um fim. O que se processa aqui assemelha-se ao que ocorre na natureza quando ela se eleva das formações cristalinas para as formas do mundo orgânico. O campo adequado no qual as formas se desenvolveram com a liberdade característica do crescimento vegetal não é, evidentemente, a grande arquitetura, mas o móvel que se desprendeu do muro.

Modificações dessa ordem seriam quase inimagináveis, se não se tivesse processado uma alteração na maneira de se interpretar a matéria. É como se ela, em toda parte, se tivesse tornado mais macia. Ela não apenas adquiriu maior flexibilidade nas mãos do artífice como encerra em si mesma um impulso formal multifacetado. Isto ocorre em toda a arquitetura enquanto manifestação artística, e é até mesmo a condição *sine qua non* de sua existência; contudo, em face das limitações elementares das manifestações genuinamente tectônicas da arquitetura, deparamo-nos agora com uma riqueza e uma mobilidade tais na criação formal, que mais uma vez nos sentimos tentados a recorrer à natureza orgânica e inorgânica, na busca de uma comparação. Não se trata apenas do formato triangular de um frontão que se abranda numa curva fluida; o próprio muro curva-se para dentro e para fora, como o corpo vivo de uma serpente. A linha que separa os componentes propriamente formais daquilo que é apenas matéria tornou-se mais tênue.

Na medida em que nos propomos a caracterizar de modo mais preciso cada um dos pontos, não será supérfluo repetir que o processo em questão depende, evidentemente, de um aparato formal invariável. O estilo atectônico do Barroco italiano é condicionado pelo fato de nele sobreviverem as formas do Renascimento, já conhecidas há diversas gerações. Se a Itália daquela época tivesse sofrido a invasão de um novo mundo de formas (como aconteceu ocasionalmente na Alemanha), o espírito da época poderia ter sido o mesmo, mas a arquitetura, enquanto forma de expressão desse espírito, não teria desenvolvido os mesmos motivos do estilo atectônico que conhecemos hoje. O mesmo ocorreu com o estilo gótico da última fase, no norte da Europa: esse estilo deu origem a fenômenos de criação e combinação formais totalmente análogos. No entanto, seria errado explicá-los exclusivamente a partir do espírito da época; esses fenômenos apenas se concretizaram porque o estilo gótico já havia se instaurado há muito tempo e sobrevivera a várias gerações. Também aqui a concepção atectônica encontra-se ligada a um estilo *tardio*.

O Gótico tardio do norte da Europa, como se sabe, adentra o séc. XVI. Disto deduz-se que a evolução, no Norte, não coincide temporalmente com a do Sul. Mas essa discrepância estende-se também ao domínio da matéria: a Itália aceita como natural um conceito muito mais rigoroso de forma fechada, e a transposição de um estilo regido por leis para um estilo aparentemente desprovido de regras fica tão aquém das possibilidades oferecidas pela arte do norte da Europa quanto à concepção formal, que preconiza um florescer livre, quase vegetal.

O Alto Renascimento italiano concretizou, no âmbito de seus valores particulares, o ideal da forma totalmente fechada, assim como o fez o estilo gótico em seu apogeu, se bem que partindo de premissas completamente diferentes. O estilo se cristaliza em configurações marcadas pelo caráter de absoluta necessidade, no qual cada uma das partes, no que diz respeito ao seu lugar e à sua forma, parece inalterável e insubstituível. Os artistas primitivos chegaram a pressentir a perfeição, sem tê-la visto claramente. Os túmulos murais florentinos do *Quattrocento*, no estilo de Desiderio ou de Antonio Rosselino, ainda têm algo de inseguro em sua aparência: a figura isolada não se encontra solidamente ancorada no conjunto. Ali, um anjo flutua na superfície da parede; aqui, ao lado da base da coluna angular, um homem segura um brasão. Nenhuma das figuras está realmente fixa, a ponto de convencer o observador de que apenas essa forma, e não outra, era possível para este caso. Essa incerteza chega ao fim no séc. XVI. Em toda parte, o conjunto da obra é organizado de sorte a não restar uma sombra sequer de arbitrariedade. Aos exemplos florentinos, há pouco mencionados, poderíamos opor os túmulos de prelados romanos, de A. Sansovino, na Santa Maria del Popolo; a esse tipo de construção reagiram imediatamente até mesmo as regiões menos voltadas para o gosto tectônico, como a cidade de Veneza. A forma mais sublime de vida é aquela que se submete a um sistema de leis claramente delineado.

É óbvio que também para o estilo barroco a beleza continua a ser fundamental, mas os artistas que o representam costumam jogar com a graça dos momentos fortuitos. Também para o Barroco, os detalhes devem ser exigidos e condicionados pelo todo da obra, mas não é desejável que esta vinculação adquira feições de intencionalidade. Diante de obras da arte clássica, ninguém pensará em falar de uma imposição formal: todos os elementos inserem-se no conjunto e, no entanto, possuem vida própria. Contudo, essa lei perceptível torna-se insuportável para os artistas dos períodos subsequentes. Com base numa criação mais ou menos dissimulada, o artista busca a impressão de liberdade, por ser a única que aparentemente garante a existência de vida. Os túmulos edificados por Bernini são exemplos particularmente ousados de tais composições livres, ainda que neles tenha sido preservado o esquema simétrico. Contudo, a dissolução do princípio da regularidade também é inegável em obras mais modestas.

No sepulcro do papa Urbano II, Bernini espalhou, em pontos escolhidos ao acaso, algumas abelhas, os emblemas do pontificado. Sem dúvida, trata-se apenas de um pequeno motivo, que não compromete os fundamentos tectônicos da obra; no entanto, esse jogo com o acaso seria totalmente inconcebível no apogeu do Renascimento.

No âmbito da grande arquitetura, as possibilidades do estilo atectônico são, naturalmente, mais limitadas. Neste caso, porém, o essencial também consiste no fato de a beleza, para Bramante por exemplo, estar aliada à observância de uma lei rigorosa, enquanto que para Bernini a beleza nasce de um sistema de leis um pouco mais dissimulado. Não é possível resumir numa palavra em que consistem essas leis. Elas estão na consonância das formas, nas relações simétricas estabelecidas entre todos os componentes da obra, nos contrastes claramente elaborados que se sustentam reciprocamente, na articulação rigorosa através da qual cada parte mostra-se como algo limitado a si mesmo, na ordenação precisa da sequência de formas justapostas etc. Em todos esses pontos, o processo que se verifica no Barroco é o mesmo: não se trata de substituir a ordem pela desordem, mas de transformar o efeito daquilo que se encontra rigorosamente vinculado e estruturado num efeito que traduza uma maior liberdade. O elemento atectônico, entretanto, espelha-se sempre na tradição do elemento tectônico. Tudo depende do ponto de onde se partiu: a supressão da lei somente pode ter algum significado para quem, algum dia, aceitou naturalmente essa mesma lei.

Um só exemplo: no Palazzo Odescalchi* (fig. 105), Bernini cria uma estrutura colossal de pilares que compreendem dois pisos. Até aí, nada de extraordinário: Palladio fez a mesma coisa. Mas a sequência das duas grandes fileiras de janelas sobrepostas que se impõem na fileira de pilares como um motivo horizontal, sem articulação intermediária, representa um tipo de disposição que deverá ser interpretada como atectônica, uma vez que a concepção clássica exigira as articulações claras e a separação nítida dos elementos.

No Palazzo di Montecitorio, Bernini utiliza faixas de cornijas (em ligação com os pilares de ângulo que abarcam dois pisos); porém, essas cornijas não atuam como elementos tectônicos, ou de articulação, pois extinguem-se nos pilares, sem receber qualquer espécie de apoio. Por se tratar de um motivo que, em si, é insignificante, além de não apresentar novidade alguma, perceberemos com particular nitidez o caráter relativo de todos os efeitos: esse motivo apenas adquire um significado real se tivermos em conta que Bernini, vivendo em Roma, não podia ignorar a obra de Bramante.

As transformações mais radicais ocorrem na esfera das proporções. O Renascimento clássico trabalhava com relações imutáveis, de sorte que uma mesma proporção se repetia em escalas diferentes, resultando em proporções planimétricas e cúbicas. Esta é a razão pela qual tudo se "assenta" tão bem. O Barroco evita essa proporcionalidade exata, procurando superar o efeito do acabamento completo com uma harmonia mais dissimulada das partes. Quanto às proporções propriamente ditas, a tensão e a insatisfação sobrepõem-se ao equilíbrio e à serenidade.

Em oposição ao Gótico, o Renascimento sempre concebeu a beleza como uma forma de plenitude. Não se trata da plenitude do embotamento, mas daquele equilíbrio entre movimento e quietude que nos transmite a sensação de estabilidade. O Barroco elimina esses efeitos de plenitude. As proporções assumem uma maior mobilidade, plano e conteúdo já não coincidem. Resumindo: tudo contribui para que se caracterize uma arte de tensão apaixonada. Não devemos esquecer, contudo, que o Barroco não produziu apenas construções patéticas de cunho religioso, mas que, ao lado delas, realizou obras arquitetônicas que traduzem uma atmosfera mais moderada e amena. O que descrevemos aqui não são as intensificações dos meios de expressão, aplicados pela nova arte em momentos de emoção mais forte, mas o modo como se processou a transformação do conceito de tectônico ao ritmo de pulsações perfeitamente tranquilas. Assim como existem paisagens em estilo atectônico das quais emana a mais profunda paz, também existe uma arquitetura atectônica que não tem outro propósito senão o de transmitir uma sensação agradável de tranquilidade. Contudo, mesmo para uma arquitetura dessa natureza, os esquemas tradicionais tornaram-se inoperantes. A vida, em sentido lato, assume agora uma outra feição.

É desse modo que se deve entender o fato de se extinguirem as formas de caráter marcadamente inerte. A forma ovalada não consegue suplantar por completo o círculo; porém, mesmo nos casos em que ele ainda aparece, como nos projetos dos edifícios, por exemplo, um tratamento especial se encarregará de despojá-lo de seu caráter de forma plena. Dentre as proporções retangulares, aquela que resulta da seção áurea possui um extraordinário efeito no sentido da forma fechada; tudo se fará para impedir que surja tal efeito. O pentágono de Caprarola (Vignola) constitui exemplo de uma figura totalmente tranquila; mas quando a fachada no Palazzo di Montecitorio (Bernini) se retrata em cinco planos, formam-se ângulos que encerram um elemento indefinível e que, por isso mesmo, adquirem uma aparente mobilidade. Pöppelmann fez uso do mesmo motivo nos grandes pavilhões do palácio Zwinger, em Dresden. O Gótico da última fase também conheceu esse processo (Rouen, S. Maclou).

Analogamente ao que ocorre na pintura, o conteúdo liberta-se do plano na decoração. Para a arte clássica, a base de toda a beleza fora exatamente o ajuste perfeito desses dois elementos. Em se tratando de valores cúbicos, o princípio permanece o mesmo. Quando Bernini se propôs a erguer, na catedral de S. Pedro, o seu grande tabernáculo (com as quatro colunas retorcidas), todas as pessoas estavam plenamente convencidas de que o problema era sobretudo uma questão de proporções. Bernini esclareceu que a solução feliz tinha sido fruto de uma inspiração casual (caso). Com isto, o artista pretendia dizer que não lhe fora possível apoiar-se numa regra: nós, entretanto, sentimo-nos tentados a acrescentar que sua intenção também era a de obter a beleza de forma aparentemente nascida do acaso.

A transformação da forma inerte em forma fluida, que se processou no Barroco, é mais um motivo comum a esse estilo e ao Gótico da última fase. A única diferença está no fato de o Barroco levar mais adiante essa transformação. Já observamos que a preocupação não era a de tornar *todas* as formas fluidas: o encanto reside na transição, ou seja, no modo como a forma livre se desvencilha da inerte. Alguns consoles, aplicados em uma cornija, lembrando o crescimento livre dos vegetais, já são suficientes para persuadir o observador da existência de uma tendência mais generalizada para o estilo atectônico. Em contrapartida, nos exemplos mais perfeitos da forma livre do Rococó, o contraste com a arquitetura exterior é indispensável para o pleno efeito dos interiores, com seus ângulos arredondados, e das paredes, absorvidas quase que imperceptivelmente pelo teto.

É bem verdade que, também nessa arquitetura exterior, não poderemos deixar de reconhecer que o corpo atectônico se modificou consideravelmente. Os limites que separam cada um dos gêneros formais já não são nítidos. Anteriormente, um muro distinguia-se claramente de tudo o que não fosse muro; agora, pode ocorrer que o alinhamento dos blocos de pedra se transforme inopinadamente num portal com a forma de um quarto de círculo, por exemplo. Inúmeras e de difícil compreensão são as fases de transição entre as formas mais surdas, mais fechadas, e as formas mais livres e diferenciadas. A matéria parece ter-se tornado mais viva, e a oposição entre os componentes formais propriamente ditos já não se exprime com a mesma evidência de outrora. Assim, torna-se possível que – num interior do Rococó – um pilar se volatilize no plano da parede, constituindo uma simples sombra, um leve sopro.

Mas o Barroco também se relaciona com a forma puramente naturalista, não pelo que ela é em si, mas pelo contraste que oferece, do qual se desenvolve e para o qual evolui o elemento tectônico. O Barroco admite a pedra natural. O cenário que imita a natureza é largamente empregado. Em casos extremos, uma grinalda de flores, recobrindo a forma à semelhança da natureza, pode substituir a antiga decoração dos pilares com plantas estilizadas.

Este processo, evidentemente, significa a condenação não só das ordenações em torno de um centro determinado, como também das evoluções simétricas.

Será interessante estabelecer, também nesses casos, uma comparação com as manifestações análogas da última fase do Gótico (a ramagem naturalista; modelos inesgotáveis e de infinitas possibilidades para a decoração de superfícies).

Sabe-se que o Rococó foi substituído por um estilo novo, voltado para a tectônica rigorosa. Confirma-se, aqui, a interdependência dos motivos: impõem-se as formas regidas por um sistema inflexível de leis; a subdivisão regular volta a substituir a sequência do ritmo livre; a pedra se enrijece e o pilar readquire a função articulante perdida desde a época de Bernini.

Fig. 81. Pieter Brueghel, o Velho. *Paisagem rochosa com a representação do descanso na fuga para o Egito.*

CAPÍTULO QUATRO
Pluralidade e unidade
(Unidade múltipla e unidade individual)

PINTURA

1. Considerações gerais

O princípio da forma fechada já pressupõe que a obra seja concebida como uma unidade. Somente quando a totalidade das formas for percebida como um todo é que se poderá compreendê-la como uma composição subordinada a determinadas regras, não importando tratar-se de uma obra do estilo tectônico ou de uma outra de ordenação mais livre.

Esse senso de unidade desenvolveu-se paulatinamente. Na história da arte não existe um momento preciso em que se possa acusar com certeza absoluta a sua presença: também aqui é preciso levar em consideração uma série de valores relativos.

Uma cabeça constitui um todo formal que, tanto para os florentinos do *Quattrocento* como para os antigos holandeses, certamente significou a mesma coisa, ou seja, um todo. Entretanto, quando nos aproximamos de uma cabeça pintada por Rafael ou por Quentin Massys, sentimo-nos na presença de uma concepção diferente; e se procurarmos entender esse contraste, notaremos que ele reside, em última análise, na diferença entre uma visão em conjunto e uma visão em detalhe. Não nos referimos àquele acúmulo canhestro de detalhes que todo mestre, à custa de reiteradas correções, procura extirpar do trabalho de seus discípulos – comparações qualitativas dessa natureza estão fora de cogitação. O fato é que, comparadas com obras clássicas do séc. XVI, essas cabeças mais antigas nos interessam sobretudo pelos seus detalhes, e parecem possuir um menor grau de coesão, enquanto que, em um trabalho clássico, cada forma isolada nos remete imediatamente ao conjunto. É impossível ver os olhos sem constatar, ao mesmo tempo, o formato maior de suas órbitas e o modo como elas se colocam entre a testa, o nariz e a maçã do rosto; à horizontalidade dos olhos e da boca responde a verticalidade do nariz: na forma reside uma força capaz de despertar a atenção e de forçá-la a uma visão global da multiplicidade dos elementos. Dela não escapa nem mesmo o observador mais insensível; ele se revigora e sente-se repentinamente outro.

A mesma diferença impõe-se entre uma composição do séc. XV e uma do séc. XVI. Na primeira predomina a dispersão, na segunda, a concentração dos elementos; naquela, ora presenciamos a pobreza de um objeto isolado, ora a confusão estabelecida pelo número excessivo de objetos; nesta, o que se observa é um todo articulado, onde cada componente, claramente identificável, fala por si, podendo, não obstante, ser imediatamente reconhecido como parte integrante de um conjunto, vinculado a um todo formal.

Somente na medida em que formos apontando as características que evidenciam a diferença entre a época clássica e a anterior é que obteremos os fundamentos para o nosso tema propriamente dito. Mas é exatamente nesse ponto que se faz sentir de modo mais flagrante a falta de vocábulos diferenciais: ao mesmo tempo que mencionamos a unidade da composição como uma característica básica da arte do *Cinquecento*, somos forçados a admitir que precisamente a época de Rafael foi uma época voltada para a pluralidade, em oposição à arte posterior, que apresentou uma tendência no sentido da unidade. E não se trata, desta vez, da evolução de uma forma mais pobre para uma mais rica, mas de dois tipos diferentes, cada qual representando um extremo. O séc. XVI não perde credibilidade na comparação com o séc. XVII, uma vez que não se trata de uma diferença de qualidade estética, mas de algo totalmente novo.

Considerada como um todo, uma cabeça de Rubens não é melhor do que uma cabeça de Dürer ou de Massys; contudo, já não se observa a elaboração independente dos detalhes que, anteriormente, dava ao conjunto formal a aparência de uma (relativa) pluralidade. Os artistas do *Seicento* atêm-se a um motivo principal, ao qual subordinam tudo o mais. O efeito produzido pela imagem já não depende da maneira pela qual os elementos isolados se condicionam e equilibram reciprocamente; pelo contrário, do todo transformado em um fluxo único emergem formas isoladas de caráter absolutamente dominante, mas de maneira tal que, mesmo preservando a sua função diretriz, essas formas não significam para os olhos algo que possa ser considerado à parte ou destacado do todo.

Os quadros históricos, de muitas personagens, talvez sejam os mais adequados para elucidar os aspectos acima expostos.

O ciclo das cenas bíblicas possui na *Deposição* um de seus motivos mais ricos, pois essa passagem da história de Cristo coloca em ação diversas personagens, além de encerrar fortes contrastes psicológicos. Uma versão clássica do tema é o quadro de Daniele da Volterra, em Trinità dei Monti (Roma). Nessa obra, sempre se admirou o fato de as figuras se expressarem com total autonomia, mas, ao mesmo tempo, se ajustarem tão perfeitamente umas às outras, que cada uma delas parece ser regida pelo conjunto. Nisso consiste, precisamente, a estruturação renascentista. Posteriormente, Rubens, o porta-voz do Barroco, explora a mesma temática numa obra da juventude, e seu distanciamento com relação ao tipo clássico revela-se, em primeiro lugar, na fusão das figuras em uma massa homogênea, da qual é quase impossível destacar figuras isoladas. Auxiliado por recursos de iluminação, ele cria um fluxo poderoso que atravessa a tela de alto a baixo, na diagonal. Esse fluxo inicia-se no linho branco que pende de um dos braços da cruz – o corpo de Cristo orienta-se no mesmo sentido – e o movimento desemboca em meio às muitas figuras que se aglomeram para receber o corpo retirado da cruz. A Virgem Maria desfalecendo não representa mais um segundo centro de atenção separado da ação principal, como ocorre na obra de Daniele da Volterra: ela está de pé e perfeitamente integrada à massa de figuras em torno da cruz. Se quisermos resumir em termos gerais a modificação sofrida pelas demais figuras, poderemos dizer apenas: cada uma delas sacrificou parte de sua autonomia em proveito do conjunto. Basicamente, o Barroco já não conta com uma pluralidade de partes autônomas que se ajustam harmonicamente, e sim com uma unidade absoluta, em meio à qual cada uma das partes deixou de ser independente. Daí a razão pela qual o motivo principal se destaca com uma força até então desconhecida.

Não sabe argumentar que estas seriam diferenças resultantes mais do gosto nacional do que do processo evolutivo. Não há dúvida de que a Itália sempre demonstrou uma certa preferência pela representação nítida de cada parte; a diferença, porém, impõe-se até mesmo quando se comparam o *Seicento* e o *Cinquecento* italianos, ou Dürer e Rembrandt, na arte setentrional. Embora a imaginação própria dos povos nórdicos, em contraposição à dos italianos, tenha sempre buscado uma interpenetração das formas, parece evidente que uma *Deposição*, de Dürer, ao lado de uma tela de Rembrandt* que retrate o mesmo tema, constitui um exemplo elucidativo do contraste pronunciado existente entre uma composição embasada em figuras autônomas e uma composição com figuras dependentes. Rembrandt reduz a história ao motivo de duas luzes: uma forte, proveniente do canto superior esquerdo, e outra mais fraca, que se espalha à direita, na parte inferior. Com isso, toda a essência da cena já está sugerida: o corpo, visível apenas parcialmente, é retirado da cruz e deverá ser estendido sobre o sudário que se encontra no chão. O "movimento para baixo" dessa *Deposição* é condensado em sua mais breve expressão.

Fig. 82. Rembrandt. *Deposição*.

Por conseguinte, estão em oposição a unidade múltipla do séc. XVI e a unidade indivisível do séc. XVII. Em outras palavras: o sistema articulado de formas da época clássica e o fluxo (infinito) do Barroco. E como se pode deduzir dos exemplos anteriores, dois fatores entram em jogo nessa unidade barroca: a dissolução do caráter autônomo das formas isoladas e a formação de um motivo geral dominante. Isto pode ocorrer através do emprego de valores plásticos, como em Rubens, ou de valores pictóricos, como em Rembrandt. O exemplo da *Deposição* ilustra apenas um caso isolado; a unidade pode manifestar-se sob as mais diversas formas. Existe uma unidade da cor, assim como da iluminação, e há exemplos de uma unidade da composição das figuras, bem como da concepção formal de uma cabeça ou de um corpo isolado. O mais interessante é que o esquema decorativo se torna uma forma de interpretação da natureza. Isso não quer dizer apenas que os quadros de Rembrandt são estruturados de acordo com um sistema diferente daquele de Dürer, mas significa também que os próprios objetos são vistos de uma forma diferente. Pluralidade e unidade são como que recipientes dentro dos quais o conteúdo da realidade é recolhido e ganha forma. Isto não deve ser interpretado no sentido de que ao mundo das formas seria imposta uma fórmula decorativa qualquer: o assunto da obra também é relevante. Não só se vê de uma outra maneira, mas também se veem *outras coisas*. Porém, toda a assim chamada imitação da natureza somente possui significado artístico quando tem sua origem num instinto decorativo e, por sua vez, é capaz de produzir valores decorativos. A arquitetura comprova que os conceitos de beleza múltipla e beleza uniforme também existem independentemente de todo e qualquer conteúdo imitativo.

Os dois tipos representam valores totalmente independentes e não cabe interpretar a forma posterior apenas como um desenvolvimento progressivo da anterior. É óbvio que o Barroco estava convencido de haver descoberto a verdade pela primeira vez, e que o Renascimento significara apenas uma forma preliminar. Mas o julgamento do historiador é outro. A natureza pode ser interpretada de diversas maneiras. Foi por essa razão que, em fins do séc. XVIII, e precisamente em nome da natureza, tornou-se possível abolir a fórmula barroca e substituí-la novamente pela clássica.

2. Os motivos principais

Neste capítulo será discutida, portanto, a relação entre as partes e o todo. Veremos que o estilo clássico obtém a sua unidade atribuindo às partes uma função autônoma, e que o estilo Barroco destrói a independência uniforme das partes em favor de um motivo geral mais unificado. No primeiro caso, há uma coordenação de acentos; no segundo, uma subordinação.

Fig. 83. Dürer. *A morte de Maria.*

Todas as categorias mencionadas até agora preparam terreno para essa unidade. O estilo pictórico significa a libertação das formas de seu isolamento; o princípio da representação em profundidade não é senão a substituição da sequência de planos distintos por um movimento unificante em direção à pro-

Fig. 84. Rembrandt. *A morte de Maria.*

fundidade; e o gosto atectônico dissolve em matéria fluida a estrutura rígida das relações geométricas. A repetição de aspectos já mencionados em algumas passagens será inevitável; porém, o ponto de vista básico de nossas considerações é novo.

Quando as partes de um todo funcionam como membros livres de um organismo, não se trata de um fenômeno intrínseco à arte que se manifesta espontaneamente. Entre os Primitivos, esse efeito não se verifica, pois as formas parciais ou permanecem demasiado dispersas, ou muito emaranhadas e confusas. Somente quando o detalhe assume a função de uma parte indispensável ao conjunto é que se poderá falar de uma construção orgânica; por outro lado, os conceitos de liberdade e autonomia somente terão sentido no momento em que o detalhe, embora integrado ao todo, for percebido como um elemento independente. Esse é o sistema formal clássico do séc. XVI; como dissemos, não importa entender-se por conjunto uma única cabeça ou uma cena histórica com muitas personagens.

A admirável gravura em madeira de Dürer, representando *A morte de Maria* (1510), suplanta tudo o que a precedeu, pelo simples fato de as partes formarem um sistema no qual cada uma parece ter a sua colocação determinada pelo conjunto, mas que suscita, ao mesmo tempo, a impressão de total autonomia. O quadro é um excelente exemplo de composição tectônica – tudo é reduzido a contrastes geométricos nítidos –, mas por outro lado essa relação de (relativa) coordenação entre os valores independentes sempre deverá ser entendida também como um princípio novo. Nós o denominamos princípio da unidade múltipla.

O Barroco teria evitado ou dissimulado o encontro de linhas horizontais e verticais puras, para que não se produzisse o efeito de um todo *articulado*: as formas parciais, fossem elas o dossel da cama ou a figura de um apóstolo, teriam sido fundidas num movimento geral que dominaria a tela. Se nos recordarmos, por exemplo, da gravura de Rembrandt, *A morte de Maria**, compreenderemos por que foi tão bem escolhido pelos artistas do Barroco o motivo das nuvens que se elevam como vapores. O jogo dos contrastes não foi eliminado, mas é menos evidente. A justaposição explícita, assim como o defrontamento nítido, são substituídos por uma interpenetração dos elementos. Os contrastes absolutos são suprimidos. Desaparecem o isolamento e a delimitação das formas. O movimento se propaga ininterruptamente através de pontes e caminhos que interligam as formas. Mas desse fluxo unificante do Barroco emerge ocasionalmente um motivo com ênfase tão forte que ele acaba por atrair todas as atenções, à semelhança de uma lente que concentra os raios luminosos. São esses os pontos do desenho onde a forma se faz particularmente expressiva – e que, de maneira análoga aos momentos culminantes da luz e da cor, de que falaremos a seguir, estabelecem a diferença fundamental entre a arte barroca e a arte plástica. De um lado, a distribuição uniforme de acentos; de outro, um efeito único, principal. Esses motivos fortemente realçados não são elementos isolados que se pudessem destacar do todo; eles representam, sim, o auge de um movimento geral.

Quanto à representação de personagens, Rubens nos oferece os exemplos mais típicos do movimento unificante. Em toda parte, o estilo da multiplicidade e diferenciação dos elementos transforma-se num estilo que, suprimindo valores autônomos, isolados, funde as partes do todo, imprimindo-lhes movimento. A *Ascensão de Maria**, portanto, é um exemplo de arte barroca não apenas porque o sistema clássico de Ticiano – a figura principal disposta verticalmente em oposição à forma horizontal do grupo de apóstolos – é suplantado por um movimento contínuo na diagonal, mas também porque as partes já não podem ser isoladas. A esfera de luz e o círculo dos anjos que preenchem a parte central da *Assunta*, de Ticiano, ainda repercutem na obra de Rubens; contudo, eles somente adquirem um significado estético no contexto do todo. Por menos louvável que seja o fato de os copistas transporem para os seus trabalhos apenas a figura central de Ticiano, deixando de lado todo o resto, é preciso admitir que essa possibilidade efetivamente existe. Ninguém incorreria no erro de tentar fazer a mesma coisa com uma obra de Rubens. No quadro de Ticiano, os grupos de apóstolos da esquerda e da direita estão em equilíbrio: um deles eleva o olhar, o outro estende os braços para o alto. Na obra de Rubens, apenas um dos lados possui expressividade; o outro tem o seu conteúdo desvalorizado a ponto de tornar-se indiferente: um amortecimento que, naturalmente, intensifica a ênfase reservada ao lado direito da composição.

Um segundo caso é *O martírio da cruz*, de Rubens (fig. 49), que já tivemos a oportunidade de comparar anteriormente com o *Soasimo*, de Rafael. Não há dúvida de que a obra ilustra a substituição do estilo de representação no plano pelo estilo de repre-

Fig. 85. Rubens. *Ascensão de Maria* (gravado por Schelte a Bolswert).

sentação em profundidade; contudo, ela é igualmente válida para se exemplificar a transformação da multiplicidade articulada em unidade desarticulada. Lá, o centurião, Cristo e Simão, e as mulheres, são três motivos isolados, igualmente acentuados; na obra de Rubens, o assunto é o mesmo, mas os motivos se imbricam; uma corrente unificante nos transporta do primeiro plano ao último, sem qualquer interrupção. A árvore e a montanha acompanham o movimento das figuras, o fluxo luminoso remata o efeito. Tudo é uma unidade. Mas uma onda de extraordinária força eleva-se, de vez em quando, da corrente. No ponto em que o centurião hercúleo coloca a cruz sobre o ombro, concentra-se tanta força, que o equilíbrio da tela poderia parecer ameaçado; mas não é o motivo isolado desse homem, e sim todo o complexo de luzes e formas que condiciona o efeito: estes são os pontos nevrálgicos do novo estilo.

Para se obter um movimento unificante não é preciso, naturalmente, que a arte disponha dos recursos plásticos encontrados nessa composição de Rubens. Não é necessário que um cortejo humano se movimente; a unidade pode ser obtida simplesmente com efeitos de luz.

Já o séc. XVI distinguia entre luz principal e secundária, se bem que – e reportamo-nos ao efeito de uma página em branco e preto, tal como produzido por Dürer em *A morte de Maria* – as luzes aderentes às formas clássicas ainda formassem uma trama uniforme. Os quadros do séc. XVII, ao contrário, dão preferência à luz concentrada num só ponto, ou, pelo menos, em alguns pontos de claridade máxima, que então se unem em uma configuração facilmente apreensível. Mas com tudo isso dissemos apenas a metade. A luz mais forte ou as luzes mais fortes das obras do Barroco resultam de uma unificação geral do movimento luminoso. De maneira diversa do que ocorria anteriormente, os pontos claros e os escuros fluem numa corrente comum, e mesmo os momentos em que a luz atinge a sua intensidade máxima são decorrência de um grande movimento do todo. Aquelas concentrações em pontos isolados são apenas um fenômeno derivado das primeiras tendências em busca da unidade, em face do qual o processo clássico de iluminação parecerá sempre múltiplo e diferenciador.

Um tema genuinamente barroco é aquele em que a luz provém de apenas uma fonte num espaço fechado. *O ateliê do pintor*, de Ostade, que já tivemos a oportunidade de abordar (fig. 25), é um exemplo bastante elucidativo. Sem dúvida, o caráter

Fig. 86. Rembrandt. *A Pregação de Cristo*.

barroco não depende apenas do assunto, pois Dürer, em seu São Jerônimo, encontra soluções bem diferentes para uma situação análoga. Mas vamos abstrair esses casos específicos e embasar nossa análise numa obra em que o caráter de luminosidade seja menos acentuado. Para tal, consideremos a gravura de Rembrandt *A pregação de Cristo*.

A realidade óptica que mais impressiona nesse caso é o fato de existir uma grande massa de luzes intensas que se acumula aos pés de Cristo, junto ao muro. Essa claridade dominante está em relação direta com os outros espaços claros; ela não pode ser considerada como um elemento isolado – o que é perfeitamente possível em Dürer – e tampouco corresponde a uma forma plástica; ao contrário, a luz desliza sobre as formas e brinca com os objetos. Com isso, todos os elementos tectônicos se diluem e as personagens da cena são curiosamente separadas e novamente reunidas, como se a luz, e não elas, fosse a única coisa real no quadro. Um movimento de luz em diagonal parte do primeiro plano, à esquerda, atravessa o centro do quadro e perde-se nas profundezas, para além do arco da porta; porém, o que significa esta constatação em face do bruxulear sutil de sombras e luzes através de todo o espaço, e em face daquele ritmo de luzes com o qual Rembrandt, como nenhum outro mestre, consegue dar às suas cenas uma vida imperiosamente uniforme?

É evidente que outros fatores contribuem para essa unificação. Contudo, vamos deixá-los de lado, por não pertencerem ao objeto de nosso estudo. Uma das razões fundamentais pelas quais a cena se impõe com uma expressividade tão significativa reside no fato de o estilo colocar a serviço da intensificação do efeito tanto os elementos nítidos quanto os menos proeminentes, bem como no fato de ele não se expressar com a mesma clareza em todos os pontos, permitindo que do fundo de formas surdas ou pouco significativas emerjam pontos de maior expressividade formal. Voltaremos ao assunto oportunamente.

A evolução da cor oferece-nos um espetáculo análogo. Em lugar do colorido "variado" dos Primitivos, com sua justaposição de cores sem qualquer relação sistemática, surge, no séc. XVI, a seleção e a unidade, ou seja, uma harmonia na qual as cores se contrabalançam em contrastes puros. O sistema destaca-se com nitidez. Cada cor tem uma função dentro do conjunto. O observador sente que ela constitui um pilar indispensável que sustenta a estrutura da obra. O princípio pode ser desenvolvido com maior ou menor logicidade; de qualquer modo, a época clássica, que se caracteriza por um colorido fundamentalmente diversificado, distingue-se notadamente do período seguinte, cujos propósitos se voltam para a fusão de tons. Sempre que, numa galeria, passamos de uma sala reservada aos pintores do *Cinquecento* para outra dedicada aos mestres do Barroco, surpreendemo-nos com a constatação de que a justaposição clara e aberta desaparece, e as cores parecem repousar sobre um fundo comum, no qual às vezes chegam a perder-se em meio a uma monocromia total, permanecendo, por outro lado, misteriosamente arraigadas nele quando se destacam com vigor. Já no séc. XVI é possível apontarmos alguns pintores como mestres da arte dos tons, assim como já existiam algumas escolas, naquela época, que se distinguiam pela tendência a uniformizar a cor. Isso não impede que mesmo em tais casos o século "pictórico" apresente uma intensificação do processo, que deveria ser diferenciada por um vocábulo específico.

A monocromia tonal representa apenas uma forma transitória. De pronto o artista aprende a fazer uso simultâneo da tonalidade e da cor, intensificando de tal maneira o efeito das cores isoladas, que elas, à semelhança de luzes intensas, atuam como pontos de colorido altamente expressivo e acabam por alterar completamente a fisionomia dos quadros do séc. XVII. No lugar de cores distribuídas regularmente, temos agora pontos de cor isolados, uma ressonância dupla de cores – que pode ser tríplice ou quádrupla – que domina totalmente o quadro. Este apresenta-se então, como se costuma dizer, composto sobre uma tonalidade determinada. Relacionada com isto está uma negação parcial da coloração. Assim como o desenho renuncia à nitidez uniforme, a concentração do efeito cromático se intensifica na medida em que as cores puras emergem dos meios-tons das cores secundárias. Essa cor não irrompe de maneira inesperada e isolada, uma vez que o seu efeito é preparado cuidadosamente. Os coloristas do séc. XVII trabalharam de modo diversificado com esse "transformar-se" das cores; a diferença em relação ao sistema clássico de composição colorida, porém, consiste no fato de que este último é construído, de certa forma, com tons inteiros, enquanto que para os primeiros a cor vai e vem, torna a aparecer, ali mais forte, aqui mais atenuada; em suma: o conjunto não pode ser abarcado de outra forma, senão tendo-se em mente a noção de um movimento unificante que percorre toda a obra. Nesse sentido, a introdução do grande catálogo do Museu de Pintura de Berlim diz que a arte da descrição pela cor procurou ajustar-se ao processo de evolução: "partindo de uma indicação minuciosa das cores, chegou-se gradualmente a uma representação voltada para a totalidade da impressão cromática".

Mas também figura entre as consequências da unidade barroca o fato de uma cor poder manifestar-se como um acento isolado. O sistema clássico desconhece a possibilidade de se projetar sobre a cena um vermelho isolado, como fez Rembrandt em sua

Suzana no banho (Museu de Berlim). O verde, que responde ao vermelho, não está totalmente ausente, mas se manifesta apenas em surdina, no fundo do quadro. Já não se visa à coordenação e ao equilíbrio: a cor deve agir por si mesma. No desenho encontraremos uma situação paralela: o Barroco é o primeiro a conceder um lugar especial à forma isolada – uma árvore, uma torre, uma pessoa.

E assim passamos da observação do particular para as considerações gerais. A teoria dos acentos alternantes, tal como a desenvolvemos aqui, seria inconcebível se a arte não apresentasse, também no conteúdo, as mesmas diferenças de tipos. Característico para a unidade múltipla do séc. XVI é o fato de os objetos isolados no quadro terem sido sentidos como valores objetivos relativamente iguais. Num quadro narrativo, é possível distinguir com clareza as personagens principais e as secundárias; em contraposição aos quadros de histórias dos Primitivos, o núcleo da ação pode ser localizado de longe, inequivocamente; contudo, essas imagens são oriundas daquela unidade condicionada, que para o Barroco significava multiplicidade. Todas as personagens secundárias continuam a ter uma existência própria. O espectador não esquecerá o conjunto por causa dos detalhes, que, por sua vez, podem ser observados isoladamente. Isto pode ser bem demonstrado no desenho de Dirk Vellert* (1524), no qual Ana leva o pequeno Samuel à presença de Eli. O pintor que retratou essa passagem não era um dos espíritos líderes do séc. XVI, mas tampouco um dos retardatários. Ao contrário: a perfeita articulação da obra aponta para um estilo clássico puro. Contudo, quantas sejam as figuras, tantos serão os centros de atenção. O motivo principal é enfatizado, mas sempre as personagens secundárias têm espaço suficiente para adquirirem vida própria, cada uma em seu lugar. O aspecto arquitetônico também recebe um tratamento tal, que acaba por atrair a atenção do espectador. A obra continua a ser um exemplo da arte clássica, e não deve ser confundida com a multiplicidade de elementos dispersos dos Primitivos: tudo possui uma clara relação com o conjunto. Contudo, é fácil imaginar como um mestre do séc. XVII teria reduzido a cena ao imprescindível. Não nos referimos a diferenças qualitativas, mas mesmo a interpretação do motivo

Fig. 87. Vellert. *Ana leva Samuel à presença de Eli.*

principal carece, para o gosto moderno, do caráter de um acontecimento real.

Mesmo nos casos em que é evidente a unidade da obra, o séc. XVI desenvolve largamente a situação cênica; o séc. XVII, ao contrário, restringe-se ao momentâneo. Mas é dessa maneira que a representação histórica adquire uma real expressividade. O mesmo pode ser observado nos retratos. Para Holbein, a vestimenta tem tanto valor quanto o indivíduo. O estado psíquico não é atemporal, mas também não deve ser entendido como a fixação de um momento da vida que flui.

A arte clássica desconhece a noção do conceito momentâneo, do "ponto", do ápice, em sentido mais geral; ela possui um caráter duradouro, abrangente. E embora parta de uma ideia de totalidade, ela não conta com a impressão do primeiro momento. Para o Barroco, a concepção se modifica em ambos os aspectos.

3. Considerações sobre os temas

Não é fácil esclarecer por meio de palavras como um todo coerente – uma cabeça, por exemplo – pode ser concebido ora por o prisma da multiplicidade, ora sob o da unidade. Em última análise, as formas permanecem iguais, e a ligação, no tipo clássico, já é de natureza unificante. Não obstante, qualquer comparação permitirá observar que, em Holbein*, as formas se justapõem como valores independentes e relativamente coordenados, enquanto que em Frans Hals ou Velásquez* alguns grupos formais passam a predominar na obra, o conjunto é subordinado a um determinado motivo dinâmico e, como resultado dessa dependência, as partes já não são capazes de afirmar a sua existência própria, no sentido tradicional da expressão. Não se trata apenas da diferença entre a visão associada ao aspecto pictórico e a delimitação linear de cada uma das partes: num estilo, as formas opõem-se, de certo modo, umas às outras, e são levadas a um grau máximo do efeito de autonomia, graças ao relevo dado aos contrastes imanentes; em outro, a forma isolada perdeu a sua autonomia e o seu significado próprio com a atenuação dos valores tectônicos. Mas ainda assim não dissemos tudo. Quaisquer que sejam os recursos empregados, a ênfase significativa de cada uma das partes deve ser percebida dentro do todo, do mesmo modo que o formato de um rosto não pode ser apreciado senão em sua relação com o nariz, a boca e os olhos. Ao lado de um tipo de coordenação relativamente puro existem infinitas modalidades de subordinação.

Se tivermos presentes os atavios que acompanham o desenho de uma cabeça, o penteado dos cabelos e o chapéu, será mais fácil compreendermos em que casos os conceitos de multiplicidade e unidade adquirem um valor decorativo. Já tivemos oportunidade de observar isso no capítulo anterior. A relação com os conceitos de tectônica e atectônica é muito estreita. O clássico séc. XVI é o primeiro a expressar nos chapéus planos e nas boinas, que acentuam a largura da testa, um contraste bastante sensível em relação à forma alongada do rosto; os cabelos soltos, caídos, formam uma moldura que contrasta com toda a horizontalidade da cabeça. A vestimenta do séc. XVII não pode aceitar esse sistema. Por mais que a moda tenha-se transformado, é possível constatar, em todas as variantes do Barroco, uma tendência geral para a unificação do movimento. Não apenas no estabelecimento de direções, mas também no tratamento das superfícies, observam-se menos as separações e os contrastes do que as ligações e as unidades.

Tudo isso fica ainda mais claro na representação do corpo inteiro. Trata-se aqui de formas que se movem livremente em suas articulações, o que significa, portanto, que as possibilidades de se produzir um efeito mais concentrado ou mais livre são bem maiores. Um exemplo notável da beleza renascentista é a *Bela deitada*, de Ticiano, derivada do tipo criado por Giorgione. Toda a obra é um conjunto de membros isolados e claramente delimitados, composto numa harmonia onde cada tom continua a ressoar como tal, perfeita e claramente. Todas as articulações ganham uma forte expressividade, assim como cada parte situada entre elas atua como uma forma fechada em si mesma. Quem ousaria falar aqui de progressos na veracidade anatômica? Todo o conteúdo material e naturalista adquire um significado secundário em face da noção de uma beleza determinada, que serviu de guia à concepção. Se é que são oportunas as comparações com a música, esta harmonia de belas formas certamente representa o momento propício para nos valermos delas.

O objetivo do Barroco é bem diferente. Ele não busca a beleza articulada; as articulações são expressas veladamente e a visão de mundo dos artistas desse período exige o espetáculo do movimento. Não se trata necessariamente daquele ímpeto patético do corpo, próprio à arte dos italianos, que tanto encantou o jovem Rubens e que também está presente na obra de Velásquez, se bem que este procure distanciar-se do Barroco italiano: o sentimento básico expresso em sua *Vênus deitada** é completamente diferente daquele de Ticiano. O corpo tem agora uma estrutura mais delicada, mas o efeito da imagem repousa na justaposição

Fig. 88. Holbein. *Retrato de Jean de Dinteville* (detalhe).

de formas separadas; tudo reúne-se num conjunto subordinado a um motivo dominante e os membros já não são acentuados regularmente como formas isoladas. Essa relação pode ser expressa ainda de outro modo: a ênfase foi concentrada em determinados pontos, a forma reduz-se a determinados pontos. Ambas as formulações significam a mesma coisa. Continua válido, porém, o pressuposto de que o sistema do corpo foi sentido de uma outra maneira, isto é, menos "sistematicamente". Para o ideal de beleza do estilo clássico é essencial que todas as partes se apresentem igualmente claras; o Barroco pode dispensar esse preceito, conforme demonstra o exemplo de Velásquez.

Fig. 89. Velásquez. *Cardeal Borgia*.

  Estas não são diferenças oriundas do clima ou da nacionalidade. Rafael e Dürer representam o corpo do mesmo modo que o fez Ticiano, enquanto Velásquez se aproxima do estilo de Rubens e de Rembrandt. Mesmo quando Rembrandt não busca outra coisa senão a nitidez, como na gravura do jovem sentado, em que o caráter articulado do nu se apresenta de modo tão pronunciado, o artista já não se pode valer dos acentos empregados no séc. XVI. A partir de tais exemplos possivelmente será mais fácil compreender o tratamento dispensado à cabeça.
  Mas se atentarmos para o conjunto, reconheceremos, até mesmo nessas questões simples, que o isolamento de cada figura

Fig. 90. Ticiano. *Vênus*.

no quadro – característica fundamental da arte clássica – é uma consequência natural do desenho clássico. Uma figura clássica pode ser recortada: ela terá, sem dúvida, uma aparência menos favorável do que em seu meio anterior, mas nunca perderá a identidade. A figura barroca, ao contrário, tem a sua existência totalmente associada aos demais motivos do quadro; já uma simples cabeça mescla-se indissoluvelmente ao movimento do fundo, mesmo que seja apenas através do jogo de tons claros e escuros. Esta observação torna-se ainda mais válida para uma composição como a *Vênus*, de Velásquez. Enquanto a bela figura de Ticiano possui um ritmo em si mesma, no quadro de Velásquez a figura se completa tão somente através dos demais elementos adicionados à composição. E quanto mais necessária se fizer sentir essa complementação, tanto mais perfeita será a unidade da obra de arte barroca.

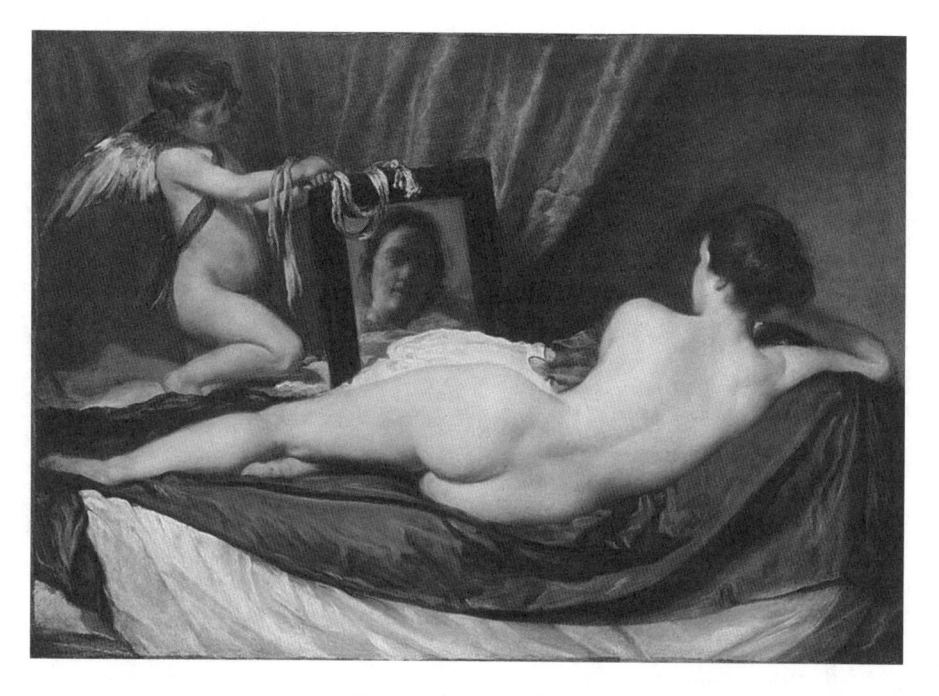

Fig. 91. Velásquez. *Vênus*.

Quanto aos quadros de muitas personagens, os retratos de grupos, tal como realizados por pintores holandeses, oferecem os exemplos mais elucidativos. Os quadros do séc. XVI que retratam cenas do cotidiano militar possuem uma estrutura tectônica e são conjuntos com uma clara coordenação de valores. Pode ocorrer que o capitão seja apresentado em posição de destaque em relação às demais figuras; o conjunto, porém, continua a ser constituído por uma justaposição de figuras, todas igualmente enfatizadas. A concepção que Rembrandt reservou ao tema em *A ronda da noite* é o exemplo oposto desse tipo de representação. Aqui podemos observar figuras isoladas, e até mesmo grupos de figuras apresentados de tal maneira, que se tornam quase irreconhecíveis; em contrapartida, os poucos motivos claramente perceptíveis sobressaem com enorme vigor, como motivos diretores. O mesmo ocorre com os retratos dos *Regentes*, em que o número de

Fig. 92. Rembrandt. Os *"Staalmeesters"*.

figuras é menor. É inesquecível o modo como o jovem Rembrandt, em *Lição de anatomia* (1632), rompe com o antigo esquema da coordenação e subordina a um *único* movimento e a uma *única* luz todas as personagens; esse procedimento caracteriza claramente o novo estilo. Surpreendente, porém, é o fato de Rembrandt não se ter limitado a tal solução. *Os "Staalmeesters"**, de 1661, são completamente diferentes. O Rembrandt maduro parece renegar o Rembrandt da juventude. O tema: cinco cavalheiros e um serviçal. Entretanto, não há um traço que diferencie um cavalheiro do outro; todos são iguais. Nada mais restou daquela concentração um pouco forçada de *Lição de anatomia*; o que existe, sim, é um alinhamento descontraído de partes iguais. Nenhuma luz artificialmente concentrada, mas espaços claros e escuros dispersos livremente por sobre toda a superfície da tela – seria isto um retrocesso às formas arcaicas? De modo algum. A unidade, nesse caso, está num movimento geral do qual não se pode fugir. Afirmou-se, e com razão, que a chave do motivo desse conjunto se encontra na mão estendida do orador (Jantzen). A fileira dos cinco cavalheiros desenvolve-se de maneira tão inevitável quanto um gesto natural. Nenhuma cabeça poderia ter outra posição, nenhum braço poderia descansar de outro modo. Cada um parece agir por si, mas somente o contexto geral imprime à ação individual um sentido e um valor estético. Naturalmente, as figuras não são os únicos elementos que determinam a composição. A luz e a cor são igualmente responsáveis pela unidade. De grande importância é a luz intensa que incide sobre a toalha, e que até hoje não pôde ser captada em nenhuma fotografia. Retornamos, portanto, àquela exigência barroca, segundo a qual a figura deve integrar-se de tal sorte no conjunto do quadro, que a unidade somente se torna perceptível na interação de cor, luz e forma.

A propósito desses momentos formais, em sentido estrito, não se pode deixar de atentar para o que a nova economia de acentos espirituais realizou em favor da unidade. Ela tem a sua importância tanto para *Lição de anatomia* como para *Os "Staalmeesters"*. O conteúdo espiritual concentrou-se num motivo unificante, mais externo no primeiro caso, mais interno no segundo, motivo este que absolutamente não está presente nos retratos de grupos mais antigos, cujas cabeças, justapostas, são independentes. Essa justaposição não representa uma forma peculiar de arcaísmo – como se a arte estivesse presa a fórmulas primitivas diante de uma tarefa dessa natureza –, mas corresponde perfeitamente à concepção de uma beleza de acentos coordenados, cujas leis são preservadas até mesmo nos momentos em que uma liberdade maior seria possível, como nos quadros de costumes.

Folguedos carnavalescos, desenhados à maneira de Jerônimo Bosch, constituem um quadro representativo desse estilo antigo, não apenas quanto à disposição das personagens, como também em relação à distribuição dos centros de interesse. Inexiste aqui a dispersão de interesse que pode ocorrer nas obras dos Primitivos; o sentimento de unidade é evidente, podendo ser sentido em toda a obra. Trata-se, porém, de diversos motivos que requerem, cada um para si, a mesma atenção. Para o Barroco, tal concepção é intolerável. Ostade trabalha com um número consideravelmente maior de personagens, mas o conceito de unidade é empregado com maior rigor. Do aglomerado do conjunto emerge o grupo dos três homens de pé, formando a onda mais alta do turbilhonamento da obra. Não se trata de algo que se separou do movimento geral, mas de um motivo dominante que imediatamente confere ritmo à cena. Ainda que tudo esteja animado, é sobre esse grupo que, intuitivamente, recai a expressão mais viva. Os olhos focalizam primeiramente esta forma, a partir da qual se ordena todo o resto. A confusão das vozes intensifica-se, nesse ponto, e torna-se uma conversa inteligível.

Isso não impede que, ocasionalmente, seja representado o vozerio ininteligível das ruas e dos mercados. Nesse caso, todos os motivos têm o seu significado atenuado e a unidade passa a residir no efeito produzido pela massa: algo completamente diferente da sucessão de vozes autônomas da arte clássica.

É evidente que tal posicionamento espiritual veio a alterar sobretudo a fisionomia dos quadros de cenas históricas. O conceito de unidade da narrativa já se firmara no séc. XVI, mas foi somente no Barroco que se descobriu a tensão do momento; surgiu, então, a narrativa dramática.

A *última ceia*, de Leonardo da Vinci, oferece uma imagem homogênea da história. O artista captou um momento específico para a representação, a partir do qual determinou o papel dos mais participantes. Cristo proferiu uma frase e detém-se num movimento que pode ter uma certa duração. Entrementes, desenvolve-se o efeito de suas palavras entre os ouvintes, que varia de acordo com o temperamento e a capacidade de compreensão de cada um. Não resta a menor dúvida quanto ao conteúdo da mensagem: a agitação dos discípulos e a atitude resignada do Mestre indicam que a traição foi revelada. Em função da exigência de uma unidade espiritual foi suprimido da cena tudo o que poderia distrair ou confundir o espectador. Somente é representado aquilo que é materialmente exigido: o motivo da mesa posta e do espaço fechado. Nesse quadro, nada se encontra que não esteja a serviço do conjunto.

Notória é a inovação que semelhante procedimento significou naquela época. É certo que o conceito da unidade da narrati-

Fig. 93. Escola de Bosch. *Folguedos carnavalescos*.

va também pode ser encontrado entre os Primitivos, se bem que manuseado com certa insegurança; no entender desses artistas, era perfeitamente admissível sobrecarregar a narrativa com toda a sorte de motivos que, alheios ao seu contexto, necessariamente desviavam a atenção do espectador para particularidades.

Mas que tipo de progresso é imaginável para além da maneira clássica de narrar? Existe porventura a possibilidade de se sobrepujar essa unidade? A resposta está nas transformações que tivemos oportunidade de observar nos retratos e nos quadros de costumes: a coordenação de valores desaparece, um motivo principal impõe-se mais que todos os outros aos olhos e às sensações, e o momento é captado com maior precisão. *A última ceia*, de Leonardo da Vinci, ainda que repouse sobre a noção de unidade, oferece ao espectador um número tão grande de situações isoladas, que desperta uma sensação de multiplicidade, se comparada com narrativas posteriores. Poderá parecer um sacrilégio a algu-

Fig. 94. Ostade. *Estalagem no campo.*

mas pessoas o fato de a compararmos, nesse momento, com *A ceia*, de Tiepolo (fig. 45). Entretanto, o confronto entre as duas obras serve para ilustrar o processo da evolução: em vez de treze cabeças, que exigem para si o mesmo grau de atenção, apenas algumas delas destacam-se da massa; as demais estão ou recuadas, ou completamente ocultas. Deste modo, tudo o que é realmente visível impõe-se com uma força muito maior em todo o quadro. Trata-se da mesma relação que procuramos esclarecer anteriormente, quando estabelecemos um paralelo entre a *Deposição* de Dürer e a de Rembrandt. É pena que Tiepolo nada mais significasse para nós.

Essa redução da imagem a efeitos isolados e pungentes vem necessariamente acompanhada de uma captação mais precisa do momento. Em comparação com a época seguinte, a narrativa clás-

Fig. 95. Rubens. *Sega de feno nos arredores de Mecheln.*

sica do séc. XVI continua a ter um caráter de passividade, de serenidade, ou melhor: ela continua a abranger um espaço de tempo amplo, quando no período seguinte o momento se reduz e a representação realmente se concentra apenas no breve ponto culminante da ação.

Para demonstrá-lo, recorremos ao exemplo que nos oferece a história de Suzana, do Antigo Testamento. A versão mais antiga da história não é a que evoca os tormentos de Suzana, mas a que mostra os anciãos observando de longe a sua vítima ou correndo até ela. Apenas gradualmente, à medida que se intensifica o senso dramático, é que surge o momento em que o inimigo salta sobre a nuca da banhista e lhe murmura ao ouvido palavras ardentes. Do mesmo modo, é só aos poucos que a cena dramática em que Sansão é dominado pelos filisteus se desliga do esquema do homem que dorme e tem os seus cabelos roubados por Dalila, enquanto repousa em seu colo.

Alterações tão profundas na concepção artística naturalmente não podem ser abrangidas com um único conceito. O elemento novo, neste capítulo, designa apenas uma parte do fenômeno, e não a sua totalidade. Concluiremos essa série de exemplos com o tema da paisagem, retornando, assim, ao âmbito da análise óptico-formal.

Uma paisagem de Dürer ou de Patenier diferencia-se de qualquer paisagem de Rubens pela reunião de partes isoladas, de formação independente, onde se pode perfeitamente perceber uma intenção unificante, mas é impossível distinguir um motivo realmente dominante, apesar de todas as graduações. Só pouco a pouco é que se atenuam os limites divisórios, se mesclam os fundos e um determinado motivo do quadro passa a preponderar sobre os outros. Os paisagistas de Nürnberg, da escola de Dürer, os Hirschvogel e os Lautensack, já constroem suas telas de outro modo: na esplêndida *Paisagem hibernal*, de P. Brueghel (fig. 55), a fileira de árvores avança da direita para o interior do quadro com uma força poderosa, e o problema dos acentos ganha, repentinamente, uma feição diferente. Segue-se a unificação por meio das grandes faixas de luz e sombra, que se tornaram conhecidas principalmente através da obra de Jan Brueghel. Elsheimer, por outro lado, trabalha a sua unidade dispondo na diagonal longas fileiras de árvores e colinas. Esse processo reaparece nos "terrenos em diagonal" das paisagens de dunas, de Van Goyen. Resumindo: quando Rubens leva essa técnica até as últimas consequências, o resultado é um esquema de composição que constitui o polo oposto ao de Dürer, e que encontra seu exemplo maior em *Sega de feno nos arredores de Mecheln**.

Uma paisagem plana, de pradarias, que se abre para a profundidade por meio de um caminho sinuoso. O movimento em direção ao interior é reforçado por uma figuração de animais e carroças, enquanto o plano é enfatizado pelas carregadoras de feno que se deslocam para o lado. A curva do caminho é acompanhada pelo cortejo de nuvens que se projeta numa tonalidade clara, do canto esquerdo para cima. É no fundo que o quadro se "assenta", como costumam dizer os pintores. A claridade do céu e dos prados (obscurecidos na fotografia) imediatamente atrai os olhos para o plano mais profundo. Já não existe qualquer vestígio de uma divisão em setores isolados; nem uma árvore sequer pode ser concebida como algo isolado, separado do movimento global criado no quadro pelas luzes e formas.

Fig. 96. Rembrandt. *Paisagem com três carvalhos*.

Quando Rembrandt, numa de suas paisagens mais populares, *Paisagem com três carvalhos**, acentua ainda mais um único ponto, o efeito que o artista obtém é novo e significativo, se bem que, no fundo, obedeça às normas do mesmo estilo. Jamais se vira, até então, um motivo único ocupar um lugar de tanto destaque em um quadro. É bem verdade que o efeito não resulta apenas das árvores, mas também do contraste velado entre o que se eleva no espaço e a planície que se estende no plano. Contudo, as árvores desempenham um papel preponderante. Tudo está subordinado a elas, inclusive os movimentos da atmosfera: o céu forma como que uma auréola ao redor dos carvalhos, de tal sorte que eles se erguem com a imponência dos vitoriosos. Recordamo-nos, neste momento, de termos visto em obras de Claude Lorrain árvores magníficas que, exatamente devido à sua solidão inaudita, representam algo de tão novo na pintura. E quando nada mais existe além de uma paisagem plana vista de longe e um vasto céu acima, é a força da linha do horizonte que pode conferir à paisagem o caráter barroco. Ou então, ele resulta da relação espacial entre céu e terra, quando a enorme massa de ar preenche a superfície do quadro com um poder opressor.

Esta é a concepção referente à categoria da unidade indivisível, que tornou possível naquela época, e pela primeira vez, a representação da imensidão do mar.

4. O histórico e o nacional

Quem comparar uma história retratada por Dürer com uma de Schongauer, a *Prisão de Cristo*, por exemplo, na gravura em madeira *A grande paixão*, com uma página centrada no mesmo tema, da série de gravuras* de Schongauer, não deixará de se surpreender com a firmeza do efeito obtido por Dürer, com a nitidez e a abrangência de sua narrativa. Costuma-se dizer, nesse caso, que a composição foi pensada com maior cuidado e que a história se atém mais ao essencial. Mas não se trata, no momento, de detectar diferenças qualitativas entre duas produções individuais, e sim de observar formas distintas de representação que, extrapolando os casos particulares, foram paradigmáticos para toda a formação do pensamento artístico. Após o esboço dos aspectos fundamentais, nas páginas iniciais do capítulo, recorremos novamente às características da época anterior à clássica.

Sem dúvida, a composição de Dürer apresenta uma clareza maior na exposição. A figura de Cristo, em sua forma oblíqua, domina todo o quadro, fazendo com que à primeira vista se evidencie o motivo da violência. As pessoas que o puxam para a frente, ordenadas em direção oposta à dele, intensificam a expressão da linha oblíqua, formada por seu corpo. O tema de São Pedro e Malco, contudo, não é outra coisa senão um simples episódio que permanece subordinado ao tema central. Ele é um dos motivos (simétricos) que preenchem os cantos. Na obra de Schongauer, os elementos principais ainda não estão separados

dos secundários. As direções e as contradireções ainda não formam um sistema claro. Em alguns pontos as figuras parecem enredar-se num aglomerado amorfo; outras vezes, ao contrário, alguns elementos se apresentam demasiado soltos e dispersos. O conjunto é relativamente monótono, se o compararmos com as composições fortemente contrastivas do estilo clássico.

Os Primitivos italianos têm, pelo fato de serem italianos, simplicidade e transparência maiores do que Schongauer – razão pela qual a obra daqueles parece pobre aos olhos dos alemães; entretanto, também nesse caso a diferença existente na organização pouco diferenciada e, por conseguinte, insuficientemente autônoma em suas partes componentes é o que distingue o *Quattrocento* do *Cinquecento*. Sugerimos ao leitor dois exemplos conhecidos: a *Transfiguração* de Bellini (Nápoles) e a de Rafael. No primeiro caso, veem-se três figuras de pé, de igual valor, uma ao lado da outra: Cristo no meio, em posição de igualdade, entre Moisés e Elias; a seus pés, outras três figuras de igual valor, agachadas: os discípulos. No segundo exemplo, ao contrário, todos os elementos dispersos foram concentrados numa grande forma, e no interior dessa forma os elementos isolados veiculam contrastes mais vivos. A figura de Cristo, enquanto personagem principal, eleva-se sobre seus acompanhantes (agora voltados em sua direção); os discípulos obedecem a uma relação de maior dependência; tudo está interligado, mas, apesar disso, cada motivo parece desenvolver-se livremente por si mesmo. A claridade objetiva que a arte clássica conseguiu obter dessa articulação e desses contrastes constitui um capítulo à parte. É nosso desejo que o princípio seja compreendido, por ora, como princípio decorativo, e nesse sentido a sua eficácia pode ser aclarada tanto a partir de quadros sacros puramente representativos, como a partir de quadros históricos.

O que nos dá a impressão de uma certa fragilidade e debilidade nas composições de um Botticelli ou de um Cima, quando as comparamos com exemplos de Fra Bartolomeu ou Ticiano, senão aquela coordenação sem contrastes e aquela pluralidade de elementos sem uma unidade verdadeira? Somente no momento em que o conjunto foi reduzido a um sistema é que a sensibilidade para a diferenciação das partes pôde desenvolver-se, e somen-

Fig. 97. Schongauer. *Prisão de Cristo*.

te dentro de uma unidade rigidamente concebida é que a forma parcial pôde evoluir a ponto de se impor como elemento autônomo.

Se esse processo pode ser acompanhado com facilidade na representação de quadros de altar, e já não significa surpresa para

Fig. 98. Dürer. *Prisão de Cristo*.

ninguém, são precisamente observações dessa natureza que, por outro lado, tornam compreensível a história do desenho do corpo e da cabeça. A articulação do torso, da forma como ela foi realizada no apogeu do Renascimento, é absolutamente idêntica ao que se conseguiu, em proporções maiores, na composição dos quadros de figuras: unidade, sistematização e elaboração de contrastes que, quanto mais evidentemente inter-relacionados, tanto melhor serão vistos como partes de significado integrante. E essa

Fig. 99. Van der Goes. *Adão e Eva*.

evolução é a mesma no norte e no sul da Europa, excluindo-se as peculiaridades nacionais mais gerais. A relação entre o desenho de um nu de Verrocchio e um desenho de Michelangelo é a mesma que existe entre um desenho de Hugo van der Goes e um de Dürer. Em outras palavras: o corpo de Cristo no *Batismo*, de Verrocchio (Florença, Academia), deve ser colocado, do ponto de vista estilístico, no mesmo plano em que se situa o nu de Adão em *O pecado original*, de Hugo van der Goes* (Viena): apesar de toda a delicadeza na reprodução naturalista dos corpos, observa-se, nos dois casos, a mesma falta de articulação e de manejo consciente dos efeitos de contrastes. Em contrapartida, na gravura de Dürer representando *Adão e Eva*, ou no quadro de Palma Vecchio (fig. 34), evidencia-se a separação espontânea dos grandes contrastes formais, e os corpos passam a revelar um sistema claro: tal fato não deve ser interpretado como sinal de "progressos no conhecimento da natureza", mas como uma formulação de impressões da natureza, ancorada em uma nova base decorativa. E mesmo nos casos em que se pode falar de uma influência da Antiguidade, o pressuposto fundamental para a adoção do antigo esquema somente foi possível, quando passou a existir um sentimento decorativo correspondente.

Quanto à representação de cabeças, a relação torna-se ainda mais clara, pois, nesse caso, um grupo rígido de formas prefiguradas desliga-se de uma relação incerta de coexistência, para converter-se numa unidade viva sem qualquer interpontuação artificial. Naturalmente trata-se de efeitos perfeitamente descritíveis, mas que não podem ser compreendidos se não forem vivenciados. Um holandês do *Quattrocento*, como Bouts (fig. 80), e seu contemporâneo italiano, Credi*, possuem elementos comuns, na medida em que tanto num como noutro a representação da cabeça não se acha subordinada a um sistema. As formas que compõem o rosto ainda não mantêm entre si uma relação de tensão e, por conseguinte, não podem parecer verdadeiramente autônomas. Se a esta altura voltamos nossa atenção para um Dürer (fig. 21) ou para Orley (fig. 69), cujo motivo em muito se assemelha ao de Credi, é como se notássemos pela primeira vez que a boca possui um formato horizontal, que parece querer opor-se energicamente às formas verticais. Contudo, no momento mesmo em que a forma adota as posições elementares, a estrutura do conjunto também se consolida: a parte ganha um novo significado dentro do todo. Já nos referimos anteriormente aos acessórios característicos que adornam as cabeças. O conjunto de imagem no retrato participa da mesma transformação. A abertura de uma janela, por exemplo, não aparece no séc. XVI, senão quando é usada com a função de uma forma contrastante.

Assim como os italianos sempre apresentaram uma inclinação particularmente acentuada pelo estilo tectônico e, consequentemente, pelo sistema de partes autônomas, o processo evolutivo também demonstra na Alemanha uma surpreendente homogeneidade. O busto do embaixador francês retratado por Holbein (fig. 88) baseia-se no mesmo sistema de acentuação que se verifica no desenho de Rafael, representando Pietro Aretino*, na gravura de Marc Anton. É precisamente a partir desse paralelismo que traçamos entre obras de diferentes nacionalidades, que se pode aguçar a sensibilidade para aquela relação de efeitos das partes e do todo, tão difícil de se descrever.

É disto que o historiador necessita para compreender a transformação que observa ao passar de um Ticiano para um Tintoretto e um El Greco, e de um Holbein para um Moro ou para um Rubens. "A boca é mais eloquente e os olhos são mais expressivos", pode-se dizer. Sem dúvida, contudo, não se trata única e exclusivamente de um problema de expressão, mas de um esquema de unificação com alguns pontos salientes, que, enquanto princípio decorativo, determina toda a ordenação do quadro. As formas começam a fluir e, consequentemente, surge uma nova unidade que altera a relação das partes para com o todo. Correggio já possuía uma acentuada inclinação por esse tipo de efeitos, que provêm da forma parcial privada de sua autonomia. Mais tarde, Michelangelo e Ticiano, cada qual a seu modo, voltam-se para esse mesmo objetivo; Tintoretto e até mesmo El Greco dedicam-se com verdadeira paixão ao problema de extrair a unidade maior do quadro do aniquilamento da existência autônoma das partes. Quando falamos em existência autônoma das partes, não devemos pensar apenas nos objetos isolados; o problema é o mesmo tanto para uma simples cabeça como para uma composição de muitas figuras, tanto para a cor como para as direções geométricas no quadro. É bem verdade que não se pode precisar o momento em que se impõe a aplicação da nova denominação do estilo. Tudo é transitório e relativo no efeito. O grupo *O rapto das amazonas*, de Giovanni da Bologna (Florença, Loggia dei Lanzi) – apenas para concluirmos com um exemplo plástico – parece-nos ter sido projetado com base numa unidade absoluta, se compararmos a obra com trabalhos do Alto Renascimento; contudo, tão logo confrontamos a referida obra com

Fig. 100. Credi. *Retrato de Verrocchio*.

Bernini, em *O rapto de prosérpina* (obra da juventude), tudo se desfaz em efeitos isolados.

    De todas as nações, a Itália é a que apresenta o modelo clássico na sua concepção mais pura. Essa é a glória de sua arquitetura e de seu desenho. Mesmo no período barroco, ela não avançou tanto quanto a Alemanha em relação à dependência mútua das formas. O contraste entre as formas da imaginação que caracterizam essas duas nações pode ser descrito mediante uma comparação com a música: o carrilhão das igrejas italianas atém-se sempre a uma forma tonal determinada; quando os sinos repicam nas

Fig. 101. Rafael. *Retrato de Pietro Aretino* (gravado por Marc Anton).

igrejas alemãs, o que se ouve é uma mescla de diferentes sons harmônicos. É bem verdade que a comparação não está totalmente de acordo com o "carrilhão" italiano; na arte, o elemento decisivo é o desejo de uma forma autônoma dentro de um todo fechado. Característico para o norte é, sem dúvida, o fato de apenas ele ter sido o berço de um Rembrandt, em cujas obras as formas cromáticas e luminosas mais importantes parecem surgir de profundezas misteriosas; contudo, aquilo que chamamos de unidade barroca na arte setentrional não pode ser abarcado em sua totali-

Fig. 102. Boucher. *Moça reclinada*.

dade apenas com o exemplo de Rembrandt. Sempre se verificou, no norte da Europa, a tendência generalizada a fazer a parte desaparecer no todo; sempre existiu a ideia de que o sentido e o significado de cada ser não decorrem de outra coisa senão de sua relação com os outros seres, com o mundo todo. Daí a preferência pelas representações de massas, que Michelangelo observava como sendo típica da pintura setentrional, e que ele censurava (se é que se pode acreditar em Francesco da Holanda), dizendo que os alemães apresentam muitas coisas de uma só vez, quando apenas um motivo seria suficiente para se elaborar um quadro. Italiano que era, Leonardo foi incapaz de apreciar um ponto de vista nacional diferente do seu. Mas não é necessário, realmente, que as personagens sejam numerosas; basta que a figura apareça unida com as demais formas, compondo uma unidade indissolúvel. O *S. Jerônimo em sua cela**, de Dürer, ainda não apresenta um senso de unidade formal no sentido preconizado pelo séc.

XVII, mas a interpenetração das formas na obra expressa uma possibilidade da imaginação exclusiva da arte setentrional.

Quando em fins do séc. XVIII a arte ocidental se propôs a buscar um novo ponto de partida, uma das primeiras manifestações da crítica moderna referia-se ao fato de ela exigir novamente o isolamento das partes em nome da verdadeira arte. A *Moça reclinada*, de Boucher, não pode ser separada dos tecidos e dos demais elementos do quadro; o jovem corpo deixa de existir se o considerarmos separadamente de seu contexto. Em contrapartida, a *Madame Récamier*, de David, volta a ser uma figura autônoma, fechada em si mesma. A beleza do Rococó reside no todo indissolúvel; para o novo gosto classicista, a figura bela é exatamente aquilo que já fora anteriormente, ou seja, uma harmonia de membros articulados, perfeitos em si mesmos.

ARQUITETURA

1. Considerações gerais

Sempre que surge um novo sistema formal, é natural que as singularidades sejam expressas em primeiro lugar e com uma certa insistência. Não é que falte a consciência do significado maior do conjunto, mas o detalhe parece constituir uma existência à parte, sustentando-se como tal mesmo na impressão global. Foi o que aconteceu quando o estilo moderno (do Renascimento) encontrava-se nas mãos dos Primitivos. Estes eram mestres o suficiente para não permitirem que o detalhe predominasse na obra; contudo, o detalhe sempre voltava a exigir para si todas as atenções dentro do conjunto. Foram os artistas clássicos que conseguiram encontrar o equilíbrio. Para eles, uma janela continua a ser uma parte claramente isolada, embora não possa ser percebida como tal pelos sentidos; ou seja, é impossível vê-la sem perceber, ao mesmo tempo, a sua relação com a forma maior do espaço em que se acha inserida, ou seja, a superfície geral da parede. Em contrapartida, ao voltar a sua atenção para o conjunto, o observador necessariamente e de imediato notará o quanto esse conjunto se acha condicionado pelas partes.

O que o Barroco apresenta de novo não é, portanto, a unificação de um modo geral, e sim aquele conceito de unidade absoluta, no qual a parte, enquanto valor independente, é absorvida em grau maior ou menor pelo todo. Já não se trata da fusão de formas belas num todo harmônico onde as partes continuam a ter vida própria, e sim da submissão dessas mesmas partes a um motivo geral predominante, de sorte que elas somente ganham sentido e significado na medida em que participam conjuntamente do efeito global. Sem dúvida, a definição de perfeição formulada por L. B. Alberti vale tanto para o Renascimento quanto para o Barroco: a forma deve ser de uma natureza tal, que se torne impossível modificar ou excluir qualquer elemento, por menor que seja, sem destruir a harmonia do conjunto. Todo complexo arquitetônico é uma unidade perfeita, mas o conceito de unidade tem, na arte clássica, um significado diferente daquele do Barroco. O que Bramante considera unidade passa a ser multiplicidade aos olhos de Bernini – se bem que Bramante, por sua vez, possa ser considerado um precioso unificador, diante da multiplicidade da arte dos Primitivos.

A unificação barroca acontece de várias maneiras. A unidade é obtida, por exemplo, através de uma anulação uniforme da autonomia das partes; desse modo, surgem motivos isolados, dominantes, que se impõem aos outros, os quais passam a figurar como motivos menores. Essa relação de domínio e subordinação também existe na arte clássica, mas com a diferença de que a parte subordinada ainda preserva o seu valor independente, enquanto que na arte barroca até mesmo a parte dominante perderia um pouco do seu significado, se fosse considerada separadamente de seu contexto.

Nesse sentido transformam-se, então, as sucessões de formas horizontais e verticais, e surgem aquelas grandes composições unitárias, em profundidade, nas quais setores inteiros de espaços renunciam à sua autonomia em favor de um novo efeito global. Não há dúvida de que se verifica uma evolução nesse caso. Mas essa transformação do conceito de unidade nada tem a ver com motivos de ordem sentimental, pelo menos não ao ponto de se poder afirmar que as aspirações maiores da nova geração pediam aquelas ordenações colossais que unem os corpos arquitetônicos, ou que a serenidade do Renascimento tenha criado o estilo das partes autônomas, e que a seriedade do Barroco tenha insistido em suprimir essa autonomia: certamente a beleza que se move em estruturas totalmente livres suscita uma impressão de alegria, mas não nos esqueçamos que também o estilo oposto soube expressá-la. Existe algo mais alegre do que o Rococó francês? Entretanto, já não foi possível a essa época recorrer aos meios expressivos do Renascimento. E é exatamente aí que reside o cerne de nosso problema.

É evidente que essas transformações possuem pontos em comum com a evolução para o estilo pictórico e para o atectônico, que já tivemos oportunidade de abordar. O efeito pictórico do movimento contínuo está sempre associado a uma certa perda de autonomia das partes, e toda unificação estará sempre pronta a unir-se a motivos próprios ao gosto atectônico, do mesmo modo como, inversamente, a beleza articulada está intimamente ligada a tudo o que seja tectônico. Apesar disso, os conceitos de unidade múltipla e unidade indivisível requerem um tratamento especial. É na arquitetura, precisamente, que esses conceitos adquirem uma transparência excepcional.

2. Exemplos

Sobretudo a arquitetura italiana oferece exemplos de uma clareza realmente ideal. Incluímos a escultura nesse contexto, pois as peculiaridades que a distinguem da pintura manifestam-se principalmente em obras que mesclam arquitetura e escultura, como os túmulos etc.

Os túmulos venezianos e os florentino-romanos adquirem suas feições clássicas mediante um processo contínuo de diferenciação e integração de formas. As partes opõem-se umas às outras em contrastes cada vez mais decisivos, e o conjunto assume pouco a pouco o caráter inalienável de uma estrutura na qual nenhuma parte pode ser alterada sem implicar a destruição do conjunto. O tipo primitivo e o clássico são unidades compostas de partes autônomas. Na arte primitiva, porém, essa unidade ainda é um tanto flexível. Somente em combinação com um espírito de austeridade é que a liberdade se torna completamente expressiva. Quanto mais rigoroso for o sistema, maior será o efeito de autonomia das partes dentro dele. Esta é a impressão que nos suscita o túmulo dos prelados, de Andrea Sansovino, na igreja de Santa Maria del Popolo (Roma), em contraposição às obras de Desiderio e A. Rosselino; esse mesmo contraste verifica-se também entre o túmulo de Vendramini, de Leopardi, em S. Giovanni e Paolo (Veneza), e os túmulos dos Doges, que são obras do *Quattrocento*. Uma concentração de elementos de extraordinário efeito, é o que apresenta Michelangelo no túmulo dos Medici: em seus traços fundamentais, a obra ainda se prende totalmente à estruturação clássica formada por partes autônomas; entretanto, os contrastes entre a figura central, erguida, e as formas jacentes, alongadas, foram enormemente aumentados. É necessário que se tenham em mente obras dessa natureza, de contrastes fortemente expressivos, para que se possa avaliar com precisão a obra de Bernini, do ponto de vista histórico-estilístico. Era impossível conseguir-se um efeito maior tendo por base o princípio das partes isoladas; mas o Barroco não encara esse problema como um desafio: faz com que desapareçam as divisões ideais entre as figuras, e a massa global de formas flui em meio a um grande movimento uniforme. É o que se verifica no túmulo do papa Urbano VIII, na catedral de São Pedro, e no túmulo do papa Alexandre VII*, que apresenta uma unidade ainda maior (fig. 60). Em ambos os casos, o contraste entre a personagem principal, sentada, e as acompanhantes, jacentes, é eliminado em favor da unidade da obra: as personagens secundárias estão de pé; entre elas e a figura dominante do Papa se estabelece um contato óptico imediato. Dependerá do espectador ser mais ou menos sensível a essa impressão de unidade. Certamente *é possível* interpretar a obra de Bernini a partir de cada um de seus detalhes; contudo, não é desse modo que o artista deseja ver o seu trabalho apreciado. Quem compreendeu o sentido dessa arte sabe que a forma isolada não apenas foi concebida em relação ao conjunto – o que também é uma norma de arte clássica –, mas abdicou de sua autonomia em favor desse conjunto, do qual depende para respirar e viver.

No âmbito das construções civis italianas, podemos indicar como exemplo clássico da unidade múltipla renascentista a

Cancelleria* romana (fig. 104), ainda que o palácio não leve o nome de Bramante. Uma superposição de três pisos constitui um todo absolutamente fechado; porém, os pisos, as saliências angulares, as janelas e as superfícies da parede são elementos claramente isolados. O mesmo ocorre com a fachada do Louvre, de Lescot, e com o castelo de Otto-Henrique, em Heidelberg. Em todos eles existe uma equivalência das partes homogêneas.

Se olharmos mais de perto, porém, nós nos sentiremos inclinados a restringir o conceito da equivalência. O rés do chão da Cancelleria, em relação aos pisos superiores, caracteriza-se perfeitamente como andar térreo, o que significa que, em certo sentido, está subordinado aos demais pavimentos. Apenas na parte superior é que aparecem os pilares divisórios. Nessa sucessão de pilares, que divide a parede em setores isolados, não se buscou uma simples coordenação, mas sobretudo a alternância de setores largos e estreitos. Trata-se de um procedimento que, em termos, podemos chamar de coordenação do estilo clássico. A forma preliminar do *Quattrocento* pode ser observada no Palazzo Ruccelai*, em Florença. Ali predomina a igualdade absoluta dos setores da parede e, no que diz respeito à articulação, a perfeita equivalência dos pavimentos. O conceito dominante é o mesmo em ambos os casos: um sistema composto de partes autônomas, embora a Cancelleria apresente uma organização formal mais rigorosa. A diferença que se estabelece aqui é idêntica àquela existente entre a simetria flexível do *Quattrocento* e o rigor simétrico do *Cinquecento* nas artes representativas, que já tivemos ocasião de abordar. No quadro de Botticelli representando *A Virgem e os dois S. João* (Museu de Berlim), a justaposição das três personagens é perfeitamente equitativa, sendo que Maria tem apenas uma certa proeminência formal pelo fato de ocupar o centro; para um clássico como Andrea del Sarto – penso na *Madona delle Arpie*, em Florença – Maria destaca-se nitidamente de seus acompanhantes, sem que estes deixem de ter a sua razão de ser em si mesmos. Eis aí o ponto principal. O caráter clássico da sucessão de setores da Cancelleria é obtido na medida em que também os setores mais estreitos ainda representam valores proporcionais independentes, e o rés do chão, apesar de subor-

Fig. 103. Florença, Palazzo Ruccellai.

dinado aos demais pavimentos, continua sendo um elemento que possui beleza própria.

    Uma construção como a Cancelleria, composta de uma série de elementos isolados, representa, na esfera da arquitetura, o exemplo oposto ao quadro da *Bella (Vênus)*, de Ticiano, que reproduzimos anteriormente (fig. 90). E assim como opusemos a esse quadro a *Vênus*, de Velásquez, como tipo representativo de um

Fig. 104. Roma, Palazzo della Cancelleria.

organismo nascido da unificação absoluta de todos os elementos, não teremos dificuldade alguma em encontrar paralelos arquitetônicos também para o quadro espanhol.

Nem bem formara-se o tipo clássico, e já se preconizava o desejo de suplantar essa multiplicidade com motivos maiores que se expandissem pela obra toda. A esse propósito costuma-se falar das "aspirações maiores" que teriam exigido uma forma mais abrangente. Nada mais injusto. Quem não estará plenamente convencido de que os empreiteiros do Renascimento – e entre eles achava-se o papa Júlio II! – almejavam o máximo a que podia aspirar a vontade humana? Mas nem tudo é possível em qualquer época. A forma da beleza múltipla precisou ser vivida primeiramente, antes que se pudesse pensar em ordenações unitárias.

Fig. 105. Roma, *Palazzo Odescalchi*.

Michelangelo e Palladio são artistas da fase de transição. O exemplo genuinamente barroco, oposto à Cancelleria, é o Palazzo Odescalchi*, em Roma, que traz nos dois pisos superiores aquela ordenação colossal que, a partir de então, tornou-se norma na arquitetura ocidental. O rés do chão adquire agora, indubitavelmente, o caráter de base, ou seja, ele perde a sua autonomia. Na Cancelleria, cada setor da parede, cada janela e mesmo cada pilar tinha uma beleza própria, claramente expressa; no Palazzo Odescalchi, todas as formas são tratadas de modo a se integrarem quase que totalmente no efeito global. Os setores isolados entre os pilares não são valores que possam ter um significado fora do conjunto. As janelas foram idealizadas de modo a mesclarem-se com os pilares, e estes já não produzem o efeito de formas isoladas: são partes integrantes de uma massa. O Palazzo Odescalchi é apenas o início. A arquitetura posterior avançou ainda mais na direção a que nos estamos referindo. O Palácio Holnstein* (atualmente Palácio Episcopal), uma obra particularmente bela do velho Cuvilliés, é todo ele uma superfície em movimento: os setores da parede já não são tangíveis, as janelas se fundem por com-

Fig. 106. Munique, *Palácio Episcopal*.

pleto com os pilares, e estes perderam quase que totalmente o seu caráter tectônico.

Uma das consequências desse estado de coisas é o fato de a fachada barroca buscar a ênfase de pontos isolados, primeiramen-

Fig. 107. Roma, Palazzo Madama.

te no sentido de obter um motivo central dominante. Na realidade, a relação entre a parte central e as alas já desempenha um papel relevante no Palazzo Odescalchi. Entretanto, antes de nos ocuparmos desse aspecto, é necessário retificarmos a ideia de que o esquema de tal ordenação colossal de pilares e colunas tenha sido o único, ou pelo menos o predominante.

O anseio por uma unificação pôde ser igualmente satisfeito em fachadas, nas quais os pisos não são ligados por linhas verticais. Exemplo disto é o Palazzo Madama*, atual sede do Senado. O observador desatento pode pensar que a construção não se distingue, em seus traços fundamentais, das obras que caracterizam o Renascimento. O problema principal é saber em que medida a parte deve ser sentida como um momento independente e integrante do conjunto, ou até que ponto ela se deixa absorver pelo todo. Característico é o fato de cada piso passar a ter uma importância secundária em face do efeito arrebatador do movimento global das superfícies, e o fato de a janela isolada não mais poder ser percebida como parte constitutiva do todo, se comparada com a impressão produzida por seus frontões, cujo destaque é de grande expressividade. Prosseguindo nessa direção, o Barroco setentrional consegue obter os mais variados efeitos, sem precisar fazer uso de um número grande de recursos plásticos. Pelo simples ritmo das janelas privadas de sua autonomia, uma parede pode suscitar a impressão viva de um movimento global.

Mas, como dissemos, a tendência a enfatizar determinados pontos sempre existiu no Barroco: o artista concentra o efeito sobre um motivo principal, que mantém os motivos secundários num estado de permanente dependência, mas, por outro lado, depende desses mesmos elementos acompanhantes, nada podendo significar isoladamente. Já no Palazzo Odescalchi a parte central avança, ainda que ligeiramente, com uma superfície ampla, sem que para isto haja qualquer razão de ordem prática, e em ambos os lados aparecem, um pouco recuadas, duas alas pequenas e relativamente dependentes (posteriormente elas foram alongadas). Em proporções maiores, esse procedimento estilístico, visando a subordinação de elementos, pode ser encontrado nas construções de palácios, com seus pavilhões centrais e laterais; mas também em pequenas residências privadas existem ressaltos centrais, cuja saliência é frequentemente da ordem de alguns centímetros apenas. Em vez de um único acento central, podem ser colocados, em fachadas mais longas, dois acentos laterais que flanqueiam o centro vazio; naturalmente, esses acentos não recaem sobre os ângulos, o que seria próprio ao estilo renascentista (v. a Cancelleria, em Roma), mas fora deles. Como exemplo podemos citar o Palácio Kinsky, em Praga.

Em seus traços fundamentais, esse mesmo processo evolutivo repete-se nas fachadas das igrejas. O apogeu do Renascimento italiano legou ao Barroco o tipo perfeitamente acabado da fachada de dois andares com cinco planos embaixo e três em cima, entreligados por volutas. Pouco a pouco, os planos perdem a sua autonomia proporcional; a sucessão de elementos equivalentes é substituída pela importância decisiva que se reserva à parte central: é sobre ela que recaem os acentos plásticos e dinâmicos mais fortes, como se um movimento ondulante, proveniente dos lados, ali atingisse o seu ponto culminante. Para obter a unidade na ordenação vertical, a arquitetura sacra do Barroco raramente utilizou o recurso de acoplar os pisos; contudo, na medida em que se mantém o princípio dos dois pisos, evidencia-se a supremacia de um sobre o outro.

Já tivemos oportunidade de mencionar a analogia desta evolução num terreno tão longínquo como o da paisagem holandesa, e seria conveniente repetirmos a referência para não restringirmos nossas considerações a fatos isolados da história da arquitetura, e, em contrapartida, mantermos vivo na memória o princípio fundamental dessa evolução. Na realidade, o mesmo conceito de efeito unificado e concentrado em pontos isolados é o que distingue a paisagem holandesa do séc. XVII da pintura do séc. XVI, em que os valores descritivos são igualmente distribuídos equitativamente.

Naturalmente não é apenas a grande arquitetura mas também o pequeno mundo dos móveis e dos utensílios que nos oferecem exemplos. É perfeitamente possível alegar razões de ordem prática que teriam tornado imperiosa a transformação do armário renascentista de duas partes no armário barroco, de uma só parte; a nova configuração, porém, possuía suas raízes numa tendência geral do gosto, e certamente ter-se-ia imposto de uma maneira ou outra.

Para toda e qualquer sucessão de formas horizontais, o Barroco busca os agrupamentos unificantes. Quando se propõe a ornamentar as cadeiras de um coro, dispostas em fileiras idênticas, ele se compraz em reuni-las sob um arco, do mesmo modo como pode ocorrer que os pilares de sustentação de uma nave de igreja gravitem em direção ao centro da fileira, sem que para isto haja qualquer razão de ordem prática (por exemplo, as cadeiras do coro da igreja de S. Pedro, em Munique).

É bem verdade que, em todos esses casos, o fenômeno transcende a descrição do grande motivo abrangente; a impressão de unidade dependerá sempre de uma transformação das partes,

Fig. 108. Munique, Cadeira do coro da igreja de São Pedro.

que as impede de se imporem como elementos autônomos. As cadeiras do coro, há pouco mencionadas, não constituem um todo unificado apenas pelo fato de serem coroadas por um arco, mas porque a forma que cada um dos respaldos recebeu *obriga-as* a se apoiarem umas nas outras. Por si só elas já não são capazes de se sustentar.

    O mesmo ocorre com o exemplo do armário. O Rococó une os dois batentes das portas sob um frontão arqueado. Mas se os batentes das portas, em sua parte superior, seguem a mesma linha do frontão, ou seja, elevam-se em direção ao meio, é natural que não possam ser apreendidos senão aos pares. A parte isolada não tem mais qualquer autonomia própria. Do mesmo modo, a mesa do Rococó também já não possui as pernas trabalhadas que existem por si mesmas; elas se fundem no conjunto do móvel. As exigências do estilo atectônico coincidem com as do gosto pela unidade absoluta, por possuírem princípios basicamente semelhantes. O resultado final são aqueles interiores do Rococó, sobretudo os interiores das igrejas, onde todo o mobiliário se integra de tal maneira no conjunto, que não se poderia nem mesmo conceber o isolamento de uma única peça. A arte setentrional possui incomparáveis exemplos dessa natureza.

A cada passo deparamo-nos com diferenças características da imaginação nacional de cada povo: os italianos desenvolveram as partes com maior liberdade do que os povos nórdicos, e nunca sacrificaram a sua autonomia tão amplamente quanto estes últimos. As partes livres, porém, não são um dado existente *a priori*, mas algo que primeiramente precisa ser criado, ou seja, precisa ser sentido. Reportamo-nos às observações introdutórias deste capítulo. A beleza própria ao Renascimento italiano reside na maneira peculiar com que ele transforma um elemento constitutivo – uma coluna, um setor de parede ou uma porção de espaço – em algo perfeito, completo e fechado em si mesmo. A imaginação germânica jamais conferiu à parte uma tal autonomia. O conceito de beleza articulada é um conceito fundamentalmente romano.

Isso parece contradizer a opinião segundo a qual precisamente a arquitetura setentrional se caracterizaria por uma individualização muito forte dos motivos isolados; além disso, de acordo com tal concepção, elementos como um balcão ou uma torre não se integram ao conjunto, mas opõem-se a ele com personalidade própria. Esse individualismo, porém, nada tem a ver com a liberdade das partes numa relação de interdependência ordenada. Por outro lado, também não é suficiente enfatizar unicamente o aspecto da personalidade própria: característico é o modo como essas manifestações do capricho permanecem firmemente arraigadas no cerne da obra arquitetônica. Não seria possível arrancar do contexto uma das sacadas, sem que se danificasse toda a obra. Um dos conceitos de unidade, inacessível ao espírito italiano, é a possibilidade de se unificarem elementos os mais heterogêneos por um desejo de vida comum. O estilo "selvagem" da primeira

Fig. 109. Berck-Kheyde. *A prefeitura de Amsterdam*.

fase do Renascimento alemão, da forma como o encontramos, por exemplo, nas prefeituras de Altenburg, Schweinfurt e Rothenburg, acalmou-se gradualmente. Entretanto, mesmo no aspecto monumental comedido das prefeituras de Augsburg no Nürnberg, sentimos viver a unidade íntima de uma força formativa, que difere daquela dos italianos. O efeito está no grande fluir das formas, e não na articulação ou diferenciação. Em toda a arquitetura alemã, o elemento decisivo está no ritmo do movimento, não na "bela proporção".

Embora essas considerações sejam válidas para o Barroco, em geral, a arte nórdica sacrificou, de modo muito mais transcendente do que a Itália, o significado das partes componentes em favor de um grande movimento global. Com isso, o Barroco setentrional conseguiu obter efeitos maravilhosos, sobretudo em interiores. É possível afirmar até mesmo que a arquitetura alemã levou esses princípios até as últimas consequências nas construções de igrejas e palácios do séc. XVIII.

Na arquitetura o processo evolutivo também não se desenrolou uniformemente: em meio ao estilo barroco, encontramos reações do gosto plástico e tectônico que, naturalmente, significavam sempre reações em favor da valorização do elemento particular e isolado. O fato de uma obra classicista, como a prefeitura de Amsterdam, ter tido executada na época de maturidade de Rembrandt, deve servir como advertência a quem pretende interpretar toda a arte holandesa a partir da obra desse mestre. Por outro lado, essas oposições estilísticas também não devem ser superestimadas. À primeira vista seria perfeitamente possível acreditar-se que não há nada no mundo que se oponha mais à exigência da unidade barroca do que essa construção, com suas divisões salientes de pilares e cornijas, suas janelas frias, simplesmente abertas na parede. Contudo, os agrupamentos de massas têm a mesma função unificante do Barroco, e os intervalos entre os pilares não têm mais a expressividade dos belos setores isolados. Além disso, a pintura daquela época comprova que as formas podem ser vistas e foram vistas sob o prisma de um efeito global. Não é a abertura da janela em si que significa alguma coisa, e sim o movimento que resulta de sua totalidade. É bem verdade que as coisas também podem ser vistas de outra maneira; o fato é que, quando por volta de 1800 ressurgiu o estilo das formas isoladas, a prefeitura de Amsterdam naturalmente também adquiriu uma outra fisionomia nas telas.

Mas agora, na nova arquitetura, percebeu-se que, de súbito, os elementos voltavam a separar-se uns dos outros. A janela volta a ser um todo formal, os setores das paredes readquirem sua existência própria, os móveis se libertam do espaço, o armário decompõe-se em partes livres e a mesa volta a ganhar pernas que não se encontram mais indissoluvelmente incorporadas ao conjunto, mas se distinguem do tampo e de suas gavetas, como suportes verticais, podendo até mesmo ser desparafusadas, se necessário.

A comparação com a arquitetura classicista do séc. XIX fornece-nos os dados necessários para o julgamento correto de uma obra como a prefeitura de Amsterdam. Pensemos, por exemplo, no novo Palácio Real, de Klenze, em Munique: os pisos, os intervalos entre os pilares e as janelas são partes bem definidas que, belas em si, confirmam a sua autonomia também na imagem global.

CAPÍTULO CINCO
Clareza e obscuridade
(Clareza absoluta e relativa)

PINTURA

1. Considerações gerais

Toda época exige de sua arte que ela seja clara, e dizer de uma obra que ela é obscura sempre significou uma maneira de criticá-la. Mas a palavra clareza teve no séc. XVI um significado diferente daquele de épocas anteriores. Para a arte clássica, não existe beleza se a forma não se manifesta em sua totalidade; no Barroco, a clareza absoluta torna-se obscura até mesmo naqueles casos em que o artista pretende reproduzir com perfeição a realidade. A imagem não coincide com o grau máximo de nitidez objetiva, mas, pelo contrário, evita-o.

Ora, sabe-se que toda arte, à medida que evolui, procura dificultar cada vez mais a tarefa a ser realizada pelos olhos; ou seja, uma vez solucionado o problema da representação clara, é natural que a forma da imagem se complique e que o espectador, para quem a simplicidade tornou-se demasiado transparente, encontre prazer em solucionar uma tarefa mais complicada. Entretanto, o obscurecimento da imagem barroca, de que trataremos no presente capítulo, deverá ser empreendido apenas em parte como recurso destinado à intensificação do prazer, no sentido acima proposto. O fenômeno é de natureza mais profunda e abrangente. Não se trata da complicada solução de um enigma, que finalmente possa ser encontrada: sempre fica um resquício indistinto, que não pode ser totalmente esclarecido. Os estilos da clareza absoluta e da clareza relativa constituem dois modos opostos de representação, paralelos aos conceitos expostos até aqui. Eles correspondem a duas visões de mundo fundamentalmente diferentes: o fato de a pintura barroca considerar a antiga maneira de ver e apresentar as formas como algo antinatural e impossível de ser imitado significa algo mais do que o simples desejo de estimular o espectador através do enredamento de sua percepção.

Enquanto a arte clássica coloca todos os meios de representação a serviço da nitidez formal, o Barroco evita sistematicamente suscitar a impressão de que o quadro tenha sido composto para ser visto e de que possa ser totalmente apreendido pela visão. Dizemos que o Barroco evita tal impressão pois, na realidade, ao conceber a obra, o artista naturalmente leva em conta o espectador e suas exigências visuais. A verdadeira obscuridade é antiartística. Mas existe, paradoxalmente, uma clareza do obscuro. A arte continua a ser arte mesmo quando renuncia ao ideal da perfeita clareza objetiva. O séc. XVII encontrou uma beleza na obscuridade que dilui a consistência da forma. O estilo do movimento, o Impressionismo, tende por natureza a certa obscuridade. Ele a adota, não em decorrência de uma concepção naturalista – segundo a qual a realidade nunca oferece imagens perfeitamente nítidas –, mas porque possui o gosto pela clareza difusa. Foi somente a partir dessa nova perspectiva que o Impressionismo pôde desenvolver-se. Sua arte vincula-se a propósitos decorativos, e não apenas imitativos.

Em contrapartida, Holbein tinha plena consciência de que as coisas não tinham na natureza a aparência que adquiriam em seus quadros; sabia que os contornos dos corpos não eram vistos com a mesma nitidez com que ele os representava, e que detalhes como adornos, bordados, barba e outros pormenores, de certa forma escapam à observação real. Mas se lhe tivessem apontado a discrepância entre a aparência real das coisas e as formas retratadas em suas obras, ele não teria interpretado a referência como uma crítica ao seu trabalho. Para ele só havia uma forma de beleza: a da clareza absoluta. Nessa exigência, precisamente, e em sua observância, Holbein via a diferença entre arte e natureza.

Houve artistas, anteriores a Holbein e contemporâneos dele, que pensavam de modo menos categórico ou, se preferirmos, de maneira mais moderna. Isso não altera em nada o fato de ele representar o apogeu da evolução de um estilo. De um modo geral, contudo, deve-se frisar que o conceito de clareza, no sentido qualitativo, não pode servir como critério para se diferenciar os dois estilos. Trata-se aqui de proposições diferentes, e não de capacidades diferentes: a "obscuridade" do Barroco sempre teve como pressuposto a clareza clássica, através da qual se processou a evolução. Apenas entre a arte dos Primitivos e a dos Clássicos é que existe uma diferença de ordem qualitativa: o conceito de clareza não é intrínseco à arte, mas formou-se gradualmente.

2. Os motivos principais

Cada forma possui determinadas maneiras de se apresentar, nas quais ela se manifesta em seu mais elevado grau de nitidez. Para que isso ocorra, é necessário, primeiramente, que ela seja visível em todos os seus detalhes. Ninguém, entretanto, há de esperar que em uma cena histórica, com muitas personagens, todas as figuras sejam necessariamente vistas dos pés à cabeça; mesmo o estilo clássico mais ortodoxo nunca exigiu tanto. Significativo, porém, é que em *A última ceia*, de Leonardo da Vinci, nenhuma das vinte e seis mãos – as de Cristo e as dos apóstolos – tenha sido esquecida. O mesmo ocorre na arte setentrional. Isso pode ser comprovado através da *Pietà* de Massys* (Museu de Antuérpia), ou contando-se as extremidades de cada figura na grande *Pietà*, de Joos van Cleve* (Mestre da Morte de Maria): ali acham-se representadas todas as mãos, o que para os países nórdicos é ainda mais significativo, uma vez que na arte setentrional não havia qualquer tradição nesse sentido. A isto opõe-se o fato de num retrato tão objetivo como *Os "Staalmeesters"**, de Rembrandt – onde aparecem seis figuras –, serem visíveis apenas cinco das doze mãos. A imagem completa que anteriormente fora a regra, é, agora, a exceção. Para Terborch uma única mão é suficiente para as *Duas mulheres fazendo música* (Berlim), ao passo que Massys, no quadro de costumes *O pesador de ouro e sua esposa*, naturalmente reproduz os dois pares em sua totalidade.

Independentemente dessa totalidade material, o desenho clássico sempre buscou um tipo de representação que fosse capaz de esgotar totalmente o problema da nitidez formal. Todas as formas são obrigadas a mostrar o que possuem de mais característico. Os diversos motivos são desenvolvidos em contrastes expressivos. É possível medi-los com rigor em toda a sua extensão. À parte a qualidade do desenho, pela simples disposição dos corpos da *Vênus* ou de *Dânae*, de Ticiano, assim como dos *Soldados no banho*, de Michelangelo, a forma exposta com clareza absoluta representa algo de definitivo, que não deixa margem a dúvidas.

O Barroco rejeita esse grau máximo de nitidez. Sua intenção não é a de dizer tudo, quando há detalhes que podem ser adivinhados. Mais ainda: a beleza já não reside na clareza perfeitamente tangível, mas passa a existir nas formas que, em si, possuem algo de intangível e parecem escapar sempre ao observador. O interesse pela forma claramente moldada cede lugar ao interesse pela imagem ilimitada e dinâmica. Por esta razão, desaparecem também os ângulos de visão elementares, ou seja, a pura frontalidade e o perfil exato; o artista busca o caráter expressivo na imagem fortuita.

No séc. XVI, o desenho encontra-se totalmente a serviço da clareza. Não é imprescindível que todas as perspectivas sejam explícitas, mas percebe-se que em cada forma está presente o impulso de se autorrevelar. Por mais que eventualmente o grau máximo de nitidez na representação dos detalhes não seja alcançado – o que pode ocorrer em um quadro de conteúdo mais rico –, jamais haverá resquícios indistintos ou confusos. Até mesmo a forma mais vaga pode ser entendida de algum modo; sobre o motivo principal, entretanto, incidem todos os esforços no sentido de uma visibilidade perfeita.

Isso é válido, em primeiro lugar, para a silhueta. Mesmo a visão em perspectiva, através da qual desaparecem muitos dos elementos típicos da forma, é trabalhada de tal maneira, que a silhueta continua rica em elementos explicativos, ou seja, continua a conter muitos elementos formais. Em contrapartida, o que caracteriza as silhuetas "pictóricas" é o fato de serem pobres em elementos formais. Elas já não correspondem ao sentido da forma. A linha adquire uma existência totalmente autônoma, e nisso reside o novo encanto, que já tivemos oportunidade de analisar anteriormente (no capítulo referente ao estilo pictórico). Naturalmente persistiu uma preocupação no sentido de transmitir aos olhos do espectador os pontos de apoio necessários, embora não se queira admitir que a clareza da imagem seja o princípio motor da obra. Tudo o que se estrutura de acordo com o princípio da clareza desperta desconfiança, pois é como se se tratasse de algo sem vida. No caso de um corpo nu apresentar-se – o que raramente acontece –, por exemplo, na perspectiva puramente frontal, é duplamente interessante observar como se procura diluir essa clareza através do emprego de toda sorte de recursos dispersivos (recortes e outros). Ou seja: procura-se evitar que a silhueta de formas claras se torne o elemento transmissor da impressão.

Por outro lado, é óbvio que mesmo na arte clássica não existe sempre a possibilidade de conferir à imagem uma clareza formal absoluta. Uma árvore vista a uma certa distância sempre nos mostrará suas folhas reunidas na impressão de uma massa. Mas não existe aí qualquer contradição. Fica evidente que o princípio da clareza não deve ser entendido no sentido estritamente material, e que é necessário considerá-lo, antes de mais nada, um princípio de ordem decorativa. O que importa não é saber se cada folha da árvore é visível ou não, mas se a fórmula com que o artista caracteriza a folhagem é clara e inteligível em todos os seus pontos. Na arte do séc. XVI, as massas arborescentes de Albrecht Altdorfer apontam para um estilo pictórico avançado, se bem que ainda não sejam de natureza realmente pictórica, pois cada um de seus arabescos continua a representar uma figura ornamental bem inteligível, o que já não ocorre com a folhagem de um Ruysdael, por exemplo[1].

Para o séc. XVI, as formas indistintas não constituem problema algum, e o séc. XVII as reconhece como uma possibilidade artística. Todo o Impressionismo repousa sobre essa inconsistência das formas. A representação do movimento através do obscu-

---

1. Aliás, é possível constatar em Altdorfer a evolução de uma imagem menos clara para uma imagem mais clara.

recimento da forma (atente-se para o exemplo da roda que gira) foi possível tão somente a partir do momento em que os olhos aprenderam a apreciar as formas parcialmente claras. Para o Impressionismo, não apenas os fenômenos propriamente dinâmicos, mas *todas* as formas contêm um resquício de indeterminação. Portanto, não é de se admirar que precisamente a arte progressista por excelência recorra, com frequência, a perspectivas mais simples. Ainda assim estarão satisfeitas as exigências do gosto pela claridade relativa.

Penetramos no mais recôndito do espírito da arte clássica quando vemos Leonardo da Vinci preconizar que até mesmo o reconhecidamente belo deve ser sacrificado, no momento em que passa a interferir, por pouco que seja, na clareza. O artista confessa que não há verde mais belo do que o das folhas de uma árvore quando transpassadas pelo sol, mas adverte, ao mesmo tempo, para o perigo de se pintarem tais coisas, pois elas podem produzir sombras enganadoras, turvando-se, assim, a clareza da imagem[2].

Na arte clássica, a luz e a sombra são tão importantes quanto o desenho (em sentido estrito) para a definição da forma. Cada luz tem a função de caracterizar a forma, em seus detalhes, e de articular e ordenar o conjunto. É claro que o Barroco também não pode prescindir desses recursos, mas a luz já não é empregada exclusivamente para delimitar a forma. Há pontos em que ela passa sobre as formas, podendo ocorrer que oculte elementos importantes e realce os secundários; o quadro é preenchido por um movimento da luz, que não deve coincidir, entretanto, com as exigências da clareza material.

Há casos em que se verifica uma contradição evidente entre o tratamento da forma e o da luz. É o que acontece quando, num retrato, a parte superior da cabeça é sombreada e a luz incide apenas sobre a parte inferior; ou, ainda, quando numa representação do Batismo de Cristo, somente a figura de São João Batista é iluminada, ficando o Cristo na sombra. A obra de Tintoretto está repleta de jogos de luz que contrariam o sentido material das coisas; e o jovem Rembrandt, a quantas luzes escolhidas arbitraria-

---

2. Leonardo da Vinci, *Trattato della pittura*.

mente não concedeu uma função dominante em seus quadros! Importantes para o nosso estudo, porém, não são esses casos incomuns e surpreendentes, mas as alterações que se processaram, naturalmente, e que mal foram notadas pelo público da época. Os clássicos do Barroco são mais interessantes do que os mestres do período de transição, e Rembrandt legou-nos mais ensinamentos em seu período de maturidade do que em sua fase juvenil.

Não existe nada mais simples do que a sua gravura *Emaús**, de 1654. A luz parece coincidir totalmente com o objeto: a luz que emana do Senhor ilumina a parede do fundo; um dos apóstolos parece iluminado pela claridade que vem da janela; o outro encontra-se obscurecido, pois está sentado contra a luz. À frente, o jovem junto à escada também está envolto na penumbra. Existe alguma coisa aqui que não poderia ter existido também no séc. XVI? Porém, no canto inferior direito nota-se uma obscuridade, a mais forte de todo o conjunto, que imprime à página o selo do estilo barroco. Não é que não exista um motivo para ela – vê-se perfeitamente por que é necessário que esse ponto seja obscurecido –, mas um tal sombreado, que não se repete, único, singular e, além disso, excêntrico, adquire um grande significado: de pronto percebe-se um movimento de luz no quadro, que evidentemente não corresponde à simetria solene das personagens ao redor da mesa. É preciso comparar uma composição como a página de Emaús, na pequena Paixão gravada em madeira, de Dürer, para se compreender bem até que ponto a luz se desprendeu do objeto para adquirir vida própria. Não existe qualquer divergência entre forma e conteúdo – isto significaria uma crítica; mas a antiga relação de submissão desapareceu, e somente graças a essa nova liberdade é que, para a época barroca, a cena adquire vida.

Tudo o que comumente se denomina "iluminação pictórica" constitui um jogo de luz, emancipado da forma concreta: pode tratar-se da luz de um céu trovejante, que ricocheteia sobre a superfície da terra iluminando setores isolados, ou da luz que, incidindo do alto, no interior de uma igreja, se quebra nas paredes e nos pilares, fazendo com que a penumbra dos nichos e dos cantos transforme o espaço limitado em algo ilimitado e inesgotável. Na paisagem clássica a luz é um elemento organizador da realidade, razão

Fig. 110. Rembrandt. *Emaús*.

pela qual aqui e acolá são ressaltados os contrastes gritantes; o novo estilo, entretanto, somente se impõe no momento em que a luz é compreendida como um elemento predominantemente irracional. A partir de então, em vez de dividir o quadro em setores distintos, a claridade passa a cortar um caminho, independentemente de qualquer motivo de ordem plástica, ou desliza, como um brilho errante, sobre a superfície ondulada do mar. E ninguém mais pensa na possibilidade de tal distribuição da luz significar uma contradição com a forma. Determinados motivos, como o caso das sombras projetadas por folhas sobre a superfície de um muro, tornam-se realizáveis nesse estilo. Não que se tivesse atentado apenas nessa época para a existência deles – motivos dessa natureza sempre foram observados –, mas é que a arte, segundo a concepção de um Leonardo da Vinci, ainda não era capaz de desenvolvê-los, uma vez que suas formas são indeterminadas.

O mesmo ocorre, afinal, com a figura isolada. Terborch pode pintar uma jovem lendo alguma coisa junto a uma mesa: a luz, vinda de trás, roça-lhe a têmpora, e a sombra de um pequeno cacho solto prolonga-se sobre a superfície lisa. Tudo isso parece perfeitamente natural, mas no estilo clássico não havia lugar para essa naturalidade. Basta pensarmos nas composições, análogas quanto ao assunto que abordam, do mestre dos torsos femininos, nos quais luz e modelação coincidem perfeitamente. Em qualquer época foram ousados voos mais livres: trata-se, contudo, de manifestações esporádicas, vistas sempre como exceções. Agora, a regra é o tratamento irracional da luz, e nos casos em que o efeito da iluminação é puramente objetivo ele não deve parecer intencional, e sim acidental. No Impressionismo, porém, o movimento luminoso em si ganha tanta energia, que a arte pode renunciar aos motivos obscurecidos, "pitorescos", ao ordenar luzes e sombras.

Os efeitos de uma luz muito intensa, destruidores de formas, e os efeitos de uma luz muito fraca, que as dissolve, são problemas que, na época clássica, estavam fora do âmbito da arte. O Renascimento também retratou a noite. As figuras, nesse caso, também são mantidas em penumbra, mas resguarda-se a precisão formal de cada uma. No Barroco, ao contrário, as figuras confundem-se com a obscuridade geral, e suas formas são apenas vagamente sugeridas. O gosto barroco desenvolvera-se a ponto de considerar bela essa clareza relativa.

Os conceitos de clareza absoluta e relativa também podem ser aplicados à história do emprego das cores.

Leonardo da Vinci já conhecia perfeitamente a teoria dos reflexos cromáticos e das cores complementares dos sombreados, mas não admitia que os pintores transpusessem para as suas telas esses fenômenos. Tal postura é muito significativa. Obviamente ele temia que, com isso, ficassem prejudicadas a clareza e a soberania dos objetos. Por essa razão o artista refere-se à "verdadeira" sombra das coisas, que deveria ser obtida através da mistura do preto com a cor característica do objeto[3]. A história da pintura não é a história da crescente compreensão dos fenômenos cromáticos; todas as observações referentes à cor são empregadas na prática após uma seleção, baseada em pontos de vista que transcendem o meramente naturalista. O exemplo de Ticiano comprova que às formulações de Leonardo da Vinci não se pode atribuir mais do que um valor relativo. Mas Ticiano não só é bem mais jovem, como também personifica, através do longo processo de evolução de sua obra, o período de transição para o novo estilo, no qual a cor já não constitui algo substancialmente inerente ao objeto, e sim um elemento de máxima importância, dentro do qual as coisas se tornam visíveis: algo que estabelece as relações do conjunto, um movimento unificante que se altera a todo momento. Faz-se necessário retornarmos às deduções a que chegamos no primeiro capítulo, sobre o conceito de movimento pictórico. No presente momento, cabe-nos dizer apenas que o Barroco também se sente atraído pela eliminação da cor. No lugar da coloração uniforme ele introduz a indeterminação parcial da cor. Esta não se apresenta, de antemão, perfeitamente acabada em todos os pontos, mas vai se formando aos poucos. Assim como o desenho pontilhado – a que já nos referimos no capítulo anterior – exige e subentende a diluição parcial da forma, também o esquema de cor pontilhada pressupõe que se compreenda a indeterminação da cor como elemento constitutivo da imagem.

De acordo com os princípios básicos da arte clássica, a cor encontra-se a serviço da forma, não somente nos detalhes – como diz Leonardo –, mas também no conjunto: os diversos componentes do quadro, visto como um todo, organizam-se através da cor, e os acentos cromáticos são ao mesmo tempo responsáveis pelo sentido da composição. Não tardou que os artistas sentissem prazer em deslocar ligeiramente os acentos. Antes mesmo da época

---

3. Leonardo da Vinci, *op. cit.* Sobre a "verdadeira" cor da folhagem: deve-se retirar uma folha da árvore, copiá-la e preparar as suas combinações com base nesse modelo.

barroca é possível constatar algumas anomalias na ordenação cromática, se bem que o Barroco propriamente dito só se tenha estabelecido quando a cor foi liberada da função de plasmar e delimitar os objetos. A cor não passa a trabalhar contra a clareza, mas quanto mais ela evolui para uma existência autônoma, tanto menos ela continua a serviço do objeto.

Na simples repetição de uma cor em diferentes pontos do quadro, revela-se a intenção de atenuar o caráter objetivo do colorido. O observador reúne todos os elementos que se relacionam através da cor, e nesse processo faz descobertas que nada têm a ver com a interpretação do assunto. Um exemplo simples: no retrato de Carlos V (Munique), Ticiano reproduz um tapete vermelho e Antonio Moro, em sua *Maria da Inglaterra* (Madri), representa uma cadeira vermelha. Os dois objetos destacam-se por sua cor local, fixando-se na memória do observador como objetos, ou seja, como tapete e cadeira, respectivamente. Mais tarde, esse efeito teria sido evitado. Velásquez, em retratos famosos, procedeu de outra maneira: torna a empregar a tonalidade vermelha uma vez escolhida, mas sempre com ligeiras modificações, em outros objetos – em roupas, almofadas, cortinas –; desta maneira, a cor passa a integrar um sistema de relações que transcende os objetos, ao mesmo tempo que se liberta em maior ou menor grau das diferentes matérias.

Quanto maior for o número das correspondências entre os tons, tanto mais facilmente ocorrerá o processo. Mas também é possível ressaltar o efeito autônomo do colorido, distribuindo-se uma mesma cor entre objetos de significados totalmente diversos, ou, inversamente, separando-se, através da disposição das cores, tudo o que materialmente constitui uma unidade. Um rebanho de ovelhas retratado por Cuyp não será uma massa isolada de tons brancos e amarelos, mas, pelo contrário, as suas tonalidades luminosas irão fundir-se em algum ponto com a claridade do céu; ao mesmo tempo, alguns animais podem ser representados sob condições tais, que, destacando-se dos demais, entram em contato com a coloração parda da terra (v. quadro em Frankfurt/Main).

Existem infinitas combinações dessa natureza. O efeito cromático mais intenso, contudo, não precisa estar relacionado ao assunto ou motivo principal da tela. No quadro de Pieter de

Fig. 111. Pieter de Hooch. *A mãe com a criança no berço.*

Hooch* (Museu de Berlim), onde a mãe se encontra sentada ao lado do berço, a disposição das cores baseia-se na harmonia entre um vermelho brilhante e um cálido marrom amarelado. Este atinge o ponto de maior intensidade na ombreira da porta do fundo; o vermelho mais vivo não está no vestido da mulher, mas numa saia pendurada por acaso ao lado da cama. O efeito principal deste jogo de cores está completamente desvinculado da figura.

Ninguém há de tomar isto como uma interferência indevida na clareza da composição; no entanto, trata-se de uma emancipação da cor, que não poderia ter sido entendida na época clássica. Semelhante, senão idêntico, é o problema representado por quadros como a *Andrômeda**, de Rubens, ou a *Suzana no banho*, de Rembrandt (ambos em Berlim). Ainda que neste último as vestes atiradas pela banhista ao chão, de um vermelho brilhante, intensificado pela coloração marfim do corpo, projetem a sua luminosidade para fora do quadro, ninguém duvidará do significado objetivo dessa mancha de cor, e dificilmente esquecerá que esse vermelho é um vestido, o vestido de Suzana; apesar disso, o espectador sente que está muito distante de todos os quadros do séc. XVI. Tal impressão não se deve apenas ao desenho da forma. Sem dúvida, a massa vermelha é difícil de ser compreendida como uma figura e, graças a uma elaboração que pode perfeitamente ser considerada pictórica, o vermelho incandescente parece escorrer em gotas ao longo dos cordões pendentes e juntar-se novamente embaixo, nos chinelos, como numa poça de fogo; decisiva para o efeito, contudo, é a peculiaridade dessa coloração totalmente ordenada sobre um dos lados. O quadro adquire, assim, uma ênfase que nada tem a ver com as exigências da situação.

Numa obra tão objetiva como a *Andrômeda*, Rubens também sentiu a necessidade de jogar na composição uma mancha de cor irracional, barroca. No canto inferior direito, aos pés da figura apresentada frontalmente em sua deslumbrante nudez, assoma um vermelho-púrpura incontido. Se bem que de fácil explicação do ponto de vista material – trata-se do manto de veludo largado pela filha do rei –, essa cor possui naquele determinado ponto, e graças ao ímpeto com que se expressa, algo de surpreendente para quem acaba de analisar as obras do séc. XVI. Do ponto de vista histórico-estilístico, o importante é o vigor do acento cromático, que de maneira alguma corresponde ao significado do objeto por ele destacado, mas que precisamente por isso oferece à cor a possibilidade de atuar livremente no quadro.

Um procedimento análogo no estilo clássico pode ser constatado na mesma Galeria de Berlim, no retrato da pequena filha de Roberto Strozzi, de Ticiano: uma pelúcia vermelha está igualmente disposta junto à borda do quadro; aqui, porém, esse elemento é sustentado e atenuado de todos os lados por cores que o acompanham, de sorte que desta composição não resulta qualquer desequilíbrio ou estranhamento. Objeto e imagem coincidem inteiramente.

Quanto à disposição das figuras no espaço, finalmente, a consequência inevitável reside no fato de a beleza já não estar vinculada às estruturações baseadas na clareza máxima e incondicional. Sem importunar o espectador com uma obscuridade que o forçaria a *procurar* os motivos no quadro, o Barroco por princípio inclui em suas intenções artísticas a clareza relativa, e até mesmo a indeterminação total. Ocorrem desvios que deslocam o essencial para o segundo plano e ressaltam os elementos secundários: isto não apenas é permitido, como também desejado; o motivo principal, porém, deve sempre destacar-se como tal, ainda que disfarçadamente.

A essa altura, podemos associar nossas considerações ao nome de Leonardo da Vinci, e apresentá-lo como porta-voz da arte do séc. XVI. Sabe-se que um dos motivos preferidos pela pintura barroca consiste em intensificar o movimento em direção à profundidade, através da representação de um primeiro plano de proporções "exageradas". Isso ocorre quando o objeto a ser reproduzido é enfocado a uma distância muito curta: a escala de grandeza diminui de modo relativamente rápido no sentido da profundidade, ou seja, os motivos do primeiro plano aparecem desproporcionalmente aumentados. Pois bem, Leonardo também já observara o fenômeno[4], embora por ele se interessasse apenas do ponto de vista teórico; na prática, considerava-o inaplicável. Por quê? Porque a clareza fica prejudicada. Parecia-lhe inadmissível que objetos intimamente relacionados na realidade fossem apartados uns dos outros na representação em perspectiva. Naturalmente todo distanciamento resulta em uma redução do objeto, mas, obedecendo ao espírito da arte clássica, Leonardo aconselha uma diminuição progressiva das dimensões vistas em perspectiva, recusando-se a passar abruptamente do muito grande ao muito pequeno. Mais tarde, é precisamente esta passagem inopinada a forma que agradou aos artistas e beneficiou enorme-

---

4. Leonardo da Vinci, *op. cit.*

Fig. 112. Terborch. *A admoestação do pai.*

mente o efeito de profundidade; contudo, o prazer encontrado no obscurecimento sugestivo da imagem certamente contribuiu para tanto. O exemplo mais surpreendente é o de Jan Vermeer*.

Do mesmo modo constituem obscurecimentos de natureza barroca todas aquelas combinações nas quais objetos que na realidade nada têm a ver uns com os outros estabelecem entre si uma estreita relação de ordem óptica, graças a recortes e a uma aproximação através da perspectiva. Recortes sempre existiram. O que importa é determinar em que medida o artista se viu compelido a relacionar objetos próximos e distantes, interceptadores e interceptados. Esse motivo também realça a tensão em profundidade, e por esta razão já foi mencionado anteriormente. Entretanto, é perfeitamente lícito voltar a ele e considerá-lo por o prisma de uma análise dos objetos, pois o resultado será sempre uma imagem que surpreende pelo inusitado e inaudito, ainda que as formas das figuras, isoladamente, sejam familiares.

Mas o novo estilo revela de modo absolutamente claro a sua fisionomia quando, numa representação de muitas figuras, uma cabeça isolada, ou uma personagem isolada, já não são representadas de maneira a permitir um reconhecimento perfeito. Na gravura de Rembrandt (fig. 86), os ouvintes que rodeiam o Mestre durante suas pregações somente podem ser apreendidos parcialmente. Permanece um resquício de obscuridade. A forma mais clara ergue-se do fundo das formas mais obscuras: nesse procedimento reside um novo elemento atraente.

Com isso, o enfoque espiritual dado a um quadro narrativo também se modifica. Se, por um lado, a arte clássica aspira à apresentação absolutamente clara do motivo, por outro, o Barroco não pretende ser uma arte confusa, mas deseja apresentar a clareza apenas como um resultado secundário e casual. Algumas vezes o Barroco chega a brincar com o caráter sugestivo das formas dissimuladas. O quadro *A admoestação do pai*, de Terborch*, é sobejamente conhecido. O título não corresponde à essência da obra; mas, de qualquer maneira, o ponto nevrálgico da representação não está tanto naquilo que o homem sentado diz à moça de pé à sua frente, e sim no modo como ela acolhe suas palavras. Mas é precisamente nesse ponto que o pintor nos entrega à própria sorte: a moça, em seu vestido de cetim branco, constitui, pela sua tonalidade luminosa, o principal ponto de atração do quadro; não obstante, seu rosto permanece oculto.

O Barroco foi o primeiro estilo a reconhecer a validade deste tipo de representação; para o séc. XVI não teria passado de uma brincadeira.

3. Considerações sobre os temas

O fato de o conceito de clareza e obscuridade não ser utilizado aqui pela primeira vez, tendo sido empregado sempre que a ocasião o exigisse, significa que, na realidade, ele se relaciona de alguma forma com todos os fatores do grande processo evolutivo, e que coincide, em parte, com a oposição entre o estilo linear e o pictórico. Todos os motivos objetivamente pictóricos devem a sua existência a um certo obscurecimento da forma tangível, e o impressionismo pictórico, na medida em que significa a anulação categórica do aspecto tangível da imagem, somente chegou a se impor como estilo porque a "clareza do obscuro" havia conquistado a sua legitimidade no âmbito da arte. Basta lembrarmos novamente o exemplo do *S. Jerônimo**, de Dürer, ou o *Ateliê do pintor**, de Ostade, para sentirmos o quanto a concepção pictórica, em todas as acepções da palavra, pressupõe o conceito da clareza relativa. No primeiro caso, é um aposento onde o objeto mais insignificante, por mais distante que se encontre, pode ser visto com a maior clareza. No segundo, uma penumbra torna as paredes e os objetos irreconhecíveis.

Mas tudo o que foi exposto até aqui não basta para caracterizar o conceito em toda a sua extensão. Após termos discutido os motivos condutores, pretendemos demonstrar agora, sob vários pontos de vista, a transformação da clareza absoluta na clareza relativa, recorrendo aos exemplos que nos oferece o tratamento de determinados assuntos; sem nos determos na análise exaustiva de cada caso, esperamos fazer justiça ao fenômeno em todos os seus aspectos.

Como sempre, podemos iniciar nossa análise com *A última ceia*, de Leonardo da Vinci. A clareza clássica encontrou nessa obra a sua expressão máxima. A distribuição das formas é perfeita, e na composição os acentos da imagem coincidem inteiramente com os dos objetos. Tiepolo*, em contrapartida, oferece-nos a interpretação tipicamente barroca: a figura de Cristo recebe sem dúvida toda a ênfase necessária, mas ela obviamente não determina o movimento do quadro, e na representação dos apóstolos o artista empregou largamente o princípio da dissimulação e do obscurecimento da forma. Para essa geração de artistas, a clareza da arte clássica significava a ausência de vida. As cenas da vida real não se estruturam de maneira a permitir que se veja tudo claramente, e o conteúdo do evento não condiciona os agrupamentos de pessoas ou coisas. Apenas por obra do acaso é que, no fluxo da vida, a essência se torna visível como tal. A nova arte enfoca precisamente esse momento. Não seria correto, porém, ancorar os fundamentos desse estilo apenas na busca da aparência natural; somente a partir do momento em que, de um modo geral, o obscurecimento relativo passou a ser considerado um motivo atraente, é que esta descrição naturalista teve oportunidade de vingar.

A clareza absoluta era tão natural aos olhos de Leonardo quanto aos de Dürer, como se verifica na gravura em madeira deste último, representando *A morte de Maria**. O artista alemão não atribui a esse preceito tanta importância quanto o italiano, chegando até mesmo a permitir, em sua gravura, que as linhas se movimentem livremente; apesar disso, também essa composição constitui o exemplo típico da correspondência entre objeto e imagem. Cada luminosidade – e este é, precisamente, o ponto crucial das composições em preto e branco – exprime claramente uma forma determinada, e por mais que da totalidade dos pontos iluminados ainda sobressaia a figura significativa, sempre a forma concreta do objeto continuará a se impor como determinante em meio a esse efeito. Em nossa ilustração, *A morte de Maria*, pintada por Joos van Cleve*, parece ficar aquém da composição de Dürer; mas essa impressão é o resultado da ausência de cores que estruturem os diversos elementos. Também neste caso o sistema de cores diferenciadas e suas repetições suscita uma impressão global; contudo, cada cor apoia-se em sua base objetiva, e embora apareça reiteradas vezes, ela não constitui um elemento uniforme, vivo, que se expressa aqui e acolá; por essa razão, o vermelho da colcha aparece ao lado do vermelho do dossel, e assim por diante.

Aí está a diferença em relação à geração seguinte. A cor começa a tornar-se independente, e a luminosidade liberta-se dos objetos. Consequentemente, o interesse pela realização completa do motivo plástico diminui progressivamente; e embora pareça impossível renunciar completamente à clareza da narração, esta não mais decorre diretamente do objeto, mas, em contrapartida, parece produzir-se ao acaso, como um resultado secundário bem-sucedido.

Numa água-forte notável, de grandes proporções, Rembrandt traduziu *A morte de Maria* para a linguagem do Barroco: uma massa de luz, que também envolve o leito, com nuvens claras que se erguem como vapores na diagonal; aqui e ali, acentos contrastantes, fortes e escuros; o todo é uma imagem viva de claros-escuros, que impedem o delineamento de figuras isoladas. A cena não é obscura, mas não há como negar o fato de que essa luz ondulante passa por cima dos objetos, sem ser retida por eles. Esta gravura, surgida pouco antes de *A ronda da noite*, pertence àquelas obras que o próprio Rembrandt mais tarde considerou demasiado teatrais. Nos anos de maturidade, o artista narra suas histórias de modo muito mais simples. Não significa que ele tenha retornado ao estilo vigente no séc. XVI – não poderia fazê-lo, mesmo que o quisesse –, mas o elemento fantástico foi abolido. Por isso mesmo, a iluminação é bastante simples, de uma simplicidade, porém, cheia de mistério.

A *Deposição** é uma obra de natureza semelhante. Embora já nos tenhamos referido a ela no capítulo reservado ao conceito de unidade, cabe acrescentar agora que tal unidade, naturalmente, só pôde ser obtida à custa de uma distribuição uniforme da claridade. Na figura de Cristo, apenas os joelhos dobrados são efetivamente realçados, a parte superior do corpo desaparece parcialmente nas sombras. Dessas sombras emerge a mão que lhe vem ao encontro: a mão iluminada de uma pessoa que, de resto, permanece quase que irreconhecível. Os graus de visibilidade variam; do seio da noite irrompem claridades esparsas, de tal forma associadas, porém, que se apresentam como um sistema de inter-relações cheias de vida. Os acentos principais incidem perfeitamente sobre aqueles pontos onde os exige o sentido da história; a congruência, no entanto, é secreta, velada. Em contraposição, todas as estruturações do séc. XVI, com sua nitidez imediata, produzem a impressão de algo "montado", seja do ponto de vista do conjunto, seja no que se refere à figura isolada.

Em *O martírio da cruz*, Rafael entendeu ser imprescindível evidenciar o herói caído com o grau máximo de visibilidade, e, ao mesmo tempo, situá-lo exatamente dentro do quadro, no lugar que uma imaginação escolada pelos ditames da clareza exigia para a figura de Cristo. Este, personagem principal, encontra-se no primeiro plano do espaço. As bases do trabalho de Rubens, em contrapartida, são outras. Assim como evita os planos e a estruturação tectônica em benefício da impressão de movimento, é

Fig 113. Tintoretto. *A visita de Maria ao templo*.

somente na composição aparentemente obscura que ele sente a presença da vida. O atleta que, no quadro de Rubens*, coloca a cruz sobre o ombro é mais importante – como valor visível – do que o próprio Cristo; além disso, um sombreado extenso e profundo encarrega-se de toldar a figura que, do ponto de vista de seu significado espiritual, é a personagem principal; a própria queda é difícil de ser entendida como motivo plástico. Apesar disso, não se poderá dizer que os anseios legítimos de clareza deixaram de ser satisfeitos. De maneira dissimulada, o espectador

Fig. 114. Tintoretto. *Pietà*.

é conduzido de todos os lados até a figura pouco aparente do herói, e no motivo da queda ganha relevo tudo aquilo que é importante para os olhos naquele momento.

 Mas é verdade que esse obscurecimento da personagem principal significa apenas *uma* das maneiras de se aplicar o princípio em questão, e que se trata, efetivamente, de um procedimento característico de uma fase de transição. Os artistas da época posterior são perfeitamente claros na representação dos motivos principais, ainda que misteriosamente obscuros, inexplicáveis no efeito global. Para a história de *O bom samaritano*, por exemplo – que também constitui uma passagem da Paixão –, inexiste uma representação mais clara do que a executada por Rembrandt, em 1648*, nos anos de sua maturidade. Entretanto,

Fig. 115. Joos van Cleve (Mestre da Morte de Maria). *Pietà*.

nenhum artista rompeu de modo mais drástico com as exigências clássicas, sob quase todos os aspectos, do que Tintoretto.

Uma história que, para efeitos de clareza, parece exigir o desenvolvimento em largura das personagens é *A visita de Maria ao templo*. Tintoretto não dispensa o encontro de perfil das personagens principais – embora evite o plano absoluto e enfoque a escadaria mais no sentido da diagonal, a fim de bloquear todo e qualquer efeito de silhueta –, mas atribui importância maior às forças centrípetas e centrífugas da imagem. A mulher que, de costas, indica o caminho à Virgem, bem como a fileira de pessoas que, à sombra do muro, propaga o movimento até o fundo do quadro, num fluxo ininterrupto, já teriam sido suficientes para enfatizar muito, simplesmente por sua direção, o motivo principal, até mesmo se não possuíssemos a enorme superioridade de tamanho que lhes é atribuída. A figura iluminada na escada tam-

Fig. 116. Jan Brueghel, o Velho. *Povoado às margens do rio*.

bém faz menção de mover-se em direção à profundidade. Essa composição, de pujante energia espacial, constitui um bom exemplo do estilo em profundidade, que opera basicamente com recursos plásticos; por outro lado, é igualmente significativa para ilustrar a discrepância entre os acentos da imagem e os dos objetos. É curioso que, apesar de tudo, a composição consiga apresentar uma narrativa clara! A pequena Maria não fica perdida, afinal, em meio ao espaço. Apoiada por formas discretas que a acompanham, e sujeita a condições que não se repetem para nenhuma outra personagem do quadro, ela impõe sua pessoa e retifica sua relação com a figura do Sumo Sacerdote. Assim forma-se o núcleo de todo o conjunto, embora as duas personagens principais estejam separadas também pela distribuição das luminosidades. Este é o novo caminho seguido por Tintoretto.

Uma obra como a *Pietà**, um de seus quadros mais imponentes, no qual todo o efeito se concentra em pequeno número de acentos verdadeiramente importantes, deve muito de sua realização ao princípio da representação parcialmente clara. Aquelas formas, que os artistas até então haviam-se esforçado em salientar com

Fig. 117. Vermeer. *Rua em Delft*.

clareza uniforme, são omitidas por Tintoretto, que as obscurece ou torna insignificantes. Desconsiderando por completo todos os fundamentos plásticos, uma sombra oblíqua projeta-se sobre o semblante de Cristo; não obstante, essa sombra deixa entrever uma parte da testa e um segmento inferior do rosto, de inestimável valor

Fig. 118. Neefs, o Velho. *Interior de igreja*.

para a impressão do sofrimento. Igualmente significativa é a expressão dos olhos da Virgem, que tomba desfalecida: toda a órbita dos olhos é preenchida por um único sombreado, como se fora uma grande cavidade redonda. Correggio foi o primeiro a pensar em tais efeitos. Os artistas clássicos mais ortodoxos, porém, nunca ousaram transpor os limites da forma clara, nem mesmo quando reservavam à sombra um tratamento expressivo.

Mesmo no norte da Europa, onde os artistas não eram tão rigorosos quanto à observância desse conceito, não faltam exemplos célebres que ilustram a perfeita clareza formal com que se representou a cena da *Pietà*, composta por diversas personagens. Quem há de se esquecer de Quinten Massys* ou Joos van Cleve*? Não existe uma figura sequer que não seja expressa com clareza em seus mínimos detalhes, e cuja iluminação tenha outra finalidade senão a de servir à modelação adequada à realidade objetiva.

Fig. 119. De Witte. *Interior de igreja.*

Em se tratando de paisagens, o papel desempenhado pela luz beneficia mais o obscurecimento barroco do que a claridade clássica. O largo emprego de luzes e sombras foi uma conquista da fase de transição. Aquelas faixas de claro e escuro, de que necessitam os artistas anteriores e contemporâneos a Rubens (v. *Povoado às margens do rio*, de Jan Brueghel, o Velho, de 1604*), reúnem os elementos ao mesmo tempo que os dividem; e enquanto elas decompõem o conjunto de modo verdadeiramente absurdo, contribuem para a preservação da clareza, na medida em que correspondem a alguns motivos do terreno. Somente com o amadurecimento da arte barroca é que, pela primeira vez, a luz pôde ser projetada em manchas livres sobre a paisagem. Fica implícito aqui o fato de somente então ter sido efetivamente possível representar as sombras das folhas de árvores projetadas em um muro, ou a floresta infiltrada pelos raios do sol. Dentre as peculiaridades da paisagem barroca – para passarmos a um outro assunto –, devemos mencionar, ainda, o evidente propósito de evitar que a imagem enfocada na tela pareça legitimada pelas contingências materiais do assunto representado. O motivo perde a sua evidência, o seu significado inequívoco; surgem então aquelas tomadas que não demonstram qualquer interesse pelos objetos, para as quais a pintura paisagística constitui, sem sombra de dúvida, um terreno mais propício do que o retrato e os quadros de cenas ou assuntos históricos. Exemplo disto é a *Rua em Delft*, de Vermeer*, na qual nada aparece em sua totalidade, nem as casas, nem a rua. As vistas arquitetônicas podem ser ricas em conteúdo objetivo, mas devem comportar-se como se não se preocupassem em nos transmitir determinada realidade. Os quadros que retratam a prefeitura de Amsterdam tornam-se artisticamente viáveis na medida em que o prédio é intensamente reduzido por efeito da perspectiva; quando representado frontalmente, o contexto desvaloriza parcialmente as suas características objetivas. Na representação dos interiores das igrejas, os quadros de um artista conservador como Neefs, o Velho, podem ser lembrados como exemplos do estilo precedente: a obra é clara na apresentação do assunto; o tratamento da luz, embora incomum, ainda se encontra fundamentalmente a serviço da forma; a luz enriquece a imagem, sem libertar-se da forma. E. de Witte*, em contrapartida, representa o tipo moderno: a luz é essencialmente irracional. Ela é responsável pela criação simultânea de claridades e obscuridades no chão, nas paredes, nos pilares, em todo o espaço. Neste caso, é irrelevante o caráter possivelmente intrincado da arquitetura em si; o importante é que o aproveitamento do espaço constitui para os olhos uma tarefa inesgotável, nunca totalmente solúvel. Tudo parece ser tão simples e, no entanto, não o é, pois a luz emancipou-se da forma como uma grandeza incomensurável.

A impressão também é, em parte, condicionada pelo fato de a forma, embora satisfazendo o espectador, não se apresentar em sua totalidade. Em todo desenho barroco faz-se necessário estabelecer diferenças entre esta arte completa-incompleta e aquilo que, nas obras dos Primitivos, significava desconhecimento do alcance de tal prática. A ausência de clareza, no Barroco, é consciente; na arte dos Primitivos, porém, é inconsciente. No meio das duas posturas está a busca da representação perfeitamente clara. A figura humana oferece os motivos que mais se prestam à demonstração desse fato.

Recorremos uma vez mais ao magnífico exemplo da jovem nua, deitada, para a qual Ticiano aproveitou uma ideia de Giorgione (fig. 90). Será mais acertado ater-se a este quadro do que ao original, uma vez que somente na obra de Ticiano a representação dos pés corresponde à concepção original; refiro-me ao motivo imprescindível do pé visível atrás da perna que o encobre parcialmente. O desenho constitui uma maravilhosa autorrevelação da forma; tudo parece buscar espontaneamente uma expressão completa. Os pontos de apoio essenciais estão expostos abertamente e cada parte componente se oferece de pronto aos olhos com sua medida e forma características. A arte regala-se aqui com a volúpia da claridade, ao ponto de a beleza, em sentido estrito, quase parecer algo secundário. É evidente que essa impressão só será apreciada, devidamente, se o observador conhecer os períodos anteriores e souber o quanto um Botticelli, um Piero de Cosimo careciam desse tipo de visão, não por falta de talento pessoal, mas porque o senso de sua geração ainda não se encontrava totalmente desperto.

Mas também ao sol representado por Ticiano seguiu-se uma noite. Por que razão o séc. XVII não produziu mais nenhum quadro que se assemelhasse aos seus? Modificou-se o ideal de beleza? Certamente; mas, além disso, esse modo de representar a realidade pareceu aos novos artistas demasiado artificial e acadêmico. Em sua *Vênus* (fig. 91), Velásquez abdica da visibilidade total e renuncia aos contrastes normais da forma: exageros aqui, supressões ali. O modo como os quadris são enfatizados não significa mais claridade clássica – tampouco o desaparecimento do braço e da perna. Na *Vênus* de Giorgione, a ausência da parte inferior da perna encoberta representa a supressão de um elemento essencial; na obra de Velásquez, os encobrimentos, muito mais extensos, nada possuem de surpreendente. Pelo contrário, eles contribuem agora para o encanto da imagem; e no caso de um corpo ser apresentado integralmente, preservar-se-á a aparência de que isso ocorreu por acaso, e não por consideração ao espectador.

Somente no contexto da tendência geral clássica é que podem ser compreendidos os esforços de Dürer com relação ao desenho da forma humana, aqueles esforços teóricos que ele mesmo não pôde mais aplicar na prática. A gravura *Adão e Eva* (1504) não corresponde ao que o artista posteriormente passou a entender por beleza; mas com seu desenho absolutamente claro, essa

Fig. 120. Rembrandt. *Mulher com flecha.*

página já pode ser considerada clássica. Quando o jovem Rembrandt reproduz o mesmo tema, o evento do pecado original parece-lhe mais interessante do que a representação do nu; por isso mesmo, os paralelos efetivamente significativos com a obra de Dürer, do ponto de vista estilístico, devem ser procurados entre nus isolados, surgidos posteriormente. A *Mulher com flecha* é um dos exemplos principais de seu estilo definitivo, absolutamente simples. O enfoque é idêntico ao da *Vênus* de Velásquez. O mais importante não é o corpo em si, mas o movimento. E o movimento do corpo é apenas uma onda em meio ao movimento do quadro. Mal atentamos para a diminuição da claridade objetiva decorrente da posição dos membros, tamanha é a força com que se expressa o motivo; graças ao ritmo fascinante de espaços claros e escuros pelo qual o corpo se acha envolto, o observador é conduzido para muito além do efeito produzido pela mera forma plástica. Aí está o segredo das últimas composições de Rembrandt: as coisas parecem bastante simples e, no entanto, são verdadeiros milagres. Não são necessários os encobrimentos ou obscurecimentos artificiais; afinal, ele foi igualmente capaz de obter, tanto da frontalidade pura, como da luz simples e objetiva, um efeito grandioso, como se não se tratasse de coisas isoladas, mas de um universo no qual essas coisas se transfiguram. Penso na assim chamada *Noiva judia* (Amsterdam): um homem pousa a mão sobre o seio de uma jovem. A configuração, de uma claridade clássica, acha-se envolta por toda a fascinação do inexplicável.

Em se tratando de Rembrandt, sempre nos sentiremos inclinados a explicar o enigma através da magia de suas cores, através da maneira pela qual ele faz emergir o claro do escuro. Entretanto, o estilo de Rembrandt significa apenas uma variação particular do estilo geral, característico de sua época. Todo o impressionismo é um misterioso obscurecimento da forma objetiva, e é por esta razão que um quadro de Velásquez, sobriamente pintado à luz do dia, pode possuir todo o encanto decorativo da oscilação entre o claro e o obscuro. É bem verdade que as formas adquirem contornos na luz, "mas a luz, por sua vez, é um elemento que possui vida própria e parece deslizar livremente por sobre as formas".

4. O histórico e o nacional

A Itália não poderia ter contribuído mais com o Ocidente do que fazendo reviver, pela primeira vez na arte moderna, o conceito da clareza absoluta. Não foi o *bel canto* do contorno que fez da Itália a grande escola do desenho, mas sim o fato de a forma ter sido expressa em sua totalidade nesse contorno. Para se elogiar uma figura como a *Vênus reclinada**, de Ticiano, é possível dizer infinitas coisas; entretanto, o ponto principal continuará a ser a maneira como se expressou o conteúdo plástico na melodia dessa estrutura formal.

CLAREZA E OBSCURIDADE 299

É evidente que esse conceito de clareza absoluta não está presente nas obras do Renascimento desde os seus primórdios. Por mais importante que seja para uma arte primitiva comunicar sua mensagem de maneira clara, dificilmente ela terá condições de produzir, de imediato, formas totalmente explícitas. O senso de clareza ainda não está desperto. O claro mescla-se ao semiclaro, não por incapacidade, mas simplesmente porque a exigência da clareza absoluta ainda não existe. Em oposição à obscuridade voluntária do Barroco, existe no período pré-clássico uma obscuridade de natureza involuntária, e que apenas aparentemente se assemelha àquela.

Embora a Itália, com seu anseio pela clareza, sempre tenha levado uma certa vantagem em relação ao norte da Europa, é impossível não se surpreender diante dos excessos tolerados até mesmo pela Florença do *Quattrocento*. Os afrescos de Benozzo Gozzoli, na capela dos Medici, mostram em pontos de maior evidência coisas como um cavalo visto por trás, parte dianteira do corpo é totalmente oculta pelo cavaleiro. Nada resta além de um torso, que o observador, usando a imaginação, pode facilmente completar, mas que teria sido repudiado por uma arte mais elevada como algo insuportável aos olhos. O mesmo ocorre com aquelas pessoas que se aglomeram nas últimas fileiras: é possível compreender o que o artista desejou transmitir, mas o desenho não oferece pontos de apoio suficientes ao olhar, para que se possa realmente obter uma imagem completa.

Poder-se-á objetar que isto nem seria possível numa representação de massas; contudo, basta olharmos para um quadro como *A visita de Maria ao templo*, de Ticiano, para descobrirmos do que foi capaz o *Cinquecento*. Ali também existem muitas personagens e não se pôde evitar um grande número de sobreposições; no entanto, a obra satisfaz plenamente à imaginação. Trata-se da mesma diferença existente entre os amontoados de figuras de um Botticelli ou um Ghirlandajo, e a clara abundância presente na obra de um romano do *Cinquecento*. À guisa de exemplo, vale a pena nos recordarmos do povo representado por Sebastiano em *A ressurreição de Lázaro*.

O contraste torna-se ainda mais evidente quando, na arte setentrional, passamos de Holbein e Dürer para Schongauer e todos os artistas de sua geração. Mais do que os outros, Schongauer trabalhou com a clareza da imagem; não obstante, para o observador educado na arte do séc. XVI será frequentemente penoso procurar o essencial na emaranhada rede de suas formas e conseguir uma visão global a partir de suas formas dispersas e fragmentadas.

Sugerimos como exemplo uma página da Paixão: *Cristo diante de Anás*. Deixemos de lado o fato de o herói achar-se um tanto prensado pela massa de figurantes. Acima de suas mãos aparece uma outra, que segura a corda do pescoço: a quem ela pertence? Procuramos um pouco mais e encontramos uma segunda mão, numa luva de ferro, próxima ao cotovelo de Cristo; ela empunha uma alabarda. Acima, junto ao ombro, surge parcialmente uma cabeça coberta por um elmo: é o dono das mãos. E se observarmos mais atentamente, descobriremos uma perna, com perneira de ferro, que completa a personagem em sua parte inferior.

Talvez nos pareça impossível exigir dos olhos a tarefa de reunir tais *membra disjecta*; o séc. XV, contudo, pensava de uma outra maneira quanto a isso. É claro que também existem figuras representadas por inteiro, e o nosso exemplo refere-se apenas a uma personagem secundária; trata-se, porém, da figura que se encontra em relação direta com o herói que sofre o martírio.

Como é simples e inteligível, por outro lado, uma cena análoga na composição de Dürer (*Cristo diante de Caifás*, água-forte, fig. 11)! As personagens distinguem-se umas das outras sem qualquer dificuldade; tanto no conjunto, como nos detalhes, cada motivo pode ser abarcado de modo claro e cômodo. Começamos a compreender que ocorreu aqui uma reforma tão significativa no modo de ver as coisas, como o foi para o pensamento a linguagem clara de Lutero. E Holbein parece ser, em relação a Dürer, o cumprimento de uma promessa.

Paralelos dessa natureza são, certamente, a maneira mais simples e compreensível de se explicar a transformação ocorrida tanto no desenho da forma isolada como na ordenação dos elementos de uma história. Entretanto, ao lado de tudo o que o séc. XVI produziu em termos de clareza objetiva, ocorre uma clarificação da imagem em sentido subjetivo, a fim de que a impressão

Fig. 121. Schongauer. *Cristo diante de Anás*.

sensível por ela produzida coincide perfeitamente com o seu conteúdo objetivo. Já tivemos oportunidade de afirmar que uma das características do Barroco é a discrepância entre os acentos da imagem e os dos objetos, ou, pelo menos, o fato de a impressão produzida pelos objetos ser acompanhada por um efeito que não se apoia neles. Algo parecido ocorre, como resultado involuntário, na arte pré-clássica. O desenho tece a sua própria rede. As gravuras de Dürer, do último período, não possuem um efeito decorativo menos rico do que aquelas de fases anteriores. Esse efeito, porém, origina-se inteiramente de motivos objetivos; a composição e o tratamento da luz estão francamente a serviço da clareza material, enquanto nas gravuras mais antigas ainda não distinguem os efeitos materiais dos não materiais. É indiscutível que o modelo da arte italiana, nesse sentido, tenha tido um efeito "purificador", mas os italianos jamais se teriam tornado modelos, se um espírito afim não lhes tivesse vindo ao encontro. Mas um traço particular da imaginação nórdica sempre foi o de entregar-se ao jogo de linhas e manchas, como a uma maneira própria de exteriorizar a vida. A imaginação italiana é mais contida. Ela desconhece o conto de fadas.

Apesar de tudo, em pleno apogeu do Renascimento italiano encontramos um Correggio, em cujas obras a agulha magnética desvia-se sensivelmente do polo da clareza. De modo coerente, o artista procura obscurecer a forma material, imprimindo aos elementos conhecidos uma feição diferente, nova, graças a entrelaçamentos e a motivos desconcertantes. Unem-se os elementos díspares, separam-se aqueles que se relacionam. Sem perder o contato com o ideal de sua época, essa arte mantém-se deliberadamente distante da clareza absoluta. Baroccio e Tintoretto retomam essa tônica. Os pregueados das roupas entrecortam as pernas exatamente naqueles pontos em que se espera um esclarecimento. Nos motivos dispostos na vertical, a forma mais visível será aquela sobre a qual não recai qualquer ênfase. Os elementos de pouca importância avolumam-se; reduz-se aquilo que tem importância; mais ainda: de vez em quando, armam-se verdadeiras ciladas para o espectador.

Entretanto, tais motivos desconcertantes não são uma atitude definitiva, mas representam apenas manifestações de uma fase de transição. Já afirmamos anteriormente que o propósito verdadeiro visa à obtenção de uma impressão global, independente da realidade objetiva, seja no movimento das formas, seja no das luzes e cores. Os artistas nórdicos foram particularmente sensíveis no que se refere à obtenção de efeitos dessa natureza. Entre os mestres da região do Danúbio, assim como entre os artistas dos Países Baixos, deparamo-nos, já nos primórdios do séc. XVI, com casos surpreendentes, nos quais a imagem recebe um tratamento bastante livre. Mais tarde, quando um Pieter Brueghel representa de modo bem reduzido, quase imperceptível, o tema principal (*O martírio da cruz*, 1564; *A convenção de S. Paulo*, 1567), estaremos novamente diante de manifestações características do período de transição. Decisiva é a faculdade generalizada de abandonar-se à aparência como tal, sem se preocupar com palavras materiais. Um tal abandono tem lugar quando se enxerga um primeiro plano no "descomunalmente" grande, produto da curta distância, apesar de todos os protestos da racionalidade óptica. Sobre as mesmas bases repousa também a possibilidade de se apreender o mundo como uma justaposição de manchas coloridas. Onde isso ocorreu, processou-se também a grande metamorfose, que constitui o verdadeiro conteúdo da evolução da arte ocidental; assim, as discussões deste último capítulo desembocam no tema do primeiro.

Sabe-se que o séc. XIX tirou dessas premissas consequências muito mais arrojadas; mas isto só foi possível depois que a pintura havia voltado aos seus primórdios. Naturalmente o retorno à linha, por volta de 1800, significou também o retorno a uma representação puramente objetiva. Sob esse ponto de vista, a arte barroca foi objeto de uma crítica que havia de ser necessariamente aniquiladora, pois todo o efeito que não resultasse diretamente do sentido da representação era rejeitado como sendo maneirista.

ARQUITETURA

Os conceitos de clareza e obscuridade, tal como os entendemos aqui, são de ordem decorativa, e não imitativa. Existe uma beleza da aparência formal absolutamente clara, perfeitamente inteligível, assim como existe uma beleza que tem as suas bases precisamente no que não pode ser percebido em sua totalidade; no misterioso, que nunca revela o seu rosto por inteiro; no irresolúvel, enfim, que a todo momento parece transformar-se. O primeiro é o tipo da arquitetura e da ornamentação; o segundo é o tipo barroco. De um lado, a forma se expressa por inteiro com uma clareza insuperável; de outro, existe uma configuração suficientemente clara para não inquietar os olhos, mas não tão clara a ponto de o espectador conseguir desvendá-la completamente. Nesse particular, a arte do Gótico tardio foi muito além do que havia sido realizado no apogeu desse mesmo período, e o Barroco superou o Renascimento clássico. Não é verdade que o ser humano se compraz apenas com o que é absolutamente claro; ele não tarda a exigir que se passe do claro ao que nunca se revela inteiramente ao olhar. Por mais variadas que sejam as transformações estilísticas do período pós-clássico, a todas é comum uma particularidade curiosa: a imagem escapa, de algum modo, à compreensão total.

É natural que, neste momento, se pense em primeiro lugar nos processos de enriquecimento de formas: em como os motivos – sejam eles de natureza arquitetônica ou ornamental – recebem um tratamento cada vez mais rico, exatamente porque os próprios olhos exigem uma tarefa mais complexa. Mas a simples constatação de que existe uma diferença de grau entre tarefas mais simples e mais complicadas para os olhos não é suficiente para expressar o essencial: trata-se de duas modalidades de arte, fundamentalmente diferentes. O problema não se resume à dificuldade, ou facilidade em se compreender alguma coisa; o que importa é se ela pode ser apreendida em sua totalidade, ou não. Uma obra do Barroco, como por exemplo a Escadaria Espanhola, em Roma, jamais poderá alcançar, ainda que observada por diversas vezes, o grau de clareza que imediatamente percebemos em face de um edifício do Renascimento: ela preservará o seu segredo, mesmo se conhecermos de cor todos os detalhes de suas formas.

Assim que a arquitetura clássica encontrou, ao que tudo indicava, uma expressão definitiva para as paredes e suas articulações, para as colunas e os vigamentos, para os elementos sustentadores e os sustentados, chegou o momento em que todas essas formulações passaram a ser sentidas como algo imposto, inflexível e destituído de vida. Altera-se não o detalhe, aqui e ali, mas o próprio princípio. Segundo o novo credo, não é possível apresentar algo acabado e definitivo: a vivacidade e a beleza da arquitetura estão na sensação do inacabado que a sua aparência suscita; estão, enfim, naquele eterno transformar-se, que é capaz de transmitir ao espectador imagens sempre novas.

Não foi um jogo infantil, a deleitar-se em todas as modificações possíveis, o que desagregou as formas simples e racionais do Renascimento, e sim o desejo de abolir a limitação imposta pela forma fechada em si mesma. Podemos dizer que as formas antigas foram despojadas de seu sentido e continuaram a ser empregadas arbitrariamente "apenas por causa do efeito a ser produzido". Essa arbitrariedade, porém, tem um propósito bem determinado: desvalorizando-se cada uma das formas objetivas, claras, obtém-se o efeito de um movimento global, misterioso. E mesmo que a significação original das formas desapareça, o resultado não será absurdo. Mas a ideia de vida arquitetônica, tal como ela se manifesta no Pavilhão Zwinger, em Dresden, dificilmente poderá ser expressa com as mesmas palavras que usamos para definir a vida de uma construção de Bramante. Para esclarecer melhor essa relação, podemos estabelecer a seguinte comparação: o fluxo incontido de forças do Barroco está para a força serena e determinada do Renascimento, assim como o tratamento de luz de Rembrandt está para os processos de iluminação de Leonardo da Vinci: enquanto este modela formas absolutamente claras, aquele faz com que a luz passe por sobre a imagem em massas misteriosamente fugidias.

Em outras palavras: clareza clássica significa representação de formas absolutamente estáveis, perenes; obscuridade barroca significa apresentar a forma como algo mutável, que se transforma continuamente. É à luz desse ponto de vista que se realiza toda a transformação da forma clássica pela multiplicação de elementos, e que se desfigura a forma antiga, através de combinações aparentemente absurdas. A clareza absoluta encerra o motivo da fixação da forma, que o Barroco recusa-se a aceitar em princípio, por considerá-lo antinatural.

Intersecções sempre existiram. Entretanto, há uma diferença entre serem elas notadas como um produto secundário, de pouca importância, ou serem portadoras de um acento de ordem decorativa.

O Barroco tem grande predileção pelas intersecções. Ele não se limita a ver a forma diante da forma, a interceptante e a interceptada, mas saboreia a nova configuração que resulta dessas intersecções. Por esta razão é que não basta deixar ao critério do espectador a escolha do ponto de observação, para que ocorram as intersecções: elas já são incluídas no próprio projeto arquitetônico, como elementos imprescindíveis.

Toda intersecção significa um obscurecimento da aparência formal. Indubitavelmente, uma galeria cortada por colunas ou pilares mostra-se menos clara do que se estivesse exposta abertamente aos olhos. Mas se num desses edifícios – pensemos, por exemplo, na Biblioteca Real, em Viena, ou na igreja do convento de Andechs, às margens do lago Ammer – o espectador sentir-se impelido a mudar diversas vezes o seu ponto de observação, isto efetivamente não ocorre devido à necessidade de compreender a configuração da forma encoberta – esta mostra-se suficientemente clara para não provocar qualquer inquietação. Acontece que, caminhando ao redor da obra, o observador verá formarem-se, a cada intersecção, imagens sempre novas. O objetivo não pode estar em desvendar por completo a forma recortada – não é isso que se deseja –, mas em abarcar o maior número possível de aspectos que ali existem em potencial. Esse objetivo, porém, nunca chega a ser plenamente alcançado.

O mesmo vale para o ornamento barroco, guardadas as devidas proporções.

O Barroco conta com as intersecções, ou seja, com o aspecto enredado e, por conseguinte, instável, até mesmo naqueles casos em que a disposição arquitetônica, vista de frente, não as comporta de modo algum.

Já afirmamos anteriormente que o Barroco evita a frontalidade clássica. Faz-se necessário abordarmos novamente a questão, agora por o prisma da clareza. A perspectiva não frontal implicará sempre a formação de recortes; mas ela já significa um obscurecimento óptico pelo simples fato de, forçosamente, apresentar um dos lados (de um pátio ou do interior de uma igreja) maior do que o outro, embora ambos tenham as mesmas proporções. Ninguém há de considerar essa ilusão de ótica como algo desagradável; ao contrário: sabe-se como a coisa realmente é, e essa imagem divergente é acolhida como algo positivo. As disposições dos castelos barrocos, segundo as quais uma série de construções que se correspondem se ordena em torno de uma peça central, formando um grande semicírculo (o castelo de Nymphenburg, por exemplo), têm os seus fundamentos em observações dessa natureza. A perspectiva frontal oferece a imagem menos característica. O que nos permite proferir um tal julgamento não são apenas as proporções que nos fornecem as reproduções da época, mas também as indicações que nos são dadas pela direção das ruas de acesso aos castelos (fig. 65). A praça de colunatas, de Bernini, deve continuar a ser citada como o protótipo de todas essas disposições.

Por ser a arte clássica uma arte de valores tangíveis, um de seus objetivos mais caros há de ser a apresentação desses mesmos valores dentro de uma visibilidade perfeita: o espaço de belas proporções é mantido em seus limites bem definidos; a decoração pode ser vista até em seus menores traços. Em contrapartida, para o Barroco, que também conhece a beleza na simples aparência da *imagem*, existe a possibilidade de o artista entregar-se ao misterioso obscurecimento da forma, à nitidez velada. E é somente sob essas condições que ele consegue concretizar inteiramente o seu ideal.

A diferença entre a beleza de um interior renascentista, cujo efeito reside, em última análise, nas proporções geométricas, e a beleza de uma sala de espelhos do Rococó, não é apenas uma questão de tangibilidade ou intangibilidade, mas também de clareza e ausência de clareza. Uma sala de espelhos é extremamente pictórica, mas extraordinária também é a ausência de clareza que nela percebemos. Configurações dessa natureza pressupõem que as exigências em termos de clareza da imagem tenham-se modificado radicalmente; pressupõem – o que para a arte clássica constitui um paradoxo – que exista uma beleza do obscuro, sempre com a ressalva, é bem verdade, de que essa falta de clareza não chegue a ser inquietante.

Para a arte clássica, beleza e clareza absoluta significam a mesma coisa. Não existem aqui aquelas misteriosas vistas transversais, as profundidades mergulhadas em penumbra, nem o cintilar de uma decoração irreconhecível em seus detalhes. Tudo mostra-se por inteiro e à primeira vista. O Barroco, ao contrário, evita por princípio a representação perfeita da forma, que também haveria de revelar os seus limites. Ele não só introduz em suas igrejas a luz como um fator de significação nova – o que é um motivo pictórico –, como dispõe seus espaços de tal forma, que se torna impossível abarcá-los totalmente com os olhos e decifrá-los inteiramente. De fato, a própria basílica de São Pedro, de Bramante, não se deixa apreender totalmente em seu interior, qualquer que seja o ponto de observação escolhido; contudo, sempre se sabe o que se pode esperar. O que o Barroco almeja é precisamente uma tensão que nunca poderá ser desfeita. Nenhuma arte foi mais fecunda nesse modo admirável de compor o espaço do que a arte alemã do séc. XVIII, sobretudo nas grandes igrejas dos mosteiros e nos santuários de peregrinação do sul da Alemanha. Mas essa impressão de mistério foi obtida até mesmo em se tratando de projetos de construção mais limitados. Nesse sentido, a capela de São João Nepomuceno, dos irmãos Asam (Munique), oferece à imaginação uma riqueza inesgotável de formas.

Uma inovação introduzida pelo apogeu do Renascimento, com relação à arte dos Primitivos, foi a de apresentar apenas uma quantidade de ornamentos que pudesse ser assimilada na visão do conjunto. O Barroco baseia-se nesse mesmo princípio, mas chega a resultados diferentes, porque ele não mais exige a preservação de nitidez absoluta em todos os detalhes da aparência. A decoração do Teatro da Residência, em Munique, não precisa ser vista em seus detalhes. Os olhos concentram-se em pontos principais, restando entre eles zonas de nitidez duvidosa: certamente o arquiteto não teve a intenção de obrigar o espectador a aproximar-se para, mais de perto, poder compreender as formas. Nesta hipotética observação a curta distância perceberíamos apenas o equivalente a invólucros vazios, pois a alma dessa arte revela-se tão somente àquele que é capaz de abandonar-se ao encanto de uma cintilação geral.

Tudo o que dissemos até aqui, na verdade, nada acrescenta de novo; apenas resume, sob o ponto de vista da nitidez material, as considerações tecidas anteriormente. Em cada um dos capítulos deste livro, o conceito de Barroco significou uma espécie de obscurecimento.

Na obra pictórica, as formas só poderão unir-se na expressão de um movimento contínuo, independente, se os valores que lhe são próprios não se fizerem sentir com demasiada insistência.

Fig. 122. Holbein. *Jarro* (gravado por W. Hollar).

O que significa isto, senão uma redução de clareza objetiva? Essa redução pode assumir proporções tais, que a obscuridade chegue a absorver partes inteiras. Do ponto de vista da arte pictórica, isto é perfeitamente desejável e não prejudica o interesse pelo assunto representado. Assim, os demais pares de conceitos vão sendo completados por esse último. O articulado é mais claro do que o inarticulado; o limitado é mais claro do que o ilimitado, e assim por diante. Tudo o que a chamada arte decadente emprega em termos de motivos destituídos de clareza decorre de uma necessidade artística igual àquela que condicionou os procedimentos da arte clássica.

Para que se verifique o que acabamos de expor, é condição imprescindível que o aparato formal permaneça o mesmo em ambos os casos. A forma como tal deve ser totalmente conhecida,

Fig. 123. Viena. *Vaso no jardim Schwarzenberg.*

antes que lhe seja dada uma nova aparência. Até mesmo nos mais complicados fracionamentos dos frontões barrocos, há de permanecer a lembrança da forma que lhes serviu de ponto de partida; só que precisamente as formas antigas, bem como as antigas configurações de fachadas e espaços, já não são sentidas como formas vivas.

Somente com o classicismo é que as formas "puras" voltaram a ganhar vida.

Para ilustrar todo este capítulo, limitemo-nos à comparação entre dois vasos: o desenho de uma jarra, de Holbein (gravado por W. Hollar) e um vaso do Rococó, que se encontra no jardim de Schwarzenberg, em Viena. No primeiro, a beleza de uma forma que se manifesta em sua totalidade; no segundo, a beleza que nunca se deixa abarcar completamente. A modelação e a decoração das superfícies são tão importantes quanto o traçado do contorno. No trabalho de Holbein, a forma plástica reveste-se de uma silhueta perfeitamente clara e acabada, e o desenho ornamental não só preenche com precisão e pureza a superfície que se apresenta em seu aspecto principal, como também extrai o seu efeito precisamente do desdobramento nítido de todos os detalhes. O artista do Rococó, ao contrário, procurou evitar radicalmente o que se buscou no primeiro exemplo: qualquer que seja a nossa localização diante da obra, jamais a forma se deixará apreender ou fixar por completo; a imagem "pictórica" encerra algo de inesgotável para os olhos.

Conclusão

1. A história interna e externa da arte

Dizer que a arte é o espelho da vida não significa estabelecer uma comparação das mais felizes, e qualquer estudo que considere a história da arte apenas como história da expressão expõe-se ao perigo de ser desastrosamente unilateral. É possível aduzir inúmeros argumentos em favor do conteúdo material; no entanto, é preciso levar em conta que o "organismo de expressão" nem sempre foi o mesmo. No decorrer dos tempos, a arte certamente exprimiu conteúdos os mais diversos; mas só isso não é suficiente para determinar as mudanças que se operaram em seu aspecto exterior: a própria linguagem modifica-se quanto à gramática e à sintaxe, não apenas por ela ser falada de modo diverso em diferentes lugares – o que é fácil de se admitir –, mas porque ela possui a sua própria evolução. Nem o talento individual mais poderoso foi capaz de obter, numa certa época, mais do que uma determinada forma de expressão, não muito afastada das possibilidades gerais. Também aqui poder-se-ia objetar que se trata de um processo normal, uma vez que os recursos expressivos são conquistados apenas gradualmente. Mas o ponto ao qual queremos chegar é o seguinte: a arte se transforma, mesmo quando os meios de expressão se encontram plenamente desenvolvidos. Em outras palavras: aos olhos do espírito, o conteúdo do mundo não se cristaliza numa forma imutável. Ou, retomando-se a primeira imagem: a visão do mundo não é um espelho que nunca se modifica, mas uma capacidade de compreensão, cheia de vida, que possui a sua própria história interna e passou por diversas etapas de evolução.

Essa mudança das formas de apreender o mundo é descrita aqui mediante o contraste entre o tipo clássico e o barroco. Não é nossa intenção analisar a arte dos sécs. XVI e XVII – que é muito mais rica e cheia de vida –, mas apenas o esquema, as possibilidades visuais e de configuração entre as quais a arte necessariamente se desenvolveu numa e noutra época. Para ilustrarmos nossas considerações, certamente não tínhamos outra alternativa senão a de irmos citando obras de arte isoladas; entretanto, tudo o que dissemos sobre Rafael e Ticiano, Rembrandt e Velásquez, visava ao objetivo exclusivo de esclarecer um desenvolvimento geral, e não de evidenciar o valor específico da obra escolhida. Para tal, haveria a necessidade de se dizer mais e com maior precisão. Mas, por outro lado, a referência aos exemplos mais significativos foi inevitável, pois, em última análise, é nessas obras pioneiras que as tendências se delineiam com maior nitidez.

Uma outra questão é saber até que ponto será lícito falar, de modo geral, de dois tipos distintos. Tudo é transição, e não é fácil responder àquele que observa a história como um fluxo ininterrupto. Nós, por uma questão de autopreservação intelectual, vimo-nos compelidos a estruturar a natureza ilimitada do processo histórico de acordo com alguns pontos de referência.

Dada a sua amplitude, todo o processo de transformação no âmbito da representação foi englobado em cinco pares de conceitos. Podemos chamá-los de categorias da visão, sem corrermos o risco de as confundirmos com as categorias de Kant. Ainda que apresentem uma tendência nitidamente paralela, elas não derivam de um mesmo princípio (ao modo de pensar kantiano, elas forçosamente pareceriam um simples "apanhado" de conceitos). É possível que ainda se possam determinar outras categorias – eu não saberia dizer quais –, e as que foram descritas aqui não se encontram tão intrinsecamente ligadas, a ponto de não poderem ser utilizadas, em parte, para outras combinações. De qualquer modo, elas se condicionam reciprocamente até um certo grau, e se não quisermos empregar literalmente a expressão categoria, é perfeitamente possível concebê-las como cinco modos diferentes de se ver uma mesma coisa. A composição linear-plástica está relacionada com os setores espaciais compactos, característicos do estilo de representação linear, tanto quanto a forma tectônica e fechada possui um parentesco natural com a autonomia das partes componentes e com a clareza rigorosa. Por outro lado, a clareza formal relativa e o efeito unificante, decorrente da desvalorização das partes isoladas, unem-se espontaneamente ao fluir das formas atectônicas, encaixando-se perfeitamente dentro de uma concepção pictórico-impressionista. E se, à primeira vista, o estilo de representação em profundidade não pertence necessariamente à mesma família, cabe lembrar que as suas tensões em profundidade baseiam-se exclusivamente nos efeitos ópticos, que têm significado apenas para os olhos, e não para a percepção plástica.

A prova disto é que, dentre as nossas ilustrações, dificilmente se encontrará alguma que não possa exemplificar qualquer uma das outras categorias.

2. As formas da imitação e da decoração

Os cinco pares de conceitos podem ser interpretados tanto no sentido decorativo como no sentido imitativo. Existe uma beleza tectônica e uma realidade tectônica, assim como existe uma beleza pictórica ao lado de determinado conteúdo do mundo empírico, que somente pode ser adequadamente expresso através do estilo pictórico, e assim por diante. Mas não nos devemos esquecer de que nossas categorias não passam de formas, de determinadas formas da concepção e da representação, e que, por isso mesmo, num certo sentido são necessariamente inexpressivas. Trata-se simplesmente de um esquema dentro do qual determinada forma de beleza pode manifestar-se; trata-se apenas de um recipiente, no qual as impressões da natureza são colhidas e examinadas. Se a forma de concepção de uma época é de natureza tectônica, como no séc. XVI, tal fato não basta para explicar a força tectônica das estátuas dos quadros de um Michelangelo ou de um Fra Bartolomeo. Para tanto, fez-se necessário que primeiramente um sentimento vigoroso derramasse a sua essência no esquema. Tudo a que nos referimos aqui era, em sua (relativa) inexpressividade, absolutamente natural para os homens daquela época. Quando Rafael projetou as suas composições para a Vila Farnesina, não poderia ter concebido qualquer outra possibilidade senão a que consistiu em preencher as superfícies com figuras dispostas em formas "fechadas"; e quando Rubens desenhou o cortejo de crianças com a coroa de frutas, a forma "aberta", segundo a qual as figuras não ocupam totalmente o espaço, pareceu-lhe a única possível. Note-se que em ambos os casos tratava-se do mesmo tema, ou seja, o da graça e da alegria de viver.

A história da arte será distorcida por julgamentos errôneos, se partirmos da impressão que nos causam quadros de diferentes épocas, colocados uns ao lado dos outros. Suas diferentes formas de expressão não devem ser interpretadas exclusivamente do ponto de vista da atmosfera que elas emanam. Cada um desses quadros possui a sua própria linguagem. Igualmente errada é a pretensão de confrontar a arquitetura de Bramante e a de Bernini, tendo em vista unicamente a impressão que elas nos causam. Bramante não representa apenas um ideal diferente: o seu modo de conceber as coisas é organizado, de antemão, diferentemente daquele de Bernini. Para o séc. XVII, a arquitetura clássica parece não mais possuir vitalidade suficiente. E isto não decorre nem da quietude, nem da clareza de sua atmosfera, mas do modo como ela é expressa. Os contemporâneos do Barroco moveram-se dentro das mesmas esferas da sensibilidade e, não obstante, foram modernos, como demonstram claramente algumas construções francesas do séc. XVII.

É evidente que toda forma de concepção e de representação sempre tenderá, por natureza, para um lado determinado, em conformidade com um ideal específico de beleza, com uma forma específica de apreender a natureza (sobre isso falaremos em seguida): por esta razão, pode novamente parecer ilícito afirmar que as categorias são inexpressivas. No entanto, não deve ser difícil esclarecer esse mal-entendido: o objeto de nossas considerações é a forma, dentro da qual se percebe a presença de vida, sem que esta vida seja previamente determinada por seu conteúdo *mais específico*.

Trate-se de um quadro ou de um edifício, de uma estátua ou de um ornamento, sempre a impressão de vitalidade tem as suas raízes, em ambos os casos, num esquema distinto, independentemente de toda e qualquer tonalidade afetiva especial. Mas certamente a modificação na maneira de ver não pode ser dissociada de uma convergência diferente dos interesses. Mesmo quando não se cogita de nenhum conteúdo afetivo em particular, constatamos que a busca do valor e do significado do ser realiza-se em duas esferas distintas. Para a visão clássica, o essencial está na forma estável e permanente, que será apresentada com a maior precisão e com absoluta clareza; para a visão pictórica, o encanto e a garantia de vida estão no movimento. E o séc. XVI, evidentemente, não renunciou de todo ao motivo do movimento, e o desenho de um Michelangelo pode nos parecer até mesmo inigualável nesse sentido: contudo, somente a visão que se volta para a mera aparência, a visão pictórica, colocou a serviço da representação os meios capazes de suscitar a impressão do movimento no sentido de uma contínua transformação. Nisso é que reside, basicamente, a diferença entre a arte clássica e a barroca. O ornamento clássico encontra o seu significado na forma tal como ela é; o ornamento transforma-se diante dos olhos do observador. O colorido clássico é uma harmonia de determinadas cores, rigidamente estruturada; o colorido barroco significa sempre um movimento de cores, associado à impressão de uma contínua transformação. Os retratos do Barroco devem ser interpretados por o prisma diferente daqueles da época clássica: o seu conteúdo está no olhar, e não nos olhos; no falar, e não nos lábios. O corpo respira. Todo o espaço é preenchido pelo movimento.

A concepção da realidade transformou-se tanto quanto a ideia do Belo.

3. As causas da evolução

É inegável que o processo evolutivo possa ser explicado, em parte, do ponto de vista psicológico. Podemos compreender perfeitamente que o conceito da clareza precisasse desenvolver-se plenamente, antes que se pudesse descobrir o encanto da clareza parcialmente obscurecida. Também é compreensível que a concepção de uma unidade formada por partes, cuja autonomia desapareceu no efeito global, não poderia aparecer senão como sucessora de um sistema de partes tratadas isoladamente, e que o jogo de dissimular a regularidade (o princípio atectônico) teve como pressuposto o estágio em que essa regularidade se manifestou claramente. Abrangendo tudo isso, a evolução do estilo linear para o pictórico significa a passagem de uma apreensão táctil das coisas no espaço, para uma visão que aprendeu a confiar simplesmente no que os olhos viam; em outras palavras: renuncia-se ao que pode ser tocado com as mãos, em favor da aparência exclusivamente ótica.

É bem verdade que precisa existir um ponto de partida; referimo-nos apenas à transformação de uma arte clássica em barroca. Entretanto, o fato de ter existido uma arte clássica, de se ter verificado a busca de uma imagem plástico-tectônica do mundo, clara e estruturada em todos os sentidos, não constitui absolutamente um fenômeno comum; tanto é assim, que ele ocorreu apenas em alguns lugares e em determinadas épocas da história da humanidade e por mais que o desenrolar dos fatos nos pareça compreensível, ainda assim não teremos explicado por que motivo ele se verificou. Quais seriam as razões que levaram a essa evolução?

Deparamo-nos aqui com o cerne do problema, que é o de saber se a transformação das formas de concepção é consequência de uma evolução interna, ou seja, de uma evolução que se processou de certo modo espontaneamente no mecanismo de concepção, ou se o fator condicionante dessa transformação é um estímulo externo, um outro interesse, um outro posicionamento diante do mundo. O problema extrapola em muito o âmbito da história descritiva da arte, e nós pretendemos esboçar a solução que vemos para ele.

Ambas as maneiras de ver são admissíveis, se tomarmos cada uma por si, unilateralmente. Sem dúvida não podemos imaginar a existência de um mecanismo interno que trabalha automaticamente e produz, sob quaisquer circunstâncias, a referida sequência de formas de concepção. Para que isto ocorra, a vida precisa ser vivida de uma determinada maneira. Mas o potencial imaginativo do homem sempre fará sentir a sua organização e as suas possibilidades evolutivas na história da arte. É verdade que vemos apenas o que procuramos, mas também é verdade que só procuramos aquilo que podemos ver. Não há dúvida de que certas formas de visão são prefiguradas como possibilidades: se elas chegam a se desenvolver, e o modo como o fazem, dependerá das circunstâncias externas.

O que ocorre com a história das gerações não é diferente do que se verifica na história dos indivíduos. Quando vemos uma grande personalidade como Ticiano encarnar, na última fase de seu estilo, possibilidades totalmente novas, podemos afirmar seguramente que uma nova sensibilidade condicionou esse novo estilo. Mas ele somente pôde perceber essas novas possibilidades estilísticas por já ter deixado atrás de si tantas experiências mais antigas. O seu potencial humano, por mais significativo que fosse, não teria sido suficiente para permitir que ele encontrasse novas possibilidades, se não tivesse percorrido todas as etapas precedentes e preparatórias. A continuidade do sentimento de vida foi tão necessária, nesse caso, quanto o é para as gerações que se unem na história para formar uma unidade.

A história das formas nunca deixa de evoluir. Existem épocas em que os impulsos são mais vigorosos, e outras em que a atividade imaginativa se desenvolve mais lentamente; mas, mesmo assim, um ornamento repetido constantemente começa a modificar pouco a pouco a sua fisionomia. Nada pode preservar a sua eficácia. O que hoje parece vivo, amanhã já não será interpretado da mesma maneira. Este processo não deve ser explicado somente pela teoria negativa da perda progressiva do interesse e a consequente necessidade de novos estímulos; cabe lembrar o seu lado positivo, na medida em que cada forma engendra outra, e cada efeito reclama um outro, novo. A história da decoração e da arquitetura demonstra-o claramente. Mas também na história das artes representativas, o efeito de um quadro sobre o outro é muito mais importante, enquanto valor estilístico, do que tudo o que se origina diretamente da contemplação da natureza.

É leviandade imaginar que um artista tenha, alguma vez, podido colocar-se diante da natureza, sem qualquer ideia preconcebida. Aquilo que ele adotou como conceito para a representação e o modo como esse conceito se desenvolveu, em seu íntimo, são fatores muito mais importantes do que tudo aquilo que ele extrai da contemplação direta (desde que a arte se volte para a criação decorativa e não para uma análise científica). A observação da natureza é um conceito vazio, enquanto não soubermos sob quais formas ela é observada. Todos os progressos da "imitação da natureza" estão arraigados no sentimento decorativo. Nesse processo, a capacidade do artista tem uma importância secundária. Ainda que insistamos em não deixar esmorecer o nosso direito de preferir julgamentos qualitativos sobre as épocas do passado, não há dúvida de que a arte sempre realizou o que quis, e que ela jamais recuou diante de um tema por "não ser capaz" de exprimi-lo, mas que sempre omitiu apenas aquilo que não considerou estimulante para a sensibilidade plástica. Eis por que a história da pintura também é, fundamentalmente, uma história da decoração.

Toda visão artística está vinculada a determinados esquemas decorativos; ou – repetindo uma de nossas citações – aquilo que é visível se cristaliza para os olhos sob determinadas formas. Entretanto, em cada nova forma de cristalização evidencia-se também uma nova faceta de substância do mundo.

4. A periodicidade da evolução

Nessas condições, é de fundamental importância o fato de se observarem, em todos os estilos arquitetônicos do Ocidente, certas constantes de evolução. Existe um período clássico e um Barroco, não apenas na época moderna e na arquitetura antiga, mas também num terreno tão longínquo como o Gótico. Embora o cálculo das forças seja totalmente diferente nesse caso, o apogeu do Gótico pode ser caracterizado, no que diz respeito aos conceitos gerais de modelação formal, pelos conceitos que vimos desenvolvendo para a arte clássica do Renascimento. A arte daquele período é de caráter puramente "linear". Sua beleza é aquela que emana dos planos, podendo ser considerada de natureza tectônica, na medida em que se subordina a um sistema de leis. O conjunto nasce de um sistema de partes autônomas; por menos coincidentes que sejam os ideais do Gótico e do Renascimento, existem, no entanto, inúmeras partes que possuem uma imagem fe-

CONCLUSÃO 321

chada em si mesma, e nesse universo de formas sempre se buscou uma clareza absoluta.

Em contrapartida, o Gótico tardio busca os efeitos pictóricos da forma vibrátil. Não na acepção moderna da expressão, mas em comparação com a linearidade rigorosa do Gótico puro, a forma afastou-se do tipo plástico, imóvel, e lançou-se para a esfera das aparências dinâmicas. O estilo desenvolve motivos em profundidade, motivos de sobreposições, tanto na ornamentação, quanto no espaço. Ele joga com o que parece não possuir regras, e abranda-se em alguns pontos ao adquirir uma certa fluidez. O modo como se levam em conta os efeitos de massas, onde a forma isolada já não possui voz própria, comprova que esta arte simpatiza com o misterioso e o difuso; em outras palavras, com o obscurecimento parcial da clareza.

Na verdade, de que outro modo poderíamos qualificar, senão de barroco – sempre tendo em mente que se trata de um sistema estrutural inteiramente diferente –, o fenômeno que apresenta exatamente as mesmas transformações formais recorrentes na época moderna (v. os exemplos citados nos capítulos III e V), inclusive as torres frontais voltadas para dentro – Ingolstadt, igreja de Nossa Senhora – que ostentam a ruptura dos planos no sentido da profundidade com uma audácia até então desconhecida?

Partindo de considerações bastante genéricas, Jacob Burckhardt e Dehio já haviam chegado a admitir a hipótese de uma periodicidade das transformações formais na história da arquitetura. Também concluíram que todo estilo do mundo ocidental possui tanto sua época clássica quanto seu período barroco, contanto que se dê tempo para que ele desenvolva todas as suas potencialidades. O Barroco pode ser definido de várias maneiras – Dehio tinha a sua própria opinião a respeito[1], e é decisivo o fato de ele também acreditar numa história progressiva das formas. A evolução, porém, apenas se processará quando as formas já tiverem sido suficientemente manipuladas, ou melhor, quando a imaginação já se tiver ocupado tão intensamente delas, que agora lhe seja possível explorar as possibilidades barrocas.

---

1. Dehio e Bezold, Kirchlich Baukunst des Abendlandes II, 190.

Com isso, porém, não pretendemos dizer que o estilo também não tenha sido, nessa fase barroca, o órgão da expressão do espírito da época. Apenas, tudo o que ele possui em termos de novos conteúdos deverá buscar sua expressão nas formas de um estilo tardio. O estilo tardio em si tem capacidade de manifestar-se das mais variadas maneiras; o que ele expressa, em primeiro lugar, é a forma geral das coisas vivas. A própria fisionomia do Gótico tardio, no norte da Europa, é fortemente condicionada pelos novos elementos de conteúdo. Mas também o barroco romano não deve ser caracterizado como um simples estilo tardio, devendo ser, naturalmente, entendido também como portador de novos valores emocionais[2].

Por que não teriam esses processos da história das formas arquitetônicas os seus momentos análogos também nas artes representativas? É realmente indiscutível que no Ocidente tenham ocorrido por diversas vezes, com maior ou menor amplitude, determinados processos evolutivos paralelos à passagem do linear ao pictórico, das formas rígidas às livres etc. A história da arte antiga trabalha com conceitos idênticos aos da história da arte moderna, e o fenômeno repete-se na Idade Média, sob condições basicamente diferentes. A escultura francesa do séc. XII ao séc. XV oferece exemplos extraordinariamente claros de uma tal evolução, não lhes faltando paralelos também na pintura. Quanto à arte moderna, o que se deve levar em consideração é um ponto de partida completamente diferente. O desenho da Idade Média não é o da arte moderna, caracterizado pela perspectiva espacial, e sim um desenho mais abstrato e plano, que somente na última fase se abre à profundidade das imagens de perspectiva tridimensional. Nossas categorias não poderão ser aplicadas diretamente a essa evolução, mas é evidente que o movimento

---

2. O autor aproveita a oportunidade para se corrigir. Em um trabalho da juventude, *Renaissance und Barock* (1888), este último ponto de vista foi desenvolvido de modo unilateral, na medida em que tudo foi atribuído à expressão imediata; numa concepção mais correta, dever-se-ia ter levado em conta o fato de que essas formas são as mesmas do Renascimento, mais elaboradas, e que, como tais, não poderiam ter permanecido idênticas, ainda que não tivesse havido qualquer estímulo externo.

geral se desenvolve paralelamente. Isto é o que importa, e não uma possível coincidência nas curvas evolutivas dos diversos períodos.

Nem mesmo dentro de um único período o historiador poderá contar com uma corrente regular e contínua. Os povos e as gerações diferem entre si. Aqui a evolução é mais lenta; ali, mais acelerada. Pode ocorrer que processos evolutivos já iniciados sejam interrompidos e somente retomados posteriormente; ou então, as tendências se bifurcam, e ao lado de uma corrente progressista afirma-se outra, conservadora, cujo estilo ganha, por contraste, um caráter particularmente expressivo. Trata-se de problemas que não precisam ser levados em consideração neste momento.

O paralelismo entre cada uma das artes também não é absoluto. A evolução homogênea que se observa na Itália moderna também se verifica, em parte, no norte da Europa; contudo, basta que em algum lugar ocorra, por exemplo, o empréstimo de um modelo formal estrangeiro, para que se turve o paralelismo puro. Surge, então, algo de materialmente estranho no horizonte, que não tarda a reclamar uma adaptação dos olhos; a história da arquitetura renascentista alemã é um exemplo notável disso.

Outro fator a ser ponderado diz respeito à arquitetura que, por princípio, se mantém nos estágios elementares da representação formal. Quando falamos do Rococó pictórico e nos deleitamos com a consonância entre arquitetura e pintura, não devemos nos esquecer de que ao lado das decorações de interiores – e em relação às quais a comparação é perfeitamente procedente – sempre existiu uma arquitetura exterior bastante conservadora. O Rococó *pode* diluir-se no mundo das formas totalmente livres e intangíveis, mas não se vê obrigado a fazê-lo; na verdade, isto apenas se verifica em ocasiões muito raras. É exatamente aí que reside o traço distintivo da arquitetura em face das demais artes, que, nascidas de seu seio, conquistaram gradualmente a sua liberdade total: a arquitetura preserva sempre a sua medida própria de equilíbrio tectônico, de clareza e de tangibilidade.

5. O problema do reinício

A ideia da periodicidade pressupõe o fato de haver uma interrupção e um reinício do processo evolutivo. Também aqui é necessário procurar as causas. Como se explica que a evolução retroceda?

Ao longo da nossa exposição, procuramos não perder de vista a renovação estilística que se verificou por volta de 1800. Com uma força extraordinária impôs-se, então, uma nova maneira "linear" de ver o mundo, oposta à visão pictórica que prevaleceu no séc. XVIII. A explicação generalizada, segundo a qual cada fenômeno forçosamente gera outro que lhe é oposto, não nos será de grande valia. A ruptura possui sempre algo de "forçado", e nunca se verifica senão em conformidade com alterações profundas do universo espiritual. Se, por um lado, a transformação do modo de ver, do plástico ao pictórico, é imperceptível e como que espontânea, de sorte que só nos é dado falar até certo ponto de uma simples evolução interior, por outro lado o retorno do pictórico ao plástico seguramente tem as suas origens num impulso condicionado por fatores externos. No nosso caso, não é difícil obter-se a comprovação disso. Trata-se da época de uma revalorização do ser em todas as áreas. A nova linha coloca-se a serviço de uma nova objetividade. Não se deseja mais o efeito geral, mas a forma isolada; não mais o encanto de uma aparência aproximada, mas a forma tal como ela é. A veracidade e a beleza da natureza repousam naquilo que se pode medir e apreender. Desde o início, é sobre esse ponto que a crítica incide de modo mais contundente. Diderot combate em Boucher não apenas o pintor, mas também o homem. O sentimento humano puro busca a simplicidade. Aparecem, então, as exigências que já conhecemos: as figuras de um quadro devem permanecer isoladas e conservar a beleza própria de um relevo – entendido este, naturalmente, como relevo linear etc.[3] Nesse mesmo sentido manifestou-se mais tarde

---

3. Diderot, Salons (Boucher): il n'y a aucune partie de ses compositions, qui, *separée des autres*, ne vous plaise... il est sans goût: dans la multitude de figures d'hommes et de femmes qu'il a peintes, je défie qu'on en trouve quatre de caractère *propre au bas relief*, encore moins à la statue (*Oeuvres choisies* II, 326 ss.).

Friedrich Schlegel, porta-voz dos alemães: "Nenhum amontoado confuso de pessoas, mas um número reduzido de figuras, isoladas, acabadas com esmero; formas sérias e rígidas em contornos fortes, que se destaquem com precisão; nada de claros-escuros na pintura, ou de borrões usados na representação da noite e das sombras, mas proporções exatas de massas de cores, como em acordes harmônicos...; nos rostos, porém, aquela simplicidade benevolente... que estou inclinado a considerar o caráter original do homem; este é o estilo de pintura antiga, e o único estilo que me agrada."[4]

Sem dúvida, o que se manifesta aqui, na tonalidade dos Nazarenos, nada mais é do que o preceito que serve de base, numa esfera mais abrangente do pensamento humano, à devoção pela "pureza" das formas da Antiguidade clássica.

Mas a renovação estilística que se verificou por volta de 1800 é singular, assim como singulares também foram as circunstâncias externas que a acompanharam. Num espaço de tempo relativamente curto, os povos do Ocidente sofreram um processo de profunda regeneração. O novo se opõe direta e totalmente ao antigo. É como se tivesse sido possível começar novamente pelo começo.

Entretanto, um enfoque mais preciso demonstra que a arte não retornou ao ponto inicial, mas que a imagem de um movimento espiral poderia descrever aproximadamente a realidade dos fatos. Se quisermos, porém, descobrir os primórdios da evolução precedente, será inútil buscarmos uma situação análoga correspondente, na qual o anseio por uma representação linear e precisa tivesse, de maneira rápida e generalizada, interceptado a continuação de uma tradição pictórica livre. Não há dúvida de que existem momentos análogos no séc. XV, e quando classificamos de Primitivos os artistas do *Quattrocento*, queremos precisamente dizer que se encontram no limiar da arte moderna. Masaccio apoia-se no séc. XIII, e os quadros de Jan van Eyck certamente não representam o início de uma direção, mas o ápice de uma evolução que remonta à arte pictórica do Gótico tardio. Apesar de tudo, é perfeitamente admissível que essa arte se nos

---

4. F. Schlegel, *Gemäldebeschreibungen aus Paris und den Niederlanden in den Jahren 1802 bis 1804* (Sämtliche Werke VI², 14 s.).

apresente – sob certos aspectos – como a etapa precedente ao período clássico do séc. XVI. Acontece que o velho e o novo se entrelaçam de tal maneira, que se torna difícil estabelecer um marco divisório. Por isso mesmo, os historiadores mostram-se sempre hesitantes em estabelecer o momento em que se inicia a história da arte moderna. As divisões "estanques" por períodos constituem exigências que não nos levam a grandes conclusões. A forma antiga já contém a nova, assim como ao lado dos galhos ressequidos já germina a folhagem verdejante.

6. Os caracteres nacionais

A despeito de todos os desvios e movimentos especiais, a evolução do estilo na moderna arte ocidental apresenta uma unidade, assim como pode ser considerada homogênea a arte da Europa moderna. Contudo, dentro dessa unidade faz-se necessário levar em conta a constante diversidade dos tipos nacionais. Desde o início de nosso estudo, temos mencionado as alterações que sofrem os modos de visão nos diferentes países. Existe uma arte característica do modo de pensar italiano ou alemão, que permaneceu o mesmo no decorrer dos séculos. Naturalmente, não se trata de grandezas constantes, no sentido matemático, mas a fixação de um tipo nacional de imaginação constitui um elemento valioso para o historiador. Haverá uma época em que a representação histórica da arquitetura europeia não mais poderá ser simplesmente dividida em períodos como o Gótico, o Renascimento, etc., mas será traçada de acordo com as fisionomias nacionais que, mesmo sofrendo a influência de estilos importados, não se deixam apagar totalmente. O Gótico italiano é um estilo próprio daquela nação; do mesmo modo, o Renascimento alemão só pode ser entendido à luz da tradição geral das formas nórdico-germânicas.

Nas artes representativas, essas relações tornam-se ainda mais evidentes. Existe uma imaginação germânica, que sofreu uma evolução geral do plástico ao pictórico, mas que desde o início reage ao estímulo pictórico muito mais fortemente do que os países do sul da Europa. Não busca a linha, mas o entrelaçamento das linhas; não procura reproduzir a forma isolada, bem determinada, e sim o movimento das formas. Existe também a crença nas coisas que não podem ser apreendidas com as mãos.

A forma concentrada em planos absolutos não é de grande significado para esses homens que revolvem os fundos, buscam as interposições, o fluxo do movimento que nasce da profundidade.

A arte germânica também teve a sua época tectônica, mas não no sentido de que a orientação mais vigorosa fosse sentida como a mais viva. Nessa arte, sempre há lugar para a incidência do momento, para o que é aparentemente arbitrário, para o desvio da regra. A imaginação ultrapassa tudo o que está em conformidade com as leis, projetando-se para os domínios do desconexo e do ilimitado. As florestas rumorosas têm, para a imaginação, mais significado do que a estrutura tectônica fechada em si mesma.

A beleza articulada e o sistema transparente com suas partes claramente delimitadas – tão característicos para o sentimento romano – não foram ignorados pela arte alemã, enquanto ideais; mas o pensamento não tarda a buscar a unidade e a percepção global onde a sistemática foi abolida e a autonomia das partes desapareceu no conjunto. É o que ocorre com todas as figuras. Sem dúvida, a arte procurou atribuir-lhes vida própria, mas, secretamente, a imaginação sempre parece impelida a enredá-las em relações mais gerais e a integrar o seu valor individual numa nova aparência global. E é precisamente aí que residem também as premissas da pintura paisagística setentrional. Não se veem a árvore, a colina e as nuvens em si: tudo é absorvido pelo pulsar de uma natureza única e abrangente.

Muito cedo, os artistas se deixam levar pelos efeitos que não emanam dos objetos propriamente ditos, mas que são de ordem supramaterial, nos quais nem a forma objetiva isolada, nem a relação racional dos objetos são responsáveis pela produção do efeito; este, por assim dizer, desprende-se da forma isolada, assumindo a aparência de uma configuração obtida ao acaso. Sugerimos ao leitor rever as considerações anteriores acerca do conceito da "obscuridade" artística.

A isso também está relacionado o fato de terem sido permitidas, na arquitetura setentrional, composições que para a imaginação meridional nada mais possuíam de compreensível, ou seja, que não veiculavam qualquer noção de vida. Nos países do sul, o homem é "a medida de todas as coisas", e cada vigamento, cada superfície, cada volume, enfim, exprime essa concepção plástico--antropocêntrica. No norte da Europa inexistem quaisquer medidas obrigatórias que sejam derivadas a partir do modelo humano. O Gótico leva em conta forças que se furtam a toda e qualquer comparação com a esfera humana; e quando a arquitetura moderna utiliza o aparato formal italiano, ela busca os seus efeitos numa forma tão misteriosa de vida, que ninguém tardará a reconhecer que as exigências impostas ao poder criativo da imaginação são fundamentalmente diferentes.

7. O deslocamento do centro da gravidade na arte europeia

Contrapor uma época a outra constitui sempre uma tarefa problemática. Não obstante, é inegável que cada povo possui determinadas épocas em sua história da arte nas quais parecem manifestar-se, com maior propriedade do que em outras, as suas virtudes nacionais. Para a Itália, o séc. XVI foi o que gerou as obras mais inovadoras, e também as mais peculiares àquela nação; para o norte germânico, a época do Barroco foi a mais pródiga. No primeiro, um talento plástico atribui forma à sua arte clássica com base no linearismo; no segundo, uma aptidão pictórica que somente se expressa de modo totalmente característico no Barroco.

É claro que outras razões que não apenas as referentes à história da arte explicam por que a Itália pôde ser, um dia, a grande mestra da Europa; contudo, é compreensível que, no decorrer do processo evolutivo das artes, verificado no mundo ocidental, o centro de gravidade precisasse deslocar-se de acordo com as aptidões peculiares a cada povo. Em determinada época, a Itália conseguiu concretizar ideais universais de modo particularmente claro. Não foi a casualidade das viagens de Dürer, ou de outros artistas, à Itália, que fez surgir o romantismo no norte da Europa; as viagens foram o resultado da atração que aquele país forçosamente exercia sobre os demais, dada a orientação que, na época, prevalecia no modo de ver europeu. Por mais diferentes que sejam os caracteres nacionais, o elemento humano, universal, que os une, é mais forte do que tudo o que os separa. Nunca deixa de se estabelecer uma compensação. E ela continua fecunda, ainda que a princípio se turvem as águas e – o que é inevitável em toda imitação – por mais que, ao início, também sejam assimilados elementos incompreendidos que nunca deixarão de parecer estranhos ao caráter especificamente racional.

A ligação com a Itália não desapareceu no séc. XVII, mas os elementos mais característicos da arte setentrional formaram-se independentemente de qualquer influência italiana. Rembrandt não realizou a tradicional viagem para além dos Alpes, e mesmo que a tivesse feito ele quase não teria sido influenciado pela Itália de então. Para a sua imaginação, não poderia existir nada que ele já não possuísse em grau muito mais elevado. Entretanto, uma pergunta ainda deve ser formulada: por que não se verificou naquela época um movimento em sentido contrário? Por que o norte, em plena época pictórica, não se tornou o mestre do sul? A isto responderíamos que, com efeito, todas as escolas do Ocidente passaram pelo estágio da configuração plástica, mas que à continuidade da evolução no sentido do pictórico foram impostos, de antemão, obstáculos de natureza local.

Assim como toda história da visão (e da imaginação) conduz forçosamente para além dos domínios da arte, é evidente que as diferenças nacionais no "modo de ver" são algo mais do que uma simples questão de gosto: condicionando e sendo condicionadas, elas contêm os fundamentos de toda a imagem que um povo faz do mundo. Por esta razão é que a ciência das formas visuais não deve ser vista apenas como um elemento auxiliar, dispensável, no elenco das disciplinas históricas, e sim como algo tão necessário quanto a própria visão.

Posfácio: Uma revisão (1933)

Qualquer enfoque da arte, do ponto de vista histórico, sempre apresentará primeiramente uma certa tendência a considerar a história da arte como a história da expressão, buscando na obra de cada artista a sua personalidade, e reconhecendo nas grandes transformações da forma e da imaginação a reação imediata aos movimentos espirituais que, possuindo diversas raízes, formam na sua totalidade a visão de mundo, o sentimento próprio a uma determinada época. Quem haveria de negar a uma tal interpretação o seu direito primário de existir e desconhecer o quanto é imprescindível um panorama que englobe toda a cultura? Realizada unilateralmente, entretanto, essa interpretação corre o risco de perder a especificidade da arte, uma vez que esta trabalha precisamente com noções de natureza óptica. As artes plásticas, enquanto artes que se voltam para os olhos, possuem suas próprias premissas e leis que asseguram a sua própria existência. Diferentemente do que ocorre com o homem, cujas alterações na expressão do rosto exprimem o fluxo de seus sentimentos, a arte não reflete com regularidade e de modo inequívoco uma "atmosfera" que se transforma: o aparato da expressão não é o mesmo para todas as épocas. A comparação que se costuma estabelecer entre a arte e um espelho que reproduz a "imagem cambiante do mundo" é duplamente enganosa: o trabalho criativo da arte não pode ser equiparado a um reflexo; desejando-se, porém, que a expressão adquira algum valor, seria necessário ter-se em mente que o espelho em si sempre possuiu estruturas diferentes.

Tudo isso se aclara tão logo se compara a arte em seus estágios primitivos com outra, mais evoluída. Na primeira, constata-se uma falta de liberdade que passou desapercebida aos homens daquela época, mas que se apresenta como um empobrecimento, decorrente mais de uma concepção plástica pouco evoluída, do que de recursos plásticos propriamente ditos. Avançando na direção de épocas posteriores – a época clássica, por exemplo – perceberemos que paralelamente a uma riqueza maior de recursos plásticos existe, ao que parece, uma total liberdade quanto à concepção plástica. Mas também essa liberdade é limitada, e nas épocas pós-clássicas, assim chamadas pictóricas, avultam logo inúmeras possibilidades novas, inéditas até então; todo o aspecto da imagem altera-se tão radicalmente, que somos obrigados a concluir mais uma vez que se verificou ali uma transformação da visão interior, e que, de modo geral, se desenvolveu – mesmo que fundamentada sobre um princípio diferente – uma série de formas de visão alternantes, que não parecem depender diretamente de um determinado *desejo* de expressão.

Mas já não se chega necessariamente às mesmas conclusões quando se procede a um corte transversal dentro de um espaço de tempo determinado? É notório que, num mesmo estágio, caracteres individuais heterogêneos tenham por base elementos comuns quanto à composição de imagem e que assuntos diferentes sejam subordinados a um esquema semelhante, embora nada tenham em comum no que diz respeito à atmosfera. E mesmo que nisto não haja nada de estranho, deve-se levar em conta que tal parentesco se estende também aos indivíduos de diferentes povos, nos quais se encontram, de modo geral, modos de representação semelhantes e coesos, a despeito da diversidade de suas origens.

Os paisagistas holandeses do séc. XVII, por mais que possam diferir quanto ao temperamento, utilizam-se todos de uma forma geral de representação, que também é a mesma para os quadros de costumes e para os retratos. Mas uma cabeça de Holbein, sem renegar o seu caráter nacional, sempre estará relacionada, quanto aos princípios que lhe servem de base, com o desenho de um artista italiano da mesma época – Michelangelo, por exemplo –, simplesmente porque ambos pertencem ao séc. XVI.

Portanto, deparamo-nos aqui com uma camada mais profunda dos conceitos (daí a denominação conceitos *fundamentais*), sobre os quais repousa a representação figurada em sua forma mais geral. Que tipo de conceitos são esses? Para diferençar a arte do séc. XVI daquela do séc. XVII, procurei reuni-los em cinco pares: linear (plástico) e pictórico; representação no plano e representação na profundidade; forma fechada e forma aberta (tectônica e atectônica); unidade múltipla e unidade indivisível; e clareza absoluta e clareza relativa. Naturalmente não convém discutir aqui até que ponto esses conceitos esgotam a matéria, ou se eles devem ser colocados num mesmo nível. Não se trata de um caso histórico isolado, mas de considerações teóricas. Parece-me injustificada a pretensão de derivar todos esses conceitos de um mesmo princípio. Determinada forma de visão pode ter suas raízes em terrenos diversos. Entretanto, quando falo de uma forma de *visão*, de uma forma *visual* e da evolução desse *modo de ver*, a expressão pode parecer vaga, e não obstante encerra uma analogia, na medida em que também se fala dos "olhos" do artista e de sua "visão", entendendo-se por estes termos a maneira pela qual ele representa os objetos. Não sei se os homens sempre viram as coisas de um mesmo modo (como tem sido afirmado); particularmente, considero a suposição improvável. O certo é que se pode observar, na arte, uma série de estágios para os diferentes tipos de representação, que devem ser visualizados não apenas para as artes figurativas, mas também para as artes tectônicas. Contudo, é necessário fazer a seguinte ressalva: é claro que, nesse particular, não entram no mérito da questão nem os estilos arquitetônicos em seu aspecto morfológico (o Gótico, por exemplo, enquanto o estilo das linhas verticais, do arco pontiagudo, das abóbadas repletas de nervuras etc.), mas os temas desenvolvidos na pintura e na escultura, aos quais se vinculam também os ideais de beleza alternantes.

No sentido de caracterizar as formas de representação, tivemos oportunidade de compará-las a um recipiente, dentro do qual se recolhe um determinado conteúdo, e também uma teia, na qual os artistas tecem as suas imagens variadas: tais comparações são válidas, pois evidenciam o aspecto meramente esquemático desses conceitos formais e, além disso, não coincidem com o conceito geral de "estilo", cujo significado é muito mais abrangente. Não obstante, eu as evitaria agora, por tornarem o conceito da forma demasiado mecânico e por conduzirem à noção errônea de que a forma e o conteúdo se justapõem como dois elementos facilmente diferenciáveis. No entanto, cada forma de visão pressupõe uma realidade já observada, e cabe perguntar até que ponto uma é condicionada pela outra.

Existe uma arte antiga, na qual a forma de representação como tal se impõe vigorosamente aos olhos do espectador (é a "rigidez" da arte primitiva); contudo, em estágios mais avançados, ela parece ter entrado em perfeito entendimento com as exigências do conteúdo, de sorte que apenas o historiador é capaz de perceber as limitações "ópticas" a que se prende cada época. Mas dentro dessas limitações também já existe a tendência (apenas a tendência) para um determinado tipo de configuração, para uma determinada ordem de beleza e de interpretação da natureza. Utilizando nossas próprias palavras: "em cada novo estilo de visão cristaliza-se um novo conteúdo do mundo". "Não só se vê apenas de uma outra maneira, mas também se veem outras coisas". Mas, então, por que não atribuir tudo isto à "expressão"? Para que complicar a observação, na pretensão de assegurar à arte vida própria e leis específicas que a regem? Se uma época de arquitetura linear possui um posicionamento espiritual diferente do pictórico, por que falar ainda de uma evolução "imanente" nas artes plásticas?

A resposta é a seguinte: para fazer justiça ao seu caráter específico de representação figurada. O fato de essa representação coincidir com a história geral do espírito só se explica parcialmente pela reação de causa e efeito: o essencial continua a ser a evolução específica a partir de uma raiz comum.

Faz-se necessário estabelecer uma diferença entre evoluções que se processam numa direção bem determinada e evoluções que implicam transformações em um tipo totalmente diferente. Dentre as primeiras encontra-se, por exemplo, a evolução para a forma "clássica" do Renascimento italiano, que cessou só quando foi atingido o grau máximo de clareza material e visual, ou seja, quando todas as partes componentes puderam ser distinguidas e o conjunto adquiriu uma forma na qual todos os elementos são organicamente necessários etc. Nesse caso, não será difícil reconhecer a natureza interna da evolução. Não haveria sentido em fazer corresponder a cada etapa da evolução uma determinada nuança do *homem* clássico, que acompanhasse a arte. É diferente o que ocorre com as transformações da forma do modo como elas se apresentam, por exemplo, na oposição entre o séc. XVI e o séc. XVII. Os cinco pares de conceitos citados anteriormente abrangem contrastes tão fortes, no âmbito dos sentidos e também no do espírito, que não parece possível entendê-los senão como formas de expressão. Não obstante, qualquer observação mais meticulosa comprovará que se trata de esquemas que puderam ser utilizados do modo mais variado na análise dos efeitos, e que – caso sejam inseparáveis de determinada intenção – têm pouco a ver com o que, em história da arte, se costuma chamar de expressão.

Passemos a alguns exemplos. A forma "aberta" é uma das características mais marcantes dos quadros no séc. XVII. Ela não pode ser dissociada da essência da nova imagem, observada particularmente na paisagem. Mas não há dúvida de que Ruysdael foi um dos que menos se preocupou com esse conceito em suas composições, pois para ele essa forma era natural. Certamente isso não significava que o motivo da forma aberta precisasse ser totalmente inexpressivo; poder-se-ia afirmar até mesmo que o novo senso de espaço, bem como a sensibilidade voltada para a noção de infinito, tivessem gerado essa nova forma da imagem. Mas essa observação contradiz o fato de os pintores de interiores daquela época utilizarem os mesmos princípios da forma "aberta" ao reproduzirem o contrário, ou seja, a atmosfera de um compartimento fechado. Por conseguinte, o fator decisivo na obra de Ruysdael deve encontrar-se nos detalhes, e não nas linhas gerais do tratamento formal; e é preciso muita cautela no momento em que quisermos traduzir em palavras o conteúdo expressivo daquela imagem global.

Um outro caso: quando Frans Hals ou Velásquez, em seus retratos, substituem o desenho estático de Holbein pelo desenho oscilante, vibrátil, podemos supor que esse novo estilo decorre da nova concepção do homem, segundo a qual a essência está no movimento, e não mais na forma estável. Contudo, mesmo nesse caso devemos evitar uma explicação demasiado específica: paralelamente ocorreram transformações maiores e mais gerais; e a jarra sobre a mesa, assim como a natureza morta – casos em que não se pode falar de movimento no sentido literal do termo –, é pintada com os mesmos recursos.

De modo semelhante, o estilo tectônico do séc. XVI pode ser perfeitamente sentido como um estilo que consolida os seus elementos com uma certa gravidade solene, quer se trate de um quadro histórico ou de uma representação de natureza religiosa. Contudo, quando Massys pinta um quadro de costumes em forma de retrato – *O cambista e sua esposa*, por exemplo – seu procedimento está de acordo com os mesmos graus máximos de simetria e de equilíbrio estável, se bem que a sua intenção certamente não tenha sido a de produzir uma impressão de solenidade.

O que desejamos mostrar é o seguinte: o valor expressivo em nossos conceitos esquemáticos deve ser determinado de um modo *muito* geral. É bem verdade que eles possuem um aspecto espiritual e, se por um lado podem ser considerados relativamente inexpressivos para caracterizar um artista em particular, por outro são altamente reveladores, quando se trata de determinar a fisionomia geral de uma época; desta maneira, mesclam-se à história não figurativa do espírito, condicionando-a ou sendo por ela condicionados. Mas seria necessário um vocabulário específico do campo da psicologia para distingui-los. Trata-se, afinal, de produtos de um trabalho artístico, que só pode ser totalmente compreendido pelos "olhos". De que palavras disporíamos para analisar, ainda que apenas aproximadamente, a experiência de um mundo visto sob a perspectiva pictórica em oposição a um mundo visto sob o prisma do estilo linear?

Quanto à segunda questão, aquela de se saber como deve ser concebida a evolução dessas formas de visão, fica desde logo evidente que o processo evolutivo nos cinco pares de conceitos aqui descritos é um processo racional. A sequência não poderia ser invertida. Uma regularidade dissimulada somente pode suceder a uma regularidade evidente; a clareza parcial só pode ser aceita como princípio plástico em virtude de uma clareza absoluta que a precedeu; a compreensão plástica e isolada do mundo dos corpos deve ser mais antiga do que a concepção da imagem pictórica global, da aparência pictórica, do movimento pictórico de luz etc.

Além disso, é claro que a evolução não pode significar um desenvolvimento mecânico, algo que se consuma por si só e sob quaisquer condições. Por toda parte ela se processará de forma diversa, e nem sempre o fará completamente; em todo caso, será "impulsionada por um sopro que deve provir do espírito". A expressão é vaga, mas no momento em que entendemos esse processo como sendo de natureza sensível e espiritual, já está estabelecida a relação com tudo o que se refere ao homem. É verdade que se trata aqui de coisas fundamentalmente associadas à prática artística (ao efeito de um quadro sobre o outro); mas se em grandes artistas, como Ticiano, a evolução estilística se apresenta como um crescimento orgânico, é preciso não esquecer que por detrás de todas essas transformações está o *homem* Ticiano; o novo estilo pictórico de sua época não seria concebível sem que umas tantas etapas anteriores tivessem sido percorridas, mas é claro que não houve uma evolução isolada da visão. E o mesmo ocorre com a evolução dos estilos arquitetônicos: o Barroco, em suas últimas fases, busca combinações de espaço cada vez mais surpreendentes; no entanto, embora elas estivessem ligadas a determinada história interna da arte, e não pudessem ter sido realizadas sem que se vencessem certas etapas anteriores, não será possível falar aqui de involuções ou evoluções autônomas e isoladas: com as novas possibilidades formais que se apresentam, inflamou-se o novo espírito criador.

Todavia, evoluções que temos diante de nós num determinado momento só revelarão o seu significado característico puro quando pudermos observar o modo como elas se repetem paralelamente, em circunstâncias diversas, no conjunto e nos detalhes. Tanto no Gótico tardio como no Barroco, encontramos evoluções estilísticas análogas, embora o sistema morfológico desses períodos seja completamente diferente. Já dissemos mais de uma vez que todo estilo passa pela sua fase barroca em dado momento. Para que isso se verifique, é necessário que a imaginação plástica tenha podido ocupar-se por tempo suficiente com um mundo invariável de formas.

Tais processos ganham por vezes uma autonomia que distingue uma determinada arte em face das suas artes irmãs. Nos povos de imaginação vigorosa, as artes tendem a reaproximar-se rapidamente; contudo, sempre restará uma diferença entre elas, devido à sua natureza específica. A arquitetura não conta com as possibilidades da pintura e, em seu campo, a evolução externa do conceito "imagem" significa apenas uma analogia longínqua.

Mas tampouco as obras mais significativas, o que nelas aparentemente reflete de modo perfeito as formas de visão de determinada época, devem constituir paradigmas insofismáveis. Não existe apenas um ângulo de observação, válido para tudo, e na medida em que formas de visão mais antigas se conservam mais ou menos puras, ou que se introduz algo de novo com vistas a um determinado interesse de ordem material, deve-se levar em conta, mais tarde, um grande número de possibilidades que caminham paralelamente.

Há pouco caracterizamos a evolução da visão como um fenômeno compreensível do ponto de vista psicológico, ou seja, racional. Mas como é que esta vida autônoma da arte pôde coincidir com o curso da história geral do espírito? Bem, em nossas reflexões, não nos referimos à arte na plena acepção do termo: o elemento decisivo – o mundo material – não foi levado em consideração; e nisto inclui-se não apenas a questão de se saber sob que formas (morfológicas) uma determinada época constrói suas obras, mas também o modo como o homem se sente e como ele se posiciona diante das coisas do mundo, tanto sob o ângulo da razão, quanto sob o da emoção. Portanto, o problema se reduz ao seguinte: nossa história da visão artística pode ser realmente considerada uma história centrada em determinados fenômenos distintos? Apenas em parte. Os processos internos, de acordo com sua natureza sensitiva e espiritual, sempre se subordinaram à evolução geral mais abrangente de cada época. Não se trata de processos distintos, ou autônomos. Vinculados a um húmus básico, eles sempre foram regidos pelas exigências de uma época e de um povo. A Antiguidade grega também viveu o seu período pictórico, mas em certa medida se manteve, continuamente, num posicionamento embasado na visão plástica, que isola cada objeto. Sem dúvida, o Barroco italiano deve ser visto como um estilo pictórico, mas a ideia do pictórico nunca chegou a ter, naquele país, a amplitude que alcançou no norte da Europa. Quanto à evolução da representação em geral da imagem, a sua "racionalidade" é a mesma que serve de base à evolução da vida espiritual e do sentimento dos povos europeus.

Tomo a liberdade de repetir uma frase de *Conceitos fundamentais*, a despeito de tudo o que nela possa haver de corriqueiro: "sempre vemos as coisas do modo como as *queremos* ver". O estilo pictórico, para ficarmos só nesse exemplo, surgiu apenas no momento em que havia chegado a sua hora, ou seja, quando pôde ser compreendido. Mas não se deveria exigir demais do paralelismo entre a história da visão e a história geral do espírito, nem da comparação entre coisas que não podem ser comparadas. A arte preserva sempre a sua especificidade. E, precisamente porque sempre foram produzidas novas formas de concepção no âmbito da visão pura, é que ela foi criativa, no sentido mais elevado da palavra. Ainda está para ser escrita uma história da cultura na qual seja ressaltado o papel preponderante que possuem, temporariamente, as artes plásticas.

Por acaso encontro entre os escritos de Jacob Burckhardt a seguinte frase, anotada em um de seus cadernos: "vista *grosso modo*, a relação entre arte e cultura geral deve ser entendida, portanto, apenas como algo simples e casual; a arte possui a sua própria vida e a sua própria história". Ignoro qual o sentido que Burckhardt pretendia atribuir a essa frase, mas é curioso encontrar uma afirmação dessa natureza entre os escritos de um homem que, com mais capacidade e disposição do que outros, considerava a arte como um elemento integrante da história geral.

Índice das ilustrações

I. Pintura

Os nomes de lugares não seguidos de uma informação específica (Berlim, Munique etc.) indicam que as obras fazem parte das grandes coleções abertas ao público. As medidas são dadas em centímetros, a altura precedendo a largura.

Fig. n°

Aertsen, Pieter (1508-1575), (do grupo de), *Interior de cozinha*. Desenho a almagre, 15×24,3. Berlim 51

Aldegrever, Heinrich (1502-1555), *Retrato de um desconhecido* (detalhe de cerca de 2/3 da obra). Desenho a giz preto, levemente colorido, 27,2×18,4. Berlim 14

Baroccio, Federigo (c. 1526/35-1612), *A ceia*. Pintura em tela, 300×318. Catedral de Urbino 44

Berckheyde (Berck-Heyde), Gerrit (1638-1698), *A prefeitura de Amsterdam*; ass. "G Berck Heyde". Pintura em madeira, 41×55,5. Dresden 109

Bosch (seguidor), (desenhista do sul dos Países Baixos; obra datada de 1560, aproximadamente), *Folguedos carnavalescos*; ass. "Bruegel" não genuína. Desenho de aguada a bico de pena, 19,9×29,2. Viena, Albertina 93

Botticelli, Sandro (1444/45-1510), *Vênus* (detalhe de cerca de 1/6 da largura). Pintura em tela, 175×278,5. Florença, Uffizi 3

Botticini, Francesco (c. 1446-1497), *Os três arcanjos com Tobias*. Pintura em madeira, 135×154. Florença, Uffizi 56

Boucher, François (1703-1770), *Moça reclinada*; ass. "F. Boucher 1752". Pintura em tela, 59×73. Munique 102

Bouts, Dirk (c. 1420-1475), *Retrato de um desconhecido*. Pintura em madeira, 30,5×21,6. Nova York, Metropolitan Museum 80

Bouts (seguidor), *São Lucas pintando a Virgem Maria*. Pintura em madeira transposta para tela, 110,5×88. Castelo Penrhyn 36

Brescianino, Andrea del (pseudônimo de A. Piccinelli; obra anteriormente atribuída a Franciabigio), *Vênus*. Pintura em tela, 168×67. Roma, Galeria Borghese 73

Bronzino, Agnolo (1503-1572), *Eleonora de Toledo com seu filho Giovanni*. Pintura em madeira, 115×96. Florença, Uffizi 22

Brueghel, Jan, o Velho (1568-1625), *Povoado às margens do rio*; ass. "Brueghel 1604". Pintura em madeira, 35,5×64,5. Dresden... 116

Brueghel, Pieter, o Velho (c. 1520-1569), *Bodas na aldeia*. Pintura em madeira, 114×163. Viena 46

– *Paisagem hibernal* (O retorno dos caçadores); ass. "BRUEGEL MDLXV". Pintura em madeira, 117×162. Viena 55

– *Paisagem rochosa com a representação do descanso na fuga para o Egito*; ass. "bruegel f.". Desenho a bico de pena, 20,3×28,2. Berlim.. 81

Campagnola, Domenico (de 1500 até depois do ano de 1562), (obra anteriormente atribuída a Ticiano), *Povoado na montanha*. Desenho a bico de pena, 21,5× 37,5. Paris..................... 53

Canaletto (Bernardo Belotto, 1720-1780), *Residência imperial de verão "Schloßhof", nos arredores de Marchegg, fachada do jardim*. Pintura em tela, 138×257. Viena.. 65

Caroto, Giovanni Francesco (c. 1480-1555), *Os três arcanjos com Tobias*; ass. "F. Carotus P". Pintura em madeira, 238×183. Verona .. 57

Cleve, Joos van (Mestre da Morte de Maria, c. 1485-1540), *A morte de Maria*. Pintura em madeira, 132×154. Munique 59

– *Pietà*. Pintura em madeira, 145×206. Paris...................................... 115

Coecke van Aelst, Pieter (1502-1550) (obra anteriormente atribuída a Barend van Orley). *Descanso na fuga para o Egito*. Pintura em madeira, 112×70,5. Viena 77

Credi, Lorenzo (c. 1459-1537), *Vênus*. Pintura em tela, 151×69. Florença, Uffizi.. 4

– *Retrato de Verrocchio*. Pintura em madeira, 50×36. Florença, Uffizi 100

Dürer, Albrecht (1471-1528), *Cristo diante de Caifás*; ass. "1512 AD". Gravura em cobre da série *Paixão gravada*, 11,7×7,4. (B. 6; Meder 6) 11

– *Eva* (borda do quadro e assinatura cortadas); ass. "1507 AD". Desenho a bico de pena com fundo em tinta nanquim, 28×17,1. (Winkler 335). Londres 12

– *Retrato de um Jovem* (antigamente apontado como sendo B. van Orley); ass. "AD 1521". Pintura em madeira, 45,5×31,5. Dresden 21

ÍNDICE DAS ILUSTRAÇÕES   343

– *São Jerônimo em sua cela*; ass. "AD 1514". Gravura em cobre, 24,7×18,8. (B. 60; Meder 59) 24
– *Paisagem com canhão*; ass. "1518 AD". Água-forte em placa de ferro, 21,6×32,1. (B. 99; Meder 96) 52
– *A morte de Maria*; ass. "1510 AD". Xilogravura da série *A vida de Maria*, 29,3×20,6. (B. 93; Meder 205) 83
– *Prisão de Cristo*; ass. "1510 AD". Xilogravura da série *A grande paixão*, 39,6×27,8. (B. 7; Meder 116) 98
Dyck, Anton van (1599-1641) (obra atribuída também a Rubens), *A pesca milagrosa*. Papel em tela, 55×85. Londres 40
Franciabigio (c. 1482-1525) (pseudônimo de Andrea Piccinelli, chamado del Brescianino), *Vênus*. Pintura em tela, 168×67. Roma, Galeria Borghese 73
Goes, Hugo van der (c. 1440-1482), díptico *O pecado original e a redenção*; peça da direita: *Pietà*. Pintura em madeira, 33,8×23. Viena 48
– peça da esquerda: *Adão e Eva*. Pintura em madeira, 33,8×23. Viena   99
Goyen, Jan van (1596-1656), *Paisagem fluvial*; ass. "VG 1646". Desenho de aguada a giz preto, 22,6×36. Berlim 2
– *Cisterna junto a choupanas de camponeses*; ass. "VG 1633". Pintura em madeira, 55×80. Dresden 41
Hals, Frans (c. 1580-1666), *Retrato de um desconhecido*; ass. "FFH". Pintura em tela, 68×55,2. Washington D.C., National Gallery of Art (anteriormente em Leningrado, Ermitage) 20
Hobbema, Meindert (1638-1709), *Paisagem com moinho*; ass. "M Hobbema". Pintura em madeira, 51,2×67,5. Londres, Palácio de Buckingham 7
Holbein, Hans, o Moço (1497/98-1543), *Desenho de indumentária*. Desenho em tinta nanquim a bico de pena e a pincel, 29×19,8. Basel 16
– *Retrato de Jean de Dinteville* (detalhe da obra *Os emissários de Dinteville e de Selve*); ass. "JOANNES HOLBEIN PINGEBAT 1533". Pintura em madeira, 206×209. Londres 88
– (gravado por Wenzel Hollar), *Jarro*; ass. "H. Holbein inv: W. Hollar fec. 1645". Água-forte de reprodução, 16×12. (Parthey 2634) 122
Hooch, Pieter de (1629-c. 1677), *A mãe com a criança no berço*. Pintura em tela, 92×100. Berlim 111
Huber, Wolf (c. 1490-1553), *Gólgota*; ass. "WH 1517". Desenho a bico de pena, 20,3×15,2. Berlim 18
Isenbrant, Adriaen (m. 1551), *Descanso na fuga para o Egito*. Pintura em madeira, 49,5×34 (envergada na parte superior). Munique 76

Janssens, Pieter (m.c. 1682), *Mulher lendo*. Pintura em tela, 75×62. Munique 68

Lievens, Jan (1607-1674), *Retrato do poeta Jan Vos* (detalhe de cerca da metade da altura); ass. "IL". Desenho a giz preto, 32,5×25,6. Frankfurt, Städel 15

Marc Anton (Raimondi, c. 1475-c. 1534) (A partir de Rafael), *Retrato de Pietro Aretino*; ass. "MAF". Gravura em cobre, 19×15. (B. 513; Delaborde 234). 101

Massys, Quinten (c. 1466-1530), *Pietà* (peça central de um tríptico). Pintura em madeira, 260×273. Antuérpia 47

Mestre da Vida de Maria (atuando de 1460 a 1480), *O nascimento de Maria*. Pintura em madeira, 85×109. Munique 58

Mestre da Morte de Maria (Joos van Cleve, c. 1485-1540), *A morte de Maria*. Pintura em madeira, 132×154. Munique 59

– *Pietà*. Pintura em madeira, 145×206. Paris.. 115

Metsu, Gabriel (1629-1667), *Aula de música*; ass. "G. Metsu". Pintura em madeira, 57,8×43,5. Haia 6

– *Desenho de indumentária*. Giz preto, 36,8×24,2. Viena, Albertina .. 17

Neefs, Pieter, o Velho (c. 1578-c. 1660), *Interior de uma igreja dominicana em Antuérpia*; ass. "ANNO 1.6.3.6. PEETER NEFS". Pintura em madeira, 68×105,5. Amsterdam.............................. 118

Orley, Barend van (c. 1492-1542), *Retrato de Jehan Carondolet*. Pintura em madeira, 53×37. Munique... 69

– (obra atualmente atribuída a Pieter Coecke), *Descanso na fuga para o Egito* (Paisagem a partir de um desenho de van Orley). Pintura em madeira, 112× 70,5. Viena.. 77

Ostade, Adrian van (1610-1685), *Ateliê do pintor*; ass. "A.v.Ostade fecit et excud.". Água-forte, 23,5×17,4. (Godefroy 32) 25

– *Estalagem no campo*; ass. "1673 A.v.Ostade". Desenho de aguada a bico de pena, 22,6×29,8. Berlim 94

Palma Vecchio (c. 1480-1528), *Adão e Eva*. Pintura em tela, 202×152. Braunschweig.. 34

Patenier, Joachim (c. 1485-1524), *Batismo de Cristo*; ass. "OPUS. JOACHIM D. PATENIER". Pintura em madeira, 59,5×77. Viena ... 78

Piccinelli, Andrea (chamado "del Brescianino", c. 1485-1545), (obra anteriormente atribuída a Franciabigio), *Vênus*. Pintura em tela, 168×67. Roma, Galeria Borghese 73

Rafael (1483-1520) (gravado por Nicolas Doriguy), *A pesca milagrosa* (reprodução em sentido contrário a partir de um cartão de Rafael que se encontra em Londres, no Victoria and Albert-Museum) 39

– (cópia de relevo barroco), *Disputa* (a partir de um afresco que se encontra no Vaticano). Munique, Museu Nacional 67

ÍNDICE DAS ILUSTRAÇÕES 345

– (gravado por Marc Anton Raimondi), *Retrato de Pietro Aretino*; ass. "MAF", 19×15 (B. 513; Delaborde 234) 101
Rembrandt (1606-1669), *Nu feminino*, Desenho a giz preto carregado, 26×16. (Benesch 713). Budapeste 13
– *O bom samaritano*. Pintura em tela, 114×135. Paris 50
– *Paisagem com caçador*. Água-forte, 12,9×16 (B. 211) 54
– *A ceia de Emaús*. Pintura em madeira, 68×65. Paris 66
– *Deposição*; ass. "Rembrandt f. 1654". Água-forte, 20,7×16 (D. 83).. 82
– *A morte de Maria*; ass. "Rembrandt f. 1639". Água-forte, 40,9×31,5 (B. 99) 84
– *A pregação de Cristo*. Água-forte, 15,6×20,7. (B. 67) 86
– *Os "Staalmeesters"*; ass. "Rembrandt f. 1662". Pintura em tela, 191,5×279. Amsterdam 92
– *Paisagem com três carvalhos*; ass. "Rembrandt f. 1643". Água-forte, 21×27,9 (B. 212) 96
– *Emaús*; ass. "Rembrandt f. 1654". Água-forte, 21,2×16. (B. 87)..... 110
– *Mulher com flecha*; ass. "Rembrandt f. 1661". Água-forte, 20,5×12,4 (B. 202) 120
Reni, Guido (1575-1642), *Madalena*. Pintura em tela, 232×152. Roma, Galeria Nazionale d'Arte Antica (Palazzo Corsini) 72
Rubens, Peter Paul (1577-1640), *Paisagem com rebanho*. Pintura em madeira, 84,5×127,5. Londres, Palácio de Buckingham 9
– *Pietà*, ass. "P. P. RUBENS". Pintura em madeira, 40,5×52,5. Viena .. 33
– (gravado por J. Witdoeck), *Abraão e Melquisedeque* (reprodução invertida; ass. "A 1638", 40,3×44,8, a partir de quadro que se encontra em Caen) 38
– (obra atribuída também a van Dyck), *A pesca milagrosa*. Papel em tela, 55×85. Londres 40
– (gravado por P. Pontius), *O martírio da cruz* (reprodução invertida; ass. "A 1632", 59×45, a partir de variante do quadro que se encontra em Bruxelas) 49
– *Retrato de Hendrik van Thulden*. Pintura em madeira, 121×104. Munique 70
– *Andrômeda*. Pintura em madeira, 189×94. Berlim 74
– (gravado por H. Snyers), *Maria com santos* (reprodução 66×46,5, a partir de quadro que se encontra em Antuérpia, igreja de Santo Agostinho) 75
– (gravado por Schelte a Bolswert), *Ascensão de Maria* (reprodução livre, 62,1×44,8, a partir de quadro que se encontra em Düsseldorf) 85
– *Sega de feno nos arredores de Mecheln*. Pintura em madeira, 122×195. Palazzo Pitti 95

Ruysdael, Jacob van (c. 1628-1682), *Caçada*; ass. "J.v.Ruisdael". Pintura em tela, 107×147. Dresden 8
– *Castelo Bentheim*; ass. "JVRuisdael". Pintura em tela, 111×99. Amsterdam 43
– *Vista de Haarlem*; ass. "JvRuisdael". Pintura em tela, 55,5×62. Haia 79
Schongauer, Martin (c. 1430/45-1491), *Prisão de Cristo*; ass. "M+S". Gravura em cobre, 16,3×11,6. (B. 10; Lehrs 20) 97
– *Cristo diante de Anás*; ass. "M+S". Gravura em cobre, 16,1×11,4 (B. 11; Lehrs 21) 121
Scorel, Jan van (1495-1562), *Madalena*. Pintura em madeira, 67×76,5. Amsterdam 71
Terborch, Gerard (1617-1681), *Concerto em casa*. Pintura em madeira, 47×43. Paris 5
– *A admoestação do pai*. Pintura em tela, 71×73. Amsterdam 112
Ticiano (1476/77 ou 1489/90-1576), *Vênus de Urbino*. Pintura em tela, 118×167. Florença, Uffizi 90
Ticiano (do grupo de), provavelmente Domenico Campagnola (obra anteriormente atribuída a Ticiano), *Povoado na montanha*. Desenho a bico de pena, 21,5×37,5. Paris 53
Tiepolo, Giovanni Battista (1696-1770), *A ceia*. Pintura em tela, 79×88. Paris. 45
– *O festim de Antônio e Cleópatra*. Afresco no Palazzo Labia, Veneza ... 1
Tintoretto (Jacopo Robusti, 1518-1594), *Adão e Eva*. Pintura em tela, 145×208. Veneza, Academia 35
– *A visita de Maria ao templo*. Pintura em tela, 429×480. Veneza, S. M. dell' Orto 113
– *Pietà*. Pintura em tela, 226×292. Veneza, Academia 114
Velásquez, Diego (1599-1660), *A infanta Margarida Tereza em vestido branco*. Pintura em tela, 105×88. Viena 23
– *Cardeal Borgia*. Pintura em tela, 64×48. Frankfurt, Städel 89
– *Vênus*. Pintura em tela, 123×175. Londres 91
Velde, Adriaen van de (1636-1672), *Sítio atrás de uma fileira de salgueiros*; ass. "Velde" (não de próprio punho). Desenho em tinta nanquim a pincel, 14,5×18,8. Berlim 19
Vellert, Dirk (c. 1490-c. 1540), *Ana leva Samuel à presença de Eli* (anteriormente *O pequeno Saul diante do Sumo Sacerdote*); ass. "1523 D*V Aug 28". Desenho de aguada a bico de pena, diâmetro 28,4. Viena, Albertina 87
Vermeer, Jan (1632-1675), *O pintor com a modelo*; ass. "J VerMeer". Pintura em tela, 130×110. Viena, Museu de História da Arte (anteriormente Galeria Czernin) 37
– *Aula de música*. Pintura em tela, 73,6×64,1. Londres, Palácio de Buckingham (anteriormente Windsor) 42

ÍNDICE DAS ILUSTRAÇÕES   347

– *Rua em Delft*; ass. "J v Meer". Pintura em tela, 54,3×44. Amsterdam .   117
Witte, Emanuel de (1617-1692), *Interior de igreja*. Pintura em tela,
  122×104. Amsterdam   119

II. Escultura

Bernini, Giovanni Lorenzo (1598-1680), Cardeal Borghese, mármore, tamanho acima do natural. Roma, Galeria Borghese   27
– Êxtase de Santa Tereza, mármore, tamanho natural. Roma, S. M.
  della Vittoria, capela Cornaro   30
– Túmulo de Alexandre VII, mármore, tamanho acima do natural.
  Roma, catedral de São Pedro   60
– Beata Lodovica Albertoni, mármore, tamanho acima do natural.
  Roma, S. Francesco a ripa   61
Majano, Benedetto da (1442-1497), Busto de Pietro Mellini. Florença, Museo Nazionale   26
Puget, Pierre (1620-1694), Beato Alessandro Sauli, mármore, tamanho acima do natural. Gênova, S. B. de Carignano   29
Sansovino, Jacopo (1486-1570). São Jacó, mármore, tamanho natural. Florença, catedral   28

III. Arquitetura

Florença, Palazzo Ruccellai (de L. B. Alberti, construído de 1446 a
  1451, aproximadamente)   103
Munique, Palácio Episcopal (Palácio Holnstein, de F. Cuvilliés,
  construído de 1733 a 1737)   106
– Cadeira do coro da igreja de São Pedro (de J. G. Greiff; 1750)   108
Roma, S. Agnese na Piazza Navona (de Rainaldi e Borromini,
  construída de 1652 a 1672)   10
– Igreja dos Santos Apóstolos (de F. e C. Fontana, iniciada em 1703).   31
– S. Andrea della Valle (fachada de C. Rainaldi; 1665)   32
– Fontana Trevi (de N. Salvi, 1762)   62
– Cassino de Villa Borghese (de G. Vasanzio; 1605-1613)   63
– Scala Regia, Vaticano (de G. L. Bernini, iniciado em 1659)   64
– Palazzo della Cancelleria (obra atribuída a A. Montecavallo e
  Bramante, construída de 1483 a 1511)   104
– Palazzo Odescalchi (de C. Maderna, fachada de G. L. Bernini,
  1665)   105

– Pallazo Madama (de P. Marucelli e L. Cardi, construído de 1616 até 1650, aproximadamente)... 107
Viena, Vaso no Jardim Schwarzenberg (jardim idealizado por J. E. Fischer von Erlach, por volta do ano de 1730).............................. 123

4ª edição 2015 | **1ª reimpressão** abril de 2019 | **Fonte** Garamond
Papel Offset 75 g/m² | **Impressão e acabamento** Graphium